LYSSA KAY ADAMS

CLUBUL DE CARTE *secret* AL DOMNILOR

Imprint coordonat de
SHAUKI AL-GAREEB

LYSSA KAY ADAMS

CLUBUL DE CARTE *secret* AL DOMNILOR

PRIMUL VOLUM AL SERIEI

Bromance

Traducere din limba engleză de

Cristina Buzoianu

LEDA BAZAAR

Redactare: Alina Bâltâc, Shauki Al-Gareeb
Tehnoredactare: Cristina Gvinda

www.edituracorint.ro

Descrierea CIP a Bibliotecii Naționale a României
ADAMS, LYSSA KAY
Clubul de carte secret al domnilor / Lyssa Kay Adams; trad. din lb. engleză de Cristina Buzoianu. - București: Leda Bazaar, 2021

ISBN 978-606-088-021-9

I. Buzoianu, Cristina (trad.)

821.111

Pentru bunica mea

De data asta chiar
„am prins un vierme cu clopot la gât", nu-i așa?

Capitolul unu

EXISTA UN MOTIV ÎNTEMEIAT PENTRU CARE GAVIN SCOTT rar trăgea la măsea.

Făcea rău la băutură.

Cum ar fi: *rămânea lat pe covor, dar tot întindea mâna după sticlă.* Și: *era prea beat ca să vadă pe întuneric, așa că mai bine nu se obosea să se ridice.*

De aceea nu s-a ridicat nici când cel mai bun prieten și coechipierul lui de la Nashville Legends, Delray Hicks, a bătut la ușa camerei sale de hotel, aflată la etajul al patrulea și într-un stadiu de degradare atât de acut, încât îi amintea lui Gavin în fiecare clipă că putea măcar să o dea în bară ca un campion.

— E deschis! a bolborosit el.

Ușa s-a deschis larg. Del a aprins o lumină orbitoare și a început imediat să înjure.

— Rahat! Om la pământ!

Apoi bărbatul s-a întors să discute cu altcineva.

— Ajută-mă!

Del și un alt uriaș s-au apropiat de Gavin și, curând, patru mâini masive l-au apucat de umeri. Într-o clipă a ajuns în poziție verticală, sprijinindu-se de canapeaua mizerabilă care venise la pachet cu camera. Tavanul se învârtea, iar capul i a căzut pe perne.

— Haide! i-a spus Del și l-a lovit ușor peste obraz. Încearcă să arăți viu!

Gavin a tras aer în piept și a reușit să își ridice capul. A clipit de două ori, apoi și-a astupat ochii cu podul palmelor.

— Sunt beat.

— Să mori tu? i-a replicat Del. Ce-ai băut?

Gavin a ridicat mâna pentru a arăta sticla de whisky de pe măsuța de cafea. Fusese un cadou de la o distilerie locală pe care îl primiseră toți membrii echipei, la sfârșitul sezonului, acum câteva săptămâni. Del a început să înjure din nou.

— Rahat, frate! Dar nu era mai simplu să-ți torni alcool etilic direct pe gât?

— N-am avut.

— O să aduc puțină apă, a spus celălalt musafir, al cărui chip neclar semăna cu al lui Braden Mack, proprietarul mai multor cluburi de noapte din Nashville, dar asta nu avea niciun sens.

De ce ar fi fost acolo? Se întâlniseră o singură dată la un meci de golf caritabil. De când erau el și Del prieteni?

Un al treilea bărbat a intrat brusc, iar, de data asta, Gavin l-a recunoscut. Era unul dintre coechipierii săi, Yan Feliciano.

— *Como es el?*

„Cum se simte?" Gavin înțelesese. Fir-ar să fie, vorbea și spaniolă când era beat!

Del a clătinat din cap.

— Dacă mai bea un shot, o să asculte Ed Sheeran.

— *No me gusta* Ed Sheeran, a sughițat Gavin.

— Mai taci! l-a repezit Del.

— Nu mă bâlbâi când sunt spaniol, a îngăimat Gavin, iar, de data asta, a simțit cum ceva acru îi urcă pe gât. Ăăă, când îs beat.

Yan a început să înjure.

— *Que paso?*

— Thea vrea să divorțeze, i-a explicat Del.

Yan a fluierat de uimire.

— Mi-a spus nevastă-mea că se zvonește că au probleme, dar eu n-am crezut.

— Ba să crezezi, a gemut Gavin, lăsându-și capul pe canapea.

Să *divorțeze*. Soția lui de trei ani, mama fiicelor lui gemene, femeia care îl făcuse să-și dea seama că există cu adevărat acel sentiment numit dragoste la prima vedere, o terminase cu el. Și, la dracu', era numai vina lui!

— Bea asta! l-a îndemnat Del, întinzându-i lui Gavin o sticlă cu apă. Apoi, vorbind din nou cu Yan, a spus: Stă aici de două săptămâni.

— M-a dat afară din casă, a zis Gavin, scăpând din mână sticla nedeschisă.

— Pentru că te-ai comportat ca un dobitoc.

— Știu!

— Frate, te-am avertizat! a continuat Del, clătinând din cap.

— Știu!

— Ți-am zis că o să se sature de hazul tău, dacă nu-ți vine mintea la cap.

— Știu!

Gavin a mormăit, de data asta, ridicându-și capul. Un gest prea brusc. Se mișcase prea repede. Un val de greață l-a avertizat că alcoolul încerca să găsească cea mai apropiată cale de ieșire. Gavin a înghițit și a inspirat profund, dar, oh, la naiba... l-a trecut un val de sudoare.

— Vai, să-mi fut una! Se înverzește la față! a strigat cel care părea să fie Braden Mack.

Din nou, mâinile masive l-au apucat și l-au ridicat în picioare. Tălpile abia atingeau podeaua în timp ce Del și tipul care probabil era Mack îl târau la baie. Gavin și-a vârât capul în vasul de toaletă exact când culoarea proastelor decizii i-a explodat din gură. Mack a înjurat și a icnit, apoi a părăsit rapid baia. Del a rămas, chiar și când Gavin a gemut ca o jucătoare de tenis care se pregătește să servească și a mai vomitat de câteva ori.

— Niciodată n-ai suportat tăria, a spus Del.

— Mor! a gemut Gavin din nou, căzând într-un genunchi.

— Ba nu mori!

— Atunci, curmă-mi suferința!

— Crede-mă, sunt tentat s-o fac!

Gavin s-a lăsat în șezut și s-a sprijin cu spatele de peretele bej din baie. Genunchiul i s-a lovit de cada bej, ascunsă de o perdea de duș bej. Câștiga 15 milioane de dolari pe an, dar era blocat într-o cameră de hotel mai mizerabilă decât zilele lui din Liga Mică. Își permitea mult mai mult, dar aceasta era o pedeapsă. Autoimpusă. Își lăsase mândria să distrugă cel mai bun lucru care i se întâmplase vreodată.

Del a tras apa la toaletă și a lăsat capacul. A ieșit și s-a întors un moment mai târziu cu sticla de apă.

— Bea! De data asta vorbesc serios!

Gavin a deschis sticla și a băut jumătate. După câteva minute, camera nu se mai învârtea.

— Ce caută ei aici?

— O să afli!

Del s-a așezat pe capacul toaletei, s-a aplecat și și-a sprijinit coatele pe genunchi.

— Te simți mai bine?

— Nu! a răspuns Gavin, cu un nod în gât.

La naiba! Avea să se piardă cu firea de față cu Del. A strâns din ochi și și-a apăsat degetul mare în spațiul dintre sprâncene.

— Dă-i înainte și plângi, frate! a spus Del, lovindu-l peste picior cu vârful pantofului sport. Nu e nicio rușine.

Gavin și-a sprijinit din nou capul de perete, în timp ce lacrimile i se rostogoleau pe obraji.

— Nu-mi vine să cred că am pierdut-o!

— N-o s-o pierzi!

— Vrea să d-d-divorțeze, idiotule!

Del nu a reacționat la bâlbâiala lui. Nimeni din echipă nu mai reacționa, deoarece Gavin încetase să o mai ascundă în preajma lor. Acesta fusese încă unul dintr-o lungă listă de lucruri pentru care trebuia să-i mulțumească soției lui, Thea. Înainte de a o întâlni, fusese timid, ezitând să vorbească chiar și în fața oamenilor pe care îi cunoștea. Dar Thea nu fusese deloc șocată prima dată când se bâlbâise în fața ei. Nu încercase să-i termine fraza și nu privise în altă parte cu jenă. Așteptase până când el își găsise cuvintele. Nimeni altcineva în afară de familia lui nu-l făcuse vreodată să simtă că era mai mult decât un simplu tăntălău bâlbâit.

Poate de aceea se simțise și mai trădat când îi descoperise minciuna, acum o lună. Și exact așa se simțise. Mințit.

Soția lui se prefăcuse că are orgasm pe parcursul întregii căsnicii.

— A spus ea asta? a întrebat Del. Sau a spus că poate ar fi timpul să se gândească la divorț?

— Și care-i diferența?

— Una înseamnă că a terminat-o definitiv cu tine. Cealaltă înseamnă că poate încă mai ai o șansă.

Gavin și-a rotit capul pe perete, într-un dezacord stângaci.

— Nu mai am nicio șansă. Tu nu i-ai auzit vocea. Parcă vorbeam cu o străină.

Del s-a ridicat în picioare și s-a înălțat deasupra lui.

— Vrei să lupți să-ți salvezi căsnicia?

— Da! Doamne, da! Mai mult decât orice pe lume!

Fir-ar să fie, acum gâtul i s-a uscat din nou!

— Ce ești dispus să faci pentru asta?

— Orice!

— Vorbești serios?

— C-c-ce dracu'? Bineînțeles că vorbesc serios!

— Bun! Atunci haide! i-a spus Del, întinzându-i mâna.

Gavin l-a lăsat pe Del să-l ridice în picioare și apoi l-a urmat în cameră. Își simțea corpul ca și cum ar fi cântărit o tonă, în timp ce se poticnea în fața canapelei, pentru ca în cele din urmă să se prăbușească pe perne.

— Frumos loc ai aici, Scott! a spus Mack, ieșind din zona de chicinetă.

Bărbatul și-a lustruit un măr verde pe umăr, apoi a mușcat zgomotos din el.

— E al meu, a mormăit Gavin.

— Nu l-ai mâncat.

— Aveam de gând să-l mănânc.

— Desigur! Imediat ce ai fi dat de fundul sticlei ăleia.

Gavin i-a arătat degetul mijlociu.

— Încetează! l-a repezit Del pe Mack. Cu toții am trecut prin asta.

Poftim? Ce naiba însemna asta?

Yan s-a așezat pe capătul opus al canapelei și și-a trântit cizmele de cowboy pe măsuța de cafea. Mack s-a rezemat de perete.

Del îi cerceta pe amândoi.

— Voi ce părere aveți, băieți?

Mack a mai luat o mușcătură și a vorbit cu gura plină.

— Nu știu! Chiar crezi că se poate descurca?

Gavin și-a tras mâna peste față. Se simțea de parcă tocmai ar fi aterizat în mijlocul unui film prost.

— Vă rog, poate cineva să-mi explice c-c-ce se întâmplă?

Del și-a încrucișat brațele la piept.

— Îți vom salva căsnicia.

Gavin a pufnit, dar cele trei perechi de ochi ațintite asupra lui aveau priviri serioase.

— Sunt terminat, a gemut el.

— Ai spus că ești dispus să faci orice să o recuperezi pe Thea, i-a reamintit Del.

— Da, a mormăit Gavin.

— Atunci vreau să fii sincer!

Gavin s-a încordat. Del s-a sprijinit pe măsuța de cafea, care a protestat sub greutatea lui.

— Povestește-ne ce s-a întâmplat!

— V-am povestit! Ea a zis...

— Nu mă refer numai aseară. Ce *s-a întâmplat*, de fapt?

Gavin a aruncat o privire spre cei trei bărbați. Chiar dacă Yan și Mack, cel care îi mâncase mărul, nu ar fi fost acolo,

Gavin tot nu ar fi vorbit despre asta. Era prea umilitor. Ar fi fost suficient de nasol să recunoască faptul că nu putea să-și satisfacă în pat propria soție, dar să trebuiască să dețină și premiul special pentru că se speriase de moarte, se mutase în camera de oaspeți, își pedepsise soția cu tăcerea și refuzase să audă explicațiile ei, deoarece orgoliul lui fusese prea fragil să facă față? Mda, mai bine nu! Avea să păstreze asta pentru el, mersi frumos!

— Nu pot să vă spun, a mormăit el, în cele din urmă.

— De ce nu?

— Este ceva personal.

— Vorbim despre căsnicia ta. Normal că-i personal, a spus Del.

— Dar asta-i prea...

Mack l-a întrerupt cu un zgomot frustrat.

— Te întreabă dacă ai înșelat-o, idiotule!

Gavin și-a întors capul pentru a-i arunca o privire fulgerătoare lui Del.

— Chiar crezi că aș înșela-o?

Doar gândul că ar fi putut să o înșele l-a făcut să vrea să se aplece din nou peste toaletă și să elimine ceea ce mai rămăsese din cina lui lichidă.

— Nu! i-a răspuns Del. Dar trebuie să te întrebăm. Avem o regulă. Noi nu ajutăm infidelii.

— Care *noi*? Ce naiba se întâmplă?

— Ai spus că ți s-a părut ca o străină aseară, a spus Del. Ți-a trecut vreodată prin cap că poate chiar era o străină?

Gavin i-a aruncat o privire întrebătoare.

— În general, soții se răcesc unul de altul la un moment dat în căsnicie, a spus Del. Toate ființele umane sunt într-o continuă schimbare, dar nu ne schimbăm toți în același ritm. Cine știe câți oameni au divorțat, pur și simplu, pentru că nu au reușit să recunoască faptul că ceea ce ei credeau că sunt probleme insurmontabile erau, de fapt, doar faze temporare?!

Del a întins mâinile larg.

— Dar, drace, voi doi? Până și faptul că v-ați cunoscut e o minune!

— Asta ar trebui să mă facă să mă simt mai b-b-bine?

— Voi v-ați întâlnit, cât? Doar patru luni înainte să rămână însărcinată?

— Trei.

Mack a tușit în palmă. Zgomotul a răsunat ca un *foc de armă*.

— Corect! a continuat Del. Și deodată te-ai trezit căsătorit din impuls într-un tribunal, iar apoi, înainte ca gemenele să se nască, ai fost chemat să joci baseball în Liga Mare? La naiba, Gavin, ai fost plecat cea mai mare parte a căsniciei tale, în timp ce ea a crescut fetele practic de una singură într-un oraș ciudat. Crezi că nu s-a schimbat deloc după toate astea?

Nu, însă, fir-ar să fie, nu asta era problema cu el și Thea! Bineînțeles că se schimbase. La fel și el. Dar erau părinți buni și erau fericiți. Cel puțin, așa *crezuse*.

Del a ridicat dezinvolt din umeri și s-a îndreptat.

— Uite, tot ce spun este că genul nostru de carieră este dificil de acceptat și pentru cuplurile care stau împreună ani în șir și știu exact la ce se înhamă înainte de a se căsători. Dar voi doi ați sărit direct în capătul adânc al piscinei fără veste de salvare. Nicio căsnicie nu poate supraviețui, chiar și în cele mai bune circumstanțe. Nu fără ajutor.

— Este cam târziu pentru consiliere.

— Nu, nu este. Dar nu despre asta este vorba.

— Dar despre *ce* e vorba?

Del l-a ignorat și, în schimb, i-a privit din nou pe Yan și Mack.

— Ei bine?

— Eu spun că da, a răspuns Yan. Gavin ne va fi inutil în sezonul viitor dacă nu reușim să îi împăcăm.

Mack a ridicat din umeri.

— Eu sunt de acord, măcar să-l scoatem de aici, pentru că, la naiba, frate!

A făcut un gest larg spre cameră.

Gavin s-a năpustit la Yan.

— Cum se zice *dispari* în spaniolă?

Mack a mușcat pentru ultima oară din măr și a aruncat cotorul peste umăr. Acesta a aterizat direct în chiuvetă. Gavin îl ura mai mult decât pe oricine altcineva din întreaga lume.

— Fiicele mele mi-au dat acel măr.

— Ups! a spus Mack.

— Ascultă bine! i-a spus Del. Dormi aici în seara asta! Mâine-seară o să te vezi cu noi pentru prima ta întâlnire oficială.

— Prima întâlnire oficială *pentru ce*?

— Pentru a găsi soluția la toate problemele tale.

S-au holbat la el de parcă asta explica totul.

— Asta e tot?

— Încă ceva! a continuat Del. Sub nicio formă să nu te duci să-ți vezi soția!

Capitolul doi

NIMIC PE PĂMÂNT NU ESTE MAI PUTERNIC DECÂT O FEMEIE nervoasă.

Dintre toate fărâmele de înțelepciune populară pe care i le împărtășise bunica de-a lungul anilor, Thea Scott spera cel puțin că aceasta era adevărată, pentru că, la naiba, barosul ăsta cântărea o tonă! Patru încercări de a atinge ținta avuseseră ca rezultat doar o lovitură mică în perete și o întindere de toată frumusețea a mușchilor spatelui. Dar, fir-ar să fie, Thea nu renunța. Trei ani locuiseră în acea casă și tot de trei ani își imagina cum dărâmă acel perete.

Cum cu o zi în urmă își văzuse căsnicia prăbușită oficial, i se părea corect ca azi să fie rândul zidului.

În plus, Thea *chiar* avea nevoie să lovească ceva.

În concluzie, a mai balansat o dată barosul cu un mormăit. În cele din urmă, capătul greu a scos o bubuitură satisfăcătoare, lăsând o gaură largă. Cu un chiuit victorios, Thea a scos ciocanul și a vârât capul prin gaură. Aproape că simțea lumina din cealaltă parte doar așteptând să izbucnească liber din închisoarea bej. Oricum, cine naiba ar fi pus un perete acolo? Ce arhitect întreg la minte ar fi despărțit livingul de sufragerie, ca să blocheze toată lumina să pătrundă în jos, pe scări?

Thea s-a balansat din nou, iar a doua gaură s-a alăturat celei dintâi. O bucată de rigips i-a căzut la picioare, în timp ce praful răscolit în aer i-a acoperit brațele. La naiba, acum se simțea mai bine!

Gâfâind de efort, Thea a lăsat ciocanul să cadă pe folia de plastic pe care o cumpărase pentru a proteja podeaua din lemn de esență tare. Masându-și umărul cu o mână, s-a întors și a privit livingul. Da! Chiar acolo. Chiar lângă ușile franțuzești din spatele curții. Acesta era locul perfect pentru șevalet și vopsele. Într-o zi, după ce avea să termine examenele, poate că avea să aibă propriul studio de artă. Deocamdată însă se mulțumea doar să picteze din nou. De când se născuseră fetele nu mai atinsese o pânză goală. Cea mai mare realizare creativă a ei în ultimul timp era să își vopsească tricourile albe pentru a face petele să pară intenționate.

Încercase să se obișnuiască cu peretele. Agățase pe el fotografii de familie în forme ciudate. Înrămase amprentele mâinilor fetelor și operele lor de artă. Pusese la loc de cinste bâta de baseball preferată a lui Gavin din liceu. Totul în ideea că într-o zi avea să îl repare. Că avea să îl picteze într-o culoare mai vie. Sau poate că avea să îi aducă îmbunătățiri. Sau, într-o zi, avea să îl dărâme de tot și s-o ia de la capăt.

Thea știuse că *acea zi* sosise, atunci când se trezise dimineață, cu ochii încă umflați din cauza unui moment de slăbiciune din toiul nopții, când plânsese în baie cu mâna la gură pentru a-și înăbuși sunetele.

Lacrimile erau inutile. Regretele nu aveau să o ajute să o ia de la capăt. Nu exista decât o singură modalitate de a merge mai departe și asta era cu fruntea sus.

La propriu.

Așadar, după micul dejun, Thea își trimisese fetele la cursul de dans cu sora ei, Liv, care locuia cu ea de când plecase Gavin. Apoi se îmbrăcase cu salopeta veche de pictat, mersese la magazinul de unelte și cumpărase barosul.

— Știi cum să-l folosești? o întrebase bărbatul de la tejghea.

Sprânceana lui arcuită țipa după o explicație.

Thea își arcuise buzele într-o tentativă de zâmbet.

— Da!

— Să te asiguri că mâna cea mai puternică este la capătul cozii.

— Da! Am înțeles! spusese Thea în timp ce își băga restul în buzunar.

Bărbatul își trăsese de bretele.

— Ce vrei să dărâmi?

— Temelia autorității bărbătești.

Acesta clipise uimit.

— Un perete.

— Să te asiguri mai întâi că nu este perete de rezistență.

Nevoia de a lovi ceva a crescut din nou, ca furia de pe Twitter. Thea a vrut să ridice barosul pe umăr, dar tocmai când îl ridica, ușa din față s-a deschis. Fetele au intrat și ele, cu fustițele lor tutu peste niște colanți roz și codițe blonde legănându-se la unison. Câinele lor, un Golden Retriever pe nume Butter Ball, le urma răbdător ca o bonă canină. Sora ei, Liv, a apărut în urma lor, ținând lesa lui Butter.

— Mami, ce faci? a întrebat Amelia, țipând să se oprească, în vocea ei de copil ghicindu-se o combinație de uimire și groază.

Thea nu o condamna. Mami probabil nu arăta ca o mamă în acel moment.

— Dărâm un perete, a spus Thea, păstrându-și tonul calm.

— O, da! a exclamat Liv, frecându-și mâinile. Mă bag și eu!

Aruncând lesa lui Butter, a traversat camera și a întins mâna după baros.

— Pot să mă prefac că este fața lui?

— Liv! a avertizat-o Thea, ușor.

Știa că sora ei nu avea să spună intenționat ceva rău despre Gavin în fața fetelor. Amândouă învățaseră pe pielea lor că singurii care sufereau când unul dintre părinți vorbea urât despre celălalt erau copiii. Dar, uneori, pe Liv o lua gura pe dinainte. Ca acum.

— A cui faţă, mătuşă Livvie? a întrebat Amelia.

Thea i-a aruncat surorii ei o privire de genul *ţi-am zis eu!*

— A şefului meu, a răspuns repede Liv.

Liv lucra pentru un bucătar celebru, renumit pentru modul tiranic de a-şi trata angajaţii, la un renumit restaurant din Nashville. De-a lungul timpului se plânsese suficient de mult pentru ca fetele să nu se întrebe dacă spunea adevărul sau nu.

— Putem să lovim şi noi în perete? a întrebat Amelia.

— Este o treabă periculoasă, numai pentru adulţi, a spus Thea. Dar puteţi să asistaţi.

Liv şi-a luat avânt puternic, cu un strigăt de Tarzan, şi a trântit o altă bucată de rigips pe podea. Fetele au sărit în sus de bucurie. Ava a scos un chiot şi a făcut o schemă de karate în aer cu piciorul. Amelia a făcut roata. Erau oficial *în* living.

— La naiba, ce bine a fost! a spus Liv, dându-i barosul înapoi surorii sale. Pentru asta avem nevoie de muzică.

În timp ce Thea înhăţa din nou barosul, Liv a scos telefonul mobil, apăsând ecranul de câteva ori, apoi, prin Bluetooth, boxele din toată casa au răsunat cu vocea Arethei Franklin, care solicita R-E-S-P-E-C-T.

Liv a luat bâta lui Gavin de pe podea pe post de microfon şi a început să cânte cu voce tare versurile. A întins mâna spre Thea, care i s-a alăturat, spre amuzamentul fetelor. Râdeau ca şi cum acest concert improvizat ar fi fost cel mai amuzant lucru pe care îl văzuseră vreodată.

Şi, ca prin minune, ea şi Liv deveniseră din nou adolescente, cântând cât le ţineau plămânii în dormitorul aglomerat pe care îl împărţiseră în casa bunicii. Acolo, în timp ce mama lor se îneca într-o ceaţă de furie şi certuri pentru pensia alimentară, iar tatăl lor era prea ocupat să o înşele pe soţia numărul doi, în loc să acorde atenţie fiicelor sale, memoraseră melodiile lui P!nk şi îşi promiseseră că nu aveau să aibă niciodată încredere în bărbați, că niciodată nu aveau să fie la fel de slabe ca mama lor sau la fel de egoiste ca tatăl lor și că mereu aveau să se protejeze reciproc.

Fuseseră doar ele împotriva lumii. Mereu.

La fel ca acum. Numai că, de data aceasta, Thea nu avea doar o soră mai mică de protejat. Trebuia să-și protejeze fiicele. Și avea să o facă. Indiferent cum. Era hotărâtă să se asigure că fetele ei nu aveau să afle niciodată cum era să crească înconjurate de tensiune sau ca pioni între doi părinți în război.

Brusc, un val de emoție a pus stăpânire pe Thea, iar o durere i s-a răspândit prin piept. Vocea i s-a împleticit în versuri în timp ce gâtul îi tremura. Îndepărtându-se de fete, și-a șters fața.

Cu dezinvoltură, Liv i-a oferit o acoperire.

— Hei, fetelor! Mergeți sus și schimbați-vă hainele, bine? Prima care ajunge la scări o să aleagă filmul din seara asta.

Promisiunea competiției le-a trimis pe fete în grabă spre scări. Câteva secunde mai târziu, cântecul s-a terminat.

— Te simți bine? a întrebat Liv.

Thea avea un nod în gât.

— Și dacă le-am rănit deja?

— Nu le-ai rănit, a contrazis-o Liv. Ești cea mai bună mamă pe care am cunoscut-o vreodată.

— Tot ce-am vrut, tot ce mi-am dorit vreodată, a fost să le ofer o viață pe care noi nu am avut-o niciodată. Să le ofer siguranță și...

Liv a apucat-o de umeri și a întors-o spre ea.

— El este cel care s-a mutat.

— Da, pentru că eu i-am spus să plece.

Nu mai putuse să suporte nici măcar minut de răceală din partea lui, după aproape o lună în care refuzase să vorbească despre orice și făcuse pe bosumflatul în camera de oaspeți. Doi copii mici în casă îi erau de ajuns.

— Și el abia a așteptat, a replicat Liv.

Adevărat! Totuși, vinovăția o copleșea pe Thea. Erau lucruri despre care Liv nu știa. Gavin greșise când reacționase așa cum o făcuse, atunci când descoperise că Thea mimase orgasmul în pat, dar ea nu ar fi trebuit să-l lase să afle în acel mod.

— Este nevoie de două persoane pentru a strica o relație.

Liv a înclinat capul, mirată.

— Sigur, dar eu sunt sora ta, ceea ce înseamnă că sunt predispusă biologic să-ți țin partea.

S-au uitat una la cealaltă, mulțumind în tăcere încă o dată lui Dumnezeu că aveau, întotdeauna, cel puțin o persoană pe care să poată conta.

Thea crezuse odată că Gavin era acea persoană.

La naiba cu el! Thea a recuperat barosul. Era timpul să se descurce singură. Să reia lucrurile de unde le lăsase când renunțase la tot pentru el și pentru cariera lui. Era timpul să înceapă să îndeplinească promisiunile făcute de ea și Liv cu mulți ani în urmă.

Thea și-a luat avânt, și o altă gaură a străpuns peretele.

— Nu sunt singura care își imaginează fața lui acum, nu-i așa? a râs Liv.

— Nu, a mârâit Thea, luându-și din nou avânt.

— Bun! Dă-i tare! Ești o femeie puternică, care nu are nevoie de bărbat.

În difuzoare se auzea un cântec furios al lui Taylor Swift despre poze arse.

Liv a luat din nou bâta de baseball a lui Gavin de pe podea.

— Ai grijă! Mă bag și eu!

— Așteaptă! Asta-i bâta lui preferată!

— Dacă ar fi vrut-o, ar fi trebuit să o ia cu el, a spus Liv.

Thea s-a ferit în timp ce Liv și-a luat avânt. S-a auzit o bubuitură puternică atunci când bâta s-a lovit de peretele de rigips.

Thea a scăpat barosul și a smuls bâta din mâinile lui Liv.

— Nu putem s-o rupem.

— Este doar o bâtă.

— A câștigat campionatul de stat al liceului cu ea.

— Bărbații și bâtele lor! a spus Liv, apoi și-a dat ochii peste cap.

— Este importantă pentru el, i-a explicat Thea.

— Nu asta este problema? s-a răstit Liv. Baseballul a fost întotdeauna mult mai important decât tine.

— Nu, nu a fost!

Tonul profund al vocii lui Gavin a răsunat brusc în încăpere.

Stătea la trei metri distanță, de parcă discuția lor l-ar fi făcut să apară de nicăieri. Butter a lătrat și a alergat spre el, ca un trădător, dând din coadă fericit.

Thea s-a trezit cutremurându-se, în timp ce privea cum Gavin își pusese mâna pe capul lui Butter și îl scărpina după urechi. Purta o pereche de blugi decolorați și un tricou gri, simplu. Avea părul umed, ca și când ar fi făcut un duș rapid și s-ar fi frecat pur și simplu cu un prosop pe cap. Ochii lui căprui erau roșii și înconjurați de cearcăne. Avea o barbă blond-maronie de cel puțin două zile, care îi acoperea maxilarul.

Totuși, reușea cumva să pară irezistibil și nedrept de sexy.

Liv a oprit muzica și și-a încrucișat brațele la piept.

— Tu ce vrei, idiotule?

— Liv, a avertizat-o Thea, din nou, apoi a spus către Gavin: Tu nu mai locuiești aici, Gavin. Nu poți să intri, pur și simplu.

Gavin a făcut semn spre ușa din spatele lui.

— Am încercat să bat.

Apoi și-a aruncat privirea spre peretele spart și barosul de pe podea.

— Ce... ce faci?

— Dărâm peretele.

— Văd asta, a spus el, încet.

— De ce, mai exact? Pentru că îl urăsc.

Gavin s-a încruntat.

— Aia e bâta mea?

Un sentiment meschin de mânie și-a croit drum prin bunul ei simț.

— Da! Funcționează excelent!

Thea s-a întors și a lovit cu bâta în perete.

Gavin s-a ferit instinctiv.

— O să-mi instalez șevaletul aici, a spus Thea și a lovit cu bâta din nou. Peretele ăsta tâmpit îmi blochează toată lumina.

— Poate că ar fi trebuit să vorbim despre asta înainte să...

Gavin a tresărit când Thea a lovit cu bâta a treia oară.

— Poate că ar fi trebuit să vorbim despre o mulțime de lucruri! s-a răstit Thea, îndepărtându-se de perete și ștergându-și broboanele de sudoare de pe frunte.

Un țipăt brusc dinspre scări i-a întrerupt.

— Tati!

Amelia a sărit de pe prima treaptă și a alergat spre Gavin, cuprinzându-l cu brațele în jurul picioarelor.

— Mami dărâmă zidul! a spus ea, râzând și ridicându-și mâinile pentru a fi luată în brațe.

Încă privind cu atenție la Thea, Gavin i-a făcut copilei pe plac. Amelia și-a înclinat instantaneu capul.

— Ești bolnav, tati?

— Ăăă, nu, draga mea! i-a răspuns el. Doar că nu am dormit foarte bine noaptea trecută, a continuat el și a sărutat-o pe obraz. Miroși a sirop. A făcut mami clătitele speciale de sâmbătă la micul dejun?

— Da, cu fulgi de ciocolată!

A ieșit *fulzi de siocolată.*

Gavin a aruncat o privire înspre Thea și, pentru o clipă, nu mai erau combatanți, ci doar părinți. Amelia dăduse semne de vorbire peltică în ultimele luni, iar Gavin se temea că era începutul unei probleme permanente, ca a lui. Thea a zâmbit blând.

— Este doar ușor peltică, a spus ea încet.

Gavin și-a întins celălalt braț spre Ava, care se codea încet în spatele surorii ei.

— Bună, pitico!

Ava nu s-a apropiat de el, preferând să stea lângă Thea. Era un act de protecție instinctivă care i-a frânt inima mamei sale, mai ales când fetița și-a ridicat bărbia îndrăzneț și a spus:

— Mami a plâns!

O, nu! Ava venise lângă ea, în pat, în timpul nopții de când plecase Gavin. Să fi auzit când Thea se strecurase în baie aseară? Nu voia ca fetele să o audă *vreodată* plângând.

Gavin a înghițit în sec, apoi și-a ațintit privirea asupra chipului soției sale, de parcă nu o mai văzuse niciodată, oprindu-se la pistruii și petele pe care Thea nu se obosise să le acopere cu machiaj. Thea s-a îmbujorat sub greutatea privirii lui. De ce naiba o privea așa?

— Putem să-l scoatem pe Butter la plimbare? a întrebat Amelia.

Acesta era obiceiul lor – să scoată câinele la plimbare prin cartier. Sau cel puțin așa făceau când Gavin locuia încă acolo.

— Cu altă ocazie, scumpo! a spus Gavin. Trebuie să vorbesc cu mami.

Amelia a făcut o față nemulțumită, o tehnică devastator de eficientă pe care o descoperise recent. Gavin a înghițit în sec din nou, iar Thea a simțit că i se face milă de el.

— Voi veni luni, la musicalul de la școală, a asigurat-o el. Poate putem să-l plimbăm pe Butter după aceea.

— Ies eu la plimbare cu ei! a spus Liv, punându-și suficient de mult *du-te naibii* în voce cât să se nu lase loc de interpretări.

Butter se învârtea la ușă, în timp ce Liv îi punea lesa și le ajuta pe fete să-și îmbrace hainele de lână. A pășit afară, apoi a vârât imediat capul înapoi.

— Nu durează mult! Trebuie să-ți setăm profilul on-line de întâlniri.

Ușa s-a trântit în secunda următoare.

Gavin a scos un zgomot greu de înțeles.

Thea și-a ascuns un zâmbet.

— Nu răspunzi la telefon, a spus Gavin, imediat ce fetele s-au îndepărtat.

— Bateria a murit aseară. Nu am avut chef să-l încarc.

El a făcut un pas mai aproape, cu ochii înmuiați de îngrijorare.

— Tu ești bine?

Thea a încercat să ignore micul război al inimii sale.

— Nu eu sunt aia care miroase ca și cum și-ar fi petrecut noaptea înotând în whisky.

— M-am îmbătat aseară.

Thea s-a întors spre perete, pregătită pentru încă o lovitură.

— Îți sărbătoreai libertatea?

— Dacă asta crezi de fapt, am dat-o în bară mai rău decât credeam.

Sunetul bătei la contactul cu peretele nu a fost la fel de satisfăcător de data aceasta.

— Ei bine, asta e o problemă, Gavin, pentru că ai dat-o în bară destul de rău.

El nu a contrazis-o.

— Tu chiar îți faci profil de întâlniri on-line?

— Doamne, nu! a chicotit Thea, ștergându-și fruntea cu o mână. Ăsta e ultimul lucru de care am nevoie!

Un alt bărbat în viața ei? Alte promisiuni în care nu putea avea încredere? Nu, mulțumesc!

Gavin a încuviințat din cap, iar pe chip i se citea ușurarea.

— Dacă ai trecut pe aici pentru a-ți mai lua din lucruri, fă-o rapid, pentru că fetele nu vor întârzia mult!

— Nu am venit să-mi iau din lucruri.

— Atunci de ce?

— V-v-v. . .

În inima ei s-a dat din nou un mic război în timp ce îi privea lupta cu mușchii gâtului.

În cele din urmă, Gavin a rostit rapid propoziția:

— Vreau să vorbim!

— Nu mai este nimic de spus.

— Te rog, Thea!

Naiba să o ia de inimă, cu tot cu război!

— Bine!

Thea l-a împins cu bâta și s-a îndreptat spre bucătărie. S-a întors tăcută cu spatele la el pentru a umple un pahar cu apă de la robinet. Fierbea de nervi, în timp ce se făcea că studiază calendarul masiv de pe tabla albă care acoperea mai bine de un metru pătrat din peretele de lângă frigider. Thea se mândrise mereu cu firea ei impulsivă și nepăsătoare, dar acum trăia și respira după un cod de culori, unde își programa fiecare minut din viața lor – lecții de dans, întâlniri cu medicul dentist, meniuri pentru cină, zile de voluntariat preșcolar și, cu litere roșii, pentru a indica nivelul ridicat de importanță (DACĂ UIȚI, EȘTI MOARTĂ), semne distinctive pentru a găsi colanții preferați ai Avei înainte de musicalul de la școală de luni.

Calendarul era, de asemenea, plin de angajamente sociale de caritate, în calitate de membru oficial al clubului Nashville Legends' WAGs[1] – soții și prietene –, dar, de când începuseră zvonurile că ea și Gavin se certaseră, multe dintre soții și prietene se distanțaseră de ea. Nici măcar nu o mai invitaseră la prânzul lor stupid luna aceasta, iar asta fusese *înainte* ca ea să fi cerut divorțul.

Oricum nu se simțise niciodată în largul ei acolo, indiferent cât de mult încercase. Thea nu putuse niciodată să scape de sentimentul că era privită ca *aceea femeie* – tipa pe care toate o bănuiau în secret că rămăsese însărcinată

---

[1] Acronim pentru *Wives and Girlfriends*. Termen generic care le definește pe partenerele de viață ale sportivilor (n. red.).

intenționat, pentru a-și asigura mariajul cu un sportiv profesionist.

Puțini știau că banii erau ultimul lucru din lume pentru care Thea s-ar fi căsătorit vreodată. Toată copilăria ei văzuse modul în care banii corup și strică totul în jur.

Nu! Se căsătorise cu Gavin din dragoste.

Dar acum, când vedea cât de bine funcționase asta, ar fi preferat să se fi măritat pentru bani.

Thea fusese complet nepregătită pentru viața de soție a unui jucător de baseball. Iar locul în clubul Legends WAGs adusese cu sine un stil aparte de celebritate și multe responsabilități. Alergând între evenimente caritabile și apariții promoționale, era ca și cum ar fi fost aruncată într-o comunitate din care nu voise niciodată să facă parte. Nu că ar fi avut ceva împotriva comunităților. Ba chiar făcuse parte dintr-una în timpul facultății, un grup format din studenți specializați în teatru și în muzică, dar și în studii feministe, care militaseră pentru drepturile femeilor.

Această comunitate însă era diferită, căci solicitase respectarea regulilor și supunere totală, adică opusul a tot ceea ce susținuse odinioară Thea. Însă fusese nevoită să descopere totul de una singură, cu gemenele sugare, pentru că Gavin fusese mai mult plecat decât acasă. Și, cumva, pe parcursul acestui proces, se pierduse pe sine atât de mult, încât nici măcar ea nu se mai recunoștea. Cum o descrisese revista *Southern Lifestyle* în vara anului trecut, într-un număr dedicat atleților profesioniști din Tennessee și familiilor lor? *Un adevărat pastel.* Asta era! Și aveau dreptate. Întreaga ei garderobă Lilly Pulitzer devenise un omagiu umblător adus vatei de zahăr. Purta tricouri vintage cu Depeche Mode și tenișі negri, pentru numele lui Dumnezeu!

Articolul fusese ca un duș cu apă rece. Un semnal de alarmă. Se supărase, se împiedicase și își dăduse seama că devenise tot ceea ce disprețuise odinioară, iar Gavin fie nu observase, fie nu se sinchisise că nevasta lui se transformase într-o versiunea spălăcită a ei.

Sau, mai rău, o prefera pe Thea cea spălăcită.

Când l-a auzit cum își drege vocea, Thea s-a întors înapoi spre el. Umbrele de sub ochii lui erau mai pronunțate în lumina din bucătărie, ca niște vânătăi îngemănate. Chiar arăta îngrozitor. Gavin nu rezista niciodată la tărie, iar aici nu se referea doar la alcool.

Și-a împins paharul spre el.

— Vrei o aspirină?

— Am luat deja ceva.

— Nu te-a ajutat?

— Nu prea!

El i-a zâmbit ușor. Mâna lui a cuprins paharul pe care ea tocmai i-l oferise, iar degetul mare i se plimba în sus și în jos pe condensul format pe sticlă. Thea nu putea să-și ascundă dorința surprinzătoare care o făcea să simtă în unele părți durere și în altele, fiori. Fie atinsese nivelul penibilului, *Domnul să o aibă în pază*, fie era dornică de afecțiune, dacă un deget mare plimbat pe un pahar cu apă îi stârnea furnicături în toate părțile moi. Gavin nu o mai atinsese din noaptea aceea, noaptea Marelui O-Nu. Dar în ciuda părerii lui actuale, îi plăcuse întotdeauna să fie atinsă de el. Nu se prefăcuse niciodată în privința *asta*.

La naiba cu el!

— Vreau să păstrez casa.

Gavin și-a înclinat capul de parcă n-ar fi auzit bine. Ca un câine.

— P-p-poftim?

— Știu că îți cer mult, dar nu voi avea nevoie de o pensie alimentară prea mare dacă ești dispus să te revanșezi față de mine și față de fete. Voi merge la serviciu, evident, dar...

Gavin a împins paharul.

— Thea...

— Cred că totul ar fi fost mai ușor pentru mine și Liv, dacă tata nu ar fi vândut casa după ce a părăsit-o pe mama. Și, din moment ce aceasta este singura casă pe care fetele o știu...

Vocea i s-a oprit în gât. A tras adânc aer în piept pentru a o masca.

— Trebuie să le spunem împreună. Totuși, nu știu exact când va fi momentul potrivit. Înainte de sărbători? După sărbători? Nu știu! Nici nu știu dacă vor înțelege ce înseamnă asta. Ele încă mai cred că joci baseball, dar asta nu va mai dura mult...

— Thea, oprește-te!

Tonul vocii lui era la fel de tulburător, pe cât era de atipic. Thea a tresărit.

— De ce să mă opresc?

— Nu vreau asta.

— Casa?

— Nu! La dracu'! a încercat el din nou, trecându-și mâinile prin păr. Adică, da! Vreau casa! Vă v-v-vreau pe tine și pe fete în casă.

— Nu înțeleg.

— Te vreau *pe tine*!

Thea a rămas cu gura căscată. Pentru o clipă, surpriza i-a furat vocea, înainte ca sarcasmul să i-o dea înapoi.

— Oprește-te, Gavin! Este prea târziu pentru asta.

Gavin strângea așa de tare marginea tejghelei, încât venele ieșiră din antebrațele lui groase.

— Nu, nu este!

— Cel mai bine ar fi să facem asta acum, când fetele sunt încă mici și nu-și vor aminti...

Nu a reușit să-și termine fraza, că dintr-odată i s-a pus un nod în gât. Nu avea timp pentru această mascaradă emoțională.

Chipul lui Gavin era împietrit.

— Ce să-și amintească? Faptul că părinții lor au fost vreodată căsătoriți?

— Aș prefera să nu-și amintească niciodată *asta,* decât să fie forțate să îndure suferința destrămării familiei lor.

— Atunci, să ne păstrăm familia întreagă!

— Ai sfâșiat-o în momentul în care te-ai mutat.

— Mi-ai spus să plec, Thea!

— Și tu abia ai așteptat!

Gura lui s-a deschis și s-a închis preț de o clipă, înainte de a spune fără să gândească:

— Am avut nevoie de timp de gândire.

— Și acum vei avea tot timpul din lume.

Gavin s-a aplecat, a lăsat coatele pe blat și și-a sprijinit capul în mâini.

— Discuția asta nu decurge așa cum îmi d-d-doream.

Thea s-a îndepărta de blat.

— Serios? Și cum anume ți-ai imaginat că va merge? Deoarece am impresia că, după părerea ta, tot ce trebuia să faci era să apari aici, iar eu să zâmbesc imediat și să mă prefac că totul e bine. Am făcut asta trei ani, Gavin. Gata!

Thea s-a îndreptat din nou către perete. Trebuia să lovească ceva.

— C-ce naiba înseamnă asta? a întrebat el, urmărind-o îndeaproape.

— Înseamnă că orgasmele au fost cele mai mici dintre problemele noastre!

Asta o enervase cel mai mult. El se înfuriase pe ea pentru că se prefăcuse în pat, dar nu știa că se prefăcuse cu totul ani de-a rândul?

Thea a ridicat bâta și a lovit cât de tare a putut. O altă gaură a apărut în perete.

— Thea, așteaptă! a spus Gavin, înfășurându-și degetele în jurul bâtei și oprind-o să-și ia avânt din nou. Te rog, doar ascultă-mă o secundă!

Ea s-a întors.

— Suntem dincolo de etapa de ascultare, Gavin. Te-am rugat să mă asculți de o mie de ori din acea noapte și ai refuzat!

— Nu totul în acea noapte a fost îngrozitor, Thea.

Thea a înaintat spre el, propulsată de furia reprimată.

— Tu glumești? Crezi că acum este momentul potrivit să-mi amintești de gloriosul tău Grand Slam?

Ar fi fost amuzant, dacă de fapt n-ar fi fost deloc amuzant. Jocul de cuvinte perfect. Noaptea celei mai mari realizări din cariera lui – un Grand Slam urmat de victoria în cel de-al șaselea meci din Campionatului Ligii Americane – fusese noaptea unei alergări și mai mari în pat pentru Thea.

— Vorbesc despre ce am făcut după meci, a spus Gavin, micșorând distanța dintre ei și coborându-și vocea spre un ton seducător. *Partea aia* nu a fost așa de îngrozitoare.

— Atunci de ce te-ai mutat în camera de oaspeți după aceea?

Gavin și-a ridicat mâinile, într-un gest de armistițiu.

— Pentru că am exagerat și am dat-o-n bară, bine? Știu asta. Și a-am...

Gura lui încerca să împingă afară cuvintele pe care mușchii gâtului erau hotărâți să le rețină. Și-a dus mâna de-a lungul maxilarului și apoi s-a apucat de ceafă. S-a uitat în cele din urmă la podea, cu un mormăit frustrat, trăgându-și buzele într-o schimonoseală.

Ușa din față s-a deschis brusc, pentru a doua oară în acea dimineață. Gavin și-a înăbușit o înjurătură, în timp ce Amelia și Butter au intrat în fugă în casă cu Ava și Liv urmându-le încet. Amelia s-a oprit pe hol, ținând o recompensă pentru câine cât de sus cât îi permitea brațul ei mic.

— Uite, tati!

Amelia i-a poruncit lui Butter să sară. Câinele doar și-a ridicat capul și a luat recompensa dintre degetele Ameliei, dar Amelia a țipat de parcă l-ar fi învățat pe Butter să vorbească.

Gavin a zâmbit ușor.

— Foarte frumos, draga mea! a spus el, cu vocea încordată.

Liv a prins privirea surorii ei, în timp ce pășea în bucătărie. Câteva secunde mai târziu, melodia „All the Single Ladies” a răsunat prin Bluetooth în difuzoare.

— E subtilă, a spus Gavin, încet.

— Nimeni nu este la fel de loial decât o soră mai mică.

— Vom sări pe trambulină, a spus Liv, detectând tensiunea încă nerisipită din cameră.

Apoi a dat muzica mai tare înainte de a ieși din nou cu fetele.

Gavin s-a apropiat cu precauție de Thea.

— Spune-mi doar de ce a-a-ai nevoie. Ce trebuie să fac?

Chipul lui avea o expresie imploratoare care îi amintea de falsa replică „Te rog, iubito", pe care tatăl ei o folosise de fiecare dată când o implorase pe mama ei să-i mai dea o șansă. Sau două, sau patru. De câte ori crezuse mama ei în promisiunile deșarte ale soțului? De mult prea multe ori. Thea nu avea de gând să facă aceeași greșeală.

— E prea târziu pentru asta, Gavin, a oftat ea, repetând cuvintele de mai devreme.

Gavin s-a albit.

— Mai dă-mi o șansă!

Ea a clătinat din cap.

Ochii lui s-au umezit la colțuri. S-a întors, cu glasul sugrumat și cu mâinile pe creștetul capului. Tricoul i s-a întins peste mușchii încordați ai spatelui care se înghesuiau și se umflau în timp ce se lupta cu gândurile lui. S-au scurs câteva clipe pline de tensiune. Hotărârea i-a condus pașii, reducând astfel distanța dintre ei.

— Voi face orice, Thea. Te rog!

— De ce, Gavin? După tot acest timp, *de ce*?

Ochii lui s-au oprit asupra buzelor ei și, o, Doamne, avea de gând să...

Gavin a scos un oftat, și-a strecurat o mână după ceafa ei și și-a înclinat gura. Thea a făcut un pas în spate și s-a prins de spatele canapelei pentru a nu se prăbuși, dar nu era nevoie, pentru că Gavin i-a înfășurat un braț în jurul taliei. Unul puternic, protector, un braț masculin, bombat, care o țintuia de corpul lui dur. Gura lui Gavin a acaparat-o pe a ei. De nenumărate ori. Iar când și-a vârât limba printre buzele ei, nu s-a mai putut abține și i-a răspuns la sărut. Și-a încleștat degetele în tricoul lui și a deschis gura mai larg, oftând prelung. Avea gust de pastă de dinți, whisky și o porție de visuri de mult pierdute.

Dar porția a venit la pachet cu o garnitură de confuzie și trădare. Fusese o pradă chiar atât de ușoară? Un sărut sălbatic și era literalmente topită în brațele lui? Un sărut și uitase tot ce se întâmplase între ei?

Thea și-a smuls gura de pe a lui.

— Ce naiba faci?

— M-ai întrebat de ce, a spus Gavin, gâfâind, cu ochii întunecați. De asta!

Capitolul trei

— *CE*-AI FĂCUT?!

Gavin s-a prăbușit pe scaunul pasagerului din camioneta lui Del, iar mirosurile de pizza, aripioare de pui și alte gustări de pe bancheta din spate amenințau să-i strice pacea din stomac. Trecuseră câteva ore de când dăduse la rațe ultima dată, dar mirosul picant de sos buffalo îl avertiza că situația se putea repeta oricând.

— Am sărutat-o.

Del a înjurat printre dinți.

— Ți-am spus clar să nu te duci la ea!

— Știu.

— Și în mod sigur nu mi-am dat acordul să o săruți.

— Nu știam că am nevoie de acordul tău.

— Ba da! Dar, mai important, ai nevoie de acordul *ei*. Rahat! Pentru scamatoria asta e posibil să fi regresat *săptămâni* întregi.

Del a tras un pumn în volan.

Gavin nu l-a contrazis, deoarece presimțea că Del avea dreptate. Dacă Thea ar fi putut pune mâna pe o tigaie, l-ar fi lovit în cap cu ea. După ce îl respinsese, îi spusese că nu are dreptul să o sărute așa și îi poruncise să plece.

Dar existase și un moment în care ea se aplecase peste el și se deschisese, lăsându-și limba să se împletească cu a lui și respirând puțin sacadat. Un oftat *adevărat*. Fusese scurt, dar în acel moment soția lui îi răspunsese la sărut. Așadar, poate că nu o dăduse în bară complet.

Del a virat la dreapta și a ieșit pe autostradă. Interiorul mașinii strălucea în galben de la luminile autovehiculelor care se îndreptau spre centrul orașului Nashville, unde oamenii își petreceau seara în baruri cu muzică country. După aproape cincisprezece minute de condus, Del a ieșit lângă Brentwood, o suburbie a orașului în care locuiau sportivi și o mulțime de vedete locale.

Gavin prefera Franklin. Și acolo locuiau o grămadă de vedete, dar străzile cu importanță istorică, mărginite de copaci, îi dădeau o atmosferă de orășel. Aleseseră să stea într-un cartier normal, nu într-o suburbie plină de conace. Casa lor era la câțiva pași de un mic centru în care fetele puteau să împrumute cărți de la bibliotecă, să mănânce înghețată la cornet și unde deveniseră clienți fideli ai restaurantului local cu separeuri din vinilin crăpat. Singurii turiști pe care îi aveau erau pasionații de Războiul Civil, care voiau să viziteze câmpul de luptă local.

Gavin fusese sceptic la început, când Thea îi sugerase să locuiască acolo.

Cu salariul lui își puteau permite ceva mai generos. Dar când văzuse felul în care ei i se luminaseră ochii când deschisese pe telefon lista caselor din cărămidă construite în anii '30, nu mai insistase pentru altceva. Acum nu ar mai fi renunțat la acest stil de viață pentru nimic în lume.

Însă aproape o făcuse.

Cinci minute mai târziu, Gavin făcea echilibristică cu cinci cutii de pizza și patru cutii de aripioare pe un trotuar bine îngrijit.

— A cui e casa asta?

După colecția ostentativă de mașini sport din garaj, Gavin se temea că erau acasă la nemernicul care îi mâncase mărul.

Avea dreptate! Ușa s-a deschis, iar Mack i-a întâmpinat cu un pufnit.

— Ia uite cine s-a trezit, în sfârșit!

Gavin i-a împins pizza și aripioarele.

— Ia uite cine a rămas tot un nemernic!

— Voi doi trebuie să încetați naibii odată! a mârâit Del în timp ce intra.

Mack a închis ușa cu piciorul.

— Am glumit, așa-i, omule?

— Nu! Te cam urăsc, i-a răspuns Gavin.

Del s-a răsucit pe călcâie.

— E toată lumea aici?

— Da! a spus Mack. Sunt în pivniță. Este pregătit pentru inițiere? Trebuie să duc oile înapoi la fermă înainte de miezul nopții.

Gavin s-a încruntat, dar a mers în urma lor prin intrarea somptuoasă și pe lângă un șir de trepte largi și curbate. Dincolo de ele au intrat într-o bucătărie de două ori mai mare decât cea pe care o aveau el și Thea. Sunetul de voci a devenit mai puternic, în timp ce se apropiau de o ușă care ducea la subsol.

Gavin a așteptat ca Mack și Del să intre primii.

— A sosit mâncarea! a anunțat Mack, cotind în capul scărilor.

Un cor de voci bărbătești a aprobat, apoi s-au auzit câteva bombănind „Era și timpul".

— Am întârziat? a întrebat Gavin, din spatele lui Del.

— Nu! Au ajuns mai devreme pentru a pune la punct planul.

Gavin l-a apucat pe Del de spatele cămășii.

— Stai puțin! Ce plan?

— Planul de a o face pe Thea să-ți primească fundul ăla prost înapoi, a spus Del, cotind după același colț, în direcția în care o luase și Mack. Plan pe care astăzi tocmai l-ai îngreunat.

Gavin a inspirat și a expirat de câteva ori, sărind peste ultima treaptă. În cele din urmă, dându-și seama că era în joc salvarea căsniciei lui, și-a adunat curajul și l-a urmat pe Del în încăpere.

Zece dintre cei mai influenți oameni din Nashville – sportivi profesioniști, proprietari de afaceri și oficiali ai orașului – stăteau în jurul unui bar sofisticat, împingându-se unii pe alții pentru a ajunge mai repede la pizza și la aripioare. Del le-a aruncat sacoșa de hârtie plină cu aperitive. Câteva pungi cu chipsuri s-au împrăștiat din ea.

Un măr verde s-a rostogolit stingher pe podea.

Mack a clătinat din cap în timp ce îl ridica.

— Ești un nemernic!

— Toată lumea să se grăbească! a strigat Del. Trebuie să începem! Cap sec, ăsta, și-a sărutat nevasta azi.

Camera parcă a explodat. Capetele s-au rotit. Scaunele s-au răsturnat. Un hocheist din colțul camerei a înjurat în rusă.

— Ce dracu', omule? a lătrat Mack. Doar ți-am spus să nu te duci la ea!

Un tip pe care l-a recunoscut ca fiind Malcolm James, tot din echipa Nashville NFL, s-a înecat cu berea.

— Măcar i-ai cerut voie mai întâi sau ai luat-o prin surprindere?

— Cred că am luat-o prin surprindere?

Yan i-a tras una după ceafă.

— Asta e un măreț gest de rahat, omule! Încă nu-ți poți permite să faci așa ceva!

— Ce fel de gest?

Băieții i-au aruncat mai multe rânduri de priviri urâte, apoi și-au luat farfuriile și s-au îndreptat spre o masă de joc uriașă, aflată în cealaltă parte a încăperii.

Rusul a mormăit deasupra resturilor de mâncare, în cele din urmă alegându-și o pungă de covrigei. A ascuns-o la subraț, de parcă ar fi putut sa i-o fure cineva.

— Prea multă pizza, a spus el, aruncându-i lui Gavin o căutătură urâtă, în timp ce trecea pe lângă el. Brânza. Îmi țâșnește direct prin cur.

Un aspect vizual de care nu avea nevoie.

— Haide, Gavin! E timpul să începem!

Șterpelind mărul de pe tejghea, și-a târât picioarele spre singurul scaun rămas.

Del și-a dres glasul și s-a ridicat.

— Toată lumea este pregătită?

Băieții au dat din cap cu gurile pline.

— Bun! Care-i prima regulă a clubului de carte?

Toți au rostit la unison:

— Nu vorbim despre clubul de carte.

Ce. Drăcia. Dracului?

Gavin s-a uitat în jur după o cameră ascunsă. Trebuia să fie o glumă.

— Un club de carte? Ăsta e planul vostru măreț pentru a-mi salva căsnicia?

Del a încuviințat din cap către Mack, care a scos o carte din buzunarul de la spate și a aruncat-o spre Gavin. L-a nimerit direct în față.

— Frumoase reflexe! Sper că te pricepi mai bine la marcaj.

Gavin a rânjit, arătându-și toți dinții.

— Joc a doua bază, tâmpitule!

Mack a ridicat din umeri.

— Practic, nu-i același lucru?

Gavin l-a ignorat și a luat cartea de pe masa unde era căzută. A clipit uimit la copertă. O femeie de prin anii 1800 sau ceva de genul ăsta stătea întinsă pe o canapea cu un tip îmbrăcat cu un costum de epocă aflat în spatele ei. Cămașa lui era deschisă.

— *Curtând contesa*, a citit Gavin, încet, apoi a scrâșnit din dinți și și-a ridicat privirea. Asta-i o glumă?

— Nu! a răspuns Del.

— Păi ăsta e un roman de dragoste.

— Da!

Gavin a țâșnit în picioare.

— Nu-mi vine să cred, nemernicilor! Viața mea se destramă și voi mă luați în râs.

— Și eu am crezut același lucru prima dată, când m-a adus Malcolm, i-a spus Del. Dar nu e o glumă. Stai jos și ascultă!

Gavin și-a lipit dosul palmei de frunte și și-a închis ochii. Când i-a deschis din nou, toată lumea se holba încă la el. Așadar, nu era doar un vis ciudat.

— Ce-ce-ce naiba se întâmplă aici?

— Dacă ai tăcea o secundă, ți-am putea explica, tăntălăule! a spus Mack.

— Voi, oameni buni, citiți *romane de dragoste*? a întrebat Gavin, întorcându-se pe scaun.

— Le numim *manuale*, a zis rusul.

— Și este mult mai mult decât o simplă lectură, a continuat Malcolm.

Gavin a înghețat.

— Dacă vreți să mă atrageți în cine știe ce rahat de sex în grup, eu am plecat.

Del s-a aplecat înainte, cu coatele pe masă.

— O să-ți spun ceva ce nu ți-am spus până acum.

— Aha, nu cred că vreau să știu.

— Acum doi ani, Nessa a depus cererea de divorț.

Pământul s-a cutremurat sub scaunul lui Gavin.

— Poftim? De ce nu mi-ai spus?

— În primul rând, abia te cunoscusem atunci. Și în al doilea rând, probabil pentru același motiv pentru care tu nu vrei să spui nimănui ce s-a întâmplat între tine și Thea. Este o problemă sensibilă și personală.

— Dar tu și Nessa sunteți cuplul perfect.

— Totul e diferit în spatele ușilor închise, nu-i așa?

Da, dar în cazul lui Gavin, o parte din problemă o reprezenta faptul că era prea prost ca să își dea seama că era praf în pat sau că soția lui începuse să-l urască. Felul în care îl privise astăzi... S-a cutremurat. Se îndoia serios că Del ar fi putut să înțeleagă toate astea.

— Aproape fiecare om de la această masă a fost pe punctul de a-și pierde soția, iubita sau logodnica la un moment dat, a continuat Del, iar Gavin și-a amintit de chestia secretă pe care o spusese cu o seară în urmă: „Cu toții am trecut prin asta."

— Și toți nu numai că ne-am recuperat fetele, dar ne-am reparat și relațiile, iar acum merg mai bine ca niciodată.

Gavin a început să cerceteze chipurile din jurul mesei. Toți l-au întâmpinat cu aprobări, zâmbete și – de la Mack – degetul mijlociu. Gavin i-a întors gestul și apoi a clătinat din cap.

— Nu înțeleg ce înseamnă asta sau ce legătură are cu mine.

— Uite, omule, a spus Malcolm, cu mâinile lui imense, ca ale lui Hulk, mângâind o barbă suficient de deasă pentru a putea intra în aria pădurilor protejate de lege. Bărbații sunt idioți. Ne plângem că femeile sunt misterioase și alte rahaturi, iar noi nu știm niciodată ce vor. Ne ratăm relațiile pentru că suntem convinși că este prea greu să ne dăm seama. Dar problema reală este la noi. Credem că nu ar trebui să simțim lucruri, să plângem și să exprimăm ceea ce simțim. Ne așteptăm ca femeile să facă toată munca emoțională într-o relație și apoi suntem nedumeriți atunci când ele renunță la noi.

Gavin a pufnit nervos. Se regăsea cumva în toate astea. „Crezi că tot ce trebuia să faci era să apari aici, iar eu să zâmbesc imediat și să mă prefac că totul e bine. Am făcut asta trei ani, Gavin. Gata!"

— Eu t-t-tot nu știu despre ce vorbiți, s-a bâlbâit el.

— Cărțile de dragoste sunt scrise în primul rând de femei pentru femei și sunt în întregime despre modul în care vor să fie trate și despre ceea ce își doresc în viață și într-o relație. Le citim pentru a ne exprima mult mai clar și pentru a putea privi lucrurile din perspectiva lor.

Gavin a clipit năuc.

— Voi chiar vorbiți serios.

— Foarte serios, a spus Del.

Rusul cu problema brânzeturilor a încuviințat din cap.

— După ce citit aceste cărți, dat seama cât de diferit privim lucrurile eu și soția mea, și că trebuie să străduiesc mai mult să mă exprim pe înțelesul ei.

— Pe înțelesul ei?

— I-ai spus vreodată ceva soției tale despre care tu credeai că este total inofensiv, numai că ea a plecat ca o furtună și apoi a pretins timp de ore întregi că nu e supărată? l-a întrebat Malcolm.

— Da!

— Sau i-ai spus ceva ce pentru tine a fost amuzant, dar ea s-a simțit foarte jignită?

— Ei, da, dar...

Yan a intervenit.

— Sau i-ai spus vreodată că ai pus vasele în mașina de spălat, iar ea s-a supărat și ți-a întors-o imediat că nu ar trebui să aștepți o medalie pentru că ai făcut ceea ce ar trebui să fie responsabilitatea oricărui adult din casă?

Un fior rece i-a trecut pe șira spinării.

— Ați vorbit cumva cu ea?

Yan a pufnit în râs, apoi a arătat spre carte.

— Voi vorbiți limbi diferite. O vei învăța pe a ei, citind romane de dragoste.

— Dar Thea nici măcar nu citește tipul ăsta de cărți!

Băieții au făcut schimb de priviri și apoi au izbucnit în râs. Del l-a mângâiat pe spate.

— Continuă să-ți spui asta!

— N-am văzut așa ceva în casă.

Derek Wilson, un om de afaceri pe care l-a recunoscut din reclamele de la televizor, a spus:

— Folosește cumva o chestie din aia, un e-reader?

— Da! Adică, nu știu. Așa cred.

— Este plin de cărți romantice. Crede-ne pe cuvânt!

Gavin s-a uitat la cartea din mâna lui.

— Așadar, spuneți că t-trebuie să f-fac ce face tipul din cartea asta?

Doamne, Dumnezeule, oare chiar începuse să-i asculte?

— Nu cuvânt cu cuvânt, a răspuns Del. Trebuie să adaptezi lecțiile din carte la propria căsnicie. În afară de asta, romanul e de epocă, așa că...

— Ce naiba vrei să spui cu epocă?

— Adică acțiunea se petrece în Anglia, în secolul al XVIII-lea sau începutul secolului al XIX-lea.

— Oh, minunat! Sună relevant.

— De fapt, este, a spus Malcolm.

— Romancierii moderni folosesc societatea patriarhală a vechii aristocrații britanice pentru a cerceta limitările bazate pe gen puse astăzi femeilor atât în sfera profesională, cât și în cea personală. Rahatul ăla este al dracului de feminist.

— Și scenele de sex sunt foarte fierbinți, i-a făcut Mack cu ochiul.

Gavin a scăpat cartea din mână.

Mack și Wilson au izbucnit în râs și au bătut cuba.

— Și mie mi-a plăcut aia. Este cel puțin o EC Patru.

— Ar trebui să vreau să știu ce înseamnă asta? s-a cutremurat Gavin.

— Este sistemul nostru de evaluare a cantității de sex, i-a explicat Wilson.

— Dar ce înseamnă EC?

Toți cei de la masă au răspuns deodată:

— Erecție din Cărți.

Gavin a sărit iarăși în picioare.

— Asta e chiar culmea! S-s-soția mea nu mă va primi înapoi datorită unor cărți stupide.

Dar ce era și mai ridicol era că începuse, de fapt, să ia în serios ideea asta.

Nu era ca și cum ar fi putut să o dea în bară încă și mai rău decât o dăduse deja.

— Cărțile doar fac parte din asta, a spus Del, ridicând *Contesa dezbrăcată* sau oricum s-o fi numit romanul acela.

— Cu toții am trecut prin asta și am ieșit a liman, ba chiar am devenit bărbați mai buni, soți mai buni și iubiți mai buni.

Gavin s-a oprit și și-a ridicat privirea.

— Ce vrei sa spui?

— Ei bine, ți-am captat atenția, a pufnit Mack. Ai o problemă, frate? O problemă în dormitor?

Un val de roșeață a apărut pe gâtul lui Gavin.

— Nu, a mârâit el.

— Ar trebui să știi că problemele din dormitor provin din probleme din afara dormitorului. Nu poți repara una fără cealaltă.

Orgasmul este cea mai mică problemă a lor.

Gavin a arătat cu degetul în direcția lui Mack, dar i s-a adresat direct lui Del.

— Dar nemernicul ăsta de ce face parte din club? Nici măcar nu e căsătorit.

— Am intrat pentru părțile obscene, a răspuns Mack, făcându-i cu ochiul în timp ce devora jumătate dintr-o felie de pizza.

Yan s-a ridicat și s-a apropiat de el.

— Uite, și eu am crezut că tipii ăștia fac mișto de mine. Cam o lună nici nu m-am uitat la cartea pe care mi-au dat-o. Dar pe cuvântul meu – pe cuvântul *tuturor* –, te putem ajuta. Clubul de carte nu este doar despre cărți.

Malcolm a încuviințat solemn din cap.

— Este o frăție, omule.

— Un mod de viață, a completat unul dintre oficialii orașului.

Mack a pus un braț peste umărul lui Wilson și a zis:

— O călătorie emoțională dată dracului.

Gavin s-a retras înspăimântat.

— Nu-mi plac călătoriile emoționale.

— Doar ai încredere în noi, a spus Del. Vom a venit cu un plan de salvare a căsniciei tale pas cu pas.

— Sunteți siguri că nu doar vă bateți joc de mine?

— Ești unul dintre cei mai buni prieteni ai mei, a zis Del. Chiar crezi că aș face o glumă din despărțirea ta de Thea?

— Nu!

Gavin a oftat. Totuși, părea prea ușor. Citeai câteva cărți și gata? Thea avea să-l ia înapoi cu brațele deschise? Oare chiar era atât de disperat?

A încercat să își imagineze viața fără Thea.

Da, chiar era atât de disperat.

Gavin a cercetat din nou coperta.

— De ce cartea asta?

Mack a zâmbit.

— Pentru că este vorba despre un idiot care își distruge căsnicia și trebuie să-și recâștige soția. Îți sună cunoscut?

A înghițit în sec pentru a-și ascunde umilința.

— Ce trebuie să fac?

— E simplu, a spus Malcolm. Ascultă-ne și citește cartea!

— Da, a râs Del. Și, pentru numele lui Dumnezeu, nu-ți mai săruta soția până nu-ți spun eu s-o faci!

Curtând contesa

Al șaptelea conte de Latford văzuse multe femei în diferite grade de despuiere de-a lungul celor douăzeci și nouă de ani ai săi, dar nimic nu-l pregătise pe bietul om pentru prima apariție uluitoare a soției sale în noaptea nunții lor; femeia arăta ca un înger într-un halat de casă.

Mai ales că ochii ei transmiteau destul de clar faptul că mai degrabă s-ar fi tăvălit într-un jgheab pentru porci decât să-i simtă mâinile pe pielea ei.

Afurisit inconvenient! Deoarece, pentru prima dată în viața lui, Benedict Charles Arthur Seymour era cu adevărat îndrăgostit.

— Îmi voi face datoria, milord! a spus proaspăta lui soție pe un ton sec și cu mâinile tremurânde, în timp ce își desfăcea șnurul de la brâu.

Rochia ei a plutit pe podea, într-o ploaie de mătase albă, lăsând-o în fața lui într-un cămașă de noapte simplă, imagine care i-a furat vocea și gândurile.

Benedict le-a poruncit picioarelor să se desprindă de rădăcinile pe care le prinseseră în cadrul ușii care separa dormitorul ei de al lui. În timp ce se apropia, inima i se frângea la fiecare semn de disconfort al ei. Îi vedea pumnii încleștați pe lângă corp și ritmul sacadat al respirației pe piept. Privirea ei sfidătoare refuza să o întâlnească pe a lui.

El stârnise toate astea. Era vina lui.

— Poți să stai liniștită! a spus Benedict, aplecându-se pentru a ridica veșmântul mătăsos de pe podea.

Picioarele ei goale au devenit brusc cel mai erotic lucru pe care îl văzuse vreodată. S-a îndreptat de spate și a ținut halatul deschis pentru a o acoperi.

— Nu am venit pentru asta.

Pentru o clipă, confuzia a înlocuit furia din privirea ei. I-a permis să-i țină halatul în timp ce își vâra din nou brațele prin mânecile de mătase. Pielea ei s-a colorat într-un roz pal când el i-a legat cordonul din talie, o libertate pe care nu ar fi trebuit să și-o ia, dar nu a mai putut rezista. Doamne, simpla apropiere de ea avea să distrugă și ultima fărâmă de gând coerent pe care îl mai avea!

— Atunci pot să vă întreb de ce vă aflați în dormitorul meu? a zis ea, făcând un pas înapoi.

— Am un cadou pentru tine.

Benedict a scos un pachețel din buzunarul halatului său.

Ochii ei au căzut pe hârtia maro, simplă.

— Nu am nevoie de un cadou de nuntă, milord.

— Benedict.

— Mă scuzați?

Ea și-a arcuit o sprânceană, cu o expresie mult prea sarcastică pentru o tânără atât de bine-crescută. Exact genul de surpriză ascunsă care îl făcuse să se îndrăgostească nebunește de ea.

— Suntem căsătoriți acum. Vreau să-mi folosești numele de botez.

El i-a întins darul.

— Te rog!

Un oftat greu a scăpat printre buzele ei pline.

— Care este scopul acestui gest?

— Are un soț nevoie de un motiv pentru a-i oferi soției sale un cadou?

— Credeam că am clarificat că nu vom avea genul acesta de căsătorie, milord.

— Benedict. Și nu-mi amintesc să fi fost de acord cu vreun termen care să definească ce fel de căsătorie vom avea.

— Ai stabilit termenii căsătoriei noastre destul de clar cu acuzația ta.

Regretul îl sfâșia, adâncind rana pe care o avea în piept din momentul în care își dăduse seama cât de tare se înșelase. Dar, când aflase adevărul, fusese prea târziu. Îi trădase încrederea atunci când contase cel mai mult.

— O greșeală pentru care o să-mi pară veșnic rău, a spus el, răgușit, în cele din urmă.

— Și aceasta este o scuză? a întrebat ea, aruncând o privire spre cadou.

— Nu sunt atât de naiv, încât să cred că îți pot cumpăra iertarea, iubirea mea. Acesta este doar un semn al afecțiunii mele.

Evitându-i privirea, ea a desfăcut cu grijă hârtia și a deschis cutia lungă de catifea, dând la iveală șiragul de rubine și diamante care îl costase o mică avere. Ochii i s-au mărit.

— Milord! a suspinat ea.

— Benedict, a corectat-o el, încet. Este pe placul tău?

— Este frumos, dar mult prea sofisticat pentru mine.

— Prostii! Ești contesa de Latford. Ar trebui să fii acoperită în bijuterii.

— Mulțumesc, milord!

S-a întors și a așezat cutia pe masa ei de toaletă.

— Dacă nu mai doriți altceva...

Politețea ei era ca un curent rece în cameră. El voia căldura din spatele ei, cea care mocnise între ei înainte ca el să-și fi lăsat mândria să o stingă cu o singură și nesăbuită neînțelegere. Benedict a micșorat încă o dată distanța dintre ei.

— Te rog, iubirea mea! Te rog să-mi dai o șansă pentru a îndrepta lucrurile.

Genele ei au fluturat, iar pupilele i s-au dilatat.

— Cu ce scop, Benedict?

— O viață lungă și fericită împreună.

Gâtul ei subțire și elegant s-a mișcat atunci când a înghițit cuprins de neliniște.

— Nu mai cred în astfel de lucruri.

A trecut pe lângă el și a traversat camera ca să ajungă lângă pat.

— Ți-am spus că îmi voi face datoria și așa va fi. Îți voi dărui un moștenitor cât mai curând posibil. Apoi eu și copilul vom pleca la țară, astfel încât să te poți elibera de mine.

— Nu vreau să mă eliberez de tine, a mârâit el.

— Milord, acum două săptămâni m-ai acuzat în fața celei mai veninoase dintre vipere că am aranjat să fim prinși într-o situație compromițătoare pentru a te obliga să te căsătorești cu mine ca să-ți pot prelua titlul.

— Și de atunci am aflat adevărul.

— Cu toate acestea, răul a fost făcut.

— Atunci lasă-mă să-l repar.

S-a grăbit spre ea și cu vorba, și cu pașii.

— Te rog, Irena!

Buzele ei s-au deschis. Poate că era de vină faptul că o strigase pe nume. Sau poate că era încordarea din vocea lui, încărcată cu greutatea unor scuze pe care nu avea să înceteze să le repete niciodată. Nu până când ea nu avea să le accepte.

— Nu pot să schimb ceea ce am făcut sau lucrurile îngrozitoare pe care le-am spus. Tot ce pot să fac este să încerc să demonstrez profunzimea regretului pentru faptele mele și sinceritatea sentimentelor mele față de tine. Dacă mă vei lăsa.

Iată! O urmă de altceva în afară de dispreț a luminat privirea soției sale. S-a risipit numaidecât, dar fusese acolo, și asta conta.

— Irena...

— E prea târziu, a șoptit ea.

— Niciodată nu e prea târziu. Nu, când vorbim de dragoste.

El i-a ridicat mâinile spre buzele lui, luându-și timp să sărute fiecare încheietură înainte de a-i întâlni privirea șocată.

— Iar eu recunosc, Irena: te iubesc!

Un zâmbet discret s-a desenat pe buzele ei, în timp ce ea își trăgea mâinile dintr-ale lui.

— Dragostea nu e de ajuns, milord!

— Benedict, a spus el, plimbându-și degetul de-a lungul liniei delicate a obrazului ei. Și te înșeli. Dragostea este tot ce contează. Și voi face tot posibilul pentru a ți-o dovedi.

Irena și-a arcuit din nou o sprânceană.

— Și cum, îndrăznesc să întreb, plănuiești să realizezi așa ceva?

— Am de gând să te curtez.

Irena a fornăit într-un mod nedemn pentru o doamnă educată.

— Nu fi absurd!

Râsul ei l-a făcut să se îndrepte de spate, ideea prinzând rădăcini din ce în ce mai puternice în timp ce strălucirea ei înflorea cu certitudine.

— Dragostea mea, o să o luăm de la capăt, a spus el.

Capitolul patru

— SUNT ATÂT DE DEZAMĂGITĂ DE TINE!

Thea a tresărit la auzul sunetului vocii lui Liv în spatele ei. Mâna i-a alunecat de pe făraș, iar în clipa următoare toată grămada de praf și resturi din perete a aterizat pe podea. A privit peste umăr.

— De ce?

— Te las în pace cu o sticlă de vin bun, iar tu o ignori și te apuci de curățenie?

Era duminică seara, iar Liv se oferise să ducă fetele la culcare, pentru ca aparent Thea să poată privi în gol, absentă, dar ea nu avusese timp să se destindă. Trebuise să curețe mizeria înainte ca fetele și câinele să decidă să se joace în ea. Thea a aruncat murdăria într-un coș de gunoi, în timp ce Liv a deschis o sticlă de Riesling rece din frigider. A turnat în două pahare, i-a întins unul surorii sale și s-a trântit pe canapea.

— Care mai e distracția divorțului, dacă nu îl poți folosi ca scuză pentru a te îmbăta?

— Încă nu am găsit nicio distracție în divorț, i-a răspuns Thea, așezându-se în capătul opus al canapelei.

— De aceea există vinul, i-a explicat Liv, întinzându-și picioarele până în poala surorii sale.

Faptul că picioarele ei erau suficient de lungi pentru a ajunge acolo nu îmbunătățea deloc starea de spirit pe care o avea Thea. Cum avusese Liv norocul să obțină constituția înaltă și slabă a tatălui lor, iar Thea se alesese cu statura de ștrumf? Totuși, ori de câte ori Thea se plângea că este scundă, Gavin îi spunea mereu că este perfectă, pentru că își putea sprijini bărbia pe capul ei când o ținea în brațe.

— Arăți de parcă te-ai gândi la altceva, a spus Liv.

— Nu, nu mă gândesc.

Liv ș-a înclinat capul și a mijit ochii, de parcă nu ar fi crezut ce îi spusese Thea.

— Iei decizia corectă.

— Știu.

Thea a luat o mică înghițitură, ca să estompeze junghiul de vinovăție pentru toate amănuntele pe care nu i le mărturisise lui Liv. Și nici nu voia să i le mărturisească. A arătat spre peretele distrus pentru a schimba subiectul.

— Cred că am fost un pic cam impulsivă.

— Știu! De asta îmi place. Vechea Thea, cea arțăgoasă, a ieșit zgomotos la suprafață!

Thea și-a ridicat sprâncenele.

– Vechea Thea arțăgoasă?

— Da! Îți amintești de ea? Cea care a trecut printr-o fază când picta goală și altădată s-a încătușat de un buldozer pentru a proteja un copac din campus? Mi-a fost dor de ea.

Thea s-a uitat fix la perete și la micile progrese pe care le făcuse.

— Și mie.

Când făcuse ultima dată *ceva* impulsiv? Desigur, impulsivitatea era parțial motivul pentru care ajunsese în această situație. O singură tăvăleală nechibzuită pe bancheta din spate a mașinii lui Gavin fusese suficientă pentru ca spermatozoizii să se întâlnească cu ovulul. Și, exact așa, greșelile din propria familie se repetaseră. O sarcină neplanificată. O nuntă grăbită. O mutare într-o suburbie. Un soț care nu era niciodată acasă.

Apropo de asta...

— Ai confirmat deja? a întrebat Thea.

Tatăl lor se căsătorea pentru a patra oară în decembrie.

Liv a pufnit.

— Care-i rostul?

Thea a dat din cap.

— Mă gândesc să scriu *poate data viitoare* pe invitație, dar mi se pare cam răutăcios.

— Ceea ce e perfect.

— Ce naiba este în neregulă cu femeile astea? Cum reușește el să le convingă să îi ignore total trecutul?

— Le arată contul bancar.

Chiar era singurul lucru care avea sens. Nicio femeie în toate mințile nu putea să se uite la tiparul său de infidelitate cronică și să se gândească: *O, da, e soțul perfect!*

Liv a băut restul vinului.

— Are treizeci și doi de ani.

— Cine?

— Noua noastră viitoare mamă vitregă.

Thea a rămas cu gura căscată. Era cu doar șase ani mai în vârstă decât ea.

— O, mamei îi va *plăcea* asta, a spus Thea, cu un pufnit.

— Apropo de minunata noastră mamă, a spus Liv, m-a sunat de două ori astăzi.

Thea s-a îndreptat de spate. Nici ea, nici Liv nu vorbiseră cu mama lor de luni întregi, fiecare din alte motive.

— Nu am sunat-o înapoi, a adăugat Liv.

— Crezi că știe despre nuntă?

Liv a ridicat din umeri și a luat o înghițitură de apă.

— N-am nicio idee, dar nu eu voi fi cea care îi va spune.

Thea tresări. Da, n-ar ieși prea frumos. Dar nici explicația alternativă n-ar fi mai potrivită.

— Poate că a auzit de problemele mele cu Gavin.

— Mă îndoiesc. Ar fi spus ceva despre asta în mesajul vocal.

— Sau m-ar fi sunat direct pe mine.

Nimic nu ar fi făcut-o mai fericită pe mama lor decât eșecul căsniciei Theei.

„Pentru toți anii în care m-ai judecat, o să vezi tu! Acum te crezi cea mai îndrăgostită și ai impresia că nimic nu va merge vreodată prost. Dar într-o zi îți va frânge inima și va trebui să-mi ceri scuze."

Acesta fusese sfatul mamei sale în ziua în care Thea se căsătorise.

Thea și-a lăsat capul să cadă pe pernă, dornică să schimbe subiectul.

— Cum se descurcă Alexis cu cafeneaua?

Liv se ocupa cu designul meniului pentru o prietenă care deschidea o cafenea cu pisici.

Liv i-a aruncat o privire atotștiutoare, dar a intrat în jocul ei.

— Bine! Cred că va deschide pe la sfârșitul lui ianuarie.

— Te-ai hotărât dacă o vei lăsa să folosească rețeta de prăjituri cu zahăr a bunicii?

— Încă nu. O parte din mine încă vrea să o păstreze pentru..., a zis ea și a ridicat din umeri. Știi tu.

Propriul ei restaurant. Întotdeauna fusese visul ei.

Ei bine, *întotdeauna* era cam mult spus. Fuseseră câțiva ani când singurul lucru la care visase Liv fusese să găsească modalități noi și inventive de răzvrătire. Note proaste. Comportament urât. Băieți răi. Liv le încercase pe toate în adolescență. „Neliniștită, ca un om care aleargă după un vierme cu clopot la gât", cum spunea bunica. O expresie pe care, sincer, Thea nu putuse niciodată să o înțeleagă, dar își dăduse seama că Liv căuta ceva ce nu exista.

Și asta era cu adevărat ceva ce Thea înțelegea. Niciuna dintre ele nu ieșise nevătămată din copilăria lor dezordonată. Pur și simplu își ascunseseră cicatricile în moduri diferite.

Dar, oricât de mult și-ar fi dorit Liv să-și deschidă propria afacere, aceasta respinsese în mod repetat ofertele Theei de a-i oferi un împrumut. Liv făcuse totul pe cont propriu sau deloc, chiar dacă asta însemnase să îndure abuzul infernal din partea șefului ei tiran.

— Îți mulțumesc că ai fost aici! a spus Thea, întorcându-și capul spre Liv.

— Nu trebuie să-mi mulțumești. Ai fost alături de mine de mai multe ori decât te-aș putea răsplăti eu vreodată.

— Asta era meseria mea. Eram sora ta mai mare.

— Erai o copilă.

Thea și-a terminat vinul și apoi s-a ridicat cu un oftat.

— Cred că voi merge la culcare.

Liv a prins-o de mână în timp ce trecea pe lângă ea.

— Totul va fi bine, Thea!

— Noi două împotriva lumii, nu-i așa?

Liv a zâmbit ușor și a strâns-o de mână.

La etaj, Thea s-a strecurat în camera fetelor pentru a vedea ce mai fac. S-a aplecat mai întâi deasupra Ameliei și i-a mângâiat părul, apoi a sărutat-o pe frunte. Pe urmă a traversat camera către patul Avei și a repetat gestul, dar a zăbovit mai mult. Chiar și în somn, Ava era mai serioasă decât Amelia. Își ținea strâns la piept animăluțul de pluș preferat, iar buzele ei minuscule și roz formau o linie subțire. Era ca și cum diferența de vârstă de un minut dintre ele o făcea oficial sora mai mare, cu toate responsabilitățile unei surori mai mari.

Thea a ieșit din cameră și a închis ușa. Cu un sunet domol, l-a strigat pe Butter să o urmeze. S-a schimbat rapid într-o cămașă de noapte și apoi a intrat în baie pentru a-și face ritualul nocturn – chestia cu fața, dinții și părul. La întoarcerea în pat, s-a oprit la dulapul lui Gavin. Un sâmbure de regret i-a făcut inima să bată mai tare.

Lăsase aproape totul acolo: majoritatea hainelor și a pantofilor, colecția de șepci de baseball. Deasupra șifonierului era o farfurioară plină cu o multitudine de mărunțișuri adunate de prin buzunare – monede, chitanțe de benzină și o cutie de Tic Tac portocaliu.

Thea și-a trecut degetele peste cutie. Aproape că putea să simtă gustul bomboanelor, care era mereu prezent în respirația lui atunci când își lipea absent buzele de ale ei, înainte de a pleca într-un nou turneu cu echipa.

Foarte diferit de sărutul pe care i-l dăduse astăzi.

Thea a luat cutia de Tic Tac și a aruncat-o la gunoi. Apoi a stinsa lumina și s-a strecurat în pat. Butter a sărit și el, s-a învârtit în cerc de câteva ori, apoi s-a așezat pe partea lui Gavin.

Însă nu mai era partea lui Gavin. El plecase. Și o mie de rugăminți și scuze din partea lui nu puteau schimba asta. Pentru că, serios acum, cine naiba se credea? Nu avea niciun drept să intre pe ușă și să o sărute așa după tot acest timp. De parcă ea avea să se topească instantaneu și să uite tot ce se întâmplase.

Ceea ce, ei bine, făcuse pentru o clipă. Pur și simplu, trecuse atât de multă vreme de când o sărutase așa – așa cum o săruta înainte de a rămâne însărcinată, când se iubiseră ca niște maniaci. Atunci nu ar fi crezut niciodată că bărbatul care abia putuse să reziste o zi fără să o dezbrace avea să se transforme în cel care aproape că se scuza când se apropia noaptea de ea. În cel care începuse să se apropie de ea din ce în ce mai rar. În cel care acordase atât de puțină atenție nevoilor ei, încât nici nu observase că rămăsese frustrată de nenumărate ori.

Până în acea noapte. Până în „Noaptea Marelui O-Nu".

Thea și-a aruncat brațul peste ochi și i-a închis, încercând să blocheze amintirile, însă acestea nu o lăsau în pace, asemenea unui cântec enervant care își tot croia drum în mintea ei.

Nu mai întreținuseră relații sexuale de două luni în acel moment și abia își vorbiseră, nimic altceva decât chestiunile zilnice legate de copii, de casă și de programul meciurilor lui. Nu voia să meargă la meci, dar chiar și în noua ei stare, în care se întreba cine naiba devenise, Thea nu era atât de meschină. Nu putea rata un meci din play-off. Nu când erau atât de multe în joc. Așadar, ca o adevărată nevastă de jucător, se îmbrăcase cu tricoul lui, se lăsase fotografiată, stătuse în loja pentru familii și își întipărise pe chip zâmbetul ei colorat.

Și apoi venise a noua repriză. Bazele se umpluseră. Două ieșiri. Și Gavin fusese la servire. Trebuise să lovească o singură dată pentru a egala scorul. O dublă ar fi însemnat câștigul. Fusese cel mai important moment al carierei lui Gavin și, pentru prima dată după mult timp, simțise că era important și pentru ea. Nu avusese timp să se întrebe de ce, pentru că în momentul în care el balansase bâta, ea începuse să suspine. Thea știuse doar din sunetul bâtei că el lovise. Nimerise o lovitură *home run*. Și nu una oarecare. Un Grand Slam.

Lacrimi îi alunecaseră pe față, în timp ce-și privea soțul alergând prin toate bazele, cu brațele în aer. Colegii săi îl așteptaseră la ultima bază cu urale. Mulțimea îi scandase numele. Del îl udase până la piele cu Gatorade. Comentatorii numiseră momentul „O finală de Hollywood". Fusese genul de moment la care fiecare jucător visa întreaga lui viață, dar puțini ajungeau să îl trăiască vreodată. Iar ea fusese prinsă în moment la fel de mult ca oricine altcineva. Băuse șampanie la club. Îl lăsase să o ridice în brațe și să o sărute.

Când ajunseseră acasă, fuseseră la fel ca înainte. Maniaci. Înnebuniți unul după celălalt. Abia nimeriseră dormitorul înainte de a-și smulge reciproc hainele. Și Gavin, oh Gavin! O devorase ca pe vremuri.

Simțise o ardoare în atingerea lui pe care nu o mai trăise de atât de mult timp! O nevoie disperată care o excitase, o înfiorase. Și ea îi înapoiase pasiunea, nebunia. Fusese îmbătată de el, de șampanie, de dorință.

Orgasmul o luase prin surprindere, o orbise, o făcuse să tremure și să urle. Apoi Gavin rămăsese brusc nemișcat.

— Ce-ce-ce a fost asta?

Thea râsese, iar bucuria o copleșise și se revărsase.

— Știu că a trecut o vreme de când nu am mai făcut-o, dar ai uitat cum se numește?

Gavin își așezase mâinile de ambele părți ale trupului ei și se ridicase.

— Ce naiba a fost asta, Thea?

Răceala din vocea lui îi trimisese un fior pe șira spinării.

— Ce vrei să spui?

El se îndepărtase brusc. Ceea ce rămăsese din plăcerea ei începuse să se estompeze, iar dorința de pe chipul lui fusese înlocuită de o mască pe care ea nu o putuse citi, dar nici nu avusese nevoie. Teama îi strânsese stomacul. El aflase. O, la naiba! Aflase!

— Ai-ai...

Se întrerupsese. Clipise des. Înghițise în sec.

— Ai avut un orgasm?

Thea încercase să zâmbească, dar nu putuse.

— O, Doamne! gâfâise el, apoi se îndepărtase de ea. Te-ai prefăcut până acum.

Fusese o afirmație, nu o întrebare.

Thea înghițise în sec.

— Ce? Nu, nu-i adevărat!

Fața lui se transformase într-o mască atât de cumplită a durerii și a trădării, încât ea se întinsese spre el. El se retrăsese.

— Thea, nu mă minți! De cât timp te prefaci?

— Gavin...

— De cât timp, la naiba?! țipase el, cu o voce atât de diferită de vocea lui obișnuită, încât ea tresărise.

Thea își luase tricoul de pe podea și îl trăsese din nou pe ea. Iluzia strălucitoare din ultimele două ore se estompase rapid, dezvăluind mirajul care fusese de fapt.

La tăcerea ei, Gavin își pusese mâinile pe cap.

— Te-ai prefăcut *întotdeauna*?

Nu avusese rost să mintă. Și, la dracu', oricum se săturase de minciuni. Se săturase să poarte un zâmbet fals. Se săturase să se prefacă că erau în regulă. Se săturase să se prefacă, punct.

— Întotdeauna? se răstise ea. Nu! Nu întotdeauna! Numai de când s-au născut fetele.

— Asta înseamnă toată căsnicia noastră!

— Da, așa este. Cum naiba ți-a luat atât de mult să observi?

El se uitase fix la ea și, fără să mai vorbească, plecase în camera de oaspeți. Nu se mai întorsese în patul lor.

Ce altceva mai spunea bunica? „Dacă un bărbat vrea să te părăsească, ia-ți rămas-bun și încuie ușile! Ai lucruri mai bune de făcut decât să lupți pentru o cauză pierdută."

Thea avea lucruri mai bune de făcut. Ca, de exemplu, să-și termine studiile. Să-și refacă încet-încet cariera pe care o abandonase pentru Gavin. Să crească două fete puternice și încrezătoare. Și niciodată să nu mai fie atât de proastă, încât să își încredințeze inima unui bărbat.

Capitolul cinci

LUNI-DIMINEAȚĂ, GAVIN NU CREDEA C-AR PUTEA FI MAI deprimat. Apoi cineva a bătut la ușa camerei sale de hotel, la ora opt, și și-a dat seama cât se înșelase în această privință.

Pentru că de cealaltă parte a ușii stătea Braden Mack, cel cu Erecția din Cărți.

— Ce naiba cauți aici?

— Așa vorbești cu un prieten care îți aduce cafeaua?

— Nu ești prietenul meu. Ești doar un ghimpe în coasta mea. Și nu mi-ai răspuns la întrebare.

Totuși, cafeaua suna bine, așa că s-a dat la o parte și l-a lăsat pe Mack să intre.

— Îl aștept pe Del.

— De ce?

— Pentru că avem de lucru.

Mack a scos un pahar de hârtie din suportul de cafea.

— Ți-am luat o cafea cu lapte și aromă de dovleac. Și cu praf de scorțișoară. Mi s-a părut că ar fi pe gustul tău.

Gavin s-a întors cu o grimasă și un gest obscen, dar nevoia de cofeină i-a învins orgoliul. A deschis capacul din plastic și a luat o înghițitură. O explozie de aromă i-a oprit orice mișcare și a scos un geamăt din gât. Cafeaua era divină! Prostia aia chiar era delicioasă. Era o plăcintă cu dovleac lichidă. De ce naiba nu mai încercase asta până acum? Nu era de mirare că femeile o adorau.

Mack a rânjit.

— Nu-i așa? Îmi plac chestiile astea.

Ușa a vibrat când s-a auzit o altă lovitură insistentă. Era Del, care a năvălit pe ușă cu o expresie care spunea că nu are chef de rahaturi.

— Ai face bine să mai ai cafea și pentru mine! a lătrat el.

Mack i-a indicat suportul de băuturi.

— Cafea cu lapte și aromă de dovleac, așa cum ai comandat.

Gavin a rămas cu gura căscată.

— Și tu bei din asta?

Del s-a așezat fără jenă pe un scaun de lângă fereastră.

— Îmi place la nebunie, dar mi-e prea jenă să o comand.

Mack s-a așezat pe canapea și și-a urcat și picioarele.

— Nu te rușina că-ți place. Reacția împotriva Ligii Feminine de Fotbal American este exemplul care ilustrează perfect modul în care masculinitatea toxică pătrunde chiar și în cele mai banale lucruri în viață. Dacă femeilor le place ceva, societatea noastră începe automat să batjocorească acel lucru. La fel ca romanele de dragoste. Dacă femeilor le plac, trebuie să fie o glumă, nu?

Gavin a clipit.

— Vorbești ca Malcolm.

— Nu am doar un aspect plăcut, omule. Dar mai bine arată-mi ce haine ai.

Mack și-a lăsat jos cafeaua și s-a așezat.

Gavin s-a înecat, scuipând în pahar.

— De ce?

— Trebuie să alegem ce vei purta la musicalul de la școală în această seară.

— Ai venit aici să-mi alegi hainele?

— Printre altele, a spus Del.

Mack s-a îndreptat spre singurul dulap, aflat vizavi de baie, și a deschis ușile.

— Omule, este trist, a spus el, dând deoparte mai multe umerașe. Asta e tot ce ai?

— Nu, cap sec! Majoritatea hainelor mele sunt încă acasă.

— Ei bine, nu pot lucra cu asta. S-ar putea să trebuiască să mergem la cumpărături.

— *Nu* merg la cumpărături cu tine.

— Masculinitate toxică, a bombănit Mack, clătinând din cap.

Del a oftat ca un șofer de autocar plictisit care mai avea trei ore până la plecarea într-o excursie.

— În acest moment, aș putea să fiu acasă și să fac dragoste cu nevastă-mea.

Mack și Gavin s-au întors amândoi cu un țipăt.

Del a ridicat din umeri.

— Era dispusă. A încercat să mă ademenească înapoi în pat...

Mack și-a acoperit urechile.

— Nu de față cu copiii!

— Atunci comportă-te civilizat! a zbierat Del, arătând spre Mack. Nu-i mai insulta hainele și găsește ceva! Și tu, a arătat spre Gavin. Să aud!

Gavin a aruncat o privire în jur, de parcă Del ar fi vorbit cu altcineva.

— Ce să auzi?

— Ce ai învățat până acum.

— Din ce?

— Din carte, a spus Del, încrucișându-și brațele. *Ai început* s-o citești, nu-i așa?

Gavin a tresărit.

Del s-a ridicat câțiva centimetri. Sau cel puțin așa a părut.

— Nu iei asta deloc în serios?

— Ba da...

— Pentru că ne-am asumat un risc invitându-te în acest club.

— Dar abia mi-ai dat-o sâmbătă!

— Vai, îmi pare rău! a spus Del. Ai vreo problemă mai importantă în viață, în acest moment, care îți solicită atenția? Deoarece m-am gândit că salvarea căsniciei este în topul priorităților tale.

Del și-a trecut o mână prin păr și a privit în gol un minut, apoi s-a uitat din nou la Gavin.

— Cât ai citit?

— Primul capitol.

— Hristoase! a mormăit Del.

— Uite, Del, trebuie să fiu sincer cu tine! Nu prea știu ce ar trebui să înțeleg din această carte.

— Asta pentru că nu încerci. Du-te și adu-o!

Gavin s-a îndreptat spre noptieră, simțindu-se ca un copil care tocmai fusese trimis în biroul directorului pentru că nu își făcuse temele. A adus *Contesa supărată* sau cum s-o fi numit cartea aceea din sertar. Del a luat-o de la el și a ținut-o sus ca un pastor pe cale să predice câteva versete din Biblie.

— Am ales această carte pentru tine dintr-un motiv bine întemeiat.

— Pentru că este vorba despre un bărbat care și-a ratat căsnicia. Am priceput.

— Și nu doar de asta.

Del a deschis cartea și a dat câteva pagini, până când găsi ceea ce căuta. Și-a dres glasul.

— „Dragostea mea", a citit el. „O să începem de la capăt."

— Și? a întrebat Gavin.

— Exact asta veți face și tu și Thea.

— Nu pricep.

— O să-ți curtezi din nou soția! l-a informat Del, aruncând volumul pe pat. Și nu avem mult timp, așa că ridică-te!

— De ce?

— Pentru că trebuie să lucrăm la tehnica ta de flirt.

Gavin s-a înecat cu cafea a doua oară.

— Nu, nu!

— Ai dat-o în bară când ai mers acolo sâmbătă, așadar chiar trebuie să depui efort diseară. Fă-o să se înmoaie puțin, astfel încât să poți să-ți pledezi cazul. Vino aici!

Gavin a făcut un pas înapoi.

— În niciun caz! Thea urăște flirtul.

— Ce? a pufnit Mack, peste umăr. Asta e o prostie! Cum ai făcut-o să iasă cu tine prima dată?

— Fără să flirtez.

Ceea ce era adevărat. Chiar ea îi spusese și nu o dată. Îl observase în cafeneaua unde lucra, mai precis pentru că el nu conversa aiurea sau nu încerca să fie prea familiar. Gavin se întrebase dacă Thea l-ar fi considerat atât de simpatic dacă ar fi știut că doar fusese îngrozit că avea să-și bată joc de el, dar funcționase.

Del a mai scos un oftat.

— Gavin, tuturor femeilor le place flirtul. Numai că le plac tipuri diferite de flirt. Unora le plac vorbele vulgare. Altora le plac avansurile cavalerești. Altora le plac gesturile liniștite și dulci.

— Cum naiba ar trebui să știu ce îi place?

Mack s-a întors de la dulap cu o expresie sceptică pe chip.

— Cât timp ați fost căsătoriți?

— Face parte din învățarea limbajului trupului ei, l-a întrerupt Del.

— Nu o să învăț asta până diseară!

Hristoase, era al naibii de umilitor!

Del a dat din cap, ceea ce se voia a fi un fel de mesaj nerostit către Mack, care s-a plâns:

— De ce eu?

Apoi a ieșit din cameră. S-a întors instantaneu, transformat. S-a rezemat de tocul ușii, și-a încrucișat brațele la piept și a zâmbit în colțul gurii. Apoi a făcut cu ochiul.

Gavin s-a uitat din nou peste umăr și înapoi.

— Ce dracu'?!

— Arăți grozav! Nu-mi vine să cred că sunt văzut în compania ta!

— Ăăă...

— Ar trebui să-l avertizezi pe bărbat înainte de a ieși într-o rochie ca asta.

Apoi a privit lung, ca și cum ar fi analizat o femeie din cap până-n picioare, și gata. A ridicat din umeri și s-a îndepărtat de ușă.

— Flirtul este despre încredere, omule. Asta-i tot!

— Nu prea am așa ceva în acest moment.

— Nu încrederea *ta*, cap sec! A ei. Vrei să o faci să se simtă ca și cum ar fi singura femeie din încăpere. Trebuie să îi aduci zâmbetul pe buze, să o faci să tresară, să-i aduci culoare în obraji. Spune-i lucruri pe care și le va repeta în gând, iar și iar, când va fi în pat.

Gavin aproape că a gemut la imaginea invocată. Thea în pat. Purtând una dintre acele cămăși scurte de mătase pe care le avea, singură. Sau, mai rău, cu un alt tip. O, Doamne, i s-a făcut rău!

— Lasă-ți cafeaua jos! i-a poruncit Del.

Gavin s-a supus. Del a adoptat un zâmbet ciudat și a început să înainteze spre el. Îl privea fix în ochi pe Gavin și, la naiba, Gavin nu putea privi în altă parte. Nici nu și-a dat seama că mergea cu spatele până nu s-a ciocnit de perete. Del i-a țintit mâinile de perete și i-a zâmbit, înclinându-se spre el.

— Bună!

— Bună! a răspuns automat Gavin.

— Nu pot să mă opresc din a mă gândi la aseară.

Gavin a înghițit în sec.

— Ce-ce s-a întâmplat aseară?

Del i-a făcut cu ochiul.

— Vrei să-ți reamintesc?

Iisuse! Gavin s-a lipit de perete.

— Mă simt obligat să-ți spun că s-ar putea să fiu ușor excitat acum.

— Trebuie să fii cu adevărat disperat, a spus Del, încă în pielea personajului.

Și-a arcuit sprâncenele și a aruncat o privire spre gura lui Gavin.

— Și încă asta nu e tot ce pot!

Mack și-a dres glasul.

— Îmi pare rău că îți stric momentul special, dar avem o problemă.

A ridicat un pulover gri.

— Acesta este singurul lucru decent pe care amărâtul ăsta îl are în jalnicul lui dulap.

Gavin i-a dat peste mâini lui Del.

Acesta a ieșit din personaj.

— Amintește-ți să te uiți cât mai mult în ochii ei. Contactul vizual este esențial.

— Și fă cu ochiul, a spus Mack, aruncând puloverul pe pat. Femeile adoră chestia asta.

Del a adăugat un ultim lucru:

— Și uită-te la buzele ei! Vrei să o faci să creadă că ți le imaginezi pe tot corpul tău.

Această parte, cel puțin, nu necesita niciun fel de muncă. Gavin petrecuse o bună parte din timp imaginându-și buzele Theei pe tot corpul lui.

Dar, stai... Gavin a privit de la unul la altul.

— Asta-i tot? Îi spun că îmi place rochia ei și mă comport ca și cum aș vrea să mă lingă? Ăsta este marele vostru plan pentru mine?

— Deocamdată.

Gavin s-a lăsat din nou pe pat.

— N-am nicio speranță.

— Ar fi mai ușor dacă ne-ai spune ce s-a întâmplat cu adevărat între tine și ea.

— Asta nu se va întâmpla.

— Bine! a spus Del, cu un alt oftat.

— Atunci spune-ne *ceva*! Orice! Spune-ne un lucru pe care l-a zis sâmbătă, că poate asta ne-ar ajuta să găsim un plan potrivit pentru diseară.

Gavin s-a lăsat pe spate și s-a uitat fix la tavan. Fiecare cuvânt pe care ea îl spusese sâmbătă i se întipărise în creier, dar cea mai mare parte din discuție ar fi dezvăluit prea multe dacă ar fi împărtășit-o cu băieții.

— Vrea să păstreze casa, a spus el.

Del a ridicat capul.

— A spus ea asta?

Gavin a încuviințat.

— A spus că ar fi mai ușor pentru fete dacă unul dintre noi ar păstra singura casă pe care ele au cunoscut-o vreodată și m-a întrebat dacă aș vrea să i-o las ei.

Del și Mack au făcut un schimb de priviri.

— Asta ar putea funcționa, a spus Mack.

— Este riscant, a adăugat Del. Și nici nu mai suntem pe timpul regalității. Thea este proprietară pe jumătate din toată averea prin lege.

— Dar simbolistica ar putea dăinui, a spus Mack.

— Hei, a intervenit Gavin, stând în picioare și fluturând din mâini. Băieți, vreți să mă lămuriți și pe mine?

— Vei crește miza.

— Ar trebui să știu ce înseamnă asta?

Del și Mack au schimbat o privire care i-a sugerat lui Gavin că nu-i va plăcea răspunsul.

Și a avut dreptate.

Del a tras aer în piept și a răsuflat repede.

— O să fii de acord cu divorțul.

Ce. Drăcia. Dracului?

— Da, a spus Mack. Dar mai întâi mergem la cumpărături.

Capitolul șase

— MAMI, PREA TARE!

Thea s-a uitat în jos la creionul de pictură facială din mâna ei apăsat pe fața Avei. Se oferise să ajute la recuzita de scenă și machiaj pentru muzicalul școlii și, cu toate că sarcina ar fi trebuit să îi ofere posibilitatea de a se gândi și la altceva, mintea ei continua să rătăcească în timp ce orele treceau și se apropia momentul când avea să sosească Gavin.

Își dorea pentru a suta oară ca Liv să fie acolo pentru sprijin moral, dar sora ei trebuia să lucreze până târziu în acea seară.

— Iartă-mă, draga mea! a spus Thea, ridicând creionul de pe fața Avei.

— Mami, e așa de drăguț! a țipat Amelia lângă ea. Desenezi așa de bun!

— *Așa de bine*, a corectat-o Thea, cu calm. Mulțumesc! Este foarte drăguț din partea ta!

Thea a terminat și ultima parte din machiajul de căprioară al Avei – ambele fete jucau roluri de căprioare –, apoi a finalizat și restul desenului. Mai rămăseseră doar zece minute până la ora spectacolului. Profesorul a bătut din palme și a ridicat vocea peste discuțiile agitate, îndemnându-i pe copii să se alinieze. Acesta a fost indiciul ca Thea să se îndrepte spre sală. Și-ar fi dorit să-l fi mințit pe Gavin și să-i fi spus că este nevoie de ea în culise în timpul spectacolului, pentru că își pierduse toată energia pentru discuții mărunte și zâmbete false, care erau condiții necesare de a apărea oriunde în public cu Gavin. Spera ca Dumnezeu să-i dea putere să nu pocnească prima persoană care ar fi îndrăznit să pomenească Grand Slam-ul lui Gavin.

Stomacul i s-a strâns când a coborât scările de lângă scenă. A cercetat din priviri mulțimea de familii care căutau locuri. O duzină de femei afișau toate aceeași expresie enervată care ar fi putut însemna că soții lor întârziaseră, și acum nu mai găseau mai mult de două scaune de catifea roșie unul lângă altul pentru familiile lor. Nu l-a văzut pe Gavin, slavă Domnului! Poate dacă ar mai fi zăbovit puțin, nici ei nu ar mai fi găsit două scaune unul lângă altul.

Însă ușurarea i-a fost de scurtă durată.

— Bună!

A tresărit la sunetul vocii lui și s-a întors. Gavin stătea jos, în capul scărilor, zâmbindu-i, îmbrăcat într-un pulover subțire pe care nu îl mai văzuse niciodată. I se mula pe mușchi, ca și cum nici măcar bumbacul nu ar fi putut să-i reziste. Bine că putea Thea! Ea primise un șut în fund numit *inimă frântă*, iar era acum imună la bicepșii rotunzi, la antebrațele groase și la scobiturile tentante dintre pătrățelele bine lucrate...

Of! Thea a coborât restul scărilor.

— Ai găsit locuri?

El a arătat pe culoar.

— Al zecelea rând. Mi-am pus haina pe ele ca să le rezerv.

Gavin a așteptat ca ea să o ia înainte, iar apoi și-a pus mâna pe spatele ei, de parcă ar fi fost împreună. Ca orice altă pereche de părinți fericiți. Ea s-a îndepărtat discret de atingerea lui, exact când o voce s-a ridicat deasupra gălăgiei.

— Bună! Tu ești Gavin Scott, nu?

Șiii, bineînțeles! Thea s-a întors, iar un șir de blesteme neinteligibile și inventate i-a străbătut mintea. Un tată în blugi, cu o tunsoare scurtă, i-a întins mâna lui Gavin, care s-a oprit politicos, cum făcea el întotdeauna pentru fani.

Thea și-a scos la înaintare zâmbetul fals și a întins mâna, de asemenea.

— Thea Scott.

Bărbatul i-a scuturat ușor degetele. Cum de mai existau pe lumea asta bărbați care nu dădeau mâna cu femei? Tipul abia i-a aruncat o privire, îndreptându-și atenția spre Gavin.

— Moment dificil la ultimul joc, a spus bărbatul. Nu pot să cred ultima strigare. Arbitrul trebuie să fi fost orb.

O venă se umfla pe maxilarul lui Gavin. Ura când oamenii dădeau vina pe arbitri pentru eșecul lor.

— A fost vina noastră, pentru că am lăsat o strigare proastă să ducă la un meci pierdut. Eu nu am jucat atât de bine cum ar fi trebuit.

— Nu, a fost Del Hicks, omule! El a ratat fereastra. Contractul lui s-a terminat, nu? Poate putem scăpa de el anul acesta. Să ne descotorosim de un jucător inutil.

— Del Hicks este c-c-c...

Thea ar fi știut doar uitându-se la expresia feței celuilalt bărbat că Gavin începuse să se bâlbâie. Nemernicul se uita în oricare alta parte, numai la Gavin, nu. De parcă bâlbâitul era ceva jenant. Thea îi disprețuia pe cei ca el. Susțineau că sunt cei mai mari fani ai lui Gavin, dar în momentul în care începea să se bâlbâie, se comportau cu el de parcă avea o boală contagioasă.

Acționând doar din instinct, Thea și-a strecurat mâna în a lui Gavin, strângându-l ușurel. Degetele lui s-au închis în jurul palmei ei și a expirat. Apoi a reluat conversația.

— Del Hicks este, de fapt, cel mai bun prieten al meu, a spus el cu răceală.

— Oh! Ei bine, vă las să ajungeți la locurile voastre, a spus omul, cu fața înroșită. Încântat de cunoștință!

Thea s-a întors și a încercat să-și smulgă mâna dintr-a lui Gavin, dar el nu voia să-i dea drumul. În schimb, a tras-o înapoi și și-a dus buzele la urechea ei, aducând cu el miros de săpun și o adiere discretă de Tic Tac.

— Mulțumesc! a spus el, încet.

— Tipul ăla era un ticălos.

— Thea!

Tonul solemn al vocii lui a făcut-o să se uite la el, deși nu își dorea asta. Și-a ferit însă rapid privirea, pentru că aceeași greutate a vocii i se reflecta și în ochi, iar asta era o greutate pe care nu o putea suporta acum.

— Nu poți să te abții?

— Să mă abțin de la ce?

— De la ceea ce vrei să faci. Nu pot face asta cu tine acum.

— Tot ce am făcut a fost să-ți spun numele.

— Contează *cum* mi-ai spus numele meu.

— Cum l-am spus?

— De parcă ar fi însemnat ceva, a spus ea, în timp ce respira.

El s-a aplecat încet, intenționat, cu o privire obraznică. Inima ei *nu* a început să o ia la goană, iar pielea *nu* i s-a făcut de găină la mângâierea seducătoare a vocii sale.

— Și ce ar însemna dacă ți-aș spune că m-am trezit strigându-ți numele în această dimineață? murmură el.

— Poftim...

Gavin i-a făcut cu ochiul, i-a dat drumul mâinii și s-a îndreptat spre locurile lor.

Thea a rămas pe culoar și a schițat un protest întârziat. Apoi picioarele i-au revenit la viață.

— Ce-a fost asta? a murmurat ea, în timp ce se așeza.

El și-a ridicat o gleznă peste genunchi, într-o poziție masculină.

— Ce vrei să spui?

— Știi exact la ce mă refer! Mi-ai făcut cu ochiul?

— Cred că da.

— Tu nu faci cu ochiul.

— Nu este adevărat.

— Este absolut adevărat. O femeie își amintește de fiecare dată când un bărbat îi face cu ochiul, pentru că ne place să ni se facă cu ochiul. Este ca gheara-mâței. Faceți-ne cu ochiul și ne rostogolim și începem să toarcem. Nu mi-ai mai făcut cu ochiul de foarte mult timp.

— Atunci sunt un idiot.

Gavin și-a coborât încet privirea spre buzele ei.

— Pentru că nu m-ar deranja să te aud torcând.

Thea a tresărit.

— Poftim?

— Apropo, arăți bine, a spus Gavin, cu nonșalanță, îndreptându-și privirea din nou spre scenă. Ar trebui să av-avertizezi un tip înainte să i-i-ieși în rochia asta.

Luminile s-au stins, iar întunericul binecuvântat i-a ascuns obrajii absolut și categoric *deloc* înfierbântați.

Gavin i-a aruncat o privire Theei în teatrul întunecat. Avea spatele drept și picioarele încrucișate strâns. Dacă și-ar fi strâns mâinile mai tare, și-ar fi rupt un deget.

Avea de gând să-i dezmembreze bucată cu bucată pe Del și Mack dacă treaba asta nu funcționa. Nu doar flirtul. Nu-i venea să creadă ce voiseră ei să facă în această seară. Nu-i venea să creadă că fusese de acord să încerce.

Muzica a început să se audă din difuzoare, iar cortina s-a ridicat deasupra scenei. Un șir de copii dansau pe scenă într-un amestec de fețe de animale și pași inegali. Gavin a pufnit în râs când și-a recunoscut fiicele. Chiar și pe scenă, personalitățile lor erau evidente. Amelia era strălucitoare, vibrantă, dansând după ritmul ei. Ava era serioasă, hotărâtă să facă pașii corecți, stabiliți dinainte. Lângă el, mâinile Theei s-au descleștat, iar spatele sprijinit de spătarul scaunului s-a relaxat. Oricât de mare ar fi fost furia pe care o simțea pentru el, aceasta era cel puțin temporar înlăturată de apariția fetelor lor.

În timp ce o privea, Gavin avea senzația unei dulci căderi în gol... Felul în care fața ei reacționa la fiecare lucru adorabil pe care îl făceau Ava și Amelia, curba blândă a maxilarului, gropițele din obraji care se adânceau când râdea, micuța cicatrice în formă de semilună de sub urechea stângă.

În întuneric, ochii Theei aruncau săgeți spre el, iar expresia de îngrijorare de pe chipul ei l-a făcut să simtă un fior rece pe piele.

Spectacolul a durat o oră. De îndată ce cortina a căzut, Thea l-a biciuit cu privirea.

— Oprește-te!

El s-a hotărât să facă pe prostul, dar *la naiba,* a început să transpire instantaneu.

— Ce vrei să spui?

— Oprește-te, indiferent ce dracu' crezi că *faci*, a șoptit Thea, privind panicată de jur-împrejur pentru a se asigura că nimeni nu ascultă. Te-ai uitat la mine tot timpul. Și acel comentariu despre tors? Ce crezi că faci?

El a încercat zâmbetul în colțul gurii pe care îl folosise Mack.

— Doar flirtez cu soția mea.

— Flirtezi?! s-a mirat ea și și-a dus iute mâna la fruntea lui. Ai febră?

Cu inima bătându-i la maximum, Gavin i-a dezlipit mâna, a întors-o și și-a lipit buzele de palma ei.

— De fapt, a murmurat el, pe un ton care spera să fie seducător. Am.

Thea și-a smuls mâna și s-a lăsat pe spate, privindu-l de parcă tocmai îi crescuseră coarne.

— Ai avut un accident de mașină, nu-i așa? Sau ai căzut pe scări, sau ai fost lovit în cap la baseball.

Gavin a înghițit în sec.

— Poftim?

— O rană la cap. Este singura explicație. Trebuie să te duci la doctor!

— Poate ne-am putea juca de-a doctorul.

Scâncetul incert al vocii lui zădărnicea orice tentativă de seducție încrezătoare.

Buzele pline și lucioase ale Theei s-au despărțit, dar o fracțiune de secundă mai târziu, tânăra le-a închis la loc și a strâns din dinți. Ca un soldat chemat la apel, s-a ridicat în picioare. Iar când el nu a urmat-o, i-a aruncat o privire ascuțită la genunchi, de parcă statura lui de un metri nouăzeci ar fi fost o conspirație deliberată împotriva capacității ei de a avea o ieșire dramatică.

Gavin s-a ridicat în picioare, a lăsat-o să treacă pe lângă el și apoi a urmat-o în mulțimea de oameni cu mișcări lente care se îndreptau spre ieșire. Foaierul s-a umplut repede cu familii care își așteptau copiii.

Gavin s-a strecurat politicos, ținându-se, pe cât posibil, cât mai aproape de Thea. Ea mergea rigidă, cu capul în jos, cu poșeta strânsă pe lateral de parcă avea în puterea ei codurile nucleare.

Câteva zâmbete sincere l-au întâmpinat pe Gavin, iar el le-a răspuns la fel. Dar de mult învățase cum să evite cu pricepere celălalt fel de zâmbet – zâmbetul agitat al fanilor, care așteptau momentul oportun să ceară un autograf sau o fotografie. Fanii erau esența vieții sportivilor profesioniști, iar el ar fi fost gata să provoace orice oraș din America să găsească o galerie de fani mai loială decât Nashville. Dar sportivii profesioniști, care erau și ei tot oameni, uneori doreau doar o noapte liniștită cu familiile lor sau să-și vadă copiii cântând la școală.

Sau să-și convingă soțiile să nu divorțeze.

Când a ajuns în dreptul Theei, și-a strecurat mâinile în buzunare.

— Știi, mă gândeam că, după asta, poate am putea...

Nu a avut ocazia să-și termine sugestia despre o cină în familie – care fusese ideea lui Del –, că Thea a strigat-o pe femeia cu costum roșu și tocurile înalte care clămpăneau pe un ton vesel.

— Doamnă Martinez! a spus Thea, în întâmpinarea ei.

— Spune-mi Lydia! i-a zâmbit femeia.

— Mă bucur că v-am prins!

Thea s-a uitat la Gavin și a clipit.

— Oh, ăăă... Gavin, aceasta este doamna Martinez, directoarea școlii elementare. Lydia, acesta este Gavin. Soțul meu.

Soțul meu. Aceste două cuvinte nu sunaseră niciodată mai pompos sau mai promițător.

Femeia a întins respectuos mâna, iar Gavin i-a strâns-o.

— Este o plăcere să vă cunosc!

Directoarea s-a întors spre Thea.

— Voiam doar să te anunț că voi completa scrisoarea de recomandare până săptămâna viitoare. Sper că nu e prea târziu!

Scrisoare de recomandare? Thea i-a aruncat o privire – părea agitată –, după care s-a uitat înapoi la Lydia.

— Ar fi perfect, Lydia! Îți mulțumesc că ai făcut asta!

Lydia a fluturat din mână.

— Măcar atât pot face după ce ai făcut voluntariat cu atâta generozitate, atât anul acesta, cât și anul trecut.

Lydia s-a îndepărtat în grabă, aruncându-i peste umăr un „ne revedem săptămâna viitoare!"

— Scrisoare de recomandare pentru ce? a întrebat Gavin.

— Vanderbilt, a spus ea, cu un zâmbet forțat. Mă întorc la facultate pentru a-mi termina studiile.

— Câ-când ai decis asta?

O furtună de foc a izbucnit în ochii ei.

— Mereu am avut în plan să-mi termin studiile, Gavin!

— Thea, nu spun că nu poți...

Oh, la naiba! Greșit spus! Foarte greșit spus!

Thea a alungit gâtul și s-a înroșit.

— Ei bine, mulțumesc lui Dumnezeu pentru asta! Deoarece, cu siguranță, nu aveam de gând să o fac fără permisiunea ta!

Gavin și-a trecut degetele prin păr.

— Iubito, nu asta am vrut să spun! Putem să ne calmăm puțin...

— Serios? Îmi spui să mă liniștesc? Pentru că asta rareori are efectul dorit.

Doamne, Dumnezeule, o dăduse iar în bară! Putea simți cum flăcările îi atingeau pielea. Un sunet fluierător în ureche i-a spus că, dacă mai făcea o remarcă stupidă, avea să intre în pământ.

— Mami, ne-ai văzut?

— Slavă Domnului! a răsuflat Gavin, în timp ce Amelia și Ava alergau spre ei.

Trăsăturile Theei s-au îmblânzit. Și-a deschis brațele și le-a așteptat pe fete să se arunce pe ea.

— Ați fost uimitoare! le-a spus ea, aplecându-se să le sărute pe fiecare. Cei mai buni pui de cerb din toată lumea!

— Ne-ai văzut, tati? a întrebat Amelia, mișcându-se pentru a-i îmbrățișa picioarele.

— V-am văzut, scumpo! Ați fost incredibile!

— Mi-e foame, a spus Ava, iar Gavin a vrut să o învârtă ca-n filme.

— Îți voi pregăti niște macaroane cu brânză când ajungem acasă, a spus Thea.

Fluieratul a devenit mai puternic, dar avea să riște.

— Știi ceva? Și mie mi-e foame! De ce nu mergem la Stella?

Stella era restaurantul lor preferat. Duseseră fetele la micul restaurant din centrul orașului încă de când începuseră să stea în scaune înalte.

— Da, mami! Putem merge la Stella? a întrebat Amelia.

Gavin și-a ținut respirația când a întâlnit privirea dură a Theei. A înghițit în sec.

— Poți să-mi spui mai multe despre Vanderbilt, a sugerat el.

Thea i-a aruncat o privire pe care a simțit-o ca pe o lovitură în vintre, dar a afișat un zâmbet fericit pentru fete.

— Sună grozav! a spus ea. Ia tu fetele și ne întâlnim acolo!

— Eu vreau să merg cu mami! a spus Ava, strângându-i mâna.

Gavin a tresărit când cuvintele ei au lovit direct la țintă, dar a reușit să zâmbească.

— Amelia poate merge cu mine, iar Ava cu tine.

Parcaseră la capete opuse ale parcării, așa că s-au despărțit pe trotuar. Amelia îl ținea strâns de mână și a început să-și legene brațul înainte și înapoi.

— Ava șe culcă cu mami în fiecare șeară, a spus ea, sărind de pe bordură.

S-a cutremurat când a auzit-o vorbind peltic. Thea îl asigurase de mai multe ori că nu era motiv să își facă griji, dar el își făcea. Să fii peltic nu era motiv de rușine, bineînțeles, dar lui Gavin îi trebuise mult timp să devină împăcat cu el însuși. În copilărie și adolescență îndurase mult prea multă agresiune pentru ca acum să nu fie îngrijorat la gândul că fiica lui s-ar putea confrunta cu același tratament.

— În fiecare seară, nu? a repetat el, înțelegând în sfârșit ceea ce îi transmisese Amelia.

— Se trezește și se duce la mami, dar eu nu. Eu dorm în patul meu toată noaptea. Îmi spune că sunt bebeluș, pentru că nu-mi plac tunetele, dar ea este bebeluș pentru că îi este frică de întuneric.

Gavin s-a oprit de-a lungul unui șir de mașini parcate și s-a lăsat în jos, pentru a fi la nivelul ochilor ei.

— Nu este prea frumos să vă numiți una pe alta bebeluși, scumpo. Este normal să te temi de anumite lucruri.

De pe limbă îi ieșeau cuvinte înțelepte, dar mintea îi hoinărea. De când îi era frică Avei de întuneric?

— Chiar și adulții se tem de anumite lucruri. Nu înseamnă că suntem bebeluși, nu-i așa?

Amelia a clătinat din cap. Gavin a zâmbit și s-a ridicat. Au început să meargă din nou, dar nu au făcut mai mult de câțiva pași când Amelia l-a întrebat:

– Ție de ce ți-e frică, tati?

Să vă pierd pe voi și pe mami, s-a gândit el, cu un nod în gât. Se părea că fetele lui erau hotărâte să-l distrugă emoțional în această zi. A înghițit în sec.

— De clovni, a spus el, exagerând un fior. Pantofi roșii mari și nasuri scârțâitoare.

Apoi a luat-o la subraț, a ridicat-o pe umeri și s-a bucurat de țipătul ei copilăresc.

Capitolul șapte

— UITE-I!

Thea a indicat locul în timp ce SUV-ul lui Gavin întorcea în parcarea restaurantului Stella. Ea și Ava așteptaseră pe o bancă din fața restaurantului cam cinci minute. Probabil că Gavin fusese prins în aglomerația de după piesa de teatru. Ceea ce era bine, pentru că Thea avea nevoie de un minut – sau cinci – să se calmeze. Și *nu* pentru că Gavin îi spusese, ci pentru că trebuia. Când se potolea vreodată o femeie pentru că îi spunea un bărbat să facă asta?

Singurul lucru care avea să o ajute să se calmeze era ca acea noapte să se termine. Ar fi putut să-l omoare pentru că îi sugerase să meargă la Stella în fața fetelor. Ar fi trebuit să știe că aveau să se agațe de idee și să implore să o facă.

Thea s-a ridicat în picioare în timp ce Gavin și Amelia traversau parcarea. S-a întors cu spatele pentru a nu-i vedea zâmbetul, dar cumva mâna lui și-a găsit din nou un loc pe spatele ei. Ea s-a crispat.

— Ei, ia uite cine-i aici! a exclamat Ashley, o chelneriță care lucra la Stella încă de când începuseră ei să mănânce acolo. Nu v-am văzut de vara trecută.

Apoi Ashley a luat o expresie teatrală la vederea fețelor celor două copile.

— Doamne! Nu cred că servim căprioare aici.

— Suntem ieduți, a corectat-o fericită Amelia. Am avut serbare astăzi! Un musical!

— Un musical la școală? Dar sunteți încă mici pentru așa ceva. Nu îmi vin să cred!

Ashley i-a făcut cu ochiul Theei și a dat din mână spre micul grup să o urmeze.

— Separeul vostru preferat este liber.

De aceea îi plăcea Theei să locuiască într-un orășel mic. Veneau des aici și aveau propriul separeu. Oare mai exista ceva atât de reconfortant ca un loc în care toată lumea îți știa numele și meniul nu se schimba niciodată? Era genul de tradiție simplă de care Thea și Liv nu avuseseră parte în copilărie. Oare urma să devină mai puțin special pentru fete, odată ce aveau să înceteze să vină în patru și să înceapă să vină în trei?

Fetele au urmat-o pe Ashley prin labirintul de mese decorate cu fețe de masă în carouri roșii și vaze cu flori proaspete, care erau schimbate în fiecare dimineață. Toate ferestrele aveau obloane albe, rustice, de care Stella prinsese sfoară împletită pentru a fi agățate instantanee ale clienților și ale familiilor acestora. Inclusiv a lor. Ceea ce urma să devină incomod peste câteva luni.

Fetele s-au strecurat pe latura opusă a mesei, iar Thea a dat drumul respirației pe care o ținuse. Nu voia să stea lângă Gavin, deși era un gest copilăresc.

— Doriți să comandați ceea ce beți de obicei? a întrebat Ashley, în timp ce se așezau cu toții. Două ape și două ciocolate cu lapte?

— Sună grozav! a răspuns Gavin. Mulțumim!

— Vreau un sendviș cu brânză la grătar, a spus Amelia, ridicându-se în genunchi pe canapea și sprijinindu-și coatele de masă. Și sos de mere.

— Tu ce vrei, draga mea? a întrebat-o Thea pe Ava. Vrei și tu un sendviș cu brânză la grătar?

Ava a ridicat din umeri. Thea și-a înăbușit un oftat. Nu putea lăsa acest comportament supărător să continue mai mult, deoarece Ava se aventura pe teritoriul lipsei de respect, dar nu avea de gând să spună nimic momentan. Acea seară era suficient de tensionată deja. În plus, nu voia să-și pedepsească fiica pentru infracțiunea de a fi copil și de a-și exprima confuzia, singurul mod în care un copil putea învăța. Uneori, adulții așteptau prea mult de la copii.

Odată, în săptămânile după ce tatăl ei intentase divorțul, mama Theei se închisese zile întregi în camera ei. Când Thea bătuse într-o zi să se plângă că îi este foame, mama țipase la ea să se maturizeze și să nu mai fie atât de egoistă.

Thea avea pe atunci zece ani. Ea și Liv învățaseră să gătească singure după aceea.

Thea avea de gând să se asigure că, după divorț, fetele primeau consiliere specifică vârstei lor; altceva ar fi fost dacă ea și Liv ar fi beneficiat de asta. Spera că acest demers avea să o ajute pe Ava să se adapteze la noua realitate a lumii ei.

Chelnerița a venit cu băuturile și le-a luat comanda, apoi i-a lăsat din nou într-o tăcere încordată.

— Margarete! a spus brusc Gavin, privind la borcanul din centrul mesei, și i-a zâmbit Ameliei. Mami avea o margaretă în păr prima dată când am întâlnit-o.

Amelia a chicotit.

— Avea?

— Aveam?

Gavin s-a uitat la ea.

— O aveai împletită.

— Mami, de ce aveai o margaretă împletită în păr? a întrebat Amelia.

— Nu știu! Nu-mi mai amintesc.

— Păcat! a spus Gavin, încet. Pentru că eu nu am uitat-o niciodată.

— Mamei îi plac păpădiile, a mormăit Ava.

Thea a clipit de mai multe ori și și-a smuls privirea de la Gavin, care o studia din nou așa cum făcuse în timpul musicalului. Cum o făcuse sâmbătă. De parcă ar fi văzut-o pentru prima dată. Poate chiar așa era. Trecuseră ani de când nu mai simțise că o privea.

Thea a mângâiat-o pe Ava pe păr.

— Păpădia de la tine va fi întotdeauna preferata mea.

Stângăcia plutea în aer ca un strat gros de ceață. Thea a scos creioanele și cărțile de colorat pe care le purta mereu cu ea în poșetă pentru a ține fetele ocupate când erau în oraș. De data asta totuși, Thea le-a folosit pentru a-și găsi o ocupație. A ajutat-o pe Ava să coloreze o imagine timp de câteva minute, până când Gavin și-a dres glasul.

— Așadar, a început Gavin, jucându-se cu paharul cu apă. Când te întorci la facultate?

Thea își ținea privirea ațintită asupra cărții de colorat.

— Dacă sunt acceptată, voi începe cursurile vara asta.

— Deci, este vorba doar de un semestru?

— Aș vrea eu! a pufnit ea. Poate dacă aș merge la cursurile de zi, dar nu prea este posibil cu fetele. Sper să termin în optsprezece luni.

— Optsprezece luni, a repetat el. Asta, ăăă, pare realizabil.

— Mă bucur că aprobi.

— Și apoi, ce vei face? Mă refer, după ce ai absolvit?

— Voi urma o carieră artistică. Așa cum am plănuit întotdeauna.

El a ezitat o vreme înainte de a-i răspunde.

— Asta e, ăăă, este minunat! a spus el. Mă bucur să văd că te întorci la artă!

— Și eu la fel!

Mâncarea a sosit, iar sarcina complicată de a ajuta fetele să se hrănească a înăbușit orice altă conversație, din fericire. La jumătatea desertului – o brioșă la tavă pe care întotdeauna o mâncau în familie – Stella însăși a ieșit din spate și a venit la masa lor pentru a face conversație.

— Chiar mă gândeam la voi, a spus ea. Au trecut veacuri de când nu ați mai venit.

— Am fost ocupați, a răspuns automat Thea, o minciună atât de firească, încât aproape că a crezut-o și ea. Fetele sunt acum în grupa de preșcolari și luăm cursuri de dans, așa că este greu să mai ieșim.

— Aveți planuri pentru sărbători?

— Nimic bătut în cuie, a spus Thea.

Amelia a ridicat ochii cu un inel de ciocolată în jurul gurii.

— Mergem să-i vedem pe bunica și bunicul în Ohio de Ziua Recunoștinței.

Ah, rahat! Thea nu le spusese încă fetelor că planul să-i viziteze pe părinții lui Gavin fusese anulat. Sperase să fi uitat, pentru că trecuseră mai mult de două luni de când nu mai vorbiseră despre asta ea și Gavin. Dar copiii rar uitau de vizitele la bunicii care îi răsfățau.

— Ei bine, acesta era planul, dar, ăăă...

Thea căuta o scuză, dar nu a găsit niciuna.

Abilitatea ei de a minți la comandă și-a pierdut repede puterea.

— Dar se pare că vom rămâne pe aici.

— Dar eu vreau să merg să o văd pe buni! s-a plâns Amelia.

— Și eu, a spus Ava, cu o voce mai înaltă decât cea a Ameliei.

Thea a pus o mână pe piciorul Avei.

— Scumpo, vom vorbi despre asta mai târziu.

— Dar de ce nu putem să mergem? a întrebat Amelia.

— Amelia! a intervenit Gavin, calm, dar ferm. Mami a spus că v-vom vorbi despre asta acasă, mai târziu.

— Dar tu nu mai vii acasă!

Tăcerea enervantă care a urmat era extrem de comică, precum un desen animat, iar Thea aproape se aștepta să audă greierii cântând.

— Bine, a spus Stella, cu obrajii înroșiți, pretinzând că nu avea idee despre ceea ce Amelia tocmai anunțase întregul restaurant, cum că Thea și Gavin erau despărțiți. A fost grozav să vă revăd pe toți! Vă las să savurați desertul.

S-a îndepărtat și apoi a început adevăratul haos.

— Putem, *vă rugăm,* să mergem la bunici? a întrebat Amelia.

— Nu anul acesta, dragă, a spus Gavin.

— Dar de ce nu?

— Sunt prea ocupat cu chestii legate de baseball, scumpo.

Ava s-a prăbușit bosumflată pe scaun.

— Poate tati să ne citească diseară? a continuat Amelia.

Thea și-a înfipt vârful degetelor în tâmplă.

— Draga mea, tati nu poate în seara asta, bine?

— De ce nu? a întrebat Amelia, cu buza începând să-i tremure.

— Hei, a spus Gavin, trăgând-o pe Amelia de partea lui. Vă voi citi în curând, bine?

— Dar vreau în seara asta!

Barajul s-a spart. Lacrimile șiroiau pe fața Ameliei.

Ceea ce a făcut-o și pe Ava să înceapă să plângă, pentru că asta fac gemenii.

Și, când Ava plângea, plângea foarte tare. Apoi, dintr-odată, a zis:

— Nu mai vreau ca tati să joace baseball!

S-a făcut o tăcere și mai adâncă, apoi Ava a început să suspine și mai tare. După care Amelia a țipat:

— Nici eu nu mai vreau ca tati să joace baseball!

Și, în acel moment, întregul restaurant a început să se uite fix la ei. Gavin a înjurat printre dinți și și-a pus mâinile pe față.

Thea tremura din tot corpul, dar a găsit puterea să își treacă brațul pe după umerii Avei.

— Draga mea, de ce nu mai vrei ca tati să joace baseball?

Ava și-a frecat fața cu o mână, întinzându-și machiajul și transformând punctele albe în dungi lungi.

— Pentru ca îl face să plece și voi vă spuneți cuvinte furioase.

Ochii Theei s-au ridicat și au dat de ai lui Gavin. Și-a citit propriile gânduri în ochii lui.

— Când ne-am spus cuvinte furioase? a întrebat Gavin.

— Când tati a lovit *home run*, a sughițat Ava. Ați făcut zgomote de luptă și apoi ați spus cuvinte furioase.

O fierbințeală a urcat pe gâtul și fața Theei, urmată imediat de un ghem în stomac. Se pare că Ava se trezise noaptea și nu numai că îi auzise făcând sex – doar asta putea însemna ceea ce fetița descrisese drept *zgomotele de luptă* –, apoi le auzise cearta de mai târziu.

Capul Theei se mișca de parcă ar fi fost făcut din jeleu, în timp ce a ridicat din nou privirea spre Gavin. Ochii li s-au întâlnit – durerea lui, tulburarea ei.

Fetele plângeau. Oamenii se holbau. Un fior rece parcă i-a acoperit pielea. Înainte de a se putea abține, a deschis gura și a spus:

— Știi ce? Ce zici dacă vine tati acasă și îți citește diseară? Te-ar face să te simți mai bine?

Gavin a achitat nota de plată, în timp ce Thea le-a condus pe fete spre mașina ei. El le-a urmat acasă, în întuneric, cu mâinile strângând volanul și stomacul agitat. Oare cât avea să dureze până să își scoată cuvintele Avei din minte? „Îl face să plece și vă spuneți cuvinte furioase." Ce naiba le făcuse copiilor săi? Familiei lui?

A parcat pe alee în spatele Theei. Ea a refuzat să îl privească în ochi când el le-a ajutat pe fete să își desfacă centurile de siguranță de pe bancheta din spate. Butter i-a întâmpinat la ușă.

— Mai întâi faceți baie și apoi tati vă poate citi, a zis Thea, în timp ce agăța hainele fetelor în cuier.

Avea vocea fragilă, de parcă ar fi fost la un cuvânt distanță de a se prăbuși sau de a dărâma din nou peretele.

— Îl scot eu pe Butter afară, s-a oferit Gavin.

Thea a răspuns cu o mulțumire rigidă, iar el nu se mai simțise niciodată ca un musafir în propria casă. În timp ce

Thea a mers sus cu fetele, el l-a condus pe Butter spre ușa din spate. Mirosul de praf și rigips se amestecase cu parfumurile cunoscute ale casei – loțiunea Theei, lumânările de lavandă pe care le ardea mereu, izul subtil al câinelui și omniprezenta tentă de markere și vopsea de la picturile fetelor. Când Butter a terminat de înconjurat curtea pentru a găsi locul potrivit să facă pipi, Gavin a auzit apa curgând în cadă, la etaj. A alergat într-acolo și a bătut la ușa închisă a băii.

— Ai nevoie de ajutor? a întrebat el.

Thea a răspuns că *nu*.

Senzația de a fi străin în propria casă a revenit, în timp ce zăbovea în fața ușii. S-a uitat în dreapta lui, la dormitorul principal. Dormitorul lor. S-a îndreptat spre el și s-a oprit în ușa deschisă. Thea nu făcuse patul în dimineața aceea, iar regretul la vederea cearșafurilor deranjate l-a simțit ca pe un pumn în burtă. Ultima dată când dormise în patul lor fusese în noaptea aceea. Unul dintre cele mai uimitoare momente din viața lui, urmat aproape imediat de cel mai îngrozitor.

— Ce faci? a întrebat Thea din spatele lui.

El s-a întors. Nu auzise ușa băii deschizându-se, dar fiicele sale acum stăteau pe hol cu prosoape asortate înfășurate în jurul lor.

— Nimic, a spus el. Eu doar... o să le ajut să se îmbrace cu pijamale.

Tăcerea s-a așternut peste dormitorul fetelor în timp ce el și Thea le-au uscat și le-au îmbrăcat în pijamale cu unicorni. Thea s-a ridicat, a strâns prosoapele umede și le-a spus să aleagă o carte cât timp ea își schimba hainele.

Fetele s-au oprit la o poveste de Crăciun, despre un raton care se pierde în drum spre casa bunicii. Tocmai se așezaseră comod pe patul Ameliei când Thea a intrat înapoi. Se schimbase într-o pereche de pantaloni de trening și un hanorac cu vechea lui echipă, Huntsville Rockets, pe care i-l furase la scurt timp după ce începuseră să se întâlnească.

El își pierduse toate gândurile coerente prima dată când o văzuse îmbrăcată cu el. Ceva posesiv regresiv pusese stăpânire pe el, de parcă ar fi pretins că ea îi aparține. Oficial. Cu hanorac cu tot.

Și în ziua de azi, vederea minionei lui soții, înotând în hainele lui masive, îl excita mereu. Totuși, în seara asta, cu siguranță, Thea alesese hanoracul doar pentru că era ușor, curat și familiar. Dar, pentru Gavin, acesta avea altă semnificație și îi trezea amintiri. Purtase acel hanorac când îi spusese că e însărcinată. Gavin nu reușise să ajungă la ea de trei zile. Ea îi ignorase toate apelurile și mesajele, iar colegilor ei de la cafenea le spuseseră că se învoise din motive medicale. Când, în cele din urmă, se dusese la apartamentul ei și o convinsese cel puțin să deschidă ușa, fusese pregătit pentru orice. Sau, cel puțin, așa crezuse.

— Ce faci aici? întrebase ea, cu brațele încrucișate și palmele ascunse de manșetele hanoracului lui.

Gavin își întinsese mâinile de ambele părți ale cadrului ușii, iar discursul pregătit fusese înlocuit de panică în clipa în care îi văzuse fața.

— Doar vorbește cu mine. OK? O-o-orice ar fi, spune-o!

Ea îl privise o clipă cu ochii goi și apoi se întorsese fără a scoate niciun cuvânt. El o privise din prag cum dispăruse în baie. Câteva clipe mai târziu, se întorsese cu o chestie albă și dreptunghiulară în mâini.

Fiecare nerv din corpul lui Gavin izbucnise de parcă ar fi fost lovit de fulger.

— Ce-ce este asta?

Ea se oprise la jumătatea drumului prin micul living. Gavin intrase, închisese ușa și traversase până în locul unde stătea ea. Ea îi întinsese acel obiect alb. El aruncase o privire la el și văzuse un singur semn de culoare albastră.

— Ești însărcinată? întrebase el, puncte de lumină dansându-i în fața ochilor.

Ea smulsese înapoi testul de sarcină și își reluase poziția cu brațele încrucișate.

— Sunt însărcinată, spusese ea, cu voce fermă, provocatoare și hotărâtă.

Abia terminase propoziția înainte ca el să o sărute.

— Ești gata să citești? a întrebat Thea, întrerupându-i amintirea.

— Faceți loc și pentru mami! a spus Gavin.

Amelia s-a apropiat mai mult de el, iar Thea s-a înghesuit într-un mic spațiu între fete și perete. Lângă el era mai mult decât suficient loc, dar probabil că nu ar fi dat prea bine să evidențieze asta.

Gavin a început să citească, cu fetele ghemuite lângă el, și, la fiecare câteva rânduri, îi arunca o privire Theei. Ea refuza cu îndârjire să-i răspundă. Când, în cele din urmă, a terminat, câteva minute mai târziu, Thea s-a ridicat atât de repede, încât patul s-a cutremurat. Le-a spus fetelor să o sărute de noapte bună și că tati le va așeza în pat și le va înveli.

Ava a fost cel mai greu de adormit. O voia doar pe Thea și a avut nevoie de câteva animăluțe de pluș îngrămădite în jurul ei pentru a se liniști. Cu Amelia a fost mai ușor. Când a așezat-o în pat și i-a spus că totul avea să fie bine, ea l-a crezut. S-a uitat la el cu ochi plini de speranță, și-a înfășurat mânuța peste mâna lui și i-a șoptit:

— Te iubesc, tati!

Gavin abia a putut să se dezlipească și să se ridice ca să iasă din cameră.

A închis ușa ușor, ținându-și respirația, apoi a coborât. A găsit-o pe Thea în bucătărie, scriind ceva pe uriașa tablă albă.

Ea s-a încordat când el a ajuns în spatele ei.

— Au adormit?

S-a văzut nevoit să-și dreagă glasul pentru a putea vorbi.

— Da! Erau obosite.

— La fel sunt și eu.

El a urmărit-o cum închide capacul markerului și îl bagă în sertar. Privirea i s-a îndreptat spre tabla de plută unde o invitație era prinsă cu o piuneză. A clipit de două ori pentru a se asigura că văzuse corect.

— Tatăl tău se căsătorește din nou?

Thea s-a îndepărtat de el și s-a apropiat de chiuvetă.

— Ești surprins?

— Ce s-a întâmplat cu Christy?

— Crystal. A înșelat-o cu noua iubire a vieții lui.

Thea a umplut un pahar cu apă, pe care a băut-o ca să înghită medicamentul pentru durerea de cap pe care îl folosea ori de câte ori simțea că apare o migrenă.

— Când s-au întâmplat toate acestea?

Thea a ridicat din umeri și s-a întors.

— Cândva, iarna trecută. Nu-mi amintesc exact.

— De ce nu mi-ai spus?

— Nu știu, a oftat ea. Nu părea important.

— Cum a primit mama ta vestea?

Thea și-a lipit degetele de tâmplă.

— Chiar nu vreau să vorbesc despre părinții mei.

— Îmi pare rău! Ai dreptate! Tu..., a zis el și a făcut semn spre fruntea ei. Te simți bine?

— Sunt OK, i-a răspuns ea, apoi a înghițit și a privit spre podea. Gavin, avem niște decizii de luat!

Vorbele ei au avut darul să îl trimită înapoi în timp.

Fie că ea își dăduse seama sau nu, spusese exact același lucru ca în ziua în care îl anunțase că e însărcinată.

Thea îl lasase să o sărute, dar nu pentru mult timp. Își așezase mâinile pe pieptul lui și îl împinsese.

— Ce faci?

Gavin își lipise mâna de abdomenul ei, unde copilul lui – al lor – creștea.

— Thea, sunt fericit!

— Da, grozav! spusese ea cu mai multă încordare decât s-ar fi așteptat. Dar, Gavin, avem niște decizii de luat!

— Ce trebuie să decidem?

Cu mâna dreaptă încă lipită de abdomenul ei, își folosise stânga pentru a o apuca de bărbie.

— *Mărită-te cu mine!*

O idee i-a încolțit în minte. Cuvintele funcționaseră atunci, așa că poate aveau să funcționeze din nou. În mod clar și Lordul Cutărică ar fi făcut cam același lucru.

Gavin a redus distanța dintre ei. Thea și-a ridicat privirea din podea exact la timp pentru ca el să-și plimbe mâna stângă de-a lungul obrazului ei.

— Ce trebuie să decidem? a întrebat-o. Mărită-te cu mine!

Capul ei s-a îndepărtat de atingerea lui, cu o expresie confuză pe chip.

— *Poftim?*

Inima lui a zvâcnit puternic.

— Asta... asta ți-am spus c-când...

— Știu, Gavin!

Thea și-a înfășurat brațele în jurul trunchiului, într-o poziție care reușea să exprime atât duritate, cât și vulnerabilitate în același timp.

— Doar că mi-aș fi dorit să nu distrugi momentul, repetându-l acum.

Să-i distrugă? Inima i-a bubuit în piept.

— Nu sunt gata să renunț la noi.

— E prea târziu.

— *Nu* e prea târziu, a replicat el, intrând parcă în pielea Lordului Spune-Întotdeauna-Lucrul-Potrivit. Niciodată nu e prea târziu pentru dragoste.

Thea a pufnit în râs.

— Tu vorbești serios?

Bine, poate că exagerase. *Mulțumesc, Lordule-Nemernic!* Totuși, era acum ori niciodată!

Și dacă asta nu avea să funcționeze, avea să-i omoare pe Mack și Del și să-l arunce pe Lordul Vorbe-Mari în șemineu.

— Ce-ar fi dacă... dacă am putea s-o luăm de la capăt?

Thea și-a ridicat mâinile pentru a-l opri.

— Gavin, oprește-te!

— Lasă-mă să mă întorc acasă...

— Nu!

Thea l-a ocolit și a traversat jumătate din camera de zi, înainte ca el să o poată ajunge din urmă.

— Lasă-mă să mă întorc acasă! a repetat el. Și dacă nu te pot rec-c-câștiga, o să... o să renunț. O să îți acord divorțul!

Thea s-a răsucit, cu o privire uimită.

— Suntem în secolul al XXI-lea. Pot să divorțez indiferent dacă ești de acord sau nu.

Corect. Desigur. Rahat!

— Știu! Ce-ceea ce vreau să spun este că îți voi da tot ce vrei. Voi achita casa pentru tine și fete și voi fi de acord cu orice sumă ai nevoie pentru pensia alimentară. Orice. Nici măcar nu vom avea nevoie de avocați.

Ea și-a arcuit o sprânceană.

— Agentul tău te-ar ucide dacă ai divorța fără avocat.

— De ce? Ai de gând să mă cureți de tot?

Din câte se părea, tentativa lui de glumă nu a fost apreciată, deoarece buzele ei au format o linie fermă.

— Nu, dar dacă vei fi transferat și va trebui să te muți? Custodia ar complica foarte mult lucrurile.

Custodia. Cuvântul l-a făcut să vrea să vomite.

— Thea, te rog! Mai dă-mi o șansă!

— De ce? a izbucnit ea, aruncându-și brațele în lături, într-un gest exasperat.

— Ca să-ți demonstrez cât de mult te iubesc.

Buzele ei s-au deschis din nou. S-a uitat fix la el, preț de o clipă, care parcă însă a durat o veșnicie.

— Te rog, încetează să mai spui asta! a șoptit ea, în cele din urmă, cu durere în glas.

— Ce să mai spun? Că te iubesc?

Încuviințarea ei tacită l-a lovit în plin. S-a împleticit și a făcut un pas în spate.

— *De ce?*

— Nu mai cred în aceste cuvinte. Deloc!

Gavin a tras adânc aer în piept. Suferise câteva pierderi grele la viața lui. Pierderi care îi schimbaseră viața. Și umilințe care îl usturau și în ziua de azi. Dar *asta*... asta era cea mai dureroasă dintre toate. Dacă existase vreodată un moment în care lordul Benedict să-i dicteze ce să zică, acesta era. Dar singura voce pe care o auzea în cap în acel moment era cea a unei femei.

„Iubirea nu este suficientă."

Când citise acele cuvinte de la Irena, Gavin mormăise printre dinți și aproape că închisese cartea. Ce fel de roman de dragoste declară că iubirea nu are sens? Nu acesta era scopul romanelor de dragoste, să demonstreze că iubirea învinge tot? Avea senzația că era pe punctul de a afla pe pielea lui dacă în viața reală asta era sau nu adevărat. Spera doar că Lordul Nefericit-în-Amor avea o idee mai bună despre cum să-i dovedească soției sale că greșește decât avusese Gavin.

— E târziu, a spus Thea, încet, de parcă tonul ei mai moale putea înmuia lovitura. Ar trebui să pleci acasă.

— Sunt acasă. Tu și fetele sunteți căminul meu.

Thea a tras o mică gură de aer. Abia perceptibilă, dar suficient cât să-i transmită că vorbele lui – tristul lui adevăr – lăsaseră un semn. Era timpul să pluseze.

— Știi ce? Sunt dezamăgit de tine! Pentru că tu, cea de dinainte, ai fi sărit în sus la o propunere nebună ca asta.

Gavin și-a ținut respirația, în timp ce ea îl privea fix. Maxilarul i s-a încordat, iar sprâncenele i s-au unit. Nu de furie. Nu! Cântărea ideea. Și-a dat seama de asta prin sclipirea de îndrăzneală din ochii ei.

Sclipirea aceea, mai mult decât orice altceva, l-a făcut să riște totul cu următoarele cuvinte:

— Haide, Thea! a provocat-o el. Ce ai de pierdut?

Thea a răspuns întorcându-se și îndreptându-se spre ușile de la curtea din spate. Tăcută, a privit afară, în întuneric, cu brațele din nou înfășurate strâns în jurul corpului. Ar fi dat orice să poată vedea ce se întâmplă în mintea ei, să audă orice discuții în contradictoriu avea cu ea însăși.

Ticăitul ceasului din holul de lângă scări marca fiecare secundă cu o lentoare chinuitoare.

În cele din urmă, suspansul l-a copleșit.

— Thea...

Ea s-a întors rigidă.

— Am unele condiții.

Cuvintele ei au zăbovit o clipă în aer, o clipă uluitoare și care parcă nu se mai sfârșea, înainte să capete confirmare în creierul lui Gavin. Ce voia să spună? Era de acord să...

El a vorbit rar, temându-se că, dacă ar reacționa prea brusc, Thea avea să spună că nu mai contează.

— Ce-ce fel de condiții?

— Această – și-a fluturat mâna în aer, căutând cuvântul potrivit – *propunere* nu poate dura la nesfârșit. Vom avea nevoie de un termen limită sau ceva de genul ăsta.

— Cantonamentul de primăvară, a spus el.

Era perfect! Dacă nu reușea, cel puțin avea o activitate care să-l distragă după ce pleca. Totuși, nu intenționa să dea greș. Cantonamentul de primăvară era peste aproape trei luni. Mai mult decât era necesar.

Totuși, Thea avea altă idee, așa că a clătinat din cap.

— Până la Crăciun.

— Mai este doar o lună!

— Va fi prea greu pentru fete dacă va dura mai mult de atât.

Nu putea nega asta.

— Bine! a acceptat el.

— Și trebuie să dormi în camera de oaspeți.

Ei bine, asta era o lovitură sub centură.

— Cum se presupune că ne vom rezolva problemele, dacă nici măcar nu dormim în aceeași cameră?

— Asta nu părea să te deranjeze înainte.

Orice argument ar fi încercat să aducă în favoarea sa ar fi sunat ori egoist, ori plângăcios.

— Ce altceva?

— Liv rămâne aici.

Ah, Doamne!

— Cât timp?

— Cât timp am nevoie de ea.

El a încuviințat din cap, pentru că nu avea de ales.

— Bine! Altceva?

— Atât, deocamdată!

— Deocamdată?

Ascuțimea neintenționată a vocii lui a făcut-o pe Thea să-și strângă buzele.

— Astea sunt condițiile mele, Gavin! Da sau ba!

El le-a acceptat. Ar fi acceptat orice. Gură i s-a uscat brusc și a înghițit în sec.

— Când mă vrei... ăăă... vreau să spun, când pot veni acasă?

— Miercuri seară.

Cu o noapte înainte de Ziua Recunoștinței. Peste două zile.

— Bine!

— Poți fi aici când ajung acasă cu fetele de la școală.

— Sigur! Da! Bineînțeles!

— Vom comanda pizza la cină.

Pizza! Sigur! Ce naiba? Asta era, probabil, cea mai ridicol de nepotrivită conversație a vieții lui, dar normalitatea ei bizară a avut un efect ciudat asupra stomacului său. Undeva, în mijlocul acestui haos de emoții, trebuia servită și cina.

— Așadar, ne vedem miercuri! a spus ea, ceea ce însemna în mod clar că îl expedia.

Ochii i s-au plimbat pe fața ei, iar în piept parcă i s-a deschis o prăpastie. Ea stătea în picioare, dar părea mică. O înfrângere apăsa pe umerii ei rigizi. Nu voia să o vadă așa, de parcă tocmai ar fi pierdut cea mai importantă luptă din viața ei.

— Thea, î-îți dorești asta cu adevărat?

— Vrei să te muți acasă sau nu? s-a răstit ea, privind fix la pata de pe umărul lui.

— Vreau. Doar că...

— Ce? Hotărăște-te, Gavin!

El a răsuflat încordat.

— Bine! Voi fi aici miercuri.

S-a gândit să traverseze camera și să o ia în brațe înainte de a pleca, mai mult pentru a se asigura pe el însuși decât orice altceva, dar limbajul corpului ei țipa: ATINGE-MĂ ȘI PIERZI UN TESTICUL! Prin urmare, da! Era un început promițător.

Gavin s-a mulțumit cu o mică încuviințare din cap înainte de a se îndrepta spre mașină. A pornit motorul, dar s-a oprit pe alee, urmărind să se stingă lumină după lumină, până s-a făcut întuneric înăuntru. Tot ce iubea mai mult pe lume se afla în acea casă, iar să se îndepărteze de ea în seara asta era mai greu decât fusese vreodată. Pentru că data viitoare când avea să revină, avea să aibă doar o lună la dispoziție pentru a-și câștiga dreptul de ședere definitivă. Deși condițiile ei îi făcuseră sarcina mai greu de îndeplinit, niciun jucător nu își putea alege loviturile. Tot ce putea să facă era să studieze terenul și să vină cu un plan de joc.

O lună!

De atât avuseseră nevoie pentru a se îndrăgosti prima dată.

Putea să o facă din nou.

— Bine, Lordule Pantaloni-Mulați, a spus Gavin, în timp ce se îndepărta de alee. Spune-mi ce să fac în continuare!

Curtând contesa

Lui Benedict i-au trebuit două săptămâni, trei zile și șaisprezece ore să-și dea seama de defectul fatal al planului său privind un nou început.

Soția lui nu era dispusă să participe.

Nu putea să curteze o femeie care nu era dornică să fie curtată.

Din noaptea nunții lor, Irena nu-i îngăduise mai mult de câteva minute de timp petrecut singură cu el, deși fusese suficient de inteligentă, încât să facă să pară neintenționat. Ori de câte ori încercase să se apropie de ea, avea brusc o problemă urgentă de discutat cu bucătarul sau o sarcină care trebuia dusă la bun sfârșit în altă parte. Ori de câte ori termina cu treburile moșiei, devenea brusc preocupată de ale ei. Și, deși ușa care le separa odăile de dormit rămânea descuiată în fiecare seară, el nu putea să intre în iatacul ei să-și potolească setea arzătoare de a consuma căsătoria. Nu atât timp cât ea credea că permisiunea de a intra în patul ei era, pur și simplu, o datorie. Nu până când setea ei nu avea să fie la fel de mare ca a lui.

Dar Benedict nu renunța. În adâncul sufletului era și avea să fie întotdeauna un bărbat curajos, trăsătură pe care o avea în comun cu Irena. Acesta fusese, la urma urmei, felul în care se cunoscuseră. Când aflase că un cal al unui baron sărac îl întrecuse pe unul dintre prestigioasele sale exemplare pursânge, fusese uimit să descopere că bidiviul fusese antrenat chiar de fiica acelui nobil.

Ceea ce însemna că amândoi erau niște pariori rebeli și absolut perfecți unul pentru celălalt într-un mod în care Benedict nu crezuse niciodată că putea fi posibil.

Și acum era timpul să ridice miza.

Benedict și-a turnat două degete de coniac într-un pahar și s-a așezat lângă șemineul din biroul lui să o aștepte. Când bătaia ei a răsunat pe ușa grea, de lemn, a băut tot lichidul de culoarea chihlimbarului pentru a-și liniști nervii, apoi i-a îngăduit să intre.

Ea a pășit în încăpere îmbrăcată într-o rochie de zi de un albastru pal și cu o expresie enervată. Mâinile și le ținea încleștate în fața ei.

— M-ați chemat, milord?

El i-a ignorat sarcasmul evident. Benedict i-a făcut semn spre canapeaua de lângă fereastră.

— Te rog să iei loc!

Stătea într-o postură rigidă, de domniță, cu spinarea dreaptă, mâinile încrucișate în poală, picioarele încrucișate la glezne și înclinate elegant în lateral.

— Am un alt dar pentru tine, a spus el.

Suspinul ei ar fi putut alimenta un motor cu aburi.

— Milord...

— Benedict!

— ... toate astea trebuie să înceteze.

— Nu-ți plac celelalte daruri pe care ți le-am oferit?

Îi dăruise șapte până atunci. Cercei, coliere și brățări în fiecare nuanță de piatră prețioasă.

— Sunt inutile.

— Ești singura femeie pe care am întâlnit-o vreodată care descrie cerceii și inelele ca fiind inutile.

— Atunci, înseamnă că nu cunoașteți multe femei.

— *Touché!*

Benedict s-a îndepărtat de șemineu și s-a dus la birou. Din sertar, a scos o cutie care nu era împachetată. Nu a avut nevoie decât de câțiva pași pentru a ajunge la canapea, dar a simțit distanța ca fiind mai mare sub greutatea privirii ei și amenințarea eșecului.

— Poate că acest cadou ți se va părea mai folositor.

Ea a acceptat cutia și a deschis-o fără cuvinte. Sprâncenele i s-au unit în timp ce scotea instrumentul subțire de argint.

— Ce este acesta?

— Acesta, a spus Benedict, așezându-se lângă ea, este un stilou.

— Observ.

— Înmoi această parte aici, în călimară, a spus el, arătând spre penița ascuțită de la capăt. Stiloul trage cerneala printr-o pompă subțire, care o adună și o depune pe hârtie când scrii. Îți permite să scrii mult mai mult fără a face pauză pentru a lua din nou cerneală.

El a privit cum șovăia între încăpățânare și fascinație. În cele din urmă, a câștigat încăpățânarea. Ea a reașezat stiloul în cutie.

— Ce folos am de la o astfel de frivolitate?

— Îi scrii surorii tale mai mici în fiecare zi, Irena. M-am gândit că acest obiect îți va ușura mult sarcina.

Masca indiferenței care îi ținuse trăsăturile reci a alunecat în acel moment, dezvăluind singurătatea care o sfâșia pe Irena.

— Îmi pare rău că îți lipsește atât de mult! a zis el.

— Îmi fac griji pentru ea, l-a corectat ea, categoric. Scandalul căsătoriei noastre a pătat-o și pe ea. Părinții mei sunt neînduplecați și îi caută neîncetat o partidă bună și respectabilă înainte de a fi prea târziu, indiferent de ceea ce își dorește ea. Nu pot face nimic pentru a o proteja acum.

Vinovăția amenința să îl sufoce nu numai pentru ceea ce făcuse, ci și pentru ceea ce era pe cale să facă. S-a apropiat și i-a acoperit palmele cu mâna lui.

— Irena, am luat o decizie.

Ochii ei s-au îndreptat spre ai lui.

— Ce fel de decizie?

— Nu va exista niciun moștenitor.

Panica a străbătut ochii femeii, lărgindu-i pupilele și întunecându-i irisurile de smarald.

— *Poftim?* a suspinat ea, legănându-se în loc.

— Ai refuzat toate încercările mele de a-ți dovedi că te iubesc.

Ea a țâșnit în picioare, iar stiloul a căzut pe podea.

— Și cum, mai precis, veți face asta? Refuzând să-mi dăruiți un copil?

— Nu-ți voi refuza nimic, i-a răspuns el, ridicându-se și apucând-o de mâini. Dacă nu pot să-ți câștig din nou dragostea, te voi lăsa grea într-un mod rece și lipsit de pasiune, așa cum pretinzi. Apoi vă voi cumpăra o moșie cu un grajd mare, unde tu și copilul să vă retrageți cu caii tăi iubiți, și nu te voi mai deranja niciodată. Dar nu până nu-mi dai o șansă să-ți reamintesc cât de mult mai poate fi între noi.

Capul ei s-a scuturat frenetic înainte și înapoi.

— Cum aș putea fi de acord să particip la o înțelegere atât de crudă?

— Pentru că ai toate șansele de câștig. Eu, pe de altă parte, am totul de pierdut.

Dezgustul i-a întunecat expresia, în timp ce își smulgea mâinile dintr-ale lui.

— Vorbiți ca un om care a privit lumea prea mult timp prin lentila tulbure a privirii bărbătești. Nu contează ce se întâmplă între noi, vă veți menține statutul, titlul, banii, proprietatea asupra întregii lumi. Veți fi binevenit în orice club și în orice sală de bal. Victimă a unei femei vicioase, înșelătoare, în timp ce eu voi fi pentru totdeauna Dalila[1], care v-a tăiat părul. Dumneavoastră nu suferiți *nicio pierdere.*

Benedict a prins-o de umeri.

— Am să sufăr pierderea ta! a izbucnit el.

Un gâfâit liniștit a scăpat dintre buzele ei.

Benedict și-a mișcat mâinile pentru a-i urmări curbura obrazului.

— Dacă crezi că îmi pasă de ceva – bani, titlul, orice din toate astea –, te înșeli. Nimic nu contează dacă te pierd.

---

[1] Referire la povestea biblică Samson și Dalila (n. tr.).

Ea voia să-l creadă. Lordul o vedea în ochii ei. Totuși, s-a îndepărtat de atingerea lui, s-a întors și a mers spre șirul de sticle aliniate pe barul de pe peretele opus. El a privit-o cu amuzament dulce-amărui, în timp ce ea și-a turnat o porție zdravănă de coniac și a dat-o pe gât cu o precizie exersată. Iubita lui era mereu plină de surprize.

— Nu înțeleg ce vreți să fac, milord.

— Lasă-mă să te curtez! Lasă-mă să te duc la teatru, la baluri! Stai cu mine seara și vorbește cu mine la cină! Dansează cu mine! Călărește cu mine în parc! Să facem toate acele lucruri pe care le-am făcut înainte...

El a întrerupt șirul gândurilor. Ea a terminat fraza pe un ton dur.

— Înainte să mă acuzi de trădare și să refuzi să asculți ce am de zis.

— Da, a răspuns el, calm.

— Și dacă refuz să fac ce îmi porunciți?

El a inspirat adânc și și-a jucat ultima carte.

— Atunci, sora ta va fi distrusă.

Ea s-a răsucit din nou spre el.

— Ce au de-a face toate astea cu sora mea?

— Tu singură ai spus că scandalul nostru i-a afectat reputația. Dacă putem convinge mulțimea că între noi a fost – este – o dragoste adevărată și că zvonurile despre tine au fost false, atunci și perspectivele surorii tale se vor îmbunătăți. Dar dacă rămânem fără copii și zvonurile despre noi persistă mult timp, ea va fi forțată să se căsătorească cu orice mojic pe care părinții tăi îl împing spre ea. Știi că am dreptate.

Tăcerea s-a strecurat între ei, un moment mai dureros decât altul, până când, în cele din urmă, ea a spus:

— Benedict, există ceva ce încă nu înțeleg.

Folosirea prenumelui l-a împins spre ea.

— Ce anume?

— Dacă câștigi, ce obții din asta?

Benedict i-a prins mâna și i-a așezat-o pe inima lui.

— Cel mai mare premiu dintre toate. Îți câștig dragostea.

Capitolul opt

THEA S-A TREZIT A DOUA ZI DIMINEAȚĂ CU FLUTURI ÎN stomac și un picior pe față. Cândva, în toiul nopții, Ava se trezise din nou, speriată de întuneric, și se vârâse în pat cu ea.

Thea a depus un sărut moale pe piciorul fiicei sale și s-a tras ușor de sub ea. Lista de lucruri pe care o mamă trebuie să le facă a început să se deruleze lent prin mintea ei. Fă cumpărăturile! Spală prosoapele! Aruncă restul hainelor lui Gavin pe patul din camera de oaspeți!

Dar, mai întâi, trebuia să o înfrunte pe Liv.

Thea a rezolvat treaba cu baia și s-a strecurat pe hol. Ușa camerei de oaspeți stătea deschisă, dar Liv nu era înăuntru. Ceea ce însemna că adormise din nou pe canapea după serviciu. Când lucra în ture târzii, de obicei era prea agitată ca să adoarmă când ajungea acasă, așa că, o vreme, se uita la televizor, până se prăbușea.

Thea a coborât scările. Soarele dimineții răspândea o strălucire portocalie, delicată, de-a lungul fotografiilor de familie care atârnau în ordine meticuloasă pe casa scării. Thea nu ratase niciodată un an fără să planifice o fotografie de familie, pentru că asta făceau toate soțiile de jucători perfecte. O soție adevărată de jucător de baseball avea întotdeauna o felicitare de Crăciun cu o fotografie perfectă.

Butter a scâncit la ușă. Thea l-a lăsat să iasă în curtea din spate, apoi a auzit-o pe Liv căscând și întinzându-se pe canapeaua din spatele ei. Thea s-a uitat la ea peste umăr.

— La ce oră ai ajuns acasă?

— Pe la trei.

Liv a întins un braț deasupra capului și a scos un zgomot lung, obosit, în timp ce s-a ridicat.

— A fost o nebunie aseară! Am avut cel mai obositor grup, care a venit târziu și a comandat tot meniul, s-a văitat ea, aplecându-se peste perne.

— Urăsc petrecerile burlacilor!

Butter a alergat înapoi înăuntru și a urmat-o pe Thea în bucătărie, unde și-a așteptat micul dejun dând din coadă și sărind în două lăbuțe. După ce i-a umplut bolul cu mâncare, Thea a început să prepare cafeaua.

— O să mă faci să-ți scot cuvintele cu forța sau o să-mi spui de bunăvoie cum au decurs lucrurile aseară? a întrebat Liv.

Thea a umplut o cană cu cafea, frișcă și zahăr, apoi s-a așezat pe un taburet de bar pentru a-și înfrunta sora. Nu exista nicio metodă mai ușoară de a o spune decât direct.

— Mâine se mută înapoi acasă.

Liv a făcut o față de păpușă posedată înainte de a striga:

— Poftim?!

Thea a ridicat o mână.

— Doar pentru o lună.

— Ce naiba? De ce?

— Este complicat.

Liv s-a aruncat peste spătarul canapelei cu o vigoare remarcabilă pentru cineva care fusese mort de somn cu doar trei minute în urmă.

— Ce este complicat la asta? Erai atât de sigură pe tine! Ce naiba s-a schimbat?

— Mi-a făcut o ofertă pe care nu o puteam refuza.

Și m-a lovit într-un punct sensibil, a adăugat ea, în gând. În clipa când îi amintise de vechiul ei fel de a fi – impetuoasă, îndrăzneață, pregătită pentru orice provocare – toată logica îi dispăruse și, fără să își dea seama, acceptase.

Liv a clătinat din cap.

— Ce ar putea să-ți ofere, ca să te convingă să-l lași să vină înapoi?

Thea a rezumat cuvintele lui Gavin din noaptea trecută.

— Dacă nu mă poate recuceri până de Crăciun, nu va contesta niciun aspect al divorțului. Îmi va oferi orice sumă vreau ca pensie alimentară și va achita și casa pentru noi.

Un calm straniu s-a așternut pe fața lui Liv. A clipit încet, iar buzele i s-au relaxat.

S-a întors și s-a îndreptat încet spre frigider. Thea și-a privit sora cum a deschis ușa, a luat mecanic sucul de portocale, a umplut un pahar și apoi a pus cutia înapoi. Totul părea calm, dar Thea își cunoștea sora. Liv era ca o furtună neașteptată de vară: o liniște grea, urmată de vânt și ploaie biciuitoare.

Thea s-a uitat la ceasul de la cuptorul cu microunde. Superfurtuna Liv urma să se dezlănțuie în T-minus trei, doi, unu...

Liv a trântit paharul pe tejghea.

— Manipulator nenorocit!

Thea a aruncat o privire spre scări.

— Vorbește mai încet!

— Știe cât de mult înseamnă pentru tine un cămin, din pricina modului în care am crescut. Te-a ademenit cu singurul lucru care contează cel mai mult pentru tine și știa că te vei agăța de asta!

Thea și-a frecat fruntea.

— Liv, ai încredere în mine, OK?

— Cum să pot, când acționezi ca...

Thea și-a trântit cana, împroșcând cu cafea peste margine într-un tsunami fierbinte.

— Nu! Spune! Nu sunt la fel ca mama noastră, iar situația mea este complet diferită de a ei.

— În ce fel? a pufnit Liv.

— Pentru că, spre deosebire de mama, eu o fac pentru fiicele mele, nu pentru mine.

Thea i-a povestit ce se întâmplase la restaurant: cât de supărate fuseseră fetele că nu mergeau la bunici de Ziua Recunoștinței, despre lipsa lui Gavin, ura pentru baseball. Totul.

Ei bine, nu chiar *totul*. A lăsat deoparte vorbele lui Gavin care îi făcuseră inima să bată cu putere. „Tu și fetele sunteți căminul meu."

Liv era de neclintit.

— Știi că fetele sunt prea mici să înțeleagă toate acestea.

— Sunt destul de mari cât să ne înțeleagă obiceiurile și să se întristeze când acestea se schimbă. Cel puțin acum nu trebuie să aibă o Zi Recunoștinței sau un Crăciun nefericite.

— Așadar, anul viitor vor avea o Zi a Recunoștinței și un Crăciun nefericite?

— Să sperăm că până anul viitor se vor obișnui cu situația și că nu le va mai afecta la fel de mult.

Liv a încercat să protesteze, așa că Thea a ridicat mâna.

— Tu nu ai fost acolo! Nu le-ai auzit plângând, nu le-ai văzut fețele.

— Dar pot să o văd pe a ta.

Thea a ignorat observația, mai ales pentru că nu voia să știe ce înseamnă.

— Am luat o decizie impulsivă. Credeam că îți place această latură a mea.

— Sigur, când duce la ceva distractiv! Asta este un dezastru!

— Numai dacă refuzi să mă sprijini.

Liv mai a luat o înghițitură din suc.

— Ce anume are de gând să facă pentru a te recuceri?

— Habar n-am!

— Nu l-ai întrebat?

— Nu contează!

— Cum adică nu contează?

— Pentru că mi-am învățat lecția, Liv.

— Dar dacă...

— Nu știu! Bine? Nu știu! Am o mie de voci în cap care îmi spun ce să fac. A ta. A lui. A bunicii. Ale fetelor. Nu știu care voce e a mea. Tot ce știu este că, atunci când el m-a provocat să accept propunerea, ceva s-a rupt în mine. Așa că nu mă judeca!

— Nu te judec! a spus Liv, și o urmă de scuză i s-a strecurat în voce. Sunt îngrijorată pentru tine.

Thea a vrut să ignore și această observație, dar s-a trezit întrebând:

— De ce?

— Ai dispărut, Thea, a spus Liv. Simt că tocmai te-am recuperat. Nu suport să te văd pierdută din nou.

Thea a tras-o pe sora ei într-o îmbrățișare strânsă.

— Nu o să mă mai pierzi, a promis ea. Este doar o lună.

— Atât i-a trebuit și data trecută ca să-ți sucească mințile.

— Data trecută am fost dispusă să particip.

— Și acum nu ești?

— Am fost de acord să-l las să se mute înapoi în casă, a spus Thea, îndepărtându-se. Dar nu am fost de acord să petrec timp cu el.

— Ceva îmi spune că va fi mai greu de evitat decât crezi tu.

— Nu dacă doarme în camera de oaspeți.

Liv a scos un scâncet zgomotos.

— Și eu unde voi dormi?

— La subsol.

— Grozav! Întâi îmi fură sora. Acum îmi fură și patul?

Thea s-a îndreptat spre tablă ca să cerceteze calendarul. Crăciunul era abia peste cinci săptămâni.

Cinci săptămâni.

Nu era imposibil.

Trebuia doar să se prefacă.

*

Băieții – Del, Mack, Yan și Malcolm – mâncau deja când Gavin a intrat în restaurantul din centrul orașului Nashville. Avea barba de o zi și o privire mânioasă. *Nu e o zi bună pentru autografe*, transmitea prin limbajul corpului, ignorând zâmbetele largi din partea oamenilor care îl recunoșteau. Localul nu se afla chiar pe traseul turistic, dar era suficient de rustic și aglomerat cât să i se pară enervant.

S-a prăbușit pe un scaun la masă. Del a aruncat o privire la paloarea prietenului său și a expirat zgomotos.

— La naiba! A refuzat?

— Mai rău! A acceptat.

— De ce e asta mai rău?

— Are *condiții*.

Mack, care mânca niște albuș de ou, a vorbit cu gura plină.

— De ce? E bolnavă? Are astm, diabet, ceva de genul ăsta?

Gavin i-a arătat degetul mijlociu și a început să le povestească ce se întâmplase cu o seară în urmă. În timp ce vorbea, Del a făcut semn din cap către o chelneriță, probabil ca să o anunțe că sosise în cele din urmă și a cincea persoană de la masa lor. Gavin a comandat ceva numit Mic Dejun Big Buckle, pentru că, fir-ar să fie, sezonul se încheiase, iar soția lui nu îl credea că o iubește.

Mack s-a strâmbat când chelnerița s-a îndepărtat.

— Frate! Mizeria aia o să te ucidă și o să te îngrașe.

Gavin și-a ridicat tricoul și a privit în jos. Totul era plat și încordat, așa cum cereau instructorii și antrenorii.

— O să risc!

Mack și-a ridicat propria cămașă și a făcut semn spre abdomenul lui sculptat, ca să-l facă pe Gavin de rușine.

— O viață curată! a zâmbit Mack cu superioritate, apoi s-a întors la omleta lui. Încearcă și tu!

— Scutește-mă, sac de steroizi! Ai mâncat o pizza întreagă de unul singur, sâmbătă seara.

Malcolm s-a uitat la Del.

— Ăștia doi mereu sunt așa?

— Mereu, a oftat Del.

Yan s-a uitat la Gavin.

— Care sunt condițiile?

Gavin a oftat adânc și a început să enumere condițiile impuse de Thea. Când a terminat, chiar și Mack a părut înțelegător.

— La naiba, omule! Chiar nu te-a lăsat să-i spui *te iubesc*? E de rău!

— Cum naiba să o recâștig, dacă dorm într-o altă cameră și nu-i pot spune ce simt pentru ea?

— Adevărat, iar dacă nu există...

Mack a făcut semnul universal pentru sex: și-a vârât degetul într-un cerc pe care l-a făcut cu cealaltă mână.

— Privești lucrurile total greșit, a spus Malcolm. Asta este o șansă.

— Cum așa?

— Te-a provocat să o descoperi, să îi înveți limbajul adevărat. Dacă nu vrea să îi spui în cuvinte că o iubești, va trebui să înveți un alt mod de a-i arăta, unul pe care îl va accepta.

— Nici nu știu de unde să încep.

— Știm noi! a spus Del.

Apoi băieții au vorbit toți deodată.

— Povestea din spate...

— Ce dracu' e povestea din spate?

— E totul, omule, a spus Mack. Povestea din spate este totul.

— Înseamnă că orice i s-a întâmplat soției tale înainte să te întâlnească joacă un rol important în definirea personalității ei de astăzi, a spus Malcolm.

— Cu toții suntem suma experiențelor noastre până la momentul prezent, iar reacțiile noastre la stimuli sunt modelate de ele. La fel ca în romanele de dragoste. Situațiile prin care a trecut personajul înainte de începerea cărții vor determina, în cele din urmă, reacția sa la lucrurile care se întâmplă în carte.

— Dar vorbim despre viața mea reală aici, nu despre o carte.

— Se aplică aceleași principii, a spus Malcolm. De aceea ficțiunea rezonează cu oamenii. Deoarece rostește adevăruri universale.

Mâncarea lui Gavin a sosit în sfârșit, iar acesta a devorat o bucată de șuncă din două înghițituri. De partea cealaltă a mesei, Mack și-a umflat obrajii și a făcut un gest cu mâna peste stomac, așa că Gavin a mâncat a doua bucată cu o privire malițioasă.

— Povestește-ne despre copilăria Theei! a spus Malcolm.

Șunca s-a transformat într-un pietroi în burta lui Gavin.

— Nu-i place să vorbim despre asta. Întotdeauna schimba subiectul când încercam să o fac să vorbească.

— Deci a avut o copilărie nefericită? a insistat Yan.

— Taică-său e un nemernic, iar maică-sa e o narcisistă clasică. Au divorțat când Thea avea zece ani. Ea și sora ei au fost nevoite să locuiască la bunica lor câțiva ani, pentru că niciunul dintre părinți nu le-a dorit.

— Niciunul nu le-a dorit? Ce înseamnă asta? a întrebat Del.

— Tatăl ei s-a recăsătorit destul de repede după divorț, iar noua lui soție nu voia să locuiască împreună cu fetele și, desigur, mama ei era prea egoistă pentru a-și asuma responsabilitatea.

Gavin a luat rapid un dumicat.

— Am aflat aseară că tatăl ei se recăsătorește în câteva săptămâni, din nou, pentru a patra oară.

Băieții s-au privit unul pe celălalt cu o expresie uluită, apoi Del a spus:

— Nu știai?

— Nu.

— Thea când a aflat?

— Nu știu exact. Primăvara trecută a aflat că a treia lui soție a cerut divorțul, dar cred că invitația la nuntă a sosit abia în ultimele două săptămâni, cât am fost plecat.

Del s-a aplecat înainte.

— Ce simte Thea despre asta?

— Nu merge la nuntă, dacă asta vrei să știi.

— A spus și de ce?

Gavin a încercat să-și amintească acea parte a conversației de seara trecută.

— A spus că nu are rost, pentru că el doar o va înșela și o va lăsa și pe aceasta.

Băieții și-au ațintit privirile asupra lui.

El a clipit.

— Ce-i?

Mack a pufnit.

— Ești cam prost!

— Crezi că nunta tatălui ei are legătură cu faptul că Thea mă lasă să mă mut înapoi acasă?

Del l-a pocnit peste ceafă.

— Nu, idiotule! Are legătură cu faptul că te-a dat afară, în primul rând.

Gavin a deschis gura pentru a protesta, dar apoi a închis-o. Nu putea să argumenteze fără a dezvălui adevărul jenant despre ceea ce îl făcuse să plece de fapt.

— Și cu faptul că nu te lasă să-i spui *te iubesc*, a continuat Yan. Bineînțeles că nu mai are încredere în aceste cuvinte. Când i s-a demonstrat ei vreodată că dragostea este solidă, că poate dura, că se poate baza pe ea?

— Gavin, cuvintele nu contează, a spus Mack, neobișnuit de sobru. Faptele contează. Și dacă este reticentă din copilărie, atunci nu contează de câte ori îi spui cuvintele. Ai făcut-o să se îndoiască de dragostea ta când ai plecat.

— La fel ca tatăl ei, a subliniat Del.

— M-a dat afară, a mârâit Gavin.

— Poate că a fost un test, l-a contrat Yan.

Gavin a întors capul pentru a se uita la coechipierul său.

— Un test, a repetat el.

— Poate că a vrut să vadă ce ai face dacă ți-ar spune să pleci. Ai lupta pentru ea sau te-ai îndepărta? Tu te-ai îndepărtat, deci...

Mâncare a început să se descompună și să îi irite stomacul lui Gavin.

Mack a pufnit.

— Iată! Ți s-a aprins beculețul.

Îi era prea greață pentru a mușca momeala. „Iubirea nu este suficientă." Oare Irena avea dreptate?

— Uite! a spus Malcolm, calm. Noi nu am spus niciodată că va fi ușor. De fapt, trebuie să fii pregătit ca Thea să îngreuneze lucrurile cât mai mult posibil. La început, o să ți se împotrivească la fiecare pas.

— Deja o face.

— Tocmai de asta, mai bine ai fi citit mai mult! l-a certat Del.

Gavin a oftat.

— Am citit puțin noaptea trecută.

— Și? a încercat Del. Ai remarcat ceva?

Gavin a aruncat o privire de jur-împrejurul restaurantului, apoi a ridicat din umeri.

— Nu știu! Poate!

— Citește-ne și nouă!

— *Aici?*

— Dacă nu vrei să aștepți până la Paști pentru a-ți salva căsnicia, a spus Yan.

Gavin s-a uitat din nou în jur. Câțiva oameni încă se mai holbau, dar restul mesenilor erau absorbiți de propriile meniuri și conversații. Gavin a căutat în buzunarul hainei și a scos o carte. A răsfirat degetele pe copertă, astfel încât nimeni să nu poată vedea ce era.

Deschizând la pagina unde rămăsese, a citit paragraful pe care îl subliniase cu o seară în urmă.

— „Mai mult decât orice pe lume, Irena se temea că avea să se trezească într-o bună zi și să își dea seama că întreaga viață trecuse pe lângă ea. Că, la un moment dat, devenise mai mică. Mai mică d-d-decât își imaginase. Mai nesemnificativă decât sperase. Nimic mai mult decât un accesoriu tăcut pentru un bărbat. Nimic mai mult decât propria ei mamă, un chip inert la o masă fastuoasă."

Gavin a pus cartea jos și a așteptat o remarcă inteligentă de la Mack. În schimb, nu a auzit decât tăcere. Când și-a ridicat privirea, i-a descoperit pe toți holbându-se la el.

— Ce-i?

— Spune-ne tu, frate! l-a îndemnat Del. De ce ți-a atras atenția?

Gavin s-a îmbujorat. Nu ar fi trebuit să le citească cu voce tare. Ar fi trebuit să aleagă un paragraf prost și lipsit de sens doar pentru satisfacția lor. Știa exact de ce îi atrăsese atenția. Pentru că, la un moment dat, în timpul celor trei ani de căsnicie, Thea devenise și ea *mai mică*. Femeia lipsită de griji și impulsivă de care se îndrăgostise, femeia care se trezea la orice oră din noapte să picteze, femeia care îl sărutase cândva cu atâta pasiune în mașina lui, încât făcuseră sex pe bancheta din spate pe un drum întunecat, femeia care odată se încătușase de un buldozer pentru a protesta față de tăierea unui copac vechi de un secol, femeia care alesese să se certe cu el doar pentru sexul de împăcare dispăruse.

Și partea cea mai rea era că fusese atât de preocupat de carieră, încât nu observase nimic din ce întâmplase cu Thea în tot acest timp până când nu fusese prea târziu. Până în noaptea când se *întâmplase*, când trecuse atât de mult timp de când avuseseră o ceartă minoră, încât cea reală fusese prea mare pentru a fi depășită.

— Mai aveți nevoie de altceva? a întrebat chelnerița, care apăruse de nicăieri.

Gavin a sărit din scaun. Cartea i s-a clătinat în mână și a căzut peste omletă.

— O ador pe această autoare! a zâmbit chelnerița.

Gavin a apucat volumul, l-a șters cu un șervețel și a început să se bâlbâie.

— Cadou pentru s-s-soția mea, a spus el.

Chelnerița a ridicat o sprânceană și a lăsat nota de plată pe masă.

— Cum zici tu, dragule! Nu voi sufla o vorbă!

Ea s-a îndepărtat, iar Gavin și-a lăsat coatele pe masă. Și-a trecut degetele prin păr și s-a uitat fix la coperta cărții. Lordul Îngâmfat era prea ocupat să se uite în decolteul Irenei pentru a oferi sfaturi.

Dar poate că deja o făcuse.

— *Și dacă refuz să fac cum vrei tu?*

A inspirat adânc și și-a jucat ultima carte...

Gavin s-a ridicat în picioare. Lordul Mamelitor nu era singurul care mai avea o carte de jucat. A lăsat treizeci de dolari pe masă și și-a luat haina.

— Omule, unde te duci? l-a întrebat Mack.

— Să-mi sporesc șansele.

— Poftim? a spus Del.

— Am și eu condiții.

— Hei! a strigat Mack, în timp ce Gavin a ieșit furtunos din restaurant. Pot să mănânc eu restul tău de șuncă?

Capitolul nouă

STRADA DIN FAȚA ȘCOLII FETELOR ERA COMPLET BLOCATĂ de traficul intens de dinainte de vacanță. Chiar și cu cele douăzeci de minute în plus pe care Thea le luase în calcul tocmai din acest motiv, abia a ajuns la timp și a găsit, în cele din urmă, un loc de parcare. A alergat înăuntru pentru a lua fetele. Preșcolarii trebuiau preluați din interiorul școlii, nu din stația de autobuz, precum copiii mai mari. În astfel de zile avea impresia că aproape fiecare copil din școală era luat cu mașina în loc să meargă cu autobuzul spre casă.

Thea a zâmbit ușurată, ca de fiecare dată, când le-a văzut pe fete stând una lângă cealaltă pe banca de lângă biroul directorului. Gurițele li se mișcau într-un ritm rapid, vorbind între ele ceva ce Thea nu putea auzi de strigătele altor copii, de conversațiile altor părinți și de haosul general de după ore care umple holurile. Legătura dintre ele fusese întotdeauna foarte puternică și deja erau cele mai bune prietene. Aveau să se aibă mereu una pe cealaltă, chiar dacă restul lumii avea să le dezamăgească.

După ce a așteptat să i se deschidă ușa secretariatului școlii, Thea a intrat, făcând un semn de mulțumire către personalul biroului. Fetele au sărit în sus la vederea ei, ambele întinzându-i câte un desen colorat.

— Am făcut curcani! a strigat Amelia.

— Bună treabă! le-a încurajat Thea, aranjând rucsacul Avei, care îi alunecase până la coate. Sunteți gata să mergem acasă?

Fetele au luat-o la fugă fără să răspundă. Thea le-a amintit să încetinească, dar nu le-a putut stăpâni încântarea. Toți copiii erau ca niște veverițe cu o zi înainte de vacanță. Fiorul și anticiparea unei sărbători, a unei zile libere, a unei tradiții distractive de familie îi făcea imposibil de stăpânit.

Desigur, nu durase mult până când Thea și Liv își dăduseră seama că sărbătorile lor arătau diferit de cele ale celorlalți copii din clasele lor. Ele își petrecuseră mereu sărbătorile de Ziua Recunoștinței cu mâncare congelată, deoarece mama abordase tactica pasiv-agresivă de a refuza să gătească o masa de sărbători ca să-l pedepsească pe tatăl lor pentru un lucru sau altul. Părinții ei nu se certaseră niciodată. Preferaseră închisoarea tensionată a tăcerii.

Thea a ajuns din urmă fetele pe trotuar și le-a luat pe fiecare de mână. Degetele lor erau reci între ale ei și își dorea să-i fi trecut prin cap să le trimită la școală cu mănuși. Vremea era neobișnuit de rece pentru acea parte a statului Tennessee.

— Ia ghiciți! a spus ea, descuindu-și mașina Subaru în parcare.

— Ce? a întrebat Ava, așteptând să se urce pe scaunul auto pentru copii.

Thea s-a aplecat pentru a o ajuta cu centura, apoi a ocolit mașina, până pe partea cealaltă, pentru a repeta procesul cu Amelia, după care le-a privit pe amândouă cu un zâmbet larg.

— Acasă vă așteaptă o surpriză, le-a spus ea.

— Ce surpriză? a întrebat Amelia, pe nerăsuflate.

– Un pisoi? a întrebat Ava.

— Nu, nu e un pisoi!

Thea a închis portiera Ameliei și a mers pe partea șoferului. De îndată ce a intrat, fetele au reluat jocul de-a ghicitul.

— Un arici? a întrebat Amelia.

— Nu!

Thea a pornit mașina și a ieșit din parcare în traficul lent.

— O girafă? a întrebat Ava.

Amelia a chicotit.

— Nu, nu e o girafă!

— Un leu?

— Nu!

Thea a virat la stânga la semafor.

— Nu este un animal.

De fapt, era ceva mult mai periculos. Neliniștea fusese tovarășul constant al Theei încă de luni seara, iar acum, când, în sfârșit, sosise momentul – momentul marii întoarceri a lui Gavin –, era cu adevărat cuprinsă de zbucium. Habar nu avea la ce să se aștepte când ea și fetele ajungeau acasă. Nici nu știa ce să *spună*. Știa doar ce trebuia să facă.

Trebuia să stea cât mai departe de el.

Instalate comod pe bancheta din spate, fetele și-au reluat conversația anterioară, în timp ce Thea conducea spre casă. Frunze îngălbenite cădeau din copaci și dansau prin aer când a trecut pe strada lor. Încă de la câteva case distanță, ochii i s-au oprit pe SUV-ul de pe alee.

Pe măsură ce se apropia, mai că nu mai putea respira din pricina tensiunii. Nici nu oprise bine motorul când ușa din față s-a deschis. Gavin a ieșit pe verandă, de parcă nu ar fi plecat niciodată.

Mai întâi l-a văzut Amelia, care l-a strigat de la fereastră:

— Tati!

— Da! Tati e acasă, a spus Thea, înghițind în sec.

— Asta e surpriza? a întrebat Ava, iar Thea nu-și putea da seama din tonul ei dacă era dezamăgită sau emoționată.

— Asta este surpriza! a confirmat Thea, silindu-se să pară veselă. Tati a venit acasă la timp pentru Ziua Recunoștinței!

Amelia a țipat, înăbușind orice răspuns ar fi putut avea Ava. Dar amândouă au fost eclipsate de vuietul din urechile ei, când Gavin a coborât treptele verandei și s-a îndreptat spre ele.

Două observații au lovit-o dintr-odată. Mai întâi, părea nebărbierit de luni întregi. În al doilea rând, ei îi plăcea asta. Ceea ce el probabil că știa, pentru că odinioară îi spusese că arăta sexy când nu se bărbierea.

De asemenea, purta genul de ținută care știa că ei îi place – blugi largi care îi atârnau pe șolduri și o cămașă din flanel purtată descheiată peste tricou. Scosese deci artileria grea! Bine că inima ei era ca o vestă antiglonț.

— Bună, tati! a țipat Amelia.

Zâmbetul lui Gavin a crescut, în timp ce făcea semn cu mâna către fete, aflate pe bancheta din spate. Neliniștea ei s-a transformat în hotărâre. Fetele erau fericite. Asta era tot ce conta în acel moment. Ar fi făcut asta oricând doar de dragul lor.

Thea l-a urmărit pe Gavin cu privirea când acesta a ocolit mașina. S-a oprit lângă portiera ei, cu o încruntătură cam ciudată.

Ah! Corect! Stătea acolo, nemișcată.

Thea a scos cheile din contact și și-a luat poșeta de pe scaunul pasagerului. Gavin s-a retras un pas când ea a deschis portiera. Înghițind în sec, și-a vârât mâinile în buzunarele din spate.

— Bună! a spus el, cu o voce gravă și sexy.

— Îți lași barbă? l-a întrebat ea, din impuls.

El a zâmbit, trecându-și o mână peste maxilar.

— Depinde!

— De ce?

— Dacă îți place.

Ea a ridicat din umeri și s-a întors cu spatele, pentru a deschide portiera Avei.

— Este fața ta, a mormăit ea.

— Adevărat, dar cu siguranță eu aș avea un cuvânt de spus dacă te-ai hotărî să-ți lași barbă.

Fetele au chicotit. Ea s-a aplecat și a desfăcut centura Avei. Gavin s-a dus pe partea cealaltă și a făcut același lucru cu centura Ameliei.

Thea s-a ferit de ochii lui când a ridicat-o pe Ava din mașină și a lăsat-o jos.

— Mergi să-l întâmpini pe tati! a îndemnat-o ea.

Gavin a scos-o pe Amelia și a ridicat-o în brațe, apoi a așteptat ca Ava să înconjoare încet mașina.

— Bună, pitico! a spus el, lăsându-se pe vine și întinzându-i brațul liber.

Thea și-a ținut respirația când Ava a ezitat o clipă, apoi a expirat ușurată când copila, de bunăvoie, s-a dus la Gavin. El s-a ridicat fără efort în picioare, cu ambele fete în brațe, și a privit-o în ochi pe Thea peste capota mașinii.

— Mai trebuie să luăm ceva? a întrebat el.

— Curcanul.

Gavin s-a încruntat din nou.

— Mergem cu curcanul la Del?

— La Del? Ce vrei să spui?

— Păi, dacă tot am anulat cina cu părinții mei, m-am gândit...

El a ridicat din umeri.

— Te-ai gândit să faci planuri fără să mă consulți? a completat ea.

— Asta am făcut și anul trecut, așadar, da, am presupus că vom merge și acum.

— Da, mamă, vrem să mergem la Del! a intervenit Amelia.

— Vreau să merg la Del și să mă joc cu Jo-Jo, a spus Ava.

Resentimentul i-a trimis fiori pe șira spinării.

— Ești de acord? a întrebat Gavin.

— Nu, nu sunt de acord! Am cumpărat curcan proaspăt, pe care să îl gătim împreună acasă.

— Cred că ar fi trebuit să mă întrebi mai întâi, nu-i așa? a spus Gavin.

— Să te întreb mai întâi?

Vocea ei se transformase într-un țipăt ascuțit, în timp ce Gavin a lăsat-o pe alee pentru a duce fetele înăuntru.

Nervoasă, Thea a ocolit mașina și a deschis portbagajul. El chiar credea că era o idee bună să petreacă Ziua Recunoștinței în compania altor persoane anul acesta? Și nu orice persoane, ci alți jucători din Ligă și soțiile lor? Desigur! De asta avea ea nevoie!

Thea a apucat două pungi cu alimente și le-a transportat înăuntru. A trântit pungile grele pe blatul din bucătărie, tresărind când borcanele din sticlă au lovit granitul. Ochii i s-au oprit asupra unui buchet de margarete care nu fusese acolo când plecase de acasă și a bombănit printre dinți.

A început să golească pungile, scoțând dinăuntru mai multe ingrediente pentru Ziua Recunoștinței care nu aveau să fie folosite a doua zi, când a auzit ușa deschizându-se. Era Gavin, care a pus pe blat și celelalte două pungi cu cumpărături.

— Bună! a spus el.

Mâinile ei au înlemnit în interiorul sacoșei, cu degetele pe o cutie cu afine proaspete.

— Bună, i-a răspuns, reluându-și activitatea, apoi mărind cu nonșalanță distanța dintre ei pentru a scăpa de căldura lui.

— Am pus o prelată.

Ea l-a privit nedumerită. El a făcut semn spre peretele dărâmat, care acum era acoperit de o folie de plastic albastră.

— Oh!

— Va trebui să discutăm, la un moment dat, despre ce urmează să facem în legătură cu el.

— *EU* o să îl dărâm de tot.

Gavin și-a dres glasul.

— În legătură cu ziua de mâine.

— Ce-i cu ea?

— Sunt derutat. Ai spus că vrei ca fetele să aibă o vacanță plăcută. Le place să meargă la Del și asta am făcut și anul trecut. N-am crezut va fi o mare problemă.

— Este o mare problemă.

— De ce?

— Cu tot ceea ce se petrece între noi, tu chiar crezi că îmi doresc să petrec ziua de mâine cu o mulțime de oameni care ne vor urmări orice mișcare?

— Sunt prietenii noștri, Thea.

— Sunt prietenii *tăi*, Gavin.

— Ce înseamnă asta?

— În afară de Nessa, nu le pot suferi pe majoritatea femeilor. Sau, mai bine zis, ele nu mă suportă pe mine.

Gavin a clătinat din cap, de parcă vorbele ei nu aveau niciun sens.

— Thea, despre ce vorbești? De când?

— Dintotdeauna!

Thea și-a umplut brațele cu conserve și s-a îndreptat spre cămară.

— Vrei să dezvolți puțin răspunsul? a întrebat Gavin, din spatele ei, rămânând în ușa cămării, cu brațele sprijinite de cadru.

— Nu contează! s-a răstit ea. Mâine mergem la Del și apoi nu va mai trebui niciodată să-mi petrec timpul cu femeile alea.

Thea și-a croit drum pe lângă el, căutând fetele în living. Stăteau pe podea, în fața televizorului, și urmăreau un desen animat pe PBS. Thea s-a aplecat și le-a sărutat pe amândouă. Făcea asta pentru ele. Trebuia să-și amintească asta.

Și a reușit aproape toată seara – când au mâncat pizza, în timpul orei de baie a fetelor și al orei de culcare. După ce au adormit amândouă, s-a retras în dormitor, fără să-i spună vreun cuvânt lui Gavin, și a închis ușa. Dacă asta ar fi devenit rutina ei de seară, ar fi supraviețuit.

Tocmai se dezbrăcase de toate hainele și rămăsese numai în sutien și chiloți când ușa s-a deschis.

Thea s-a întors când Gavin a pășit înăuntru.

— Ce faci?

El a închis ușa și s-a sprijinit de ea, înghițind în sec la vederea pielii ei goale.

— Tu ți-ai stabilit condițiile, Thea. Acum este rândul meu!

Privirea ei spunea parcă *Cred că glumești, dispari!*, apoi a clătinat nervoasă din cap și a oftat.

— Nu! Tu nu ai dreptul să stabilești nicio condiție.

— Mai întâi, a spus el, îndepărtându-se de ușă. Participăm la petrecerea de Crăciun a echipei.

În fiecare an, după închiderea sezonului, Legendele organizau o petrecere sofisticată în incinta terenului de baseball, pentru jucători, familiile lor și alte categorii de personal.

— Nu! a refuzat Thea, clătinând din cap. Categoric nu!

El s-a apropiat și mai tare.

— În al doilea rând, ieșim la întâlnire în fiecare săptămână. Doar noi doi.

Ea i-a râs în față.

— Nu!

Gavin mai a făcut un pas.

— O întâlnire adevărată, Thea. Nu la cumpărături sau la alte activități banale la care te poți gândi pentru a evita să rămâi singură cu mine.

— Îmi pare rău! Următoarea?

Gavin a micșorat și mai mult distanța dintre ei.

— Ne sărutăm de noapte bună. În fiecare seară. Începând din seara asta.

— Doar nu vorbești serios! a spus Thea, cu maxilarul încordat. Nu! Nici gând!

Gavin a făcut un pas înapoi. Era timpul să-și joace cartea.

— Bine, bine! a spus el, deschizându-și larg mâinile. Atunci să anulăm totul chiar acum! Să mergem să le spunem fetelor că divorțăm și că vom lăsa avocații să decidă cine stă cu ele de Crăciun și care dintre noi păstrează casa.

Prima fisură din armura ei a fost o clipire rapidă a ochilor. Nu le-ar fi făcut asta fetelor, iar Gavin știa asta. Totuși, nu s-a bucurat deloc să-i privească ochii licărind cu o durere care îi confirma câtă dreptate avuseseră băieții cu o dimineață în urmă. Trebuia să afle anumite lucruri despre soția lui.

Thea și-a încleștat maxilarul.

— Nu-mi vine să cred că ai folosi fetele împotriva mea în felul ăsta, s-a cutremurat ea.

Lui Gavin i s-a frânt inima de durere, dar a continuat:

— Thea, nu prea mi-ai dat de ales. Condițiile tale m-ar împiedica să câștig.

— *Să câștigi?* Asta este un joc pentru tine?

El și-a coborât privirea spre buzele ei.

— Nu este un joc, dar este o competiție.

Thea și-a sprijinit mâinile pe marginea șifonierului din spatele ei, iar Gavin s-a apropiat și mai mult. Ochii i s-au oprit pe buzele lui și au zăbovit acolo. Sângele îi răsuna prin urechi, pe măsură ce logica și rațiunea dădeau greș. Pentru că, în loc să se retragă, așa cum ar fi trebuit, el s-a apropiat și mai tare. Și-a lăsat capul spre ea. I-a atins vârful nasului cu al lui.

— Ce faci? a șoptit Thea.

Cel mai probabil voia să pară supărată, dar emoția din voce a dat-o de gol. Era la fel de aprinsă ca el.

— Pecetluim înțelegerea, a spus el.

Apoi i-a cuprins capul și a sărutat-o. A sărutat-o ca în weekendul trecut, cu gura deschisă, explorând-o. Și, la fel ca weekendul trecut, ea i-a întâmpinat pasiunea cu o fracțiune de secundă de rezistență, înainte de a se topi în el cu un alt suspin ca acelea care îi trimiseseră un val de poftă în zona inghinală. Gavin a schimbat unghiul gurii pentru a se adânci și mai mult, revărsând tot ce nu îi putea spune, iar ea nu voia să audă într-un du-te-vino al buzelor lui peste ale ei.

Mâinile ei s-au strâns pe cămașa lui. Și când ea s-a retras puțin pentru a trage aer în piept, el a profitat. Și-a coborât buzele spre pielea fierbinte și sensibilă a gâtului ei.

— Voi repara totul, a șoptit el, fierbând de dorință. Îți jur, o să te fac să ai din nou încredere în mine, Thea! Voi face ca totul să fie perfect din nou.

Și, instantaneu, ea s-a încordat în brațele lui. L-a împins și și-a întors capul.

— Ce s-a întâmplat? a gâfâit Gavin, ținând-o de șolduri pentru a nu se îndepărta de el.

— Nu există perfecțiune, a spus ea, pe un ton categoric.

Gavin a cerut îndrumări Lordului Seducător, dar nu a primit răspuns. Întârzierea lui i-a permis Theei să îl apuce de încheieturi și să îi dezlipească mâinile de pe corpul ei.

— Trebuie să pleci, acum!

— Thea...

— Gavin, pleacă!

Gavin s-a retras, dorindu-și să fi purtat un tricou mai lung, care să ascundă umflătura întărită din blugi. Thea a alunecat spre dreapta și s-a întors, cu mâinile lipite de șifonier, ca și cum ar fi avut nevoie de ajutor să stea în picioare. Probabil Gavin avea să plătească pentru asta mai târziu, dar nu s-a putut stăpâni și s-a apropiat din nou. Și-a coborât gura la urechea ei. Umerii ei s-au încordat.

— Știu ce faci, a șoptit el. Și știu și de ce, dar nu te voi lăsa să mă alungi din nou. Nu fără să lupt pentru tine.

Thea și-a recăpătat suflarea.

— De ce faci asta? s-a răstit ea. Ce ai de câștigat?

Un zâmbet larg a apărut pe chipul lui. *Mulțumesc, Lord Benedict*!

— Primesc cel mai de preț premiu dintre toate, a murmurat Gavin, trăgând un deget în jos pe ceafa ei. Te câștig pe tine!

*

Un sunet ciudat a trezit-o pe Thea în dimineața următoare.

Părea că plouă, dar cerul afară era liliachiu și limpede. Abia după ce a simțit pe piele o adiere caldă de umiditate și-a dat seama ce era. Thea s-a ridicat și a azvârlit cu piciorul așternuturile. Ușa băii stătea întredeschisă, lăsând să iasă un val de abur.

Nu! La naiba, nu! Gavin îi folosea dușul? Era destul de rău că practic o șantajase să-l sărute în fiecare seară. Dar dușul? Asta nu avea să se întâmple *în fiecare zi*!

Apa s-a oprit brusc, iar Thea a țâșnit din pat. Parcă avea două picioare stângi în acea dimineață, ca un mânz nou-născut care învață să stea în picioare pentru prima dată, și s-a prins de noptieră. Nu voia să fie acolo când el avea să iasă. Nu voia să-i ofere această satisfacție. A auzit ușa de sticlă a dușului deschizându-se. Era timpul să plece. Dar tocmai când a făcut pasul s-o ia la fugă, degetul mic de la picior i s-a ciocnit de aceeași noptieră care o salvase cu câteva secunde mai devreme.

— În piz...

Și-a înghițit înjurăturile și a început să sară într-un picior. Dar era încă la stadiul de mânz nou-născut și s-a răsturnat înapoi în pat. La naiba! Trebuia să iasă de acolo înainte...

Ușa băii s-a deschis larg. Și dinăuntru a apărut soțul ei, doar cu un prosop abia legat în jurul șoldurilor. Altul îi atârna de gât.

Isuse Hristoase! Trupul lui strălucea de picăturile de apă pe care nu le ștersese când trecuse grăbit cu prosopul. Gavin nu se usca niciodată complet după duș, și, în acest moment, Thea îl ura pentru asta. Un mic șuvoi de apă s-a prelins între mușchii lui masivi și tonifiați, înainte de a se pierde în dunga de păr negru care se întindea pe abdomenul plat.

Părul lui era ud. Pieptul lui era ud. Dintr-odată, și ea era udă.

La naiba! De ce, Dumnezeule, DE CE trebuia să fie căsătorită cu un bărbat a cărui slujbă îl obliga literalmente să fie mereu în formă maximă?

— Bună! i-a zâmbit el, arătându-și dinții de un alb orbitor.

De fapt, nu erau orbitor de albi, dar așa părea, pentru că arăta ca scos dintr-o reclamă.

— Sărbători fericite!

Thea s-a ridicat în picioare, cu degetul mic încă zvâcnindu-i. Totuși, îi prindea bine. Îi alimenta furia.

— Trișezi!

— Ăăă, poftim?

— Îmi folosești dușul. Asta înseamnă că trișezi.

— Ce vrei să spui? a râs el.

Oare de ce râdea din orice?

— Nu face parte din înțelegerea noastră.

— Nu am specificat niciodată ce duș voi folosi. Dar pot folosi dușul fetelor, dacă aceasta este încă una dintre condițiile tale.

— Nu mai face pe nevinovatul! Ai făcut-o intenționat.

— Da, am făcut duș intenționat. În mod normal, nu fac duș din greșeală.

— Știi ce vreau să spun! Faci *asta* – Thea a fluturat din mână în direcția pieptului și a abdomenului, și, Dumnezeule, prosopul a început să se desprindă – intenționat.

El și-a ridicat sprâncenele și s-a uitat în jos.

— Mă tem că nu știu despre ce vorbești.

— Te plimbi pe aici aproape gol doar ca să mă ispitești!

— Jur că nu asta a fost intenția mea, dar dacă ăsta-i efectul, sunt mulțumit.

Gavin a ridicat rapid din sprâncene și s-a întors cu spatele la ea. Și-a folosit antebrațul puternic și robust pentru a șterge cu mișcări circulare oglinda aburită.

Ea l-a privit cum și-a ridicat aparatul de ras și a început să-și tundă marginile bărbii. Și-a înclinat capul și și-a îndepărtat părul moale de sub linia maxilarului.

Ah, asta era... era de-a dreptul *murdar*! Nici măcar nu încerca să joace cinstit.

Gavin numise această mică înțelegere a lor „competiție". Nu. Nu era o competiție.

Era război.

Și ea putea juca murdar. Fără să se gândească, pentru că impulsivitatea părea să fie cel mai mare dușman al ei, Thea a apucat tivul bluzei de pijama, a ridicat-o și și-a scos-o peste cap. Gavin s-a oprit. Aparatul de ras a rămas suspendat chiar deasupra pielii gâtului. Ochii i s-au bulbucat în oglindă asupra ei. Mărul lui Adam i-a zvâcnit în gât, în timp ce se holba la trupul ei pe jumătate dezbrăcat. Întâlnindu-i ochii în oglindă, ea a zâmbit și și-a smuls pantalonii scurți de dormit și chiloții.

Ochii lui Gavin s-au întunecat, iar el a înghițit în sec din nou. Privirea i-a coborât pe corpul gol al Theei și apoi a urcat pe un traseu diferit, oprindu-se asupra părților ei care reacționau la examinarea sa intensă și insistentă.

Thea și-a pus mâinile în șolduri.

— Gata! Îți place?

— Amintește-mi, a spus el, cu privirea ațintită asupra sânilor ei. Care parte din a te vedea goală ar trebui să fie o pedeapsă?

Apoi i-a făcut cu ochiul și, bum!, sfârcurile i s-au întărit. Ce mama...? Thea s-a uitat în jos la areolele ei rotunde și rozalii, care acum erau strânse și tari. Isuse! În preajma lui țâțele ei deveneau alerte!

Iar el știa asta. I-a zâmbit.

— Dacă ai impresia că mă deranjează acest joc, te înșeli! Deoarece tocmai am câștigat această rundă.

Thea a deschis nervoasă apa de la duș, apoi a țipat când apa fierbinte i-a atins pielea și s-a tras de sub jet.

— De ce faci dușurile atât de fierbinți? a mormăit ea, întorcând mânerul robinetului în cealaltă direcție.

El a început din nou să-și tundă barba.

— Nu credeam că felul în care fac duș va fi subiectul primei noastre discuții în contradictoriu.

Thea a apucat sticla cu gel de duș. Avea să-l facă să plătească pentru aceasta. Urma să se săpunească din cap până în picioare și să-l facă să privească.

— Nu asta este prima noastră discuție în contradictoriu, a spus ea cu nepăsare, turnându-și în palmă o cantitate considerabilă de gel de duș roz și parfumat. Ne-am certat și aseară.

— Aia n-a fost o ceartă.

— Dar ce a fost?

— O negociere.

— Dar asta cum o numești? l-a întrebat Thea, masându-și gelul de duș pe abdomen cu mișcări circulare și lente.

Din cealaltă parte a ușii dușului, a fost răsplătită cu un zgomot sugrumat.

Thea a ridicat ochii și i-a întâlnit din nou privirea în oglindă. A înclinat inocent capul, în timp ce și-a strecurat mâinile mai sus pentru a-și acoperi sânii cu spumă.

— Ce spuneai?

Ochii lui nu-i mai urmăreau pe ai ei. Privirea lui stătea acum fixată pe mâinile ei, care răsuceau spuma în jurul sfârcurilor.

— N-am auzit ce ai spus ultima oară, a șoptit ea, ciupindu-și sfârcurile.

Maxilarul lui Gavin s-a umflat și s-a încleștat, apoi a înghițit în sec. A coborât din nou aparatul de ras și s-a întors spre ea. Prin aburul de pe sticlă, îl putea vedea suficient cât să-i urmărească privirea care o măsura de sus până jos. Mâinile ei s-au mișcat odată cu el, alunecând înspre partea de jos a sânilor, până la adâncitura buricului, apoi mai jos.

Ușa s-a deschis brusc, iar Gavin a intrat în duș cu tot cu prosop. A lipit-o de peretele dușului și și-a așezat mâinile de o parte și de alta a trupului ei. Pieptul i se ridica și se lăsa, ca și cum tocmai ar fi terminat o rundă de flotări.

— Thea, cât de departe vrei să mergi cu asta? a întrebat el, tăios.

— Cu ce anume? Mi-e teamă că nu știu despre ce vorbești.

El și-a încleștat din nou maxilarul.

— Spune-mi doar un c-c-cuvânt și voi înlocui mâinile tale cu ale mele.

Thea nu s-a deranjat să-și ascundă plăcerea, în timp ce i-a dat brațele la o parte și s-a aplecat sub jetul de apă pentru a clăti spuma.

— Îmi pare rău, dar asta este nu este o opțiune.

I-a aruncat lui Gavin o privire peste umăr. Din maxilarul său încleștat se auzea un scrâșnet care a făcut-o să zâmbească.

— Nu-ți face griji! Sunt fată mare. Știu cum să am grijă de mine!

Sprâncenele lui Gavin s-au ridicat, iar dorința din ochii lui s-a transformat în altceva. Ceva care semăna mult cu acea străfulgerare de durere pe care o văzuse în noaptea în care recunoscuse că se prefăcuse în pat.

El s-a întors și a plecat, fără să se deranjeze să închidă ușa dușului.

Thea s-a sprijinit cu spatele de peretele umed și alunecos. Asta nu i se părea o victorie.

A rămas sub apă până când pielea i s-a răcit. Atunci s-a îmbrăcat repede și a deschis ușa dormitorului pentru a asculta fetele. Chicotelile lor, combinate cu vocea lui Liv, au asigurat-o că cel puțin o tradiție de Ziua Recunoștinței nu avea să fie distrusă. Liv le strecura mereu câte o bucată de plăcintă cu dovleac mai din timp. Nu a auzit nimic care să îi indice faptul că Gavin coborâse să li se alăture, iar ușa camerei de oaspeți era închisă.

Thea s-a întors în dormitor și a intrat în dressing ca să se uite la haine. Cu un an în urmă, când merseseră la Del, se aranjase, pentru că așa făceau toate nevestele de jucători. Purtau cele mai bune haine și se lăudau una alteia cu ele. La naiba, ea nu mai avea energie pentru acest an.

În cele din urmă, s-a hotărât să poarte o pereche de colanți și un pulover lung. Părul și l-a ridicat într-un coc dezordonat, și nu avea de gând să petreacă mai mult de câteva minute la machiaj. Pentru prima dată după o lungă perioadă de timp nu îi păsa ce aveau să creadă despre ea. Oricum, nu mai avea de petrecut decât câteva săptămâni ca nevastă de jucător.

Când a ieșit din dressing, l-a găsit pe Gavin așezat pe pat. Era îmbrăcat în blugi și cu un tricou negru, care i se mula enervant peste bicepși, atunci când ea s-a aplecat peste genunchii lui.

— Ce faci aici?

El și-a ridicat privirea.

— Ce ai vrut să spui când erai în duș?

Thea s-a îndreptat spre comodă, cu picioarele goale silențioase pe covorul pufos.

— Nimic! Încercam să fiu rezervată.

— OK, dar doar pentru că îmi place să mă torturez și, crede-mă, întrebarea asta m-a chinuit în fiecare seară de când știi-tu-ce, o faci?

Ei îi era greu să-i urmărească raționamentul.

— Ce să fac?

— Te ocupi de tine d-după ce terminăm? Te furișai în baie și terminai singură după ce coboram de pe tine?

— Serios, tu chiar mă întrebi dacă mă masturbez?

— Nu! Te întreb dacă te-ai masturbat vreodată după ce ai făcut sex cu mine.

Thea a deschis un sertar și s-a gândit din nou dacă să mintă. Dar, încă o dată, nu a putut să o facă. Nu a putut să mintă. Să se prefacă. Să pretindă că totul fusese perfect. Nu se pricepuse niciodată la așa ceva. A scos o pereche de șosete și s-a întors.

— Da, câteodată o fac.

Gavin și-a lăsat fața în jos și s-a înroșit.

— Dacă nu ai vrut să afli răspunsul, de ce ai întrebat?

— Doar pentru că am vrut să știu nu înseamnă că răspunsul nu mă doare.

— De ce ar trebui să te doară? Toată lumea se masturbează. O să-mi spui că tu nu te-ai masturbat niciodată?

El a sărit în picioare și a făcut un pas înainte.

— La naiba, ba da, mă masturbez! De fiecare dată când sunt pe drum, mă culc în patul din camera de hotel și mă gândesc la tine, îmi imaginez că vin acasă și primesc lucrul real.

Chipul i s-a schimonosit de durere.

— Numai că nici asta nu a fost real. Nu-i așa, Thea?

Thea s-a ridicat în picioare, chiar dacă vorbele lui o usturau.

— Totuși, ești atât de nerăbdător să te reîntorci acolo unde totul era *perfect*!

Unghiurile dure ale feței lui s-au înmuiat cu o scuză pe care ea nu voia să o audă.

— Thea...

— Gavin, ieși din camera mea!

Capitolul zece

THEA NICI NU A PUTUT SĂ-L PRIVEASCĂ PE GAVIN CÂND A intrat în bucătărie, câteva minute mai târziu, iar el nu putea să o condamne. La naiba, aproape că-i venea să se sugrume după tot ce îi spusese, dar fusese umilit, iar umilința era cea mai mare slăbiciune a lui. Întotdeauna fusese. Spunea lucruri îngrozitoare atunci când mândria lui era în joc. Faptul că soția lui trebuia să se rezolve singură pentru că el o lăsase tot timpul nesatisfăcută în pat era aproape mai mult decât putea duce orgoliul lui fragil. Așa că se dezlănțuise și fusese la un pas să distrugă minimul progres pe care îl făcuseră cu o seară în urmă.

Thea stătea lângă blatul din bucătărie și acoperea cu staniol plăcintele pe care urma să le ducă la Del. Cuvintele lui urâte pluteau în aer între ei.

Gavin a ales un subiect inofensiv pentru a destrăma tăcerea încordată.

— Unde sunt Ava și Amelia?

— Fac yoga la subsol cu Liv.

Mirosul de cafea l-a atras pe Gavin lângă blatul de lângă aragaz. A umplut o cană, a pus ceva în ea – nu îi înțelegea niciodată pe cei care puteau să o bea neagră – și s-a întors să se sprijine de blat. Minutele treceau în tăcere. În cele din urmă, Gavin și-a pus jos ceașca.

— Îmi pare rău!

Ea nici măcar nu a ridicat privirea.

— Pentru ce?

Gavin a traversat bucătăria pentru a ajunge lângă ea. O șuviță îi căzuse peste obraz în timp ce privea în jos. Gavin i-a așezat-o înapoi pe umăr.

— A-a-am fost un tâmpit! Îmi pare rău!

— Niciodată n-ar trebui să-ț' pară rău c-ai spus adevăru'!

Thea a rostit asta într-un mod ciudat, cu accent sudist, cel pe care îl folosea când o cita pe bunica. De când o cunoscuse, Thea se inspirase mereu din cuvintele înțelepte ale bunicii ei.

Thea s-a îndepărtat de el și a arătat în direcția celor șase plăcinte.

— Astea trebuie să meargă la mașină.

Gavin a încercat să o ia de mână.

Ea și-a tras-o brusc.

— Gavin, nu are rost! Oricum totul se va termina după Crăciun.

Apoi Thea a plecat ca o furtună, înainte ca el să poată răspunde. I-a auzit pașii în sus, pe scări. Gavin și-a lăsat coatele pe blat și și-a sprijinit capul în mâini.

— Ai petrecut o noapte grea în camera de oaspeți?

Gavin a tresărit și și-a ridicat privirea. Liv apăruse de nicăieri. Lucrase până atât de târziu noaptea trecută, încât era prima lui întâlnire cu ea de când venise acasă.

— Ce fac fetele?

— Aleargă cu foarfece în mâini.

Expresia lui trebuie să fi fost furtunoasă, pentru că ea a bătut în retragere.

— Doamne, ferește! Se uită la televizor cu câinele lângă ele. Am urcat doar ca să le iau niște suc de portocale.

Liv a umplut două căni mici, i-a aruncat o privire ciudată și a vârât din nou sucul în frigider. A dat să plece, dar el a oprit-o.

— Liv!

Ea s-a întors.

— Mulțumesc că ai fost aici pentru Thea și pentru fete. Știu că ai fost de mare ajutor.

Liv i-a răspuns cu un pufnet.

— Nu am făcut-o pentru tine, nemernicule!

— Știu! Indiferent...

Liv și-a dat ochii peste cap și s-a îndreptat spre subsol, dar s-a oprit în ultimul minut și s-a întors din nou spre el.

— Hei, Gavin?

El a ridicat din nou privirea. Ea i-a zâmbit într-un mod periculos.

— Dacă faci ceva și o rănești pe sora mea din nou, îți voi otrăvi pudra de proteine! Sărbători fericite!

Acestea fiind zise, Liv a dispărut la subsol.

Vorbele ei l-au făcut să cadă pe gânduri pentru următoarele câteva minute, în timp ce căra toate cele șase plăcinte spre mașină. Apoi s-a învârtit prin living și și-a sunat părinții doar pentru a-și ține mintea ocupată cu altceva. Ai lui încă mai foloseau telefonul fix, și o voce neașteptată i-a răspuns.

— Îmi ești dator pentru asta, a sâsâit fratele său mai mic, Sebastian, în loc de salut.

— Ce faci acolo?

— Vă țin locul. Mama s-a plâns cum că nu vine nimeni din familie la ea anul ăsta de Ziua Recunoștinței, așa că următorul lucru pe care l-am făcut a fost bagajul. M-am trezit de la cinci, pentru că mama trebuie să prepare curcanul devreme, să punem mânca la ora două.

Gavin și-a ciupit vârful nasului.

— Vei supraviețui. Dă-mi-l pe tata!

— Face duș! Mai bine vorbește cu mama!

Gavin a încercat să protesteze, pentru că trebuia să existe o regulă, sau ceva de genul ăsta, care să impună o limită minimă de timp între o discuție despre masturbare și un apel telefonic cu mama. Dar Sebastian deja îi pasase telefonul.

O clipă mai târziu, mama lui a răspuns.

— Bună, scumpule! Sărbători fericite!

— Bună, mamă! Cât de mare este curcanul anul ăsta?

Era o glumă de familie, cum că mama lui cumpăra întotdeauna un curcan de trei ori mai mare decât aveau, de fapt, nevoie. Mama trăia cu teama că oamenii aveau să moară de foame în prezența ei.

— Are aproape opt kilograme, a spus ea.

— Mare!

Gavin și-a și imaginat-o. Probabil că purta șorțul cu volănașe, cel pe care-l folosea doar de sărbători. Și avea părul răsucit prins în vârful capului, astfel încât să nu o încurce în timp ce gătea. Foarte curând, avea să-și toarne o cană de cidru cald și condimentat și să pornească muzica de Crăciun, pentru că, în gospodăria Scott, Ziua Recunoștinței reprezenta începutul oficial al sezonului de Crăciun.

— Sigur, îmi doream să fiți aici, a spus ea. Mi-e dor de tine și de fete! Și de Thea! Doamne, am încercat să o sun de mai multe ori acum câteva săptămâni, dar continuă să intre mesageria vocală. Oare a primit e-mailurile pe care i le-am trimis?

— Habar n-am!

— Ei bine, probabil că nu ți-a spus. Am întrebat-o ce vor fetele cadou de Crăciun anul acesta.

— Mă puteai întreba pe mine.

Ea a pâsâit din buze.

— Crezi că nu știu ce vor fiicele mele de Crăciun? Doamne, mulțumesc!

— Cred că Thea are deja o listă codificată pe culori, cu adrese de unde să cumpărați totul și ce este deja la preț redus.

În ciuda proastei lui dispoziții, Gavin a zâmbit. Da, exact așa era Thea.

— Totuși, poate veniți de Crăciun! a spus mama lui. Ați putea petrece Ajunul Crăciunului aici, iar fetele ar deschide cadourile aici. Oh, Gavin, ar fi atât de distractiv!

O durere a încolțit în pieptul lui când s-a gândit la tabloul pe care mama și-l imaginase. Ar fi putut fi distractiv, dacă Thea, care tocmai apăruse la baza scărilor, ar fi fost de acord cu asta.

— Hei, Thea e chiar aici! Vrei să vorbești cu ea și afli dacă a primit e-mailurile?

Gavin i-a întins telefonul.

— Este mama!

Thea i-a aruncat o privire care ar fi putut stinge un incendiu. Totuși, a tras aer în piept și a adoptat cea mai drăguță voce.

— Bună, Susan! Sărbători fericite!

Gavin a ascultat partea Theei de conversație, iar durerea i s-a întețit. Părinții lui o adorau pe Thea. O considerau fiica pe care și-o doriseră mereu și glumeau că Sebastian trebuia să depună mult efort pentru a reuși să găsească o soție la fel de bună ca a lui Gavin.

Acesta era principalul motiv pentru care încă nu le spusese că el și Thea aveau probleme. I-ar fi distrus! Dar nu era singurul motiv. Părinții lui aveau o căsnicie perfectă și ar fi fost foarte dezamăgiți să știe că Gavin nu se ridicase la înălțimea modelului lor.

Thea și-a luat rămas-bun, a încheiat apelul și i-a întins telefonul lui Gavin.

— Gavin, trebuie să le spui!

— Ce să le spun? s-a opus el, mâhnit că Thea se încăpățâna să îi amintească faptul că toate astea erau ceva temporar pentru ea. Mi-ai dat o șansă de a te recâștiga până la Crăciun. Până atunci, nu e nimic de spus.

Del și Nessa locuiau în afara orașului Nashville, într-o suburbie plină de conace aparținând câtorva dintre cei mai bogați și cunoscuți oameni din Music City[1]. Au parcurs cei

---

[1] „Orașul Muzicii", nume sub care mai este cunoscut orașul Nashville (n. red.).

treizeci și cinci de kilometri în doar o jumătate de oră în traficul relaxat de sărbătoare, iar, dacă nu ar fi fost fetele pe bancheta din spate, ar fi avut o călătorie tăcută.

— Mami, putem înota? a întrebat Ava, brusc.

Del avea o piscină interioară și devenise parte a tradiției ca, după cină, bărbații să ia copiii la înot. Thea s-a răsucit în scaun pentru a se uita la bancheta din spate.

— V-am luat costumele de baie.

Fetele au scos un chiuit de veselie. Cel puțin, ele aveau să se distreze astăzi.

Gavin s-a oprit lângă trotuarul din fața casei lui Del. O tensiune neliniștită s-a strâns în pieptul Theei. Era normal, din moment ce își întipărea pe chip zâmbetul de nevastă de jucător și avea să se prefacă că adora fiecare minut.

La naiba cu toate anul ăsta! Ea și Gavin au desfăcut centurile fetelor și le-au trimis să alerge pe trotuar. Imediat cum au ajuns în fața verandei casei, ușa s-a deschis. Soția lui Del, Nessa, a apărut în prag, splendidă ca de obicei. Purta pantaloni negri, largi, și o bluză mulată, subțire, pe gât. Era genul de ținută elegantă, care părea compusă fără efort, numai pentru femeile înalte ca ea și Liv. Nessa le-a strâns pe fete la picioarele ei și le-a îmbrățișat rapid, apoi și-a ridicat privirea, a zâmbit și a schițat un salut cu mâna.

Thea a răspuns la salut și s-a aplecat pentru a lua o plăcintă. Gavin a făcut același lucru și a urmat-o pe trotuar. Nessa a trimis fetele înăuntru și a luat plăcinta de la Gavin.

— O voi ajuta pe Thea să care lucrurile. Tu du-te în spate și împiedică-l pe Del să se sinucidă!

— Dar ce face? a întrebat Gavin.

— Nătăflețul de el a cumpărat o mașină de prăjit curcanul.

— Oh, la naiba!

Gavin s-a îndepărtat în pas alergător.

Nessa s-a întors înapoi spre Thea.

— Sunt atât de bucuroasă că ești aici! a spus ea, făcându-i semn să intre. Del a spus că e posibil să mergeți la părinții lui Gavin anul acesta. Nu ar fi la fel fără tine.

Thea nu a știut ce să spună, așa că a tăcut și a urmat-o pe Nessa în bucătăria lor albă, strălucitoare. Aroma cerească a curcanului la cuptor se amesteca divin cu parfumul de cidru condimentat. Salvia și usturoiul din umplutură au făcut-o să saliveze de poftă. Mirosea exact ca în casa bunicii. Cele trei sărbători de Ziua Recunoștinței pe care ea și Liv le petrecuseră acolo fuseseră cele mai frumoase din viața ei.

Fetele au fugit printre ele spre scări după Jo-Jo, fiica lui Del și a Nessei.

— Îi venea să se urce pe pereți cât a așteptat să ajungeți aici, a râs Nessa, ridicând plăcinta în aer pentru a evita o coliziune, iar când pericolul a trecut, a pus-o pe blat cu un oftat dramatic. Îți jur, m-a trezit când nici nu se crăpase de ziuă și m-a întrebat dacă ați ajuns aici deja.

Thea a râs.

— Și fetele au fost încântate.

Sincer, dacă ar fi fost doar cele două familii, ziua de astăzi nu ar fi atât de rea. Nessa era sinceră, amabilă și amuzantă, singura dintre celelalte soții și iubite pe care Thea ar fi putut să o numească prietenă. Mai ales pentru că Del și Gavin erau atât de buni prieteni. Și gemenele adorau să se joace cu Jo-Jo. Astăzi ar fi putut fi o zi OK. Dar nu avea să fie. Pentru că în curând avea să înoate cu rechinii.

Nessa a luat cealaltă plăcintă de la Thea și a așezat-o pe blat. Thea și-a dat seama doar după felul în care se uita cu coada ochiului ce avea să urmeze.

— Așadar..., a spus Nessa, aplecându-se spre ea. Sper că nu te deranjează, dar Del mi-a spus că Gavin s-a mutat acasă. Lucrurile merg mai bine?

— Grozav! a spus Thea, mecanic.

Stai! Nu! Nu avea de gând să mai facă asta. Thea și-a îndreptat spatele.

— De fapt, nu merg bine. S-a întors acasă aseară și de atunci nu ne-am oprit din ceartă.

— Del l-a văzut săptămâna trecută. A spus că nu l-a mai văzut niciodată pe Gavin așa de distrus.

Thea s-a zbârlit. *Gavin* era devastat?

— Nici mie nu mi-a fost prea bine.

— Bineînțeles că nu, a spus Nessa, repede. Doar că... știu prin ce treci. Soții noștri... nu prea se pricep să-și exprime sentimentele. Dă-i timp!

Thea a vrut să insiste: cum putea să știe Nessa ceva despre probleme în căsnicie, când ea și Del aveau o relație perfectă? A fost însă întreruptă de o bătaie la ușa din față, urmată apoi de un dăngănit nerăbdător al soneriei. Nessa a înjurat și și-a dat ochii peste cap din nou.

— Doamne, dă-mi putere! Nu am idee de ce Del l-a invitat și pe el.

— Pe cine a invitat?

— Ei, bine, tu trebuie să fii doamna Thea Scott.

Thea s-a întors și a dat cu nasul de un impresionant set de pectorali, adăpostiți de un tricou alb, mulat. A ridicat privirea și a fost aproape orbită de un zâmbet scânteietor, care i-a adus un mic scâncet pe buze. Ochii ai au cercetat apoi părul des și întunecat, ochii căprui, obraznici, și linia maxilarului care ar fi putut tăia sticlă. El i-a făcut cu ochiul și îngerii au început să cânte.

— Braden Mack, a spus el, ridicând mâna Theei către buze. Sunt încântat să ne cunoaștem, în sfârșit!

Buzele lui i-au mângâiat încheietura mâinii, iar gura i s-a uscat.

— Ăăă... De unde știi cine sunt?

— Îl cunosc pe soțul tău, dar evident că nu suficient de bine, pentru că nu mi-a spus cât ești de frumoasă.

Thea a încercat să răspundă, dar nu a putut decât să scâncească. Nessa și-a dres glasul.

— Mack, este prea devreme pentru a-ți etala farmecul personal. De ce nu te duci în spate să îi ajuți pe bărbați?

Braden a mângâiat încheietura Theei cu degetul mare.

— Au nevoie de sfaturi despre femei?

— Nu, încearcă să prăjească un curcan.

Braden a renunțat la teatru și i-a dat drumul mâinii.

— Oh, la naiba!

Apoi nou venitul a dispărut pe ușa din spate.

Thea a înghițit și a tremurat.

— Uau! Simt că tocmai l-am întâlnit pe zeul seducției.

— Doamne, nu-i spune asta! Orgoliul lui nu are nevoie de niciun ajutor.

Thea și Nessa s-au îndreptat spre ușile de sticlă pentru a-l urmări cum se îndepărtează. Ea și-a umezit buzele și apoi a ridicat privirea. Ochii i s-au ciocnit de privirea lui Gavin, pătrunsă de o gelozie inconfundabilă.

— Oh, fir-ar să fie!

— O să-l omor!

În clipa în care Gavin se uitase prin ușa de sticlă și îl văzuse pe Mack sărutând mâna Theei, ceva fierbinte și roșu îi acaparase simțurile, care erau deja buimăcite din ultimele douăzeci și patru de ore. Și acum nemernicul se îndrepta spre ei, cu mers legănat și galant, ca și cum nimic nu s-ar fi întâmplat.

— O face doar ca să te enerveze, i-a spus Del. Se dă la toate soțiile noastre.

— Și voi îi permiteți?

— Pentru el nu înseamnă nimic.

Gavin și-a încleștat pumnii, cuprins de gelozie. Era copilăresc, imatur și complet irațional, dar afurisitul de Braden Mack era exact genul de interferență de care el și Thea nu aveau nevoie în acel moment. Gavin se întrecuse toată viața lui cu fanfaroni cu aere de gigolo precum Mack. În mod sigur nu avea de gând să concureze cu el pentru propria soție.

Și, la naiba dacă nu se simțea ca un ratat numai că se gândise se la asta. Nu mai era la liceu. Thea era soția lui, nu fata cu care voia să meargă la bal. Dar, zilele astea, logica și rațiunea erau rarități în viața lui. Un exemplu elocvent: cearta despre masturbare din acea dimineață.

— Voi, capete seci, veți arde casa, a glumit Mack, în timp ce se îndrepta spre ei, arătând direct spre Gavin. Ei, Scott! De ce nu mi-ai spus că nevastă-ta e așa o bunăciune? Nu e de mirare că ești așa de încordat!

Gavin și-a ridicat pumnul înainte să se poată stăpâni, înainte chiar să își dea seama că decisese să o facă. Pumnul a aterizat direct sub ochiul lui Mack și l-a prins nepregătit, așa încât Mack s-a împiedicat, făcând un pas înapoi, cu o mână pe obraz și o privire rănită.

— Ce naiba?

Mack și-a tras mâna să se uite la degetele lui, probabil să vadă dacă avea vreo urmă de sânge.

— Pentru ce a fost asta?

— Nu știu. Cred că masculinitatea mea toxică nu suportă să-mi atingi nevasta.

— Glumești? a spus Mack. Am atins soțiile tuturor! Este specialitatea mea. Nu trebuie să dai cu pumnul pentru asta.

Gavin a făcut un pas înainte. Del și-a înfășurat un braț în jurul pieptului lui Gavin și l-a tras înapoi.

— Ușurel, Creed[1]!

Ușa de sticlă s-a deschis. Nessa și Thea au alergat afară cu o expresie de șoc întipărită pe chipuri. Thea avea totuși ceva mai sinistru, iar Gavin a știut că tocmai o dăduse-n bară. Din nou.

— Ce se întâmplă? a întrebat Thea.

— Nimic, a mormăit Gavin, scuturându-și mâna.

La naiba, îl durea! Contrar stereotipurilor, sportivii profesioniști nu împărțeau pumni în jur foarte des. Gavin participase la într-o singură bătaie în echipă în întreaga sa

---

[1] Referire la filmul *Creed* (2015), în care Rocky Balboa, fostul campion mondial la box categoria grea, antrenează un nou jucător (n. tr.).

carieră și nu reușise decât să-i dea jos șapca unuia dintre adversari înainte ca arbitrii să oprească măcelul.

Thea l-a privit pe Mack.

— Te simți bine?

— Îți faci griji pentru *el*?

— El este cel lovit!

Mack a aruncat un zâmbet în colțul gurii și a exploatat situația în favoarea lui.

— Nu-ți face griji pentru mine, draga mea! Primesc asta drept răspuns de la mulți soți.

Gavin a scos un zgomot sugrumat.

Thea l-a fixat cu privirea.

— Treci înăuntru. Acum!

Gavin a urmat-o încordat, în timp ce Thea s-a năpustit în casă, a luat-o prin bucătărie și a ajuns la primul etaj, unde a intrat în biroul lui Del. A trântit ușa și s-a răsucit spre el.

Intrase într-un mare necaz!

— Iubito...

— Îți jur pe Dumnezeu că, dacă încerci să mă iei cu *iubito* acum, toată afacerea noastră pică.

El a închis gura. Cuvântul *afacere* i-a lăsat un gust amar. La asta se reducea acum întreaga lor căsnicie.

— Ce-i cu tine, Gavin? Te porți ca un nebun! Așa intenționezi să mă recucerești?

— Îmi pare rău...

— Dacă te-au văzut fetele când l-ai lovit? Știi cât de mult le-ar speria asta?

Nu! Nu se gândise la asta. Avea dreptate. Se comporta ca un nebun. „Ca un vierme nenorocit", a venit răspunsul șoptit. Grozav! Lordul Replici-Istețe trecuse acum de la sfaturi utile, la insulte shakespeariene.

— Ce drept ai să reapari în viața mea după o lună de absență și să faci pe primitivul cu un tip doar pentru că l-ai văzut sărutându-mi mâna? Serios, atâta încredere ai în mine?

Thea fierbea.

— Am încredere în tine, Thea. În el nu am încredere.

— Oh, este atât de jignitor! Thea și-a lipit dramatic o mână de frunte și, adoptând un accent de frumoasă sudistă, a continuat: Sunt o domniță la ananghie care nu își poate purta de grijă în preajma unor bărbați atât de puternici și brutali. Apără-mi virtutea, dragul meu soț!

Ea l-a făcut una cu pământul cu o privire.

— Acest mic act de gelozie m-ar fi putut impresiona puțin mai mult dacă nu m-ai fi părăsit.

— Tu m-ai alungat, Thea!

De ce naiba uitase toată lumea partea asta?

Poate pentru că ai părăsit-o cu mult înainte de asta, ticălos laș ce ești!

Thea a clătinat din cap și s-a repezit spre ușă.

— Thea, așteaptă! a spus Gavin, întinzându-se spre ea. Îmi pare rău! Ai dreptate! Sunt un tâmpit!

Ea însă a ieșit din cameră pufnind și lăsându-l singur cu vocea Lordului Sincronizare-de-Rahat. Vierme nenorocit? Serios? Chiar, ce naiba fusese asta?

Când Gavin a ieșit în cele din urmă din birou, a fugit prin dreptul unor fețe severe și brațe încrucișate de la capătul holului. Se părea că mai multe persoane sosiseră în timp ce se afla în birou și niciunul dintre ei nu era prea fericit să-l vadă.

Del, Yan și Malcolm îl priveau de parcă tocmai l-ar fi prins urmărind un meci de fotbal. Del a făcut un semn furios cu capul spre scările de la subsol.

— Jos! Acum!

— Trebuie să o găsesc pe Thea!

— E cu fetele. Mergi!

Cu un oftat resemnat, Gavin i-a urmat pe bărbați în jos, pe scări, spre subsolul lui Del. A cotit și s-a oprit. Mack stătea pe canapea, cu o pungă de gheață lipită de obraz.

Gavin s-a întors.

— Nu! În niciun caz! Nu vorbesc cu el.

Del l-a apucat de braț.

— Mack vrea să-ți spună ceva.

— Nevastă-ta e o bunăciune.

Gavin a mârâit. Del l-a lovit pe Mack peste cap.

— Glumesc, a spus Mack. Adică, nu glumesc cu faptul că e o bunăciune. Nevastă-ta chiar e o bunăciune!

— Te omor, nenorocitule!

Mack s-a ridicat.

— Îmi pare rău că am provocat între tine și soția ta o problemă care nu trebuia să se întâmple. Pur și simplu nu am ce face, e vorba de farmecul meu personal.

— Fir-ar să fie, Mack! s-a răstit Del.

Mack a privit în podea.

— Îmi pare rău!

— Așa, a spus Del, privind de la unul la altul.

— E mai bine? Suntem cu toții prieteni din nou?

— Nu am fost niciodată prieteni, a spus Gavin.

— Relaxează-te, omule! Nu-ți voi mai atinge mărul.

— Stai jos, Gavin! a spus Malcolm, făcând semn spre canapea.

Gavin s-a supus și s-a pregătit pentru săpuneala pe care știa că o merita.

— Ce s-a întâmplat acolo sus? i-a cerut să explice Del.

— Ei bine, Del, poate ai auzit că eu și soția mea încercăm să ne rezolvăm unele probleme.

— Judecând după expresia feței ei când a părăsit biroul, ai cam făcut o treabă de rahat, a spus Yan.

Gavin s-a cufundat în perne și s-a uitat fix la tavan, supărat și încăpățânat.

— Abia a trecut o zi! s-a răstit Del. Cum poți să o dai în bară deja?

Mack a pufnit în râs.

— Îl cunoști?

— Fă-ne o actualizare, a spus calm Malcolm.

— Cred că o iau razna! Tot aud în minte un accent britanic care îmi spune ce să spun și să fac.

— Până la urmă, ni se întâmplă tuturor, a spus Mack.

Gavin a ridicat capul pentru a vedea dacă glumește. Expresia lui Mack sugera că nu era cazul.

— Și tu auzi vocea?

— Este subconștientul tău, a spus Malcolm. La un moment dat, în decursul acestui proces, fiecare dintre noi a trebuit să lupte cu un aristocrat britanic din mințile noastre, care pune accent pe lucruri pe care, de altfel, am prefera să le ignorăm.

Poate pentru că ai părăsit-o cu mult înainte de asta, ticălos laș ce ești!

— Deci ar trebui să-l ascult?

— Da, doar dacă nu începe să-ți spună să ucizi oameni! a spus Del.

Gavin s-a gândit să dea vina pe Lordul Pantaloni-Mulați pentru pumnul tras lui Mack. Totuși, vina îi aparținea în totalitate. Așa cum se întâmpla și în cazul comportamentului de vierme nenorocit din această dimineață, când o întrebase dacă se masturbase vreodată.

Gavin s-a aplecat ușor înainte, pentru a-și sprijini coatele de genunchi, și și-a lăsat capul în mâini.

— Thea îmi tot subliniază că aranjamentul ăsta e numai până la Crăciun. Nu cred că o să-mi dea cu adevărat o șansă.

— Frate, uite care-i treaba!

Del s-a așezat în fața lui Gavin cam ca în noaptea când îl găsiseră beat și descurajat în camera lui de hotel.

— Te-am putea ajuta mult mai mult dacă ne-ai spune ce s-a întâmplat cu adevărat când v-ați despărțit.

Gavin s-a ridicat .

— Nu s-a întâmplat nimic!

— Bine! a spus Malcolm. Dar ține minte asta: scopul tău este de a o curta, Gavin, nu de a o seduce!

— Și care-i diferența?

Mack a pufnit din nou.

— E un nenorocit de miracol nenorocit și faptul că te-ai căsătorit!

Gavin i-a arătat degetul mijlociu.

— Diferența, a spus Malcolm, este că trebuie să o faci să te dorească, nu să îi demonstrezi cât de mult o dorești tu.

Capitolul unsprezece

UN CALVAR! ASTA FUSESERĂ URMĂTOARELE DOUĂ ORE pentru Thea. Un adevărat calvar. După ce a fugit din birou, a ajutat-o pe Nessa să termine de gătit și s-a prefăcut că nu le aude pe celelalte soții și iubite șușotind în spatele paharelor de vin.

„Am auzit că s-au despărțit."

„L-a lovit cu pumnul pe Braden Mack!"

„Chiar s-a mutat?"

Dar tocmai când Thea credea că lucrurile nu se puteau agrava și mai mult, o voce feminină stridentă s-a ridicat deasupra celorlalte:

— Buna ziua! Unde este toata lumea?

Thea și-a făcut cruce și a rostit o rugăciune. *Doamne, dă-mi calm, să n-o dau cu capul de pereți!*

— Suntem la bucătărie! a strigat Nessa.

Rachel Tamborn, fost manechin, nevastă de jucător profesionist și dușmana de moarte a tuturor nonconformistelor, a intrat în încăpere, tropăind pe tocurile cui și învăluită într-un nor de parfum scump care lăsa o ambianță frustrant de plăcută în urma ei. Avea părul lucios. Machiajul perfect. Rochia crem i se potrivea pe forme și o făcea să arate insultător de uimitoare. Soțul ei, Jake Tamborn, coechipierul lui Gavin, a pășit în urma ei.

Rachel o salutat-o pe Nessa cu un sărut în aer pe fiecare obraz.

— Vă mulțumim că ne-ați invitat! a șoptit ea. Pur și simplu, nu m-am putut ocupa de niciuna dintre familiile noastre anul acesta și i-am dat bucătarului liber astăzi, așa că Jake, săracul, ar fi murit de foame fără voi.

— Cu plăcere! a răspuns Nessa, discret. Cu cât mai mulți, cu atât mai bine!

Rachel s-a tras înapoi și a aruncat o privire de jur-împrejurul bucătăriei, de parcă nu ar mai fi văzut așa ceva. Abia atunci a observat-o pe Thea. A făcut ochii mari. Buzele ei lucioase s-au despărțit ușor. Thea se aștepta ca nou-venita să își dezvelească, din clipă în clipă, colții. Apoi, dintr-odată, Rachel și-a amintit că și alți oameni o puteau vedea.

Ca atare, și-a desfăcut larg brațele.

— O, Doamne! Bună, Thea!

A tropăit spre ea și a îmbrățișat-o cu mișcările unui boa constrictor.

— Mă buuucur foarte mult că ești aici! a spus Rachel, trăgându-se înapoi. Mi-ai lipsit!

— Ți-am lipsit?

— Adică nu ai fost la ultimul meci...

Oh, arunca deja cu săgeți!

— ... și ai ratat ultimul nostru prânz...

— Nu am fost invitată...

— Cu alte cuvinte, am presupus că nu vei fi aici.

Uau! Erau atât de multe de dezvăluit! Thea nu s-a putut abține, căci Thea cea impulsivă i-a pus brusc stăpânire pe gură.

— De ce n-am fi aici astăzi?

Zâmbetul lui Rachel a devenit mieros.

— Oh, vreau să spun, știi tu...

Thea a rămas fermă.

— Nu, nu știu la ce te referi!

Thea o fixa cu privirea, cu sprâncenele ridicate, provocând-o să termine ce avea de zis.

Rachel și-a încleștat mâinile în față.

— Așadar, tu și Gavin sunteți din nou împreună?

Ah, deci asta era! Oare la ce se așteptase?!

— Rachel, de fapt, asta nu e treaba ta, a spus ea, încet.

Ochii lui Rachel s-au holbat suficient, încât să arate că era șocată de îndrăzneala oricui avea tupeul să îi țină piept. Jake și-a dres glasul și și-a ocolit soția.

— Thea, mă bucur să te văd! a spus el, îmbrățișând-o cumva de departe, așa cum fac oamenii când le este milă de cineva. Arăți adorabil, ca întotdeauna!

Rachel aproape că și-a rupt un dinte.

— Într-adevăr, mereu arăți adorabil, a spus ea, privind pe îndelete și disprețuitor îmbrăcămintea Theei. Dar acesta este un look nou pentru tine, nu-i așa? Cred că, uneori, confortul chiar ucide stilul, nu-i așa?

— Absolut! La fel cum clasa ucide frumusețea.

Jake i-a făcut cu ochiul.

— Unde sunt Gavin și Del?

Thea a făcut semn spre ușa din spate.

— În spate, prăjesc un curcan.

— Asta nu e bine! a spus Jake și s-a îndepărtat.

Rachel și-a împreunat mâinile în față și a afișat un zâmbet fals. Thea aproape a pufnit în râs, pentru că era un zâmbet fals intenționat. Genul de zâmbet despre care vrei ca toată lumea să știe că este fals, nu pentru că îți dorești să se simtă mai bine, ci pentru că vrei să se simtă mai rău. Pentru numele lui Dumnezeu, Rachel se prefăcea că se preface!

Așa fusese întotdeauna cu Rachel. Întotdeauna! Sub masca prietenoasă era dedesubtul urât al nevestei competitive care se arătase de prima dată când Thea întâlnise celelalte soții și iubite. Întrebase inocent un grup de soții de jucători cu ce se ocupau în viața de zi cu zi, iar conversațiile se întrerupseseră brusc.

„*Cu asta*”, spusese Rachel.

De parcă asta ar fi explicat totul.

În timp, se lămurise.

Pentru multe dintre soții și iubite, statutul de nevastă de jucător de baseball *era* singura lor profesie. Pentru unele, era așa doar pentru că dacă adunai cerințele carierei soților lor cu cerințele de creștere a copiilor era mai mult decât o slujbă cu normă întreagă.

Dar pentru altele, aceasta era identitatea lor. De parcă ar fi fost antrenate pentru așa ceva, ca debutantele de pe vremuri. Acestea își etalau relațiile cu bărbații lor bogați și chipeși de parcă ar fi fost ordinea firească a lucrurilor ca toți oamenii frumoși să fie sortiți unul celuilalt.

Și apoi era Thea. Intrusa care abia înțelesese regulile jocului, care se căsătorise cu un jucător de baseball pentru că rămăsese însărcinată, care se alăturase clubului lor exclusivist fără a fi nevoită să depună nimic din efortul pe care îl depuseseră restul. Nu trebuise să aștepte ani în șir, prinsă într-o relație nesigură sau să îndure lungii ani de sărăcie în Liga Mică.

Și Rachel o urâse pentru asta.

Thea se prefăcuse că nu-i pasă, dar, în realitate, o măcina. Era trist să fii o intrusă și aducea multă singurătate cu sine.

Dar, în curând, urma să se descotorosească de animozitatea care o înconjura, iar acest gând o ajutase să își concentreze atenția la Nessa, fără să se străduiască să asculte ce se spunea pe la spatele ei.

În cele din urmă, mâncarea a fost gata. Nessa a strigat în spate ca băieții să aducă înăuntru curcanul prăjit, iar Thea s-a oferit să ajute la aranjatul meselor.

După ce Thea și Gavin au pregătit farfuriile fetelor și le-au așezat la masa copiilor, s-au alăturat celorlalți adulți din living. Thea s-a așezat lângă Nessa, pentru că avea nevoie disperată de un aliat. Din păcate, aceasta stătea chiar vizavi de Rachel.

La douăzeci de minute de la începerea cinei, Del s-a ridicat în picioare în capul mesei.

— Toată lumea, liniște, vă rog!

Conversațiile s-au liniștit, toată lumea concentrându-se asupra lui Del, care ținea o bere într-o mână și degetele soției sale în cealaltă.

— Nessa și cu mine vrem să vă mulțumim tuturor pentru că ați venit să sărbătoriți Ziua Recunoștinței alături de noi. Pe unii dintre voi ne face plăcere să-i primim. Pe alții abia îi suportăm.

Toată lumea a râs, dar Thea bănuia că exista mult adevăr în cuvintele lui. Thea i-a zâmbit lui Rachel, care i-a zâmbit înapoi. Thea ar fi putut să jure că văzuse sânge picurând dintr-un colț al gurii lui Rachel.

— Aș putea să stau aici și să țin un discurs lung despre recunoștință și tot rahatul ăsta, dar nu îmi vine, a spus Del. Pentru că eu și Nessa avem ceva de anunțat. Ceva ce am păstrat pentru noi timp de câteva luni.

Nessa a sărit în sus, cu brațele întinse.

— Sunt însărcinată!

A urmat o pauză, apoi o erupție haotică de aplauze și felicitări, și toate celelalte lucruri care, în mod normal, însoțesc anunțarea unei sarcini. Gavin s-a ridicat și s-a întins să-i strângă mâna lui Del.

— E minunat, Del! Felicitări!

Câteva minute mai târziu, Nessa s-a așezat din nou, iar Thea a tras-o spre ea pentru o îmbrățișare.

— Sunt foarte fericită pentru voi!

Nessa a râs încetișor.

— Muream să vă spun, dar am suferit două avorturi spontane și am vrut să fim siguri.

Thea a strâns-o de mână pe Nessa.

— Îmi pare atât de rău, nu am știut!

— Cred că nici nu am vrut să te supăr, pentru că nu știam ce se întâmplă cu tine și Gavin. Ne-am fi simțit prost să vă aruncăm în față vești bune când voi aveați probleme.

Cumva, asta o făcea pe Thea să se simtă și mai prost – să știe că cineva ascunsese vești bune de teamă că Thea nu ar fi putut să facă față. Dar situația s-a înrăutățit și mai mult când a ridicat ochii și și-a dat seama că Rachel auzise fiecare cuvânt.

Rachel a sărit imediat.

— Thea, dar tu și Gavin? Vom auzi vești bune în curând, acum, că v-ați rezolvat problemele?

— Numai dacă te referi la faptul că îmi voi lua diploma de licență, a zâmbit ea.

— Ah! Tu nu ai terminat facultatea?

— Încă nu!

— Și de ce, mă rog?

Jake a pus un braț peste spătarul scaunului lui Rachel. Degetele lui păreau să apese puțin prea strâns pe umărul ei.

— Ei bine, Rachel, după cum sunt sigură că știi, a trebuit să renunț la facultate pentru că am rămas însărcinată.

— Oh, așa este! Știam. Voi doi nu ați avut o relație prea lungă, nu-i așa? Și Gavin nu a fost chemat în Liga Mare imediat după aceea? Ce moment uimitor pentru voi!

Thea a simțit pe sub masă presiunea mâinii lui Gavin pe genunchiul ei.

— Îți mulțumim că ți-ai amintit atât de exact cronologia relației noastre, Rachel! Te putem angaja să ne ții la zi pagina de pe Wikipedia?

Degetele lui Gavin s-au înfipt în genunchiul ei, în timp ce gura lui Rachel s-a căscat din nou.

— Amintește-mi unde ai fost la facultate, Rachel! a continuat Thea.

Tensiunea plutea în aer, în timp ce jumătate dintre persoanele de la masă le sorbea fiecare cuvânt, iar cealaltă jumătate mânca de parcă era prima dată când puneau gura pe hrană.

— M-am pregătit să dau la Drept la Universitatea Ole Miss.

— Și nu ai mai ajuns la facultate?

Rachel i-a oferit un zâmbet luminos soțului ei.

— Nu! Am renunțat cu drag în favoarea carierei lui Jake.

Acesta se prefăcea fascinat de garnitura din farfurie.

— Dar cu siguranță ți-ai dori să fii avocată, nu-i așa? a împuns-o Thea, pentru că impulsivitatea îi dicta ce să spună ca unei marionete.

Mâna lui Gavin s-a strâns din nou pe genunchiul Theei, care a dat-o deoparte.

Rachel s-a înfoiat frumos înainte de a răspunde.

— Nu, nu mi-aș dori, a răspuns ea. Toate facem sacrificii pentru a ne susține soții. Pe cele mai multe dintre noi nu ne deranjează.

Furia o făcea pe Thea să vadă roșu înaintea ochilor. Rachel nu avea nici cea mai vagă idee cât de mult sacrificase Thea pentru cariera lui Gavin. Tocmai se pregătea să îi spună când Soledad Feliciano, soția lui Yan, a intervenit, destrămând tensiunea.

— Așadar, Thea, a spus ea, cu tonul agitat pe care cineva l-ar putea folosi cu un câine turbat, pentru că ai pregătire artistică, ai putea să ne ajuți cu câteva idei pentru un logo nou care să se potrivească meciului caritabil de softball.

Jocul de softball era o altă tradiție a nevestelor de jucători. În fiecare vară, unele dintre soțiile și iubitele celor de la Legends jucau contra soțiilor și a iubitelor de jucători ai echipei de hochei din Nashville pentru a strânge bani de rechizite pentru copiii nevoiași. De ani de zile, jocul fusese numit „WAGs vs. HAGs[1]" pentru că, ei, bine, există un „H" în hochei. Ha, ha, foarte amuzant! Era uimitor cât de puțini oameni reușeau să vadă problema, dar poate că, în cele din urmă, cineva le convinsese că era nevoie de un nume nou.

— Nu știam că primim un logo nou, a spus Thea.

— A fost decis la ultima noastră întâlnire, a zâmbit Rachel.

La care Thea nu fusese invitată.

---

[1] Acronim construit pe același principiu ca WAGs și obținut prin înlocuirea lui W cu H, din termenul *hockey*. De asemenea, joc de cuvinte imaginat pornind de la faptul că, în limba engleză, *hag* înseamnă „hoașcă", „zgripțuroiacă" sau „cotoroanță" (n. red.).

— Mi-ar face plăcere, a răspuns Thea, în cele din urmă. Dacă putem scăpa cumva și de termenul „neveste".

Rachel a pufnit în paharul cu vin. O furculiță a căzut pe o farfurie, iar cineva de la masă a rostit o înjurătură.

— De ce naiba am face asta? a întrebat Rachel, ștergându-și un strop de vin din decolteu.

— Haide! a spus Thea. Neveste și iubite? Sunt termene limitate. Ce se întâmplă dacă vreo femeie ajunge în Liga Mare? Cum ar fi numit iubitul ei?

— Întrucât mă îndoiesc foarte mult că există jucătoare suficient de bune pentru asta, nu cred că trebuie să ne îngrijorăm, a spus Rachel.

— Bine, atunci ce zici de un jucător gay? Termenul de *nevastă* este complet heterosexual. Nu vrem ceva mai cuprinzător?

— Ce anume sugerezi? a întrebat Rachel.

— Ce zici de soți și parteneri?

Rachel s-a oprit o clipă și apoi a spus:

— Asta se poate prescurta SAP-uri[1].

— Ai dreptate! Se potrivește negreșit.

Thea s-a ridicat și și-a luat farfuria.

— Cred că o să merg să văd ce fac copiii. Aveți nevoie de ceva?

Thea a părăsit livingul tăcută. Nu a trecut mult timp și a apărut și Gavin.

— Ce naiba a fost asta? a întrebat el.

— Asta, a spus Thea, așezându-și farfuria, a fost o demonstrație a genului de rahaturi pe care a trebuit să le suport de la Rachel și prietenele ei pe tot parcursul căsniciei noastre. Tocmai am decis să ripostez.

— *Mereu* te tratează așa?

Thea a pufnit.

---

[1] Joc de cuvinte. Termenii originali sunt *Spouses and Partners* (SAP). În limba engleză, verbul *to sap* este un termen militar și înseamnă a distruge gradual rezistența și puterea unei persoane (n. tr.).

— Hm... Încă din prima zi.

Ochii lui s-au mijit.

— De ce nu mi-ai spus?

— De ce n-ai știut?

Gavin a clătinat din cap, a deschis gura să spună ceva, apoi s-a gândit mai bine și doar a înghițit în sec.

— Nu-ți face griji pentru asta! a zis Thea. Oricum nu va mai fi o problemă mult timp.

Apoi s-a răsucit pe călcâie și l-a lăsat acolo. Și-a petrecut restul zilei cu copiii, evitând cu grijă fiecare încercare a lui de a rămâne singur cu ea.

Ava a început să se plângă de o durere de stomac în jurul orei șase, așa că Gavin și-a cerut scuze gazdelor. Nessa a pus o parte din mâncarea rămasă în niște recipiente de plastic și le-a dus la mașină în timp ce Gavin pregătea fetele de plecare.

— Va fi bine, a spus Nessa încet, așezând recipientele în portbagaj.

Thea a oftat.

— Mulțumesc, dar nu cred că Rachel mă va agrea vreodată!

— Vorbesc despre tine și Gavin.

Thea a ridicat privirea.

— Oferă-i o șansă, Thea! a spus Nessa.

Ușa din față s-a deschis, iar Gavin a ieșit cu Ava. Amelia s-a repezit înaintea lor. Nessa a strâns-o ușor de braț pe Thea și și-a coborât vocea.

— Sună-mă oricând!

Thea a închis portbagajul în timp ce Nessa a urcat pe trotuar. Apoi s-a oprit pentru a săruta fetele de la revedere și pentru a-l îmbrățișa cu un singur braț pe Gavin. Thea a deschis portiera de lângă Ava și a luat-o de la Gavin fără să se uite în ochii lui.

— O să-i prind eu centura Ameliei! a spus el.

Drumul spre casă a fost la fel de tăcut ca la sosire. Gavin strângea volanul. Thea se uita pe fereastră și observa alte familii din alte mașini. Familii zâmbitoare și fericite. Oare acei soți și soții își începeau vacanța cu certuri despre masturbare? Gândul i-a adus o explozie absurdă de râs isteric, care s-a transformat rapid într-un oftat frustrat. A simțit mai degrabă decât a văzut capul lui Gavin întorcându-se în direcția ei, dar și-a păstrat privirea ațintită la peisajul care rămânea în urma mașinii. Cerul neînsuflețit și cenușiu se potrivea cu starea ei de spirit.

Când au ajuns acasă, Thea s-a aruncat practic din mașină. A desfăcut centura Avei și a dus copila pe verandă, bâjbâind cu cheia în ușă. Butter i-a întâmpinat, lătrând fericit în hol.

— Mami, nu mă simt bine! s-a plâns Ava.

— Știu, draga mea! Hai să îți scot haina...

Voma a acoperit podeaua înainte ca Thea să poată termina propoziția. Ava a început să plângă. Butter a început să adulmece.

— Butter, nu!

Thea a apucat zgarda câinelui exact când Ava a vomitat din nou. Un alt val de orice o fi mâncat a stropit podeaua. În spatele ei, la ușă, Gavin a șoptit o înjurătură, iar Amelia a strigat:

— Ce scârbos!

Gavin s-a repezit și l-a luat de zgardă pe Butter.

— Curăț eu aici, a spus Thea. Poți să o duci sus și să începi să-i faci baie?

— Nu! Vreau cu mami, a început Ava să plângă.

— Curăț eu! a spus Gavin.

— Amelia, draga mea, rămâi puțin pe loc!

Prea târziu! Ava s-a întors și a vomitat peste sora ei. Amelia a țipat. Gavin a tras o înjurătură din nou, de data asta cu voce tare. Butter a început să latre ca și cum și-ar fi găsit propriul colț de rai și a încercat să o lingă pe Amelia ca s-o curețe.

— Butter! Încetează! Fetelor, haideți! Hai să urcăm la etaj! a încercat Thea să domolească situația. Ava, abține-te dacă poți până ajungem la baie.

Cu amândouă fetele plângând, Thea le-a urmat sus și în baia lor. S-a lăsat în genunchi, le-a spus să ridice brațele și apoi le-a dezlipit cămășile de pe corp. Se putea considera norocoasă dacă reușea să salveze măcar o hăinuță. Le-a rugat să termine cu dezbrăcatul ca să le poată face baie. La parter, Gavin i-a spus ceva deosebit de neplăcut lui Butter, înainte de a-l scoate afară, în curtea din spate.

— Mami, nu mă simt bine! a bâiguit Amelia, cu fața palidă.

O, nu! Thea a luat pe Amelia de umeri și a condus-o spre toaletă... cu o fracțiune de secundă prea târziu. În concluzie, acum aveau două pardoseli de curățat.

— E în regulă, scumpo! a spus Thea, frecând-o încetișor pe spate cu mișcări circulare.

S-a întors să o verifice pe Ava, care tremura dezbrăcată. Ținându-și echilibrul pe un picior, Thea s-a aplecat și a verificat temperatura apei.

— Ava, intră în cadă!

Întorcându-se la Amelia, a mutat-o cu blândețe în partea laterală a toaletei și i-a spus să se aplece în caz că mai avea nevoie. Și, da, mai avea de vomitat! Amelia a tresărit cu un scâncet jalnic. Thea i-a netezit părul pe spate.

— E în regulă, draga mea! Se va termina în curând.

Câteva minute mai târziu, Thea a vârât-o, în sfârșit, pe Amelia în cadă. Gavin a apărut în prag în timp ce soția lui săpunea părul Avei. S-a uitat la podea, a făcut o grimasă și a folosit un picior pentru a-l împiedica pe Butter să intre.

— Și Amelia este bolnavă, a spus Thea. Poți să iei niște prosoape curate din dulap?

— Care dulap?

Mânia îi pulsa în tâmple.

— Același dulap în care au fost mereu! a spus ea, cu o voce răstită, în timp ce arunca apă pe capul Avei.

— Care anume? s-a răstit el.

— Serios? De cât timp trăim aici?

— Nu petrec mult timp acordând atenție prosoapelor, Thea!

Nu, serios!

— Dulapul de lenjerie de pe hol.

Gavin a dispărut și s-a întors o clipă mai târziu cu o mână de prosoape.

— Asta e tot ce am putut găsi.

Pulsațiile au devenit lovituri de ciocan.

— Tocmai am pus un întreg teanc de prosoape curate acolo ieri.

— Ei bine, nu le-am găsit. Ce vrei să fac?

— În camera mea sunt curate într-un coș.

O venă i-a devenit vizibilă de-a lungul maxilarului.

— Camera *ta*?

— Las-o baltă! Le aduc eu! a zis Thea și s-a ridicat în picioare.

Apoi s-a năpustit în dulapul de lenjerie, a luat teancul de prosoape pe care Gavin probabil intenționat nu le văzuse, altfel n-ar fi avut cum să le rateze, și a venit nervoasă înapoi.

— Unde erau acestea?

— În dulap!

A lăsat teancul pe podea și a terminat de clătit părul Avei.

— OK, scumpo, du-te la tati!

— Vreau la mami! a scâncit Ava.

— Va trebui să te mulțumești cu mine, pitico!

Gavin a scos-o din apă. A îngenuncheat să o usuce, iar corpul i se atingea ușor de al Theei în timp ce o făcea. Ea s-a tras deoparte, iar el s-a încruntat.

— O voi îmbrăca pe Ava în pijamale, a spus Gavin.

S-a ridicat în picioare, cu Ava în brațe. Copila și-a ascuns capul în umărul lui și au ieșit din baie.

Thea a terminat de spălat părul Ameliei și apoi s-a oprit pentru a-și privi fetița, care încă părea palidă.

— Te simți mai bine, iubito?

Amelia a încuviințat cu o mișcare din cap și a căscat. În seara asta aveau să se culce devreme.

— Haide, scumpo!

Thea a scos-o din cadă și a uscat-o, apoi a dus-o în dormitorul fetelor. Gavin stătea pe podea, trăgând o cămașă peste capul Avei. El a ridicat privirea.

Ea a privit în altă parte.

Gâtul lui Gavin ardea de frustrare la respingerea Theei. I-a pus Avei pantalonii de pijama.

— Să mergem în pat!

— O vreau pe mami!

Uau! Asta nici n-avea cum să doară! Și-ar fi dorit să îi fi spus cineva că un copil te poate distruge în moduri pe care nu ți le-ai fi imaginat înainte de a-l avea. Gavin s-a ridicat de pe podea și a luat-o pe Ava în brațe.

— Mami o îmbracă pe Amelia.

Gavin a aruncat o privire în spate. Thea o așezase pe Amelia pe patul ei și o ajuta să se îmbrace cu o cămașă de noapte. Amelia și-a lipit fața de gâtul ei, în timp ce mama îi mângâia capul cu o șoaptă blândă și liniștitoare pe care Gavin nu izbutea să o audă. Dar îi simțea vocea. Gingașă și iubitoare. Gavin era oficial gelos pe propria lui fiică.

Ava a căscat, așa încât Gavin a așezat-o pe pat și a învelit-o. Thea sărise peste pătuțurile pentru copii și le mutase pe fete direct pe saltele de o persoană. Erau mult prea mici pentru trupul lung al lui Gavin, dar se descurca. S-a culcat lângă Ava și i-a netezit părul ud de pe față.

— Te simți mai bine? a șoptit el.

Ea a dat din cap și a căscat din nou.

— Nu mă mai doare burtica.

— Asta e bine. Probabil că ai mâncat prea mult la unchiul Del.

— Am mâncat trei bucăți de plăcintă.

Vai!

— Cum ai mâncat trei bucăți?

— Mack a spus că putem să mâncăm cât vrem.

Gavin avea să-l omoare.

— Trebuie să îi întrebi pe mami sau pe tati, draga mea. Tu știi asta.

— Dar mami ar fi spus nu.

Gavin a chicotit.

— Probabil. Dar asta fiindcă mami știe că, dacă mănânci prea mult, ți se face rău.

Pleoapele Avei se îngreunaseră, așa că fetița și-a strâns animăluțul de pluș preferat la piept. Rața fusese cândva de un galben strălucitor, dar, între timp, căpătase o nuanță plictisitoare de la prea multă dragoste. Gavin o freca ușurel cu palma de sus în jos pe spatele minuscul și îi simțea căldura pielii prin materialul bluzei de pijama.

— Tati, a șoptit ea, deschizând ochii.

O, la naiba! Te rog să nu-mi vomiți în față!

— Ce e, draga mea?

— Trebuie să mă săruți de noapte bună înainte să adorm.

Copila și-a ridicat capul de pe pernă și și-a țuguiat buzele.

Ceva cald și devastator s-a răspândit în pieptul lui Gavin. El a sărutat-o, s-a rostogolit pe o parte și a vârât-o sub brațul lui. Copila a adormit în câteva secunde. Gavin și-a îngropat fața în părul ei ud și i-a savurat parfumul natural. Auzise întotdeauna oamenii spunând că ar face orice pentru copiii lor. Că ar merge până la capătul pământului pentru a-i proteja, că ar face tot ce e nevoie pentru a-i ști fericiți. Totuși, este ceva ce un om nu poate înțelege până nu o simte pe pielea lui. Se întreba dacă părinții lui simțiseră vreodată așa, dacă fuseseră vreodată complet acaparați de dragostea pentru el și fratele lui. Poate că asta voise să spună tatăl lui la o zi după nașterea fetelor, când îl găsise pe Gavin privindu-le dormind în pătuțurile lor. Tatăl său îl bătuse cu palma pe spate și îi spusese: „Of, fiule! N-ai idee la ce te înhami!"

Gavin zâmbise, dar tatăl său avusese dreptate. Nu bănuise cum avea să se schimbe viața lui datorită fetelor. Nu bănuise cât de mult avea să se extindă inima lui, uneori dureros de mult. Nu bănuise că teama de a li se întâmpla ceva putea să-l facă inutil și să-l lase fără cuvinte. Nu bănuise că iubirea lor avea să-l facă să-și iubească soția și mai mult, ceva ce nici nu crezuse că e posibil.

Și aproape că dăduse cu piciorul la tot. Încă mai dădea cu piciorul. Dacă tatăl său ar fi putut vedea cum se comportase Gavin, ar fi clătinat din cap, dezamăgit.

În spatele lui, vocea liniștită a Theei a destrămat tăcerea, când i-a spus Ameliei să închidă ochii și i-a urat vise plăcute. Un zid gros de emoție i-a prins gâtul. Câteva minute mai târziu, patul Ameliei a scârțâit, iar Thea s-a ridicat în picioare. Apoi silueta ei micuță a aruncat o umbră peste patul Avei. Gavin și-a întors capul să se uite la ea. Ea a refuzat să-i întâlnească privirea în timp ce se apleca să arunce un ochi la Ava.

— A adormit repede, a șoptit el.

Thea și-a lipit dosul palmei de fruntea Avei și apoi a făcut același lucru cu propriii obraji.

— Niciuna dintre ele nu are febră.

Gavin încetase de mult să se mai întrebe cum știa Thea toate astea. „Cel mai bun termometru este mâna unei mame." Învățase și el pe dinafară acest citat al bunicii. Și întotdeauna se dovedise corect. Probabil că Thea știa temperatura normală a fetelor mai bine decât pe a ei.

Cu un oftat obosit, s-a îndreptat de spate.

— Voi face un duș.

Gavin s-a lăsat pe spate, având grijă să nu o trezească pe Ava în timp ce își scotea brațul de sub ea.

— Voi curăța eu baia.

Thea s-a strâmbat.

— Am uitat de asta! O voi face eu, pentru că tu ai curățat podeaua de jos.

— Mă descurc, iubito! Du-te și fă duș.

Ea a clipit și s-a crispat la cuvântul *iubito*.

— Am spus că o voi face eu, a insistat ea, refuzând cu încăpățânare să accepte chiar și cea mai mică ramură de măslin.

— Doamne, Thea! Chiar nu pot să mă ofer să ajut fără să faci din asta o luptă?

Ava s-a agitat la auzul vocii lui ascuțite. Thea i-a aruncat o privire urâtă.

— Bine! Curăță tu baia! a zis ea și a ieșit cu pași mari din cameră.

Gavin și-a înghițit o altă înjurătură. Până când a terminat el cu baia, dușul se oprise, dar avea nevoie de o pauză înainte de a încerca să vorbească din nou cu Thea. S-a îndreptat spre camera de oaspeți pentru a se schimba în haine de alergat. Singurul lucru care avea să ușureze tensiunea din mușchii lui erau sunetul pașilor pe asfalt și stropii de sudoare.

Gavin a dus gunoiul jos și l-a aruncat în lada de gunoi din garaj. Butter l-a urmat oropsit și s-a trântit greoi pe podeaua bucătăriei.

— Și pe tine te-a alungat, nu-i așa?

Gavin s-a ghemuit și a scărpinat urechile câinelui. Butter a dat din coadă și a oftat. Da! Doi tipi lingându-și rănile după ce șeful casei a scos un lătrat feroce.

Gavin a fluierat, indicându-i lui Butter să-l urmeze până la ușa din față. La vederea lui Gavin, care îi căuta lesa, Butter a început să sară pe el cu labele din față și să latre fericit. Gavin și-a tras pe cap o șapcă de lână, a apucat o pereche de mănuși și a ieșit din casă. I-a trecut prin minte să se întoarcă pentru a-i spune Theei unde merge, dar era încă suficient de supărat pentru a ști că amândoi aveau nevoie de spațiu.

Afară, aerul curat i-a stimulat plămânii și l-a forțat să respire adânc pentru prima oară după câteva ore. Și-a urmat traseul normal, înjurând viața în primele zece minute, așa cum o făcea mereu când alerga. Doar pentru că era sportiv profesionist nu însemna că, de fapt, îi făcea plăcere să alerge. Era un rău necesar. În cele din urmă, trupul lui s-a adaptat la ritmul pedepsitor și a intrat într-o zonă de confort. Tensiunea îi dispărea de pe umeri cu fiecare pas. Butter a ținut pasul, cu limba scoasă și dând din coadă. Părea că îl iertase pentru că îl împinsese afară mai devreme. Cel puțin cineva îl iertase.

Gavin a alergat trei kilometri, până a ajuns într-unul dintre parcurile orașului. A încetinit până s-a oprit pe terenul de baseball aflat cel mai aproape de parcare. Un gard cu lanț înconjura diamantul și două bănci de rezervă. Luminile de deasupra erau stinse, dar farurile din parcare iluminau terenul prăfuit și dealul uzat al movilei aruncătorului. Gavin s-a așezat în tribunele reci, care pe timpul verii erau pline de părinți și bunici care vedeau în copiii lor cei mai drăguți și mai talentați jucători.

Își petrecuse cea mai mare parte a tinereții pe terenuri de genul acesta; pe astfel de câmpuri pline de praf oamenii începuseră să îl observe și să șușotească despre altceva decât bâlbâielile lui. Acolo antrenorii începuseră să se adune și să spună: „El este?" Acolo cercetași în hanorace cu emblemele marilor universități începuseră să se prezinte părinților săi și să caute dovezi că puștiul dintr-o suburbie din Ohio era așa de bun cum spunea lumea.

O șansă la un milion. Asta spuseseră mereu. Avusese o șansă la un milion să ajungă, vreodată, în Liga Mare. Dar odată ce visul îi fusese sădit în cap, Gavin nu-și mai dorise nimic altceva. Nimic nu putuse să-l oprească. Ar fi muncit mai mult decât oricine altcineva pentru că acolo, pe acele terenuri murdare, fusese mai mult decât un copil care nu putea citi cu voce tare la școală. Mai mult decât un băiat prea emoționat să vorbească cu fetele.

Butter a gâfâit și s-a trântit la picioarele lui Gavin. Telefonul i-a vibrat în buzunar. L-a scos și a văzut un mesaj de la Thea:

Ai plecat?

La naiba! Ar fi trebuit să o anunțe! I-a trimis rapid mesaj înapoi.

Am plecat să alerg.

Au trecut câteva secunde până când cele trei puncte mișcătoare au indicat că ea tasta un răspuns.

Nu încuia ușa când te întorci! Liv va veni târziu, iar Butter va lătra dacă ea va trebui să-și folosească cheia! Merg la culcare!

Mesajul rece, nerostit, era clar: nici măcar să nu te gândești la un sărut de noapte bună!

O dădea din nou în bară.

Înainte de a se putea răzgândi, Gavin a accesat apelurile recente din listă și a derulat până a găsit numărul părinților săi. Tatăl i-a răspuns abia la cel de-al treilea sunet, cu vocea grea de somn.

— Salut, bătrâne! l-a tachinat Gavin. Dormi ca să digeri curcanul?

— Doar am ațipit, i-a răspuns tatăl lui. O aștept pe maică-ta să ajungă acasă.

— Unde a plecat?

— Frate-tău a convins-o să meargă la un film.

— Ah! a exclamat Gavin, mușcându-și buza.

— Totul este în regulă?

— Da!

— Ești sigur?

Gavin și-a dresa glasul. Tatăl lui și-a dat seama instantaneu că ceva nu era în regulă.

— Hristoase, Gav! Ce s-a întâmplat?

— Este, ăăă, e ceva ce nu ți-am spus nici ție și nici mamei.

— Oh, la naiba! E legat de vreuna dintre fete? Fetele sunt bine?

— Fetele sunt bine. Doar că. . .

— Totul este în regulă cu Thea?

La dracu'! A tras aer în piept, apoi a expirat.

— Nu!

Gavin a auzit scârțâitul și pocnetul vechiului balansoar al tatălui său. Nu își putea imagina decât că se ridicase în picioare.

— Fiule, spune-mi ce se întâmplă!

Gavin a mai eliberat o respirație tremurătoare și i-a înșirat tatălui său elementele de bază – avuseseră probleme, se certaseră, el plecase pentru câteva săptămâni; era acasă acum, dar lucrurile nu mergeau bine. A lăsat deoparte aspectul cel mai umilitor, evident.

Tatăl său sufla greu.

— De ce nu mi-ai spus mai devreme?

— Nu știu! Cred că nu am vrut să te îngrijorez. Nu e ca și cum tu și mama ați fi trecut vreodată prin așa ceva, deci...

Râsul brusc al tatălui său l-a luat prin surprindere.

— Asta crezi tu?

— Păi, da!

— Uau! Ne-am ascuns mai bine decât credeam.

Gavin s-a îndreptat de spate.

— Ce-ce-ce vorbești?

— Fiule, nu poți fi căsătorit cu cineva aproape treizeci de ani fără a trece prin iad de câteva ori. Dacă ai fi întrebat-o pe maică-ta, ți-ar fi spus că au fost momente când singurul motiv pentru care nu m-a părăsit a fost că nu și-ar fi permis să-și crească singură băieții. Și știu asta pentru că mi-a spus-o în față.

În urechile lui Gavin a răsunat un zgomot profund, ceva care semăna foarte mult cu prăbușirea iluziei care fusese copilăria lui.

— Dar voi doi nu v-ați certat niciodată.

— Nu de față cu voi, dar ne-am certat mult. Încă ne mai certăm.

— Din ce motiv?

Gavin se simțea ca și cum i s-ar fi spus încă o dată că Moș Crăciun nu e real.

— La naiba! Din te miri ce! Se supără pe mine pentru că trec pe lângă vasele murdare și nu le pun în mașina de spălat, iar eu mă enervez când ea nu și-a notat cheltuielile cardului de debit în registrul de cheltuieli.

Gavin a pufnit.

— Tată, nimeni nu mai folosește un registru de cheltuieli.

— Ah, Doamne! Nu începe și tu cu asta!

Gavin s-a uitat în gol la câmpul întunecat din fața lui. Nu știa dacă era devastat sau ușurat să afle că părinții lui nu fuseseră perfecți.

— Uite, tată, înțeleg ce spui, dar tu și mama vă certați pentru nimicuri. Eu și Thea avem probleme mai mari.

— Chiar crezi că maică-ta m-ar amenința că mă părăsește din cauza unor vase nespălate? Și noi avem probleme mari.

Gavin și-a înfundat pantoful în pământ.

— Fiule, există ceva ce nu ți-am spus niciodată, dar am să-ți spun acum. Însă trebuie să mă lași să termin înainte să reacționezi.

Gavin s-a încordat.

— Bine!

— Când ne-ai spus pentru prima dată despre Thea, că ai întâlnit o femeie, am fost foarte fericiți pentru că *tu* erai fericit. În sfârșit! Dar când ne-ai spus, câteva luni mai târziu, că era însărcinată și urma să vă căsătoriți, ei bine, nu am mai fost la fel de fericiți.

— Ce-ce? De ce?

— Ți-am spus să mă lași să termin!

Gavin a mormăit o scuză.

— Aveai șanse uriașe să ajungi în Liga Mare, Gav. Am știut asta încă de când erai în ultimul an de liceu. Dar erai, de asemenea, naiv când era vorba despre fete, s-o spunem drept.

Oh, minunat! Chiar și părinții lui îl credeau un ratat.

— Am fost îngrijorați că vei face alegeri pripite în privința vreunei fete care să profite cumva de tine, din pricina banilor pe care urma să-i faci cândva.

Mânia l-a făcut să înghețe.

— Thea nu este așa.

— Știu, fiule. De îndată ce am cunoscut-o, am știut. Și știi cum ne-am dat seama?

— Cum?

— Nu ți-a ignorat bâlbâiala. Nu s-a prefăcut că nu există. Toată viața ai crezut că trebuie să găsești o femeie care să te iubească în ciuda bâlbâielii, dar ar fi trebuit să cauți o femeie care să te iubească pentru asta, deoarece face parte din ființa ta. Thea este acea femeie.

Da, era, iar Gavin era pe punctul de a o pierde.

Tatăl lui s-a întrerupt brusc, iar pe fundal Gavin a auzit scârțâitul ușii din spate a casei părinților săi.

— A venit maică-ta, i-a spus tatăl, pe un ton scăzut.

Fir-ar să fie!

— Să nu-i spui despre Thea!

— Nu o să-i spun.

Apoi, mai tare, a zis:

— Bună! Vorbesc cu Gav!

Fratele lui a strigat ceva în fundal, ceva care suna asemănător cu *îmi ești dator*. Sau poate că fusese o înjurătură. Oricare variantă era posibilă.

Tatăl a revenit pe fir, dar a trecut un moment înainte de a vorbi pe un ton jos.

— Ascultă-mă, fiule! Orice ai fi făcut greșit, luptă-te din răsputeri să rezolvi prolema cu Thea, mă auzi?

— Mă străduiesc!

— Străduiește-te mai tare!

Apoi, tatăl i-a închis telefonul în nas. În ultima vreme dădea numai rateuri.

Cu un fluierat scurt, l-a îndemnat pe Butter să se ridice în picioare și a început să alerge lent prin parc, spre casă. Când a intrat pe ușa din față, totul era cufundat în întuneric și liniște. Butter s-a îndreptat țintă spre vasul lui cu apă și a reușit să verse jumătate din el pe podea. După ce a curățat apa, Gavin a urcat treptele. Avea nevoie de un duș, dar s-a trezit purtat de val la ușa dormitorului ei.

A dormitorului *lor*.

A ridicat mâna să bată, luptându-se cu mânia provocată de faptul că trebuia să ceară voie să intre în propriul dormitor. Ea nu a răspuns imediat, iar intervalul de câteva secunde era suficient pentru a-l face să transpire.

— Intră! i-a spus ea, în cele din urmă.

Ușa a scârțâit ușor. Lampa de pe noptieră era singura sursă de lumină, colorând totul într-o strălucire galbenă, delicată. Camera mirosea a loțiunea ei de corp. Thea era așezată pe pat, cu spatele rezemat de tăblie și laptopul în poală. Părul îi era înfășurat într-un prosop răsucit, pe care îl purta mereu după dușuri, și purta unul dintre tricourile lui pe post de cămașă de noapte. Inima i-a bătut puternic. Ce ar fi spus ea dacă i-ar fi recunoscut că, în toate acele momente în care se masturbase, și-o imaginase exact așa – caldă, delicată și inocent de sexy?

Butter a intrat în cameră și a sărit pe pat. Nemernicul parcă a zâmbit când s-a întins și a pus capul pe picioarele goale ale Theei.

— Am ajuns! a spus Gavin, buimac, iar gura i s-a uscat brusc.

Ea i-a întâlnit privirea peste laptop.

— Bine!

— Ce faci? a întrebat-o, făcând semn din cap spre computer.

— Îi scriu mamei tale un e-mail despre ce vor fetele de Crăciun.

— Aha!

După modul în care o devorase aseară, era ridicol cât de emoționat era acum să o întrebe dacă putea să o sărute. Dar era ceva diferit. Nu știa de ce, dar era.

Într-un târziu, Thea a oftat lung și și-a întors privirea înapoi la computerul ei. La naiba cu asta! Gavin s-a năpustit spre ea. Sunetul pașilor lui pe covor a făcut-o să ridice din nou ochii, iar pe față i se citea ceva ce el spera a fi dorință, dar, de fapt, era mai mult uimire.

Gavin a așteptat ca Thea să spună sau să facă ceva. A așteptat să facă și ea o mișcare, să-și ridice fața sau să-l atingă. A implorat-o în tăcere, cu ochii fierbinți și respirația accelerată. Deoarece, deși sărutul era una dintre condițiile lui, trebuia să fie alegerea ei. Nu avea de gând să o forțeze.

Nările ei s-au ridicat ușor, iar el a putut să jure că trupul i se înclina spre atingerea lui. Limba i-a ieșit printre buzele cărnoase și a lins-o pe cea de jos. Stomacul lui s-a strâns drept răspuns.

— Noapte bună! a spus el, pe un ton răgușit.

Și, înainte să se răzgândească, s-a aplecat și și-a trecut ușor buzele peste ale ei.

Gata! Merita o medalie de aur! Își sărutase soția.

Thea și-a ridicat privirea spre el, cu ochii mari.

— Noapte bună! a murmurat ea.

— Vrei să te învelesc sau te descurci singură și cu asta?

Ochii Theei s-au mijit pentru o fracțiune de secundă, până când s-a prins că încercase să o tachineze. Ea și-a dat ochii peste cap, dar colțurile buzelor i s-au arcuit. El nu-și dorise altceva decât să o sărute din nou și să încerce să-i mai smulgă un geamăt ca acela pe care îl scosese cu o seară înainte.

Dar cum își așternuse, așa dormea.

Era vina lui.

S-a instalat în camera de oaspeți și și-a deschis cartea, sperând ca Lordul Știe-Tot să aibă o oarecare înțelepciune cu care să repare mizeria pe care o făcuse.

Capitolul doisprezece

PLOAIA DE VOMĂ SE TERMINASE.

Fetele se treziseră pline de energie, înfometate și cu poftă de clătite. Thea, dimpotrivă, se trezise încordată, înfierbântată și cu poftă de altceva. Avusese niște vise intense.

Și-a luat o pereche de colanți și le-a urmat pe fete jos. Ușa lui Gavin era închisă, așa că fie dormea, fie...

Fie era deja treaz, făcuse duș și pregătea cafeaua când a intrat ea în bucătărie. Uau! OK!

— Tati! a strigat Amelia, alergând spre el și aruncându-și brațele în jurul picioarelor lui.

— Bună dimineața, iubita mea! a spus el, cu o mână în părul ei. Te simți mai bine azi?

— Vreau clătite! a spus ea.

— Rezolvăm noi cumva! i-a răspuns el, apoi s-a uitat la Ava. Tu vrei clătite, pitico?

Ea a dat din cap a încuviințare și și-a strâns rața la piept.

Gavin s-a uitat peste umăr și a întâlnit privirea Theei. I-a zâmbit în colțul gurii și s-a scuzat din priviri.

— Bună dimineața! a spus el. Vrei o cafea?

— Hmm, da, bineînțeles!

Ea s-a așezat pe unul dintre scaunele de bar. O clipă mai târziu, el a pus o cană aburindă în fața ei.

— Vrei să fac clătite? a întrebat el.

— Pot să le fac eu, i-a răspuns ea, ducând cana la buze.

Cafeaua era preparată perfect cu zahăr și lapte cu aromă de vanilie.

— Știu că poți, i-a răspuns el, calm. Dar te întrebam dacă ai vrea să nu mai faci azi.

Era un armistițiu. O ofertă de pace cu clătite. Ar fi fost meschin să continue să se certe și, deși meschinăriile făceau parte din starea ei de spirit obișnuită zilele astea, a cedat.

— Bine. Mulțumesc!

Gavin a zâmbit, de parcă ar fi acceptat să-l lase să se întoarcă înapoi dormitor.

— Unde este Liv? a întrebat Thea, ridicându-se în picioare.

— Cred că e la subsol. Nu am văzut-o.

Thea și-a schimbat direcția și s-a îndreptat spre ușa subsolului. A deschis și a ascultat, dar nu a auzit nimic. S-a furișat pe scări, a cotit pe după colț și aproape a izbucnit în râs. Liv zăcea lată de-a curmezișul patului, complet îmbrăcată. Părul i se răsfirase în jurul capului într-un mare vârtej.

Thea a încercat să se retragă pe vârfuri.

— Sunt trează! a mormăit Liv.

Thea s-a întors.

— Îmi pare rău!

Liv a gemut și s-a rostogolit pe spate.

— Ai avut o noapte grea?

— Oamenii care merg la restaurant de Ziua Recunoștinței sunt cei mai răi oameni din lume. Nu vreau să mai fac niciodată în viața mea o plăcintă cu dovleac.

Thea s-a rezemat de perete și a sorbit din cafea.

— La ce oră ai ajuns acasă?

— Cât e ceasul acum? a căscat Liv.

— Opt.

— Atunci, acum patru ore.

Thea s-a înecat.

— Ai lucrat până la patru?

— Îmi urăsc viața!

— Nu, nu! Îți urăști slujba!

— Am lucrat până la patru dimineața de Ziua Recunoștinței. Serviciul este viața mea.

Thea s-a întors la etaj. Priveliștea care a întâmpinat-o în bucătărie i-a tăiat respirația. Fetele stăteau pe scaunele de bar în genunchi, astfel încât să poată ajunge la bolurile de făcut aluatul. Amândouă băteau neîndemânatic aluat de clătite cu niște teluri pentru copii pe care le primiseră cadou de la Liv. Gavin stătea între ele, cu un braț în jurul fiecăreia, gata să intervină în caz că vreuna cădea sau răsturna ceva. Cu șoapte de încurajare, el aștepta cu răbdare în timp ce fetele lucrau cu telurile prin aluatul gros. La fiecare câteva momente, una dintre ele privea în sus și căuta aprobarea, iar Gavin i-o dădea cu zâmbete blânde și sărutări pe creștetul capului.

Inima i s-a strâns. Chiar și când părinții ei fuseseră căsătoriți, tata nu făcuse niciodată astfel de lucruri cu ea și Liv. El nu călătorise precum Gavin, dar fusese mult mai absent în viața lor decât fusese Gavin vreodată cu Ava și Amelia. Când, în cele din urmă, plecase definitiv, Theei nici măcar nu-i păsase. Oricum lipsise din viața lor în cele mai importante momente.

Gavin și-a ridicat privirea și a surprins-o uitându-se la el. Ea a încercat să-și înfrâneze expresia, dar nu suficient de rapid. Gavin s-a încruntat. I-a zâmbit forțat și a folosit un ton blând. De dragul fetelor. Nu de dragul lui.

— Arată bine, fetelor!

Amelia s-a agitat un pic în scaun și și-a ridicat telul.

— Sunt gata, tati!

Aluatul i se scurgea pe mâini și picura pe blat. Gavin le-a șters pe amândouă și a întrebat-o pe Ava dacă și ea era gata.

Ava a clătinat din cap că nu. Aluatul ei trebuia să fie perfect.

— Te ajut eu să-l termini, dacă vrei să începi să gătești, s-a oferit Thea.

Au lucrat împreună în tăcere pentru următoarele zece minute. Gavin a întors clătitele în timp ce Thea a scos siropul, frișca și fulgii de ciocolată, apoi a curățat blatul și a așezat farfuriile în fața scaunelor fetelor. După ce le-a dat lor, Gavin a pregătit câte o farfurie pentru el și Thea. Ei au mâncat în picioare, de o parte și de alta a blatului, fiecare pregătit să intervină în caz că fetele ajungeau să-și toarne sirop în păr. Niciunul dintre ei nu a vorbit în timpul mesei decât cu copilele.

Gavin a luat ultima înghițitură și s-a rezemat de celălalt dulap.

— Așadar, mă gândeam...

Thea a ridicat privirea. Gavin își mușca buza, de parcă i-ar fi fost frică să-și termine ideea.

— Din moment ce fetele se simt mai bine, mă gândeam să le iau în centrul orașului să facem câteva cumpărături pentru Crăciun în această după-amiază. Tu ai putea să te relaxezi aici, poate să-ți scoți acuarelele sau doar să te odihnești.

Fetele au ciulit imediat urechile la auzul cuvântului *Crăciun.* Sau poate *cumpărături.* Ambele erau cuvinte puternice pentru ele.

— Ce părere ai?

— Mami, ne dai voie? a întrebat Amelia, mâzgălindu-se de sirop pe obraz.

Thea cu greu ar fi putut să refuze. Întreaga ei strategie se învârtea în jurul păstrării distanței față de Gavin și ce modalitate mai bună ar exista pentru asta decât ca el să plece în oraș?! Dar pregătirile de Crăciun erau genul de lucru pe care îl făcuseră întotdeauna împreună, ca familie. Era o ipocrizie din partea ei să se supere că nu era inclusă în planurile lui. Așa avea să fie de-acum înainte. Și ea, și fetele, trebuiau să se obișnuiască cu asta.

— Sigur, sună grozav! a răspuns ea, în cele din urmă. Am să-mi fac de cap cu peretele cât timp sunteți plecați.

Ea și-a turnat o altă ceașcă de cafea și s-a dus la etaj să se schimbe. Câteva minute mai târziu, Gavin a intrat. Avea în mână telefonul ei.

— Dan tocmai te-a sunat.

Tatăl ei. Thea a lăsat telefonul pe comodă. Era mult prea dimineață pentru a se gândi la el.

Gavin a zăbovit în prag.

— Ce crezi că vrea?

— Încă nu am răspuns la invitația pentru nuntă.

— Ești... ești împăcată cu ideea că se recăsătorește? Adică, ești supărată? a întrebat el.

Thea s-a încruntat. Ce-l apucase să o întrebe așa ceva?

— Nu prea mă gândesc la asta, a recunoscut ea.

— Vrei să mă ocup de el?

— Să te ocupi de el?

— Dacă nu vrei să vorbești cu el, îi pot răspunde eu data viitoare când sună. Sau pot să-l sun înapoi și să-i spun să renunțe. Vrei să fac asta?

Inima i-a luat-o din loc cu o emoție greu de descifrat. A încercat să și-l imagineze pe Gavin discutând cu tatăl ei. Cei doi se întâlniseră în persoană numai o dată – la câteva luni după ce se născuseră gemenele –, iar Dan se oprise în drumul lui spre nu știu ce afacere. Din câte știa Thea, Gavin vorbise cu tatăl ei doar la telefon de câteva ori de atunci. Cu toate acestea, gândul că nu mai trebuia să aibă de-a face cu părintele ei, că nu mai trebuia să îl sune ca să-l informeze că nu avea să participe la nuntă era ca o înghețată cu fulgi de ciocolată: foarte ispititor.

— Nu, mulțumesc! a spus ea. Voi vorbi eu cu el, la un moment dat.

Gavin a încuviințat cu o mișcare din cap.

— Dacă te răzgândești, să mă anunți!

— OK! a spus ea, încet. Mulțumesc!

După ce Gavin și fetele au plecat, Thea a hotărât să-și verse emoțiile și confuzia pe perete. Loviturile și urmarea lor, prăbușirea zidului, au făcut-o pe Liv să iasă din subsol, ca un zombi în căutare de creier.

— Cafea, a mormăit ea.

Thea a arătat spre ibric.

— S-ar putea să trebuiască să o încălzești.

— Unde a plecat toata lumea?

— Gavin le-a dus pe fete în centrul orașului, la cumpărături.

— Cât timp vor fi plecați?

— Nu știu! De ce?

— Noi două ar trebui să mergem la pedichiură sau la un masaj, ceva, a spus Liv, înăbușindu-și un căscat.

— Nu cred că...

Thea s-a oprit în mijlocul propoziției. Fusese pe cale să enumere o grămadă de motive pentru care nu ar fi putut s-o facă. Trebuia să cumpere alimente, să împăturească niște rufe, să planifice meniul familiei pentru săptămâna următoare. Dar de ce nu ar fi putut să facă și ceva relaxant, ceva numai pentru ea în acea zi? Gavin preluase fetele și, chiar dacă nu aveau să lipsească foarte mult, putea sta acasă cu ele toată ziua. Și, din moment ce Liv era liberă, de ce nu?

Thea a încuviințat din cap.

— Știi ce? Ai dreptate. Să ne facem de cap și să cumpărăm și sushi!

— Asta îmi amintește cum te priveam când te pregăteai pentru nunta voastră.

Thea a întâlnit privirea surorii ei în oglinda cabinei de probă. Fusese nevoie de multă putere de convingere din partea lui Liv, dar, până la urmă, Thea acceptase să meargă la mall pentru câteva cumpărături. Ultimul loc de pe pământ în care Thea și-ar fi dorit să fie era un mall, de Black Friday, dar Liv i-a amintit că trebuia să-și înlocuiască garderoba de frumoasă sudistă.

— Ai încercat să îmi închei fermoarul rochiei, i-a răspuns Thea, întorcându-se pentru a vedea cum arată de la spate rochia neagră pe care o proba.

— Te-a încăput.

— Cu greu!

— Erai însărcinată cu gemene.

— Fundul meu avea propriul cod poștal.

— Erai fericită!

— Eram?

Liv s-a îndreptat de spate și s-a încruntat.

— Nu erai?

— Eram emoționată, a lămurit-o Thea. Nu știu sigur dacă *arătam fericită*.

— Frumoasă evitare! a pufnit Liv.

Nu era o evitare. Thea *fusese* fericită. Înspăimântată, dar fericită, plină de speranță și sută la sută naivă. Dacă ar fi știut atunci ce știa acum...

— Ei bine, Gavin părea cu siguranță fericit în acea zi. N-aș fi ghicit niciodată că va ajunge să fie doar un alt nemernic.

Thea s-a dezbrăcat de rochia neagră și a început să-și pună la loc hainele ei.

— Liv, nu vreau să-l urăști.

— Nu-l urăsc. Sunt dezamăgită de el.

Thea a întâlnit încă o dată ochii surorii ei în oglindă.

— Ce vrei să spui?

— Ați fost PI-ul meu. Perechea ideală. Mi-ați dat speranța că poate au mai rămas câțiva bărbați buni în lume.

— Dar el este un bărbat bun.

Liv a adunat un teanc de haine și l-a aruncat spre Thea.

— De ce îl aperi?

— Nu îl apăr. Doar că...

Thea a ridicat grămada de haine pe care se hotărâse să le cumpere.

— Ce anume?

— Cred că este periculos să ne așteptăm de la cineva să fie perfect.

Liv a pufnit.

— Ei bine, *asta*-i o afirmație cel puțin ciudată.

Una pe care Thea nu intenționa să o explice, dar Liv nu se lăsa ușor. Când mâncarea era servită la restaurantul cu sushi din apropiere, sora ei era înarmată și gata de atac.

— Deci, ce-ți iese? a întrebat Liv, scufundând un rulou de ton picant în sosul de soia.

— Ce vrei să spui?

— De ce te-ai înmuiat față de el așa, deodată?

— Nu m-am înmuiat. Am vrut doar să subliniez că nu are o minte malefică.

— Ceva s-a schimbat. Ce anume?

Se oferise să se ocupe de taică-său în locul ei. O sărutase și o făcuse să vrea să uite tot răul. Făcuse clătite cu fetele.

Thea a clătinat din cap.

— Nimic!

— Thea, nu încerca să mă îndepărtezi!

Liv și-a împletit degetul mic cu cel al surorii ei.

— Noi două împotriva lumii, îți amintești?

Thea a tras adânc aer în piept. Liv nu avea de gând să o lase baltă.

— Bine, e ceva ce nu ți-am spus.

— Știam! a șuierat Liv. Ce a făcut?

Thea i-a povestit despre condițiile lui, fără să menționeze partea cu săruturile. Aceea era mult prea intimă.

Maxilarul lui Liv aproape că a pocnit, atât de tare îl încordase.

— Și zici că nu are o minte malefică! Te șantajează!

— Nu contează. Doar pentru că voi ieși cu el nu înseamnă că voi ceda.

Era deja întuneric când Thea și Liv s-au întors, la scurt timp după ora cinei. Gavin și fetele se aflau în living. El și-a ridicat privirea și a zâmbit, iar inima Theei a luat-o la goană.

Când a auzit chicotitul lui Liv, Thea și-a controlat expresia feței.

— V-ați distrat? a întrebat Gavin, cu un braț peste spătarul canapelei.

— Da! i-a răspuns ea, aplecându-se să sărute fetele.

— Tocmai voiam să ne uităm la filmul *Elful*, a spus Gavin.

— Îl putem urmări cu toții? a întrebat Ava.

— Sigur, a răspuns Thea, aruncând o privire spre sora ei. Poate Liv ne va face niște floricele cu caramel.

— Bineînțeles! a încuviințat Liv, pe un ton afectat și mieros. Și apoi vom fi o familie mare și fericită, ca atâtea altele!

Thea și-a înăbușit geamătul cu un oftat.

Când filmul s-a terminat, Gavin s-a oferit să ducă fetele la culcare. Astfel, Thea își putea continua ziua de răsfăț cu o lungă baie cu spumă. Suna prea divin ca să refuze așa ceva, dar, când a ieșit din baie, patruzeci și cinci de minute mai târziu, și-a dat seama că sugestia lui nu fusese întru totul altruistă.

Gavin stătea pe patul lor, cu picioarele încrucișate dezinvolt la glezne. Lângă șoldul lui se afla un cadou, ambalat mult prea frumos pentru ca Gavin să se fi ocupat de treaba asta de unul singur. Abilitățile lui în ceea ce privește această operațiune se rezumau, de obicei, la o rolă întreagă de bandă adezivă și o bucată de hârtie de cinci ori mai mare decât era necesar.

— Ai nevoie de ceva? a întrebat ea, încrucișându-și brațele peste halatul plușat care îi acoperea pielea goală.

Aaa! Desigur! Sărutul de noapte bună. Inima a început să-i bubuie din nou în piept.

Gavin i-a întins cadoul.

— Ți-am cumpărat ceva astăzi.

Când ea nu a schițat niciun gest de acceptare, el s-a ridicat de pe pat și i-a dus darul.

— Nu e cine știe ce, dar m-am gândit la tine când am văzut-o.

Fără tragere de inimă, Thea a luat cadoul din mâna lui și a desfăcut ușor cu unghia banda adezivă. Hârtia roșie și aurie a căzut pe podea, iar ei i s-au înmuiat picioarele.

Era o carte.

Dar nu orice carte. Era *cartea* lor! Cea pe care o citea în ziua în care, în sfârșit, Gavin se apropiase de ea la cafenea, după săptămâni întregi în care doar îi zâmbise timid. „Ce-ce-ce citești?" o întrebase.

Cartea pe care el se oferise să i-o citească cu voce tare atunci când crezuse că făcuse o indigestie, la trei luni de relație.

— De unde ai luat-o? l-a întrebat ea, pentru că era singurul lucru pe care putea să-l spună, nu că ar fi fost prea complicat să găsească un exemplar din cartea lui Faulkner.

— De la librăria din centru, i-a explicat el și și-a dres glasul. M-am gândit că poate am p-p-putea să o citim din nou, dacă tot nu am terminat-o.

Nu, nu o terminaseră. Pentru că acea indigestie se dovedise a fi, de fapt, grețuri de dimineață, iar cartea fusese rapid uitată. Thea nici nu mai reținea ce se întâmplase cu vechiul ei exemplar. Probabil că zăcea într-o cutie din mansardă, împreună cu celelalte cărți și manuale de facultate neglijate.

Buna dispoziție acumulată peste zi a început să se risipească precum o ceață.

— Știu ce faci, Gavin, și... și apreciez sentimentul. Dar...

— Ieri am dat-o în bară, a șoptit el, întrerupând-o. Știu asta! V-v-vreau să încerc din nou! s-a bâlbâit el. Putem să ne prefacem că ultimele douăzeci și patru de ore nu au existat?

— Gavin, Dacă pretindem că totul este în regulă, nu rezolvăm nimic.

Tonul ei era combativ și defensiv, dar așa se simțea. De ce să se mai complice să ascundă asta?

— Nu v-v-v-vreau decât să citim împreună, așa cum făceam pe vremuri, a spus el.

Și apoi, ce? După ce citim, ce se întâmplă?

— După ce citim, te sărut de noapte bună și mă retrag în camera mea. Iar mâine-seară o vom face din nou, și în noaptea următoare.

Thea s-a prăbușit pe saltea. Gavin trebuie să fi confundat asta cu un semn de slăbiciune, pentru că s-a apropiat de pat.

— Încerc să repar lucrurile, Thea. Nu vrei să ne întâlnim la jumătatea drumului?

Când ea a tăcut, Gavin s-a așezat, apoi a luat aceeași poziție ca atunci când ea ieșise din baie, doar că, de această dată, a deschis cartea. A ridicat privirea, provocând-o să i se alăture.

Thea și-a dat ochii peste cap.

— Bine! Vom citi!

L-a ocolit cu pași apăsați până la partea ei de pat și a urcat lângă el, ținându-și halatul strâns în jurul ei. Și-a aranjat perna la spate și s-a așezat. Capul i s-a lovit de tăblia patului. A încercat din nou.

Râsul lui a zgâlțâit salteaua.

— Stai comod?

— Da!

El a zâmbit atât de larg, că a făcut chiar și zgomot.

— Doar verificam!

Thea a oftat din nou, nervoasă.

— Ai de gând să o continui de unde am rămas?

Gavin s-a gândit puțin.

— Cred că ar trebui să o luăm de la început.

Capitolul treisprezece

GAVIN A LUAT-O DE LA CAPĂT LUNI DIMINEAȚĂ, MINȚINDU-ȘI cu seninătate soția.

— Am o sesiune de antrenament, i-a spus el, turnând cereale în bolurile fetelor.

Stăteau la masă, aproape adormite, în tricouri roșii asortate, pe scaunele pentru copii.

— Mă întorc în jurul prânzului.

— OK! a spus Thea, întinzându-i laptele pe deasupra fetelor.

Degetele li s-au atins în treacăt, dar ea nu a reacționat, ceea ce era un progres. Un armistițiu plăcut se stabilise între ei de vineri noapte. El îi citise și o sărutase respectuos înainte de culcare în fiecare seară. Ea nu se înmuiase încă, dar îl lăsase să pună un braț în jurul ei în timp ce urmăriseră filmul cu fetele cu o seară în urmă pe canapea. Era ca și cum ai fi lucrat cu un câine vagabond jucăuș.

— Îmi place cu mult lapte, tati, a spus Amelia.

— Știu, scumpa mea!

I-a umplut bolul până la refuz și apoi a turnat jumătate din cantitate în cel al Avei, despre care credea în sinea lui că voia mai puțin doar pentru a fi diferită de sora ei.

— Poți să scrii totul pe tablă, ca să îți știu programul? l-a întrebat Thea, punând laptele înapoi în frigider.

Ea s-a uitat la fete, care se aflau încă nu se dezmeticiseră complet și căscau.

— Mâncați! Vom întârzia!

S-a uitat înapoi la el.

— Eu trebuie să dau o fugă până la școală, să-mi iau scrisoarea de recomandare, apoi mă întâlnesc cu consilierul.

— Știu! Am văzut pe tablă.

Butter a lătrat la vasul lui gol și l-a lovit cu laba, reușind cumva să-și verse apa. Thea a făcut un mic salt și o piruetă peste baltă, a apucat o mână de prosoape de hârtie și le-a pus peste dezastrul făcut de cățel. Toate, în timp ce a răspuns la o întrebare a Ameliei despre locul în care se afla bentița ei roz.

— Este în sertarul din baia ta, draga mea. Vrei să o porți azi?

Amelia a dat din cap, iar laptele i s-a scurs din colțul gurii. Thea a făcut același mic dans înapoi la masă, cu un alt prosop de hârtie în mână și a șters-o.

— OK, trebuie să mă îmbrac, altfel vom întârzia!

S-a învârtit prin bucătărie, iar Gavin ar fi putut jura că a simțit un val de curent când Thea a trecut pe lângă el. Pentru soția lui, rutina de dimineață era ca o coregrafie. Gavin a hrănit câinele și a șters apa vărsată.

Apoi și-a deschis aplicația de calendar, a desfăcut pixul cu dinții și a început să noteze diversele sesiuni de antrenament și alte programări, întâlniri și evenimente necesare până la finalul lunii decembrie. Când a terminat, a văzut că marți seara era liber. De asemenea, se întâmpla să fie o noapte liberă și pentru Liv. El și Thea nu stabiliseră încă o dată pentru prima lor ieșire, dar nu avea de gând să piardă o asemenea ocazie. A luat un pix de altă culoare și a scris IEȘIRE ÎN ORAȘ.

La auzul pașilor ei pe scări, Gavin a pus deoparte pixul, de parcă ar fi fost prins făcând ceva greșit. Thea a intrat înapoi în bucătărie, îmbrăcată într-o fustă, un cardigan și cizme înalte, maro, pe care el nu le mai văzuse niciodată.

Probabil făceau parte din distracția ei de vineri. Ținea într-o mână bentița roz a Ameliei.

— Am scris pe tablă, i-a spus el.

— Mulțumesc!

Ea s-a uitat la calendar, apoi a rămas cu gura căscată când a văzut ce notase Gavin pentru seara următoare.

— Este în regulă? a întrebat-o, simțindu-se ca și cum ar fi invitat-o în oraș pentru prima dată.

Ea și-a ferit privirea de a lui.

— Va trebui să mă asigur că Liv are grijă de fete.

— Am putea găsi o bonă, dacă ea nu poate.

Ea a încuviințat inexpresiv, ceea ce nu era un *refuz*.

— Iată-ți bentița, draga mea! Ați terminat micul dejun? le-a întrebat pe fete.

Ambele au dat din cap că da. Thea a luat bolurile, le-a dus la chiuvetă și le-a clătit. În timp ce le băga în mașina de spălat vase, l-a întrebat pe Gavin:

— Poți să cumperi azi gaz pentru grătar? S-a terminat și mă gândeam să gătesc o friptură pentru cină.

— Sigur! Mai ai nevoie de altceva, dacă tot plec la cumpărături?

— Nu cred, dar o să-ți scriu un mesaj dacă mă gândesc la ceva. OK! a continuat ea, expirând prelung și întorcându-se spre fete. Haideți să ne luăm gecile!

Gavin le-a ajutat pe amândouă să se dea jos de pe scaune. S-au ocupat împreună să vâre brațele celor mici în mâneci și să le pună rucsacurile. Simțind plecarea lor, Butter s-a prăbușit dramatic pe podeaua bucătăriei.

— Butter s-a întristat, le-a spus Thea fetelor. Mergeți să-i dați un pupic!

Copilele s-au împleticit până la el, s-au ghemuit și l-au sărutat blând, apoi i-au promis că se vor întoarce curând.

— Acum mergeți să-l pupați pe tati, a spus ea.

— Doamne, sunt la rând, după câine? a tachinat-o el.

— Tu arăți mai puțin jalnic decât câinele.

— Uau! Ăsta e un compliment!

Thea a râs ușor. Sunetul pe care l-a scos l-a făcut să ridice victorios pumnul în aer.

Gavin a ridicat fetele, le-a sărutat pe obraji și le-a dus în brațe la mașină. După ce le-a ajutat să își pună centurile în scaunele auto, Gavin a luat-o pe partea șoferului. Thea s-a uitat timid spre dreapta în timp ce își arunca poșeta pe scaunul pasagerului.

— Ne întoarcem acasă după școală! a spus ea.

Gavin și-a sprijinit un braț deasupra portierei. Aceasta era o limită pe care încă nu o depășiseră: sărutul ocazional de la revedere.

— Așadar..., a spus el.

— Ne vedem mai târziu?

El a încuviințat din cap, aruncând o privire asupra buzelor ei. Ea aproape a încetat să respire și s-a uitat la gura lui.

— Pa! i-a șoptit el, apropiindu-se ușor.

Ea s-a răsucit și a urcat în mașină.

O jumătate de oră mai târziu, Gavin a intrat în restaurant, fiind din nou ultimul sosit. Băieții reușiseră de data aceasta să ocupe o masă în colț, mai departe de privirile curioase ale turiștilor. Totuși, Gavin și-a tras șapca pe ochi.

Del a împins o ceașcă cu cafea în direcția lui.

— Pune-ne la curent!

— Mâine ieșim la o întâlnire.

— Doar voi doi?

— Da!

— Unde o duci? a întrebat Malcolm.

— Nu-ți spun asta!

— De ce nu?

— Pentru că, după cât îl cunosc pe el – a arătat din cap spre Mack –, va apărea să mă spioneze.

— Mă voi deghiza. Nici nu vei ști că sunt acolo.

Chelnerița s-a întors cu cafeaua și le-a luat comenzile. Gavin a comandat din nou meniul Big Buckle Mare și l-a avertizat pe Mack.

— Să nu te atingi de șunca mea!

— Din câte aud, nimeni nu ți-o atinge.

Chelnerița a chicotit pe înfundate.

— OK, concentrează-te, a spus Del. Unde o duci pe Thea?

— La Art Supplies Plus.

Mack s-a înecat cu cafeaua.

— Poftim?

— Este un depozit imens de artă și meșteșuguri de lângă centrul orașului.

— Știu ce este. Nu-ți poți duce soția acolo pentru o întâlnire!

Gavin a pufnit.

— Nu o cunoști pe soția mea. Este ca un magazin de jucării pentru ea. Sertarul cu pixuri de acasă este organizat pe culori și are un coș plin cu benzi washi.

— Ce sunt benzile washi?

— Niște benzi decorative. Nu știu. Totuși, ei îi plac foarte mult.

Del a dat aprobator din cap.

— Nessa are două sertare pline. Uneori o prind cum se uită la ele cu un zâmbet ciudat.

Mack și-a scos telefonul și a început să tasteze.

— Ce faci? a întrebat Gavin.

— Caut benzi washi.

— De ce?

— Evident, trebuie să știu ce sunt rahaturile astea pentru viitoarea doamnă Mack.

— Asta-i bine, a spus Malcolm. Îmi place! Arată că îi susții decizia de a se întoarce la cursuri și că înțelegi o parte din pasiunile ei.

— Și apoi ce faceți? a întrebat Del.

— Mă gândeam să luăm cina.

— Unde? a întrebat Yan.

— Nu știu!

— Ha! a spus Mack, distras. Chestiile astea sunt chiar fenomenale! Există albume întregi pe Pinterest doar pentru benzi washi.

— Ce fel de albume? a întrebat Del.

— Pinterest.

— Ce naiba e Pinterest? a întrebat Gavin.

— Mă simt de parcă aş fi la masă cu nişte moşnegi, a oftat Mack.

S-a aplecat şi le-a arătat ecranul telefonului.

— Romanele romantice sunt manualele, dar Pinterest este locul în care se postează fotografiile.

— Este un site web? a întrebat Del şi şi-a scos telefonul. Cum se scrie?

— Trebuie să vă creaţi un cont. Uitaţi-vă la mine deocamdată!

Mac i-a dat telefonul lui Del.

— Putem reveni la discuţiile despre întâlnirea mea? i-a întrerupt Gavin.

Bărbaţii l-au ignorat.

— La ce îţi foloseşte? a întrebat Del, derulând cu degetul mare.

— Aici găsesc cele mai bine idei de vestimentaţie, le-a explică Mack, apoi a arătat spre Gavin. Ar trebui să îl foloseşti şi tu. Chiar ai nevoie!

— Du-te naibii!

Mack a tastat câteva cuvinte.

— Probabil găsim aici şi poze cu noi.

— De ce?

— Pentru că suntem celebri şi arătoşi, a zâmbit Mack, apoi s-a uitat la Gavin. Ei bine, unii dintre noi.

Del a scos un zgomot sugrumat.

— Frate, sunt peste tot pe site-ul ăsta! De ce naiba nu am ştiut de el până acum?

— Jumătate dintre poze probabil au fost urcate de echipa ta de social media, omule. Relaxează-te!

— Stați așa! Femeia asta are un întreg album de poze cu mine.

Mack s-a uitat la ecran.

— Da! Vai, uite! Își spune superfan.

— Este o obsedată! Dacă ar vedea nevastă-mea așa ceva?

— Poate că e chiar nevastă-ta.

Mack și-a luat telefonul înapoi.

— Hai să-l căutăm pe Gavin!

— Hai să nu!

Mack a tastat din nou și a apăsat butonul de căutare. Apoi...

— La naiba, Gav!

Mack a întors ecranul, iar Gavin s-a trezit uitându-se la un colaj de imagini cu el, unele fără cămașă și transpirat de la diverse antrenamente din cadrul pregătirii de primăvară de anul trecut.

— Cineva te iubește, a spus Mack.

— Dacă nu este nevastă-mea, nu-mi pasă.

Mack s-a strâmbat impresionat.

— Este adorabil! Roșește!

— Voi chiar vă căutați unii pe alții pe Pinterest? a întrebat chelnerița, care i-a prins în flagrant când a venit cu tava cu mâncăruri.

— Căutam idei de vestimentație pentru prietenul nostru. Trebuie să-l aducem în ton cu moda.

Ea i-a zâmbit lui Gavin. Era un zâmbet sincer.

— Mie mi se pare că arată bine, a spus ea, punându-i mâncarea în față.

Gavin a început să se scarpine în barbă ca să-și arate verigheta.

Mack a pufnit.

— Foarte subtil!

— OK, să revenim la întâlnirea lui Gavin! a propus Del. Am rămas la locul unde urmează să o ducă la cină.

— Lasă-mă să fac câteva căutări, a spus Mack, tastând și vorbind în același timp. Cele mai bune... restaurante... din Nashville... ca să obții... o noapte de sex.

— Omule, las-o dracului de treabă!

Mack a izbucnit în râs.

— Fir-ar să fie! Chiar am găsit o listă cu așa ceva.

Gavin i-a luat telefonul.

— Pe bune?

— S-ar putea ca lucrurile să meargă bine, Gav, omule! O să poți să-ți lași mâna dreaptă să se odihnească.

Gavin i-a împins telefonul înapoi lui Mack. Nu avea importanță. Nu voia să iasă cu ea ca să o convingă să facă sex. S-ar fi mulțumit să o facă să zâmbească din nou și poate să o sărute puțin mai lung de noapte bună.

— Ascultă, Gavin! i-a spus Del. Până la urmă, orice s-ar întâmpla mâine-seară depinde de modul în care te descurci, așa că nu e cazul să petreci mult timp planificând întâlnirea perfectă și să uitați esențialul.

— Care-i ăla?

— Dialogul! Fă-o să se deschidă în fața ta! Urmează să treci la următoarea fază a planului nostru.

— Da, da! De aici încolo devine interesant, a râs Mack.

— O, Doamne! a scâncit Gavin și și-a frecat fața cu o mână. Ce anume?

— Fiule, ce știi despre punctul G? a întrebat Malcolm, de parcă nu ar fi fost cu doar un an mai în vârstă decât Gavin.

Gavin s-a înecat și a tușit.

— Ascultă, nevastă-ta nu vrea să te audă că îi spui *te iubesc*, dar asta nu înseamnă că nu te poți exprima, a spus Malcolm.

Yan a dat din cap aprobator.

— Doar că nu poți folosi aceste cuvinte. Ele nu mai fac parte din limbajul ei. La naiba, poate că nu au făcut parte niciodată!

— Trebuie să-i spui că o iubești într-un mod pe care și-l dorește, a spus Del. Un mod care o face să se simtă bine și în siguranță. Un mod care va distruge orice obstacol și orice condiții are ea.

— Ce-ce legătură are asta cu punctul G?

Malcolm a zâmbit larg.

— Îi vei găsi punctul G *emoțional* și îl vei mângâia.

— Fiecare femeie are unul, a spus Del. Un loc ascuns adânc în interiorul ei și la care poate ajunge doar bărbatul potrivit.

Vocea lui Del tremura. S-a oprit pentru a-și lipi mâna de gură. Mack l-a bătut pe umăr.

— E în regulă, frate! Spune mai departe!

— Cu toții avem un gol, a continuat Del, o clipă mai târziu. Ceva care ne lipsește în interiorul nostru. Ceva de care avem nevoie, dar nu vrem să recunoaștem sau chiar nu știm că lipsește până când nu găsim acel ceva în persoana de lângă noi. Dacă vrei să rezolvi chestia asta cu Thea, află ce îi lipsește! Mângâie acea parte distrusă a ei până când nu o va mai durea. Așa îi vei spune *te iubesc* Theei.

— Cam la asta se rezumă tot, Gavin, a spus Malcolm. Soția ta are un gol. O gaură. Găsește-o și umple-o!

Cuvintele lui Malcolm au fost întâmpinate de o tăcere incomodă, ca atunci când un profesor de gimnaziu spune din greșeală cuvântul *erect* în fața a douăzeci de băieți de doisprezece ani. Toată lumea și-ar dori să râdă, dar nimeni nu e suficient de curajos să înceapă.

În cele din urmă, Mack a spart gheața.

— Gavin nu i-a mai umplut gaura Theei de ceva vreme.

— Într-o zi o să te rănesc atunci când nimeni nu se uită.

Del a tușit frustrat.

— Uite, este minunat că ea a fost de acord să iasă cu tine la întâlnire. Este un pas înainte. Dar nu te amăgi cu ideea că va fi ușor! O să fie alunecoasă. S-ar putea chiar să încerce să se ia la ceartă cu tine mâine-seară.

Yan a încuviințat cu o mișcare din cap.

— Nu uita că este în faza de rezistență deplină! Tu trebuie doar să-ți păstrezi calmul, să te liniștești și să ai răbdare.

Calm. Liniștit. Răbdător. Putea face asta!

Mack a băgat telefonul în buzunar.

— Și îți jur că nici n-o să mă observi mâine-seară.

— Acum, a spus Del. Să vorbim despre carte! Până unde ai ajuns?

— Cam până la jumătate.

— Perfect! a spus Malcolm.

— De ce e perfect?

— Pentru că, a intervenit Mack, lucrurile sunt pe cale s-o ia razna rău de tot.

Curtând contesa

La finalul acestei seri de-a dreptul absurde, singura chestiune care prezenta un oarecare avantaj, dacă exista cu adevărat așa ceva, era că Irena avea să ajungă, în sfârșit, să privească direct spre chipul soțului ei și să rostească cuvintele pe care orice femeie tânjea să le spună unui bărbat care, de prea mult timp, fusese convins de societate, de familie și chiar de biserica însăși că el avea întotdeauna dreptate.

Împreunându-și mâinile dezaprobator în poală, Irena s-a uitat fix la Benedict, așezat pe locul din fața ei în trăsură, și a încercat din toate puterile să nu zâmbească.

— Ți-am zis eu!

Benedict părea mâhnit în timp ce își trăgea de cravată. Apoi, brusc, și-a tras un pumn în coapsă.

— Câtă îndrăzneală are această femeie!

— La care femeie te referi? Au fost mai multe.

— Ducesa.

— Ah! Desigur!

Ducesa de Marbury fusese laconică și rău intenționată în respingerea Irenei la bal. Întrucât alte femei mai puțin puternice din încăpere se ocupaseră cu răspândirea bârfelor și aruncarea de priviri pline de dispreț din colțul opus al salonului, ducesa fusese autoarea celei mai eficiente insulte dintre toate. Pur și simplu refuzase să vorbească sau să se uite la Irena atunci când fuseseră prezentați.

— Nu-mi pasă ce titlu are femeia asta! Nimeni nu o ignoră pe soția mea! Nimeni!

— Nu o judeca prea aspru, milord! Noi, femeile, trebuie să ne arătăm puterea acolo unde putem, iar în universul *gloatei*, această putere se mărginește, din păcate, la desființarea altor femei.

— Dacă ar fi fost bărbat, aș fi provocat-o la duel!

Un hohot de râs a izbucnit din pieptul ei, un sunet pe cât de înălțător, pe atât de neașteptat. Benedict i-a privit ochii cu surprindere.

— Râzi de mine?

— Îmi pare rău! a spus Irena, ținându-și degetele apăsate pe buze. Doar că... este o imagine pe care nu o voi putea uita niciodată.

— Fii atentă, draga mea! Râsul tău este un sunet atât de binevenit, încât s-ar putea să fiu nevoit să fac o crimă.

— Cât de romantic!

— Ți-am spus că voi face orice pentru a-mi demonstra iubirea.

— Poate că este un lucru bun, atunci, că vei fi plecat în următoarele zile, a cugetat ea.

Benedict trebuia să călătorească la moșia lui, să se ocupe de unele chestiuni care nu sufereau amânare. Irena nu ar fi recunoscut niciodată, dar nu prea-i aștepta cu nerăbdare plecarea.

Trăsura s-a zdruncinat neplăcut pe drumul noroios. Irena s-a crispat de durere în timp ce oasele i s-au zguduit, iar corsetul i-a înțepat pieptul.

— Te simți rău? a întrebat Benedict.

— Voi fi bine de îndată ce voi putea îndepărta această monstruozitate de rochie.

El a zâmbit.

— Nu cred că e momentul potrivit pentru a-ți spune că mi se pare extrem de tulburător când vorbești așa.

— Nu, nu e.

— Totuși, domniță, dacă ar trebui să îți cauți asistență în înlăturarea rochiei menționate, sunt la dispoziția dumitale.

O fierbințeală s-a răspândit pe pielea ei, adunându-se în locuri cărora nu le păsa deloc că demnitatea îi cerea să se arate indignată. Cu toate acestea, acum și demnitatea căzuse sub vraja lui, la fel de mult ca orice altă parte a corpului ei. Mai ales când dansaseră în acea seară. O ținuse prea aproape de el, chiar și pentru un soț și o soție, la vals. Mâna lui pe spatele ei o arsese direct prin mătasea rochiei și îi lăsase o amprentă pe piele. Senzația amețitoare se menținuse mult după ce muzica încetase.

— Îmi pare rău că această seară nu s-a terminat așa cum ai sperat! a spus Irena, irațional de emoționată dintr-odată.

— Dar am reușit să te strâng în brațe. De fapt, seara s-a dovedit a fi exact așa cum am sperat.

Cuvintele lui i-au trimis un fior pe șira spinării, iar pielea i s-a înfiorat de-a lungul brațelor. Era un miracol că putea auzi orice peste bubuitul propriei inimi. Fusese o neghioabă că îi permisese să se apropie din nou atât de mult, dar tot neghiobie era și convingerea ei că putea continua să-l țină la distanță. Nu când trupul ei cerea același lucru ca și al lui, și nu când inima ei părea hotărâtă să îl urmeze.

Trăsura a încetinit în fața casei lor. Un lacheu a deschis ușa, iar Benedict a coborât pe aleea pietruită. Întorcându-se, a întins mâna pentru a o ajuta să coboare, iar când a luat-o de braț, căldura corpului lui a aprins-o din nou pe a ei. Dacă lucrurile înaintau așa cum o făcuseră în ultimele două dăți în care ieșiră împreună, el avea să o însoțească până la iatacul ei și avea să îi ureze noapte bună cu un sărut cast pe mână. Și apoi, o oră mai târziu, avea să i se alăture în bibliotecă pentru a citi lângă foc.

Ceva i-a spus că el avea să vrea mai mult în această seară.

Sau poate că aceasta era doar dorința ei.

El a însoțit-o în casă și direct la scări. Niciunul nu a vorbit până nu au ajuns în fața ușii închise a odăii ei.

— Mulțumesc că m-ai condus la iatacul meu! a spus ea.

Acesta ar fi trebuit să fie momentul în care el i-ar fi ridicat mâna la buze. În schimb, lordul a făcut un pas mai aproape.

— Irena! a spus el, cu vocea lui răgușită.

— Da? a șoptit ea.

Benedict și-a apropiat gura de urechea ei.

— Pot să te sărut de noapte bună? a murmurat el.

Nu! Mintea ei îi cerea să spună cuvântul. Dar când el i-a atins obrazul cu vârful nasului, corpul ei a acționat involuntar, întorcându-i fața pentru a o întâlni pe a lui.

Prima atingere a buzelor lui a fost atât de ușoară, ca o simplă amestecare de respirație, încât ea s-a întrebat dacă nu cumva și-a imaginat-o. Apoi presiunea a sporit în timp ce el își lipea buzele de ale ei, pe măsură ce degetele de la o mână se cufundau în părul ei, iar degetele celeilalte se împleteau cu ale ei și se strângeau aproape de inimile lor. Și, dintr-odată, cu tot ce luptase ea – amintiri, dor și dorință –, a fluturat steagul alb al capitulării. *Ea* se predase.

Benedict s-a aplecat peste ea, până când spatele ei s-a lipit de ușa dormitorului. Gura lui o explora pe a ei cu o pasiune și tandrețe care i-au făcut inima să urce la înălțimi periculoase.

Fruntea lui s-a oprit pe a ei.

— Și acum seara este perfectă.

S-a dat ușor înapoi și i-a făcut cu ochiul.

— Ne întâlnim în locul nostru secret?

Era o rutină prostească pentru un cuplu căsătorit. Dar întâlnirea lor secretă devenise rapid partea ei preferată a zilei. Ea a încuviințat cu o mișcare din cap.

— Voi fi acolo!

Când a intrat în bibliotecă, o oră mai târziu, el era deja acolo. Aruncase mai multe perne de pe canapele pe podea și întinsese o pătură mare în fața șemineului. Irena și-a pus lumânarea pe o masă din apropiere și i-a îngăduit să o țină de mână în timp ce ea s-a așezat pe pătură. L-a privit cum se apleacă în fața vetrei și aprinde focul. O strălucire portocalie a alungat întunericul.

Benedict s-a așezat în spatele ei și s-a lăsat pe spate. Cu un braț sprijinit sub cap, avea genul de masculinitate naturală despre care fetișcanele timide chicoteau la baluri. El și-a ridicat privirea spre ea și și-a întins celălalt braț de-a lungul păturii, până când degetele lui au atins țesătura rochiei ei.

— Mi-a fost dor de tine! i-a mărturisit el, încet.

— A trecut o oră.

— E o perioadă lungă.

— Ce citim în seara asta?

Benedict i-a întins o carte pe care ea nu o mai văzuse niciodată. Degetele ei au urmărit titlul în relief și i s-a pus un nod în gât.

— Cum ai știut? a șoptit ea.

— Ai menționat mai demult că tu și Sophia visați că vizitați America pentru a vedea caii sălbatici. Am comandat această carte imediat. A sosit abia astăzi.

Gestul a făcut ca inima ei să bată mai tare.

— De ce ți-ai dorit să vezi caii sălbatici, iubirea mea?

Ea aproape a răgușit de emoție. Oare trecuse vreodată cu adevărat peste moartea surorii ei iubite?

— Pentru că erau liberi, a șoptit Irena. Puneam la cale planuri secrete noaptea târziu, despre modalități de a evada. Ne puteam deghiza în băieți și apoi îmbarca pe o navă. Sau puteam plagia un pasaj dintr-o carte și ne puteam preface că suntem niște orfani care își caută familia dincolo de mare. Aș fi plecat. Aș fi făcut-o pentru ea.

— Povestește-mi despre ea! a rugat-o Benedict, încet.

— Iubea caii la fel de mult ca mine.

— Era o călăreață la fel de talentată ca tine?

— Nu. Ar fi putut fi, dar nu a avut niciodată libertatea să-și urmeze pasiunea așa cum am făcut-o eu.

— De ce nu?

— Era cea mai mare dintre surori. Așteptarea de a se căsători cu un bărbat bogat a căzut direct pe umerii ei. La urma urmei, era considerată cea mai frumoasă din familie.

Benedict a dezlănțuit un șir inventiv de blesteme care, în secret, au încântat-o.

— Ești cea mai frumoasă femeie pe care am văzut-o vreodată, Irena! În momentul în care am pus ochii pe tine, mi-am pierdut graiul!

— Nu am nevoie de complimente, milord. Sunt conștientă de puterea mea de atracție, lucru pe care, desigur, nicio doamnă nu ar trebui să îl recunoască, dar așa este lumea. Societatea engleză pare să se bazeze pe cerința ca femeile să fie puse una împotriva celeilalte până când vom ajunge să ne invidiem una pe alta.

El a tăcut, dar numai preț de o clipă.

— Ai fost invidioasă pe sora ta mai mare?

Irena a clătinat din cap.

— Niciodată. Dar ea a fost pe mine.

— De ce?

— Nu am purtat aceeași povară ca ea. Toată viața ei s-a învârtit în jurul obținerii unui soț pe care nu-l dorea, doar ca să-i mulțumească pe părinții mei.

— Și când a murit, această povară ți-a revenit ție.

Irena s-a ferit de privirea lui, dar a dat din cap. Mâna lui a găsit-o pe a ei.

— Vorbește cu mine, iubirea mea! Ai încredere în mine!

Ea l-a privit în ochi.

— S-a simțit vinovată pentru că s-a îmbolnăvit. Înainte de a muri, m-a făcut să promit că nu mă voi căsători niciodată pentru ceva mai puțin decât dragostea adevărată.

Benedict s-a ridicat încet, până când chipurile lor au ajuns la câțiva centimetri unul de celălalt.

— Și așa ai făcut?

Secundele se scurgeau de parcă ar fi fost ore, în timp ce lordul îi privea buzele, în așteptarea răspunsului.

Sunetul făcut de cineva care își drege glasul i-a făcut să tresară, de parcă fuseseră încă o dată prinși într-o poziție compromițătoare. Desigur, erau căsătoriți, deci nu era nevoie să se simtă stânjeniți, dar obrajii Irenei s-au aprins oricum.

Benedict s-a întors spre cel care îi deranjase. Majordomul lui Benedict zăbovea de ceva vreme la câțiva metri distanță.

— Ce este, Isaiah?

— Milord, vă cer scuze! A sosit un călăreț din Ebberfield cu vești urgente.

Ebberfield era numele domeniului Latford din Dorset.

— Ce fel de vești? a întrebat Benedict, încordat.

— Este vorba despre Rosendale. A fost implicat într-un accident teribil.

Lordul a încremenit.

— Mă voi duce de îndată.

Irena i-a pus o mână pe braț.

— Voi merge cu tine.

— Nu! Mă vei încetini.

— Sunt o călăreață mai bună decât tine, milord.

— Irena, te rog, a spus el, luându-și deodată aura impunătoare de lord moștenitor. Îți poruncesc, în calitate de soț, să rămâi aici!

Cuvintele lui erau o palmă rece. Ea s-a dat înapoi, cu mâinile tremurând.

Benedict a înjurat și a micșorat distanța dintre ei.

— Îmi pare rău! a spus el, răgușit.

Mâna i s-a cufundat în buclele libere de la ceafa ei, și a tras-o spre el. Gura lui era deja peste a ei înainte ca Irena să aibă timp să reacționeze. Era un sărut apăsat și disperat, iar când s-a tras înapoi, a sărutat-o pe frunte.

— Iartă-mă, dar sunt lucruri despre care nu pot vorbi cu tine acum!

Apoi s-a întors și s-a îndepărtat.

Capitolul paisprezece

— NU-MI VINE SĂ CRED CĂ VEI FACE ASTA!

Marți-seara, sunetul vocii lui Liv în ușa băii ei a făcut-o pe Thea să tresară în timp ce își dădea cu rimel. O semilună de puncte maro i-a apărut sub ochiul drept. Grozav! Nu că i-ar fi păsat cum arată. Doar nu era prima lor întâlnire adevărată. Era o formalitate. O parte din înțelegerea lor.

Thea a curățat rimelul împrăștiat cu un tampon de bumbac și a decis că mai bine de atât nu avea cum să arate. S-a dat un pas înapoi și a analizat rezultatul final în oglindă. OK, era puțin mai mult decât suficient.

— Când nimic nu funcționează, arată-ți un picior, nu-i așa? a râs Liv.

— Știu că nu ai citat-o pe mama.

Liv s-a trântit pe pat.

— Spun doar că depui un efort prea mare pentru un bărbat pe care nu încerci să-l impresionezi.

Thea a făcut câțiva pași cu pantofii ei cu toc negri.

— Este doar o rochie oarecare.

— Care strigă „Lipește-mă de un perete și trage-mi-o, voinicule!"

— Ba spune „Nu tu ești cea care m-a convins să o cumpăr săptămâna trecută?"

— Da, dar asta a fost înainte să știu că te-a șantajat să mergi la o întâlnire.

Cineva și-a dres vocea în cadrul ușii și le-a făcut să întoarcă iute capul, cu o atitudine vinovată care spunea „În niciun caz nu vorbeam despre tine”.

— Gata? a întrebat Gavin, cu un zâmbet care răspundea „ba știu că vorbeați despre mine”.

Thea a încercat să răspundă, dar tot ce i-a ieșit a fost un mic scârțâit, pentru că, *la naiba*!, soțul ei arăta bine. Purta o pereche de pantaloni gri-închis pe care nu-i mai văzuse până atunci, dar păreau să fi fost literalmente făcuți de croitor pe măsura lui. De asemenea, nu mai văzuse niciodată cămașa aceea – simplă, de un albastru-cenușiu-închis, cu nasturi, care îi stătea suficient de strânsă pentru a i se mula peste umeri și bicepși. Avea mânecile suflecate pentru a-i scoate în evidență antebrațele musculoase. Thea a suspinat în gând. Bărbații ar trebui să petreacă mai mult timp dezvoltându-și antebrațele. Habar n-au ei despre impactul pe care îl are încordarea acelui mușchi asupra unei femei.

— Arăți bine! a spus el.

— Și tu!

— Rochia e nouă?

— Da! Cămașă nouă?

— Da!

— Îmi place!

— Ăsta e un semn că trebuie să dispari, Liv, a spus el, fără să-și ia ochii de la Thea.

— Și pentru tine e un semn că...

— Liv! a admonestat-o Thea.

Sora ei și-a strâns buzele și s-a ridicat de pe pat.

Gavin a intrat în cameră cu un zâmbet care părea aproape timid.

— U-unde ți-e poșeta?

— Pe șifonier. De ce?

El a scos din buzunar o bandană împăturită.

— Pentru că ai nevoie să pui asta în ea.

— Hm, ar trebui să mă tem?

El a răspuns cu un zâmbet ceva mai puțin timid.

— Vei vedea!

La parter, au sărutat fetele, au evitat balele câinelui și au instruit-o pe Liv să nu le arate gemenelor videoclipuri stupide de pe YouTube. Ea a spus că nu va putea face nicio promisiune și apoi i-a alungat pe ușă afară.

Gavin a ajutat-o să intre în mașină și apoi s-a dus pe partea lui.

— Așa deci...

El și-a dres vocea după ce au intrat pe autostradă.

— A-ai aflat ceva de la Vanderbilt azi?

— Încă nu. Dar ar trebui să aflu săptămâna aceasta.

— Ce-ce se întâmplă dacă...

Nu a terminat întrebarea, dar nici nu era nevoie. Thea știa deja ce avea să întrebe.

— Dacă nu intru? Nu știu! Nu am vrut să mă gândesc la asta.

— O să intri, a spus Gavin, cu toată încrederea. Și vom sărbători când o vei face.

Thea a făcut un zgomot neutru.

Câteva minute mai târziu, Gavin a dat semnal pentru ieșirea de pe autostradă.

— Leagă-te la ochi! a spus el, jucăuș.

— Aici?

S-a uitat ea în jur. Se aflau într-o parcare nedefinită, a unui mare magazin.

— Da! Aici!

Cu inima bătându-i cu putere, Thea și-a legat bandana în jurul ochilor. Acest lucru era deopotrivă ridicol și plăcut. Ceea ce îl făcea și periculos. Ar fi trebuit să se prefacă la întâlnire, nu să se bucure cu adevărat.

— Poți vedea?

— Nimic!

— Bun! Nu trage cu ochiul!

Mașina a cotit de două ori până când Thea l-a simțit pe Gavin oprind din nou. Luminile strălucitoare i-au transformat vederea din întuneric în roșiatic prin țesătura bandanei.

Apoi și-a dat seama că el se apleca spre ea.

— OK! Ești gata?

Ea a râs.

— Gata!

Degetele lui Gavin bâjbâiau cu bandana. Cu grijă să nu o tragă de păr, i-a dezlegat-o, lăsând-o să cadă. Thea s-a ferit pentru o clipă de lumina strălucitoare. Apoi...

— M-ai adus la Art Supplies Plus?

— M-am gândit că p-putem să cumpărăm niște lucruri pentru cursurile tale.

Thea l-a ațintit cu privirea, inima avertizând-o că îi bătea mai să-i sară din piept. Era o lovitură sub centură. Acesta era genul de întâlnire menit să o facă să cedeze. Soțul ei o seducea cu markere și pânze goale.

Un fulger de incertitudine a licărit în ochii lui Gavin.

— Este-este bine?

— Da! a spus ea. Ăăă... îți mulțumesc!

Înăuntru, Thea a apucat un coș de cumpărături și i-a aruncat o privire care spunea „Ești sigur?"

— Chiar vrei să faci asta? a întrebat ea, încercând să păstreze un ton delicat.

— Tu nu vrei?

— Ba da, dar te avertizez, Gavin! Sunt ca un copil într-un magazin de bomboane în astfel de locuri.

El a zâmbit.

— Știu. Am văzut sertarul cu pixuri acasă, Thea! Sunt pregătit!

Nu fusese pregătit pentru asta.

Thea, într-un magazin de ustensile artistice, era ca și cum ai privi un animal nebun, eliberat la corida din Pamplona. Gavin s-a oferit să împingă căruciorul în timp ce ea cumpăra. Era un avantaj pentru el, pentru că îi oferea o imagine mai bună asupra ei în rochia aceea.

Isuse, nenorocita aceea de rochie! În clipa în care intrase în dormitor, se transformase într-un personaj de desen animat de felul celor cărora le ies ochii din orbite, iar limbile le atârnă din gură.

A urmat-o pe câteva culoare înainte ca ea să respire adânc și cu un aer triumfător.

— Benzi Washi! a șoptit ea, cu mâna pe inimă.

Un întreg culoar. Rânduri după rânduri, după rânduri, în toate culorile și modelele imaginabile. Thea a studiat rolele cu un ochi critic, pe unele aruncându-le în cărucior, iar pe altele punându-le înapoi, pe raft. De parcă nu și-ar fi permis să cumpere tot ce era pe inventar de două ori. Dar nu era stilul Theei. Sincer, Gavin fusese uimit de faptul că soția lui reușise să cheltuiască atât de mulți bani vineri seara.

— Uita-te la astea!

Thea i-a arătat o colecție de benzi cu tematică școlară.

— Fetelor le-ar plăcea.

Gavin le-a pus înapoi, pe raft. Ea l-a privit cu o expresie confuză.

— De ce ai făcut asta?

— Suntem aici să cumpărăm lucruri pentru tine, nu pentru fete, a spus Gavin și a întins mâna peste ea, apucând câteva benzi cu replici ale tablourilor lui Van Gogh.

— Ce zici de astea?

Ea i le-a smuls și le-a aruncat în căruț.

— Ai auzit vreodată de Pinterest? a întrebat el, câteva minute mai târziu.

Thea l-a privit de parcă ar fi întrebat-o dacă auzise vreodată de Elvis Presley.

— Serios? Locuiesc pe Pinterest!

— Ai cont acolo?

— Ăăă, da! De ce?

— Pentru ce îl folosești?

Thea a pufnit.

— Doamne, pentru ce nu-l folosesc? Rețete. Proiecte artistice pe care vreau să le încerc. Sfaturi pentru creșterea copilului. Poze drăguțe cu cățe. De ce întrebi?

Obrajii lui s-au îmbujorat.

— Acolo sunt... și poze cu mine.

Thea a pufnit în râs.

— Știu.

— Le-ai văzut?

— Tu acum ai descoperit Pinterest sau cum?

— Cam așa ceva. Deci ai văzut poze cu mine acolo? a întrebat el, înclinându-și capul.

Ea a ridicat din umeri.

— Da! Am un album dedicat Legendelor, așa că algoritmul site-ului îmi trimite automat poze asociate pe care să le iau în considerare, iar asta include și poze cu tine. Mai ales de când...

Ea a lăsat propoziția neterminată. De la Grand Slam, voise să spună. Dar nu își dorea să ajungă acolo.

– Așadar, stai așa, la computerul tău, cauți rețete de friptură la cuptor sau orice altceva și, dintr-odată, vezi o imagine a soțului tău pe care a postat-o o femeie?

— Gavin, femeile postează poze cu tine pe toate rețelele de socializare din ziua în care ne-am întâlnit. Uneori chiar postează poze cu noi și folosesc Photoshop pentru a mă elimina din ele. M-am obișnuit cu asta.

— Dacă ar exista o platformă pe care bărbați ciudați ar posta mii de poze cu tine, eu nu m-aș putea obișnui cu asta.

— Asta e diferit. Eu nu sunt vedetă ca tine.

— Ești cea mai importantă persoană din l-l-lume pentru mine, așa că te contrazic.

Buzele ei s-au căscat ușor, și s-a simțit asaltată de un caleidoscop de emoții contradictorii. De parcă nu l-ar fi crezut, dar ar fi vrut cu disperare să îl creadă. Apoi, înainte ca el să știe ce se întâmplă, ea s-a ridicat pe vârful picioarelor și i-a dat cea mai dulce sărutare pe buze.

S-a sfârșit atât de repede, încât aproape că nu a crezut că se întâmplase. Ea s-a întors cu o mică mișcare a capului.

— Îmi pare rău, nu știu de ce am făcut asta!

Gavin a încercat să ușureze tensiunea cu o glumă.

— Ar trebui să te aduc să cumperi bandă w-w-washi mai des, a spus Gavin, uluit.

Gluma a funcționat. Thea s-a relaxat.

— Așteaptă până ajung pe culoarul cu pensule.

— Cât de repede putem ajunge acolo?

Thea l-a împins jucăuș în piept.

Din păcate, nimic nu s-a întâmplat pe culoarul cu pensule. Nimic bun, oricum. Dar după ce a studiat aproximativ douăzeci de pensule diferite, de diferite mărimi, de pe două rânduri diferite, Thea l-a apucat brusc de braț și l-a tras în jos ca să-i poată șopti.

— OK, o să crezi că sunt paranoică după conversația despre Pinterest, dar cred că s-ar putea să ai o pereche de fani nebuni care te urmăresc chiar acum.

Părul de pe ceafa lui Gavin s-a ridicat.

— Despre ce vorbești?

— Sunt doi tipi ciudați care continuă să apară oriunde ne-am afla în magazin. E prea evident. Nu știu. Ca și cum te urmăresc, dar încearcă din greu să pară că nu sunt cu ochii pe tine.

Gavin a încercat să-și păstreze fața neutră.

— Cum arată?

— Ți-i voi arăta dacă îi voi vedea din nou. Probabil că sunt paranoică.

— Rămâi aproape de mine! a spus el, încordat.

Acesta era singurul aspect pe care îl ura din cariera lui de jucător de baseball. Familia lui era expusă. Lăsând toate glumele despre Pinterest deoparte, era îngrozitor să știi că nici măcar nu poți ieși cu soția în oraș fără să-ți faci griji că cineva s-ar putea să se holbeze suficient cât s-o facă să se simtă incomod.

Au plătit cumpărăturile, iar el a aruncat o ultimă privire înapoi să vadă dacă tipii ciudați pe care îi menționase erau încă acolo. Nevăzând niciunul, s-a relaxat, dar și-a ținut mâna pe spatele ei în timp ce mergeau. Gavin a vârât pungile în portbagaj și apoi a ajutat-o pe Thea să intre în mașină.

— Așadar, încotro acum? a întrebat ea, în timp ce el a ieșit din parcare.

Aproape că i-a sugerat un drum întunecat și bancheta din spate, dar asta însemna probabil să își forțeze norocul.

— La cină, a spus el, virând la stânga.

— Perfect! Sunt leșinată de foame!

— Și eu, a spus el, arătând spre ea.

Zâmbetul ei timid a devenit rapid mult mai larg.

O călătorie rapidă pe autostradă i-a dus în oraș. Chiar și pentru o zi de marți, traficul era infernal, iar mulțimea clocotea. Gavin a reușit să treacă de semafor și a urcat rampa de parcare de lângă restaurant. A oprit în dreptul valetului, în timp ce Thea își aplica din nou rujul și își aranja părul în oglindă. Pieptul i s-a umflat din nou. Era atât de frumoasă, încât uneori îl durea literalmente să o privească! Exact ca în clipa aceea.

După ce i-a dat cheile valetului în schimbul unui tichet, Gavin i-a pus din nou mâna pe spate în timp ce mergeau pe trotuar. Se aflau la câteva străzi distanță de Broadway, principala arteră turistică prin centrul orașului Nashville, aglomerată atât cu localnici, cât și cu oameni din afara orașului care doreau să se plimbe pe străzi.

Au mers mai mult în tăcere, oprindu-se și pornind odată cu mulțimea de turiști în căutare de vin și muzică. El o ținea lipită de el, când s-a produs inevitabilul.

— Frate, cred că l-am văzut pe Gavin Scott, a spus un tip în cizme de cowboy, în timp ce treceau.

Thea a ridicat privirea cu un zâmbet.

— Frate! a pufnit ea.

— Continuă să mergi și să sperăm că ne vor lăsa în pace!

După câțiva metri, un alt bărbat l-a recunoscut.

— Hei, nu ești tu...

Gavin a ridicat mâna liberă într-un gest politicos care spunea „nu acum, vă rog".

De la Grand Slam, era recunoscut mai mult decât fusese vreodată în public. Ceea ce aproape că îl determinase să aleagă un alt loc unde să o ducă în această seară, dar restaurantul era unul renumit pentru friptură, și știa că Theei i-ar fi plăcut. De asemenea, avea muzică live și un ring de dans, singurul tip de restaurant din Nashville. Când Gavin făcuse rezervarea, solicitase o masă cât mai intimă posibil. Nu își folosea prea mult celebritatea, dar se bazase pe aceasta pentru a se asigura că va obține ceea ce își dorea. Meritase, deoarece recepționera i-a tratat de parcă ar fi fost de os domnesc și i-a condus la un separeu cu vedere la ringul de dans.

Masa era pregătită pentru doi, cu o lumânare în centru, lângă o vază plină de margarete. Tânăra a spus că o chelneriță avea să vină curând să le ia comenzile de băutură și apoi i-a lăsat singuri.

— Le-ai cerut să facă asta? a întrebat Thea, arătând spre margarete.

— Da, le-am cerut.

Gestul o făcea să se simtă incomod.

— Îmi pare rău că nu-mi amintesc ziua aceea cu margareta.

— Te-am remarcat cu mult timp înainte să mă remarci tu, așa că n-nu mă aștept să îți amintești asta.

— Nu *cu mult timp înainte*, a argumentat ea.

— Ba cu destul de mult timp.

— Cât timp?

— Două luni.

Ea și-a dat ochii peste cap.

— Asta-i o minciună.

El a râs și a ridicat mâinile.

— Îți jur!

— Veneai la cafeneaua aceea cu două luni înainte să te remarc eu?

— Da. Mi-ai frânt inima în fiecare zi până când, în sfârșit, ai ridicat privirea și mi-ai zâmbit.

— Dar *te-am remarcat* înainte să ne zâmbim unul celuilalt.

— Bine. Cu cât timp?

Ea a ridicat din umeri.

— Nu știu. De câteva ori.

— Mda, ei bine, eu uram cafeaua și am început să merg acolo, sperând că o să ne revedem, așa că...

Thea a rămas cu gura căscată.

— Ai făcut așa ceva?

— Da!

— Cum de nu mi-ai spus asta niciodată?

— După ce mi-am făcut curaj să îți vorbesc, presupun că am avut prea multe lucruri să-ți spun.

Și pentru că erau lucruri despre care nu vorbiseră niciodată, ca, de exemplu, despre părinți. Gavin încercase de mai multe ori, dar Thea schimba mereu subiectul. Din câte se părea, fusese destul de idiot, încât să creadă că nu era nimic care să merite discutat. Dar când o întrebase dacă voia să se ocupe de tatăl ei, zidul se ridicase ca întotdeauna. Cel puțin acum deslușise ce ascundea acel zid și știa că zidul trebuia doborât.

Chelnerița i-a întrerupt cu discreție și a întrebat dacă voiau o sticlă de vin. Gavin i-a făcut semn Theei să facă onorurile, pentru că ea se pricepea la asta mult mai bine decât el. Ea a cercetat rapid lista de vinuri și a comandat un chardonnay cu nume franțuzesc.

Chelnerița a adus vinul, a turnat în două pahare și apoi le-a luat comenzile. Gavin și-a mișcat scaunul pentru a fi mai aproape de ea și și-a ciocnit paharul cu al ei.

Thea a ridicat o sprânceană.

— Toastăm?

— Da!

— Pentru ce?

El s-a gândit să spună ceva inteligent, cum ar fi benzile washi, dar, în final, a optat pentru ceva mai matur și mai semnificativ.

— Pentru prima noastră întâlnire!

Thea a zâmbit în paharul cu vin, apoi a aruncat o privire peste umărul lui la barul de jos și a mijit ochii.

— Ce s-a întâmplat?

— Îți amintești de cei doi tipi despre care ți-am spus la magazin?

Gavin s-a încordat.

— Ce e cu ei?

— Sunt aici!

— Unde?

El s-a uitat în direcția indicată de Thea, spre bar. Doi bărbați s-au întors repede. Unul purta o pălărie de cowboy și ochelari de soare, celălalt, un tricou cu Detroit Red Wings. Nu le putea vedea chipurile de acolo de sus, dar ar fi recunoscut acea infatuare oriunde.

Nemernicul de Braden Mack, într-o deghizare de rahat!

Capitolul cincisprezece

AVEA SĂ-L OMOARE. ÎNCERCÂND SĂ-ȘI PĂSTREZE VOCEA neutră, Gavin a întrebat:

— Ești sigură că sunt aceiași tipi?

— Da, dar probabil este doar o coincidență, nu-i așa?

Gavin și-a aruncat șervețelul pe masă.

— Stai aici!

— Poftim?

El s-a ridicat în picioare, iar Thea l-a apucat de braț.

— Ce vrei să faci? Doar nu te duci să te cerți cu ei!

— Ai încredere în mine!

Cei doi „tipi" știau că ar fi fost deconspirați imediat ce picioarele i-ar fi atins scările. Gavin i-a urmărit cu privirea în timp ce își făceau loc prin aglomerație, spre un hol întunecat din spate, luminat cu un neon pe care scria TOALETĂ și care dădea podelei o strălucire rozalie.

Gavin a evitat cuplurile de pe ringul de dans și oamenii beți, și, în cele din urmă, a deschis ușa băii cu ambele mâini.

— Știu că ești aici, Mack! a urlat el.

— Nimeni cu acest nume nu se află aici, s-a auzit o voce din al doilea separeu.

Gavin a izbit cu pumnul în ușa din oțel inoxidabil.

— Afară! Acum!

Ușa s-a deschis. Gavin s-a retras, încordându-și pumnii pe lângă coapse. Mack a ieșit cu pălăria în mână.

— De ce nu răspunzi la mesaje?

Gavin simțea cum ceva ca un mârâit îi sfâșia pieptul.

— Tu mă iei la mișto? Asta e tot ce poți să-mi spui? Ce dracului cauți aici?

— Încerc să te ajut!

Gavin a pășit pe culoar, lovind cu pumnul în alte uși.

— Cine altcineva mai e cu tine?

A doua ușă s-a deschis și dinăuntru a ieșit jucătorul de hochei rus, cel cu sistemul digestiv prost.

— Întreabă soție dacă vrea dans!

— Serios? a spus pe un ton ascuțit în direcția lui Mack. L-ai târât după tine?

— Are dreptate, a spus Mack. Se tot uită la ringul de dans. Invit-o la dans!

— Mă descurc foarte bine de data asta și fără ajutorul tău, mulțumesc foarte mult! Și, apropo, pălăria și ochelarii ăia sunt cea mai proastă deghizare pe care am văzut-o vreodată! Tu chiar ai impresia că nimeni nu te recunoaște?

— Nimeni nu m-a recunoscut până acum.

— Probabil că lumea e prea jenată să-ți spună. Crede că ești nebun. Și știi ceva? Chiar ești nebun! Sunt sigur de asta. Tu chiar n-ai ce face?

— Dar deghizarea meu? a întrebat rusul, privindu-și cămașa, cu însemnele rivalilor de la Red Wings.

— E de rahat!

— Pe tine oricum nu te recunoaște nimeni, i-a spus Mack. Apropo, ai avut dreptate în legătură cu benzile alea washi. Te-a sărutat!

Gavin și-a înfipt mâna în gulerul lui Mack.

— Îți jur pe Dumnezeu...

Într-una dintre cabinele de toaletă s-a tras apa. Gavin a simțit că un vas de sânge îi explodează în creier. Un bărbat scund și rotofei a ieșit din cabina din capăt și s-a oprit să se uite la ei. Mack a început să fluiere și să privească în jur. Gavin și-a încleștat maxilarul în așa hal, încât a auzit o trosnitură a oaselor.

Omul s-a uitat la Gavin.

— Pe tine te știu!

Gavin a dat drumul cămășii lui Mack.

— Nu, nu mă știi!

— Ești Gavin Scott.

— Nu, nu este, a spus rusul. Gavin Scott om mai mare. Și nu atât de urât ca ăsta.

Bărbatul a pufnit și a mers să se spele pe mâini. În oglindă s-a uitat la Gavin.

— Ar trebui să o inviți la dans. Dacă s-a uitat la ringul de dans, cu siguranță își dorește să danseze.

Grozav! Acum primea sfaturi de la străini într-o toaletă nenorocită?

Omul și-a uscat mâinile.

— Nu am auzit nimic, a spus el, apoi a plecat.

Gavin a arătat spre Mack.

— Tu, dispari! Acum!

— Dar ascultă-ne! a spus Mack. Te descurci foarte bine, dar dansează cu ea și folosește șansa asta să o faci să vorbească. Așa se întâmplă tot timpul în manuale. Îți amintești când Irena și Benedict au dansat valsul? I-a apropiat. Oamenii dezvăluie secrete atunci când dansează. Este mai ușor să vorbești cu un umăr decât cu o față.

Asta era o absurditate, care l-a enervat pe Gavin.

Ușa s-a deschis din nou, iar un paznic în uniformă gri a pășit înăuntru. Omul a cercetat toaleta.

— E totul în regulă aici?

— Da, a spus Mack. Nu-i nimic de văzut aici.

— O femeie a spus că este îngrijorată că soțul ar putea da de necaz.

Gavin a întins mâna.

— Mă numesc Gavin Scott și sunt jucător la Nashville Legends. Acești doi bărbați ne hărțuiesc pe mine și pe soția mea și aș vrea să-i dați afară, vă rog.

— Să mergem! a zis paznicul, luându-l de braț pe Mack, dar a ezitat când și-a dat seama că acesta avea un braț musculos.

— Ăăă...

Mack l-a ignorat pe paznic.

— Când ajungi acasă, întreab-o dacă o poți săruta pe alee. În mașina ta. Îi va plăcea. Am citit într-o carte și am încercat pe o fată. Jur că s-a topit ca untul în poala mea.

— Omul ăsta este evident dezechilibrat, a spus Gavin agentului de pază.

— Ați băut, domnule? a întrebat paznicul.

Mack a dat din cap.

— Da! Bine! Mă prefac că sunt beat. Asigură-te că Thea vede asta când suntem dați afară. Poți să ne urmărești până afară și să strigi *cărați-vă dracului de aici*, ca să faci pe masculul alfa și tot rahatul ăsta.

— Ești nebun!

Mack și-a pus pălăria la loc.

— Îți spun, ți se va deschide cu toate după asta. Ne vei mulțumi mai târziu.

Paznicul a tras de brațul lui Mack.

— Uite, nu știu ce naiba se întâmplă aici și nu sunt sigur că vreau să aflu, dar voi doi mergeți afară, a zis omul și l-a împins pe Mack spre ușă, apoi pe rus.

— Deghizarea meu nu e proastă.

O mică mulțime curioasă se formase în fața toaletei, pentru că oricine este curios când un agent de pază intră în toaleta unui bar. Mack s-a întors să se uite peste umăr și a făcut scandal cât a putut de mare.

— Te iubesc, omule! a strigat el, poticnindu-se așa, de efect. Sunt un mare fan. Imens!

Gavin și-a ciupit baza nasului.

— Da! Fan uriaș, a spus rusul, aruncându-și inexplicabil brațele în aer.

— Ieșiți! a spus paznicul, împingându-i spre ușă.

Gavin a ignorat privirile și întrebările oamenilor, în timp ce ocolea din nou ringul de dans. A ridicat ochii și a văzut-o pe Thea aplecându-se peste balustradă și mușcându-și buza. A urcat scările câte două odată.

Ea s-a repezit la el.

— Ce s-a întâmplat?

— Nimic. Totul e în regulă.

— Ce le-ai spus?

— Le-am spus că mă bucur de o seară frumoasă cu soția mea și că aș aprecia dacă ne-ar lăsa în pace.

— Să nu mai faci așa ceva! Mă auzi? Ar fi putut fi nebuni! Nu vreau să mai faci una ca asta!

— N-o să mai fac.

— Vorbesc serios!

Gavin și-a pus mâinile pe șoldurile ei și a tras-o spre el.

— Vrei să dansăm?

— *Să dansăm?*

Thea i-a cercetat fața în căutarea unor semne de răni la cap. Oare vreunul dintre ei îl lovise în baie?

Incertitudinea i se citea pe chip.

— M-am gândit că poate ai v-v-vrea și tu.

— Păi eu...

— Nu trebuie neapărat să facem asta.

El a dat să facă un pas înapoi, dar Thea i-a acoperit mâinile cu ale ei.

— Nu am spus că nu vreau. Doar că noi nu am mai dansat niciodată.

— Știu! Trebuia s-o facem mai de mult, nu crezi?

Da, dar multe aspecte ale căsniciei lor nu erau normale. Făceau pentru prima dată o groază de lucruri pe care majoritatea cuplurilor căsătorite le făcuseră cu mult înainte să se căsătorească și să aibă copii.

— Îmi place să dansez! a spus ea, în cele din urmă.

Vai, nu! Nu! Ce o fi fost în mintea ei? Asta nu ar fi trebuit să fie o întâlnire reală! Ar fi trebuit să se prefacă cu totul.

Benzile washi și vinul se luau la întrecere care să-i câștige mintea. Ea s-a răzgândit..

— Și mie, i-a răspuns Gavin, care a prins-o de mână și a tras-o înapoi spre el, apoi și-a împletit degetele cu ale ei.

— Așadar, dansăm?

Thea s-a uitat de jur-împrejurul separeului întunecat. Erau feriți de priviri curioase, iar trupa cânta o melodie lentă.

Fluturi de emoție au început să i se agite în stomac, în timp ce Gavin și-a trecut un braț în jurul taliei sale și a apropiat-o de el. Cealaltă mână a lui s-a înfășurat în jurul ei și a cuibărit-o lângă inima lui. Era un gest masculin, galant și al naibii de sexy, iar asta *înainte* să înceapă să se miște.

Apoi, uau! Se legăna cu un ritm natural care îi tăia respirația. Desigur, majoritatea sportivilor au un bun control al corpului, dar asta nu înseamnă că pot dansa. Văzuse destule dansuri pentru a ști că mai toți jucătorii de baseball își lăsaseră abilitățile pe teren. Dar Gavin? Uau! Unde ascunsese talentul ăsta până acum?

— Regreți că nu ai avut o n-nuntă adevărată? a întrebat el, după un moment de unduire plăcută.

— Am avut o nuntă adevărată.

— Știi ce vreau să spun! O nuntă mare.

Stomacul ei s-a strâns. Ăsta era un teritoriu periculos de conversație.

— Nu chiar. Tu?

— Nu am regretat, dar acum cred că mi-aș dori să-mi pot aminti cum pășeai spre altar în rochie de mireasă.

— Nu-i decât o rochie.

— Dar *asta* nu e doar o rochie.

Mâna lui se plimba de-a lungul spatelui ei. Inima i-a luat-o la goană. Flirtul care o deranjase atât de mult săptămâna trecută îi oferea acum senzații calde de neliniște, iar asta nu era bine. Ea s-a uitat fix la umărul lui pentru a-i evita privirea.

— Dar o lună de miere? a murmurat el.

— Cum adică?

Acum chiar se avântau pe un teren minat. Thea se concentra asupra pașilor și a respirației.

— Eu regret că n-am avut lună de miere, a spus Gavin, jucăuș, frecându-și degetul mare sugestiv pe spatele ei.

Thea a tușit.

— Unde ai fi vrut să mergi?

— Într-un loc cald, unde te poți plimba în bikini toată ziua.

Thea a râs spontan.

— Nu am mai purtat bikini de când s-au născut fetele.

— Știu. Și asta e o mare d-dezamăgire pentru mine.

Au dansat în tăcere pentru o vreme, dar apoi el a vorbit din nou.

— Dacă am fi avut o n-nuntă, a-ai fi vrut ca tatăl tău să te conducă la altar?

Thea a înghițit în sec și a închis ochii. Nu voia să se gândească la acel nemernic chiar acum. Nu când era încurcată în alte tipuri de emoții confuze. Și genul acesta de întrebare era exact motivul pentru care nu ar fi trebuit să permită deloc începerea unei conversații.

— Thea, vorbește cu mine! a spus el, cu buzele în părul ei.

— De ce contează asta?

— Pentru că tu contezi.

Thea a clătinat din cap.

— Nu știu, a recunoscut ea. Mi se pare a fi genul de lucru pe care un bărbat ar trebui să-l câștige, nu doar să aștepte să îi fie oferit.

Gavin a tras-o mai aproape.

— Iar el nu l-a câștigat.

— Nu! Cu siguranță nu!

Au dansat în tăcere câteva minute după aceea. Corpul ei a înregistrat fiecare mod în care corpul lui îl atingea și se mula pe al ei. El a aplecat capul și a sărutat-o pe creștetul capului.

— De ce nu vrei să mergi la nuntă? a întrebat el, încet.

Dintr-un motiv oarecare, ea i-a răspuns:

— Pentru că nu suport să văd cum o altă femeie tânără și naivă se amăgește cu ideea că ea e cea care îl va schimba, că ea este cea care îl va face să rămână. Nu va rămâne! O va părăsi, pentru că asta face el. Pleacă!

S-au întors acasă, cufundați în tăcere.

Nu era însă o tăcere încordată. Mai degrabă... o liniște ciudată. Pe parcursul întregii seri trăiseră într-un gol pașnic și evitaseră lucrurile neplăcute care se mișcau cu greutate printre ei. Toate neplăcerile nerezolvate fuseseră uitate pentru o noapte plină de extaz.

Gavin a intrat pe alee și a oprit motorul. Totuși, niciunul dintre ei nu s-a grăbit să iasă.

— M-am simțit bine în seara asta, a spus el.

Thea nu a vrut să recunoască faptul că și ea se simțise bine, așa că nu a spus nimic.

La ce bun să-l încurajeze cu o speranță falsă? Odată ieșiți din raiul întunecat al mașinii, jungla realității avea să dezlănțuie toți demonii, și niciun dor, și nicio dorință ca lucrurile să se schimbe nu putea să îi alunge.

Gavin și-a dres glasul.

— Așadar...

Thea s-a uitat la el.

— Așadar?

— Pentru că asta a fost o întâlnire, a început el, pot să te sărut în mașină înainte să te conduc înăuntru?

Aerul i s-a scurs din plămâni.

— Asta fac oamenii la întâlniri? Am uitat.

— Îmi amintesc că am făcut mult mai mult decât atât într-o mașină cu tine, a spus el, cu o voce răgușită.

Obrajii Theei s-au încălzit.

— Știi că probabil e noaptea în care am rămas însărcinată, nu?

— Mereu mi-am pus î-întrebarea asta.

Felul în care se uita la ea, cu pleoapele grele de oboseală, sugera că se întrebase, dar nu-i păsase în mod deosebit; doar îi plăcea acea amintire și nu l-ar fi deranjat o repetiție.

Motiv pentru care lucrul cel mai isteț ar fi fost să iasă atunci din mașină.

Dar ea nu se simțea prea isteață. S-a lăsat pradă sentimentelor.

— Da! a murmurat ea.

— Da? a repetat el.

Ea s-a uitat la buzele lui.

Un sunet fericit s-a ridicat din pieptul lui Gavin în timp ce o săruta. De data asta era diferit. Nu era ca sărutul din bucătărie sau ca acela din noaptea când se mutase acasă. Nu era o explozie de pasiune, dar era la fel de nimicitor. Cine ar fi știut că putea exista un așa mare pericol într-o atingere atât de tandră? Acesta era un sărut care necesita o respirație lentă pe nas și o strângere puternică a scaunului. Un fel de sărut care ei îi spunea că va avea probleme dacă vor continua această șaradă a întâlnirilor.

Gavin și-a potrivit unghiul gurii și i-a mângâiat buzele o dată, de două ori, apoi a treia oară. După care s-a retras și a privit în jos la ea, cu un zâmbet în colțul gurii.

Apoi și-a trecut degetul mare peste buza ei inferioară.

— Te simți în stare să citești în seara asta?

Capul ei s-a mișcat aprobator de unul singur.

O oră mai târziu, Thea a adormit în cadența blândă a vocii lui și bătăile confuze ale inimii ei.

Capitolul șaisprezece

— COPII, V-AȚI DISTRAT NOAPTEA TRECUTĂ?

A doua zi dimineață, Gavin a închis frigiderul, descoperind că Liv apăruse pe neașteptate în bucătărie de parcă s-ar fi teleportat. Uimit, a tresărit și a tras o înjurătură.

— Da!

— Păcat! a spus Liv. Speram să ies din subsol.

Gavin a pus pe masă laptele pentru cerealele fetelor. Thea le îmbrăca la etaj. De fapt, încă nu o văzuse în această dimineață, îi auzise doar mișcările.

— Știi, Liv, acest lucru mărunt pe care-l f-f-facem este amuzant până la urmă, a mormăit Gavin, dar nu am răbdare cu tine în această dimineață.

— Nu fac decât să am grijă de sora mea. Nu te-am avertizat să n-o rănești?

Gavin a deschis un dulap și a scos o cutie de Cheerios.

— Nu ți-a trecut niciodată prin cap că nu este treaba ta?

— E sora mea!

— Și soția mea!

— Locuiesc aici.

— Poți să te muți.

— Tu primul! i-a replicat ea, apoi a pocnit din degete. Stai puțin! Deja ai făcut asta o dată.

— Și nu intenționez să o fac din nou.

Thea a apărut în bucătărie, iar Gavin a început să își facă de lucru cu cerealele.

— Bună! a șoptit el.

— 'Neața! a ciripit Liv.

Thea s-a oprit brusc, cercetându-i pe amândoi cu privirea.

— Ce se întâmplă aici?

— Nimic! a răspuns Gavin.

— Doar îi spuneam cumnatului meu cât de mult îl respect.

Thea a oftat și și-a răsucit părul în vârful capului. Fetele au intrat și ele în bucătărie în tricouri roz asortate și colanți violet. Gavin le-a ridicat pe amândouă și le-a turnat cerealele.

Cu umerii rigizi, Thea și-a turnat o cană de cafea. Oare dormise mai bine decât el? Pentru că el dormise foarte prost. Avusese nevoie de o putere herculeană pentru a pleca din patul ei înapoi în camera de oaspeți. Acum, dimineață, nu o mai avea. Trebuia să o atingă.

A mers până în spatele ei, i-a înconjurat talia cu brațele și i-a atins gâtul cu nasul.

Ea și-a întors fața spre a lui cu ochii mari și o privire surprinsă. El a sărutat-o pe buze.

— Bună dimineața! a murmurat Gavin.

— 'Neața! a șoptit ea.

— M-am distrat aseară.

Liv a mimat greața.

Gavin s-a uitat peste umăr și a zâmbit. Liv a mijit ochii. El a zâmbit din nou, arătându-și toți dinții. Ea și-a fluturat degetele în timp ce fredona melodia lui P!nk, „U + UR Hand".

Thea s-a întors cu un alt oftat.

— Vă rog să încetați!

— Ea a început!

Thea și-a înclinat capul.

— Nici măcar pe fete nu le las să scape cu scuza asta.

Gemenele, care își introduseseră în tăcere lingurițele cu Cheerios în gură, trebuie să fi prins tensiunea ciudată din cameră, pentru că au început să se certe pe tema cine a primit mai multe cereale. Gavin și-a smuls privirea de la Thea și a intervenit.

— Fetelor, amândouă ați primit la fel!

— Am terminat, a spus Ava, împingându-și la o parte bolul și bosumflându-se fără un motiv evident.

— Așteapt-o pe sora ta și apoi vă voi îmbrăca! i-a zis Thea, mergând până unde stăteau fetele.

A început să le șteargă la gură, dar a făcut o pauză când telefonul i-a vibrat în buzunar. A mormăit iritată, dar l-a scos.

În secunda următoare a încremenit.

— Ce s-a întâmplat? a întrebat-o Gavin.

— Este un e-mail de la Vanderbilt.

Liv și-apus cafeaua jos.

— Rahat!

— Deschide-l! a îndemnat-o el.

Înghițind în sec, Thea a glisat ecranul de două ori. Gavin și-a ținut respirația în timp ce ochii ei cercetau ecranul.

Un zâmbet i s-a desenat pe buze, apoi a întors telefonul cu ecranul spre ei.

— Fir-ar să fie! a răsuflat el, ușurat. Ai intrat?

— Am intrat!

Ea a ridicat brațele și a scos un strigăt de victorie. Liv a făcut un dans în jurul mesei, în timp ce fetele se amuzau zgomotos. Gavin a vrut să se alăture atmosferei de sărbătoare. A vrut să o îmbrățișeze pe Thea și să o felicite cu un sărut, dar a ales să rămână rezervat.

— Thea, e nemaipomenit! a spus el, de la o distanță sigură. Felicitări!

— Când începi cursurile? a întrebat Liv.

Thea a citit din nou mesajul.

— Pe 18 ianuarie.

— Mergem să sărbătorim în seara asta! a decretat Liv, îmbrățișând-o pe Thea din spate.

Gavin s-a zburlit, dar și-a stăpânit furia. Thea și Liv deja își făcuseră planuri împreună pentru acea seară, urmând să o ajute pe prietena lui Liv la cafenea. Gavin avea să-și păstreze ideea de a sărbători pentru altă seară, când puteau să rămână singuri.

Thea și-a ridicat privirea, iar obrajii i s-au îmbujorat sub ochii lui. Gavin nu se pricepea să își ascundă gândurile.

— Trebuie să mă îmbrac! s-a scuzat ea.

Gavin a curățat cerealele fetelor și le-a ajutat să coboare de pe scaune. Apoi s-a îndreptat spre tabla albă, a căutat un marker și a încercuit data de 18 ianuarie în calendar.

— Gavin, nu-ți face planuri pe termen lung, a spus Liv, venind în spatele lui. Calendarul tău se termină de Crăciun.

Nu și dacă el putea face ceva în privința asta.

Noaptea trecută fusese un moment decisiv pentru ei. Simțise asta. Ea îi dezvăluise niște lucruri pe care nu i le spusese niciodată. Dansase cu el. Îl sărutase.

Băieții aveau dreptate. Trebuia să aibă răbdare. Dar și Liv avea dreptate. Calendarul nu era prietenul lui cel mai bun, iar vestea despre intrarea ei la Vanderbilt era o nouă răsturnare de situație de care trebuia să țină cont.

Era timpul să devină serios.

Așadar, le-a trimis un mesaj băieților: *Întâlnire de urgență în seara asta. La mine acasă.*

După ce a lăsat fetele la școală, Thea a fugit acasă, a făcut un duș rapid și s-a îmbrăcat. Din fericire, Gavin plecase la antrenamentul de dimineață. Nu putea tolera niciun fel de discuție privată cu el. Nu, după felul în care o privise în acea dimineață. Nu după acel sărut mic și dulce, și toate implicațiile aduse de acesta.

Liv avea dreptate. Începea să cedeze. De la câteva sărutări tandre și o întâlnire plănuită cu atenție și... Thea a clătinat din cap. E-mailul de la Vanderbilt sosise la momentul perfect. Gavin țesuse pânze de păianjen în creierul ei, dar vestea de la Vandy fusese ca o curățenie de primăvară.

Avea prea multe de făcut, cum ar fi să ducă documentele solicitate în e-mailul de acceptare, să se înscrie la cursuri și să se oprească la librărie. Multe dintre ele ar fi putut aștepta până mai târziu, dar aștepta de aproape patru ani să se întoarcă la cursuri. Se săturase să aștepte.

Campusul Vanderbilt se afla la o jumătate de oră de mers cu mașina de orașul Franklin. Thea a găsit un loc de parcare cu plată vizavi de clădirea administrativă, a îndesat o mână de monezi în aparat și a intrat. Biroul de admitere se afla la etajul al treilea. O secretară cu ochelari în formă de ochi de pisică i-a aruncat o privire ciudată când Thea i-a întins documentele.

— Să știi că poți face toate astea on-line, a spus femeia.

Thea a ridicat din umeri.

— Știu, dar am vrut să vin.

Îi lipsise asta. Îi lipsise atmosfera unui campus de facultate. Îi lipsise rebeliunea creativă a studenților care se specializau în arte și teatru, privirile împăienjenite ale tinerilor care învățau toată noaptea și spiritul sardonic al profesorilor plini de ei. Thea nu se simțise niciodată mai împlinită ca atunci când fusese la școală.

După ce a vizitat clădirea administrației, Thea a intrat în librăria din campus. Din pur capriciu, a cumpărat câteva tricouri cu sigla Vanderbilt pentru fete.

Fir-ar să fie! Fetele! Thea și-a scos telefonul ca să vadă cât e ceasul. Nu reușea să ajungă la timp să le ia de la școală. Dacă mergea Gavin...

Thea a ezitat, dar l-a întrebat într-un mesaj dacă putea lua el fetele de la școală, pentru că ea urma să meargă direct la cafeneaua lui Alexis. Gavin a răspuns repede că putea și apoi a întrebat-o cum merseseră lucrurile în campus. Ea a ignorat întrebarea și i-a răspuns doar că avea să ajungă acasă pe la zece.

Thea și-a luat un sendviș de la o patiserie din campus și apoi s-a întors la mașină. Drumul către cafeneaua lui Alexis a durat patruzeci de minute din pricina traficului de după-amiază. A parcat în șirul de locuri libere din spatele clădirii lui Alexis, unde o ușă era deschisă.

Thea a vârât capul înăuntru.

— Bună!

Nu a auzit nimic, așa că s-a strecurat înăuntru și strigat din nou. Tot nimic. Bucătăria era plină de cutii și mormane de folie cu bule, oale strălucitoare și tigăi agățate de un rând de cârlige deasupra unei plite noi.

— Liv? Sunteți aici?

Thea a ocolit cutiile și a trecut prin bucătărie. O ușă batantă ducea spre zona unde Thea presupunea că era cafeneaua. A împins ușa și...

— Surpriză!

Thea a tresărit și și-a dus mâna la inimă. Liv și Alexis stăteau în centrul cafenelei, lângă singura masă care nu era acoperită cu teancuri de vase și cutii care așteptau să fie așezate la locul lor. În schimb era ocupată de o sticlă șampanie, trei pahare și o pancartă uriașă pe care scria „Felicitări!"

— Ce înseamnă asta? a râs Thea.

— Ți-am spus că vom sărbători! a răspuns Liv. Surpriză!

— Liv mi-a dat vestea cea bună, a zâmbit Alexis. Este nemaipomenit! Și, de fapt, se potrivește la fix.

Ea și Liv au făcut un schimb de priviri.

Thea a pășit mai aproape.

— Cu ce anume se potrivește?

— Ei bine, a spus Alexis, lăsând deoparte pancarta. Am niște pereți foarte simpli care au disperată nevoie de o mână cu talent artistic. Mă gândeam că ar fi minunat să pot expune câteva piese originale ale unui artist local.

Thea s-a oprit, holbându-se nelămurită. Liv și-a dat ochii peste cap.

— Se referă la tine.

— Vrei să expun câteva lucrări aici?

— Dar tu îți dorești? Vreau să prezint în mod regulat artiști locali și să le ofer un spațiu în care să își poată vinde lucrările.

Thea aproape că s-a ciupit, de teamă să nu viseze. În decursul unei singure zile fusese acceptată la școala de artă și primise șansa de a-și prezenta lucrările. Nu credea prea mult în semne, dar simțea că acesta era unul bun.

Thea a cercetat cafeneaua.

— Așadar, ce facem mai întâi?

Liv s-a apropiat și i-a pus în mână un pahar de șampanie.

— În primul rând toastăm.

Thea a acceptat șampania.

Liv a ridicat paharul.

— Pentru noi începuturi!

Theei i se potrivea formularea lui Liv.

— Pentru noi începuturi!

Dar când șampania i-a atins limba, acidul *și* sentimentul i-au lăsat un gust amar.

Capitolul șaptesprezece

— PUTEM TRECE LA TREABĂ, VĂ ROG?

Gavin a deschis o bere și s-a aruncat pe canapea cu câtă demnitate putea să adune orice bărbat matur cu un boa din pene roșii în jurul gâtului și coarne de ren pe cap. Ava, Amelia și Jo-Jo le ceruseră bărbaților să se joace de-a costumatul cu ele, înainte de a se retrage în dormitorul fetelor să urmărească un film și a le permite să „lucreze la perete". Dar alegerea filmului *Mica sirenă* declanșase o întreagă dezbatere la parter, iar situația cam scăpase de sub control.

— Ea trebuie să treacă, la propriu, de la o specie la alta ca să poată fi cu un bărbat, a bodogănit Mack, fluturându-și mâinile pentru a-și usca mai repede lacul de pe unghii.

Ava îl obligase să și le picteze alternativ cu verde și roșu, ca pentru Crăciun.

— Ce fel de mesaj este ăsta pentru fetițe?

— Este un *film*, a mârâit Del, defensiv, pentru că el fusese cel care îl sugerase.

— Del subliniază un aspect excelent, pe care nu ar trebui să-l trecem cu vederea, a spus Malcolm, calm.

Minusculele ornamente cu clopoței care-i atârnau din barbă scoteau un sunet festiv atunci când vorbea.

— Nu ar trebui să ne gândim că femeile și fetițele nu cunosc diferența dintre realitate și ficțiune, așa cum nu ne temem că bărbații care citesc cărți despre criminali în serie și thrillere vor deveni, la rândul lor, ucigași. De ce ar trebui să presupunem că o fată nu știe că nu trebuie să se prefacă din sirenă în om pentru a găsi iubirea într-un film?

— Pentru că acesta este singurul mesaj pe care fetele îl primesc uneori, a argumentat Mack. Nu este vorba doar despre acest film. Mai toate filmele sunt așa.

Toată lumea a încuviințat tacit din cap. Rusul a ridicat un șold și a tras un vânt.

— Adevărat, a spus Malcolm. Dar noi trebuie să găsim o modalitate de a produce și de a ne bucura de conținutul care laudă curajul femeilor, fără să le subestimeze capacitatea de a distinge realitatea de ficțiune.

— Cum ar fi romanele de dragoste, a mormăit Gavin.

Mack și-a dus o mână la inimă.

— Băiatul nostru se maturizează!

— Băiatul nostru se maturizează, dar e și tot mai furios, a completat Gavin. Se face târziu! Suntem în întârziere!

Rusul s-a ridicat cu o privire care dădea de înțeles că și el este în întârziere.

— Unde-i baia?

Toată încăperea a strigat un *nuuu* în cor. Mack a sărit în sus și s-a îndreptat spre bucătărie.

— Gav, frate, nu-l lăsa să se apropie de baia ta! a strigat Mack, deschizând frigiderul de parcă ar fi fost la el acasă. Nu vei mai reuși în veci să scapi de miros. Omul cultivă deșeuri toxice în colon.

— Am problemă cu digestia, a spus rusul.

— Folosește baia de la subsol! a mormăit Gavin. Și tu, ieși naibii din frigiderul meu!

Mack a apărut cu o cutie de mâncare. A desfăcut-o cu vârfurile degetelor pentru a nu-și strica oja.

— Ce este asta?

— Nu știu!

— Pot s-o mănânc?

Gavin a ridicat din umeri.

— Da, cum vrei! Putem începe, vă rog?

Toți bărbații veniseră cu câte o sacoșă plină cu cărți, pe care le-au aruncat pe podea. Gavin a ridicat-o pe prima pe care a văzut-o; avea o copertă întunecată, cu un bărbat fără cămașă ținând un pistol.

— Ce dracu' mai e și asta?

— O carte romantică de suspans, a spus Del.

— Carte romantică de suspans? a repetat Gavin, sceptic.

— Da, știi și tu...

Mack a ridicat un pumn în aer și s-a adresat dramatic tavanului:

— Oare tipul ăsta o să și-o mai pună *vreodată*? E povestea vieții tale, omule. Am dreptate?

Gavin a aruncat cartea înapoi în grămadă.

— Vorbesc serios! a mârâit el. Am făcut multe progrese aseară, dar ea a devenit ciudată de dimineață, când a aflat că a fost acceptată la Vanderbilt.

— Spune-ne ce s-a întâmplat! l-a îndemnat Malcolm.

Gavin a rezumat momentele cheie ale întâlnirii lor, dar și pe cele ale dimineții.

— Ești la jumătatea drumului, omule! a exclamat Del. O să simți că faci un pas înainte și doi înapoi, exact ca în carte. Îți amintești când Irena îi destăinuie, în cele din urmă, lui Benedict faptul ea și sora ei au vrut să fugă în America?

Gavin a încuviințat cu o mișcare din cap.

— Ei bine, asta a făcut-o să se simtă vulnerabilă și chiar puțin supărată când el a plecat.

Gavin și-a acoperit urechile.

— Spoilere! Nu am citit mai departe.

— Faptul că Thea ți-a destăinuit puțin despre tatăl ei este un semn bun, dar acest tip de progres este înfricoșător pentru ea, a spus Malcolm. Ai făcut-o să vorbească despre lucruri care o dor. Punctul G este cel mai sensibil înainte să înceapă să vibreze.

— O să vă dau fiecăruia dintre voi câte un milion de dolari dacă nu mai pronunțați noțiunea de punctul G! s-a răstit Gavin.

— Ideea este că ieri-seară i-ai străpuns zidurile. Asta o va face să se simtă vulnerabilă.

— Da, ei bine, și eu mă simt vulnerabil, a recunoscut Gavin.

Băieții s-au liniștit.

— Continuă, omule! a spus Mack. Asta este partea bună.

Malcolm s-a lăsat pe spate.

— Gavin, petrecem mult timp vorbind despre temerile ei, despre împotrivirile ei. Dar ție de ce ți-e teamă?

— Să n-o pierd!

— Aiurea! a replicat Del.

Gavin l-a săgetat cu privirea pe Del.

— Poftim?

— Asta este o aiureală de suprafață, i-a explicat Del. Bineînțeles că ți-e frică să nu o pierzi. Se înțelege de la sine. Dar, dacă crezi că tot ce ai de făcut pentru a fi fericit este să o recâștigi, te înșeli. Ai putea la fel de bine să renunți acum.

— Nu vreau...

Gura i-a încremenit o clipă.

— Poți să nu mai vorbești în dodii și să-mi spui dracului ceva concret?

— Ceea ce încearcă Del să spună, a zis Malcolm, este că ea nu trebuie să fie singura persoană care își dezvăluie temerile. Tu ți-ai deschis sufletul ei? Ai făcut-o cu adevărat?

— Păi nu... N-nu știu!

Gavin a început să transpire.

— Atunci începe să ți-l deschizi către noi, a spus Del. Care este lucrul pe care crezi că nu l-ai putea face niciodată? Ce te sperie mai mult decât orice? Despre ce *nu* vrei să vorbești?

Băieții l-au privit tăios.

Nu! Nu le putea mărturisi! Nu așa!

El a clătinat din cap.

Malcolm a oftat cu o frustrare atipică pentru stăpânul Zen al Clubului de Carte.

— Gavin, nu te putem ajuta dacă tu însuți nu ești dispus să te ajuți.

— Nu înțelegeți! Este ceva personal!

Del a mormăit și s-a ridicat.

— Nu pot pierde timp cu tine dacă tu nu...

— S-a prefăcut.

Fir-ar să fie! Fir-ar a dracului să fie! O spusese cu voce tare. S-a pregătit ca ei să râdă, să glumească, să cadă cerul pe el.

Dar nu s-a întâmplat nimic din toate astea. A ridicat privirea și nu a găsit nimic altceva decât chipuri care arătau înțelegere.

— A mimat... orgasmele? a întrebat Mack.

— Nu, geniule! Aterizarea pe Lună.

— Uau, omule! Asta e de rahat, a spus Del. Îmi pare rău!

— S-a prefăcut tot timpul? a întrebat Malcolm. Sau doar uneori?

— Tot timpul, a confirmat el, iar amărăciunea i-a înțepat limba. Din câte știu, i-am oferit soției mele un singur orgasm real în întreaga noastră căsnicie.

Mack a înjurat printre dinți.

— Rahat, omule! Îmi pare rău! Toate glumele alea mizerabile despre sex... Nu știam. Sunt un nenorocit!

Scuzele erau surprinzător de sincere.

— Nu aveai de unde să știi.

Del a tușit discret.

— Așadar, să înțeleg că ți-ai dat seama că se prefăcea pentru că...

Gâtul i s-a uscat.

— Pentru că într-o noapte nu s-a mai prefăcut și a fost evident.

— Nu înțeleg! a spus Mack. Te-a dat afară din casă pentru că în sfârșit i-ai oferit un orgasm adevărat?

Gavin s-a zbârlit la auzul cuvântului în *sfârșit.*

— Nu! M-a dat afară pentru că nu am reacționat bine la aflarea adevărului.

— Și asta ce înseamnă? l-a întrebat Del.

— Înseamnă că m-am mutat în camera de oaspeți și am încetat să mai vorbesc cu ea.

În sfârșit, camera a izbucnit așa cum știuse că avea să se întâmple în cele din urmă. Toți bărbații au sărit în picioare. Del a început să se plimbe de colo-colo, lovindu-și pumnul în cealaltă mână. Malcolm își mângâia barba plină de clopoței și începuse să cânte ca un călugăr. Mack își îndesa în gură furculița plină cu tăiței maronii, alternând între a mânca și a arăta tăcut cu degetul în direcția lui Gavin.

— Dobitocule! a exclamat Del, în cele din urmă.

— Știu că nu m-am descurcat prea bine, a spus Gavin, apărându-se instinctiv. Am încercat să-mi cer scuze când m-am dus acasă, după ce ea a cerut divorțul.

— Gavin, ai mult mai multe motive să-ți ceri scuze, a spus Malcolm. Femeile nu-și mimează orgasmele decât dacă se prefac și la alte lucruri.

Doamne! Iar începuse cu ghicitorile.

— Doar... doar spuneți-mi ce-ce e de făcut.

— Ar trebui să nu-ți mai concentrezi toată atenția asupra faptului că s-a prefăcut și să începi să te întrebi de ce dracului nu ai observat.

Cuvintele lui Malcolm au fost ca o lovitură în stomac.

— Da! a spus Mack, ștergându-și cu antebrațul buzele acoperite de grăsime. Și de ce nu ai avut curaj să vorbești cu ea când ai aflat adevărul.

— Și apoi trebuie să îți pui sufletul pe tavă, a spus Del. Poate că ea nu a fost sinceră cu tine în privința orgasmelor, dar tu cât de sincer ai fost cu ea? Poți să repari toate astea numai dacă îți asumi același tip de risc emoțional pe care i-l ceri ei.

— Își continuă viața fără tine, a spus Malcolm. Are planuri. Obiective. Își reia studiile și nu mai are nevoie de tine. Doar dacă nu-i dai un motiv să aibă încredere că tu...

O strălucire galbenă apărută brusc prin perdelele din față i-a uimit pe toți și i-a redus la tăcere. Apoi, o înjurătură colectivă i-a făcut să se agite.

— Parcă ai spus că nu se întoarce până la zece! s-a răstit Del.

— Așa a spus ea! i-a răspuns Gavin, uitându-se în podea. Cărțile! Ascundeți cărțile!

Gavin și Mack s-au lăsat pe podea și au început să le strângă.

Farurile s-au stins.

— Sub canapea, a șoptit Gavin.

— Oja mea încă nu e uscată, s-a plâns Mack.

Gavin l-a săgetat cu privirea și a început să înghesuie cărți sub canapea. Pașii Theei se auzeau pe verandă.

— Ascundeți câteva în spatele pernelor! le-a șoptit Del.

Rusul a tras un vânt și și-a dus mâna la burtă.

— Am nevoie din nou la baie, a zis el, apoi a fugit la subsol.

Ușa s-a deschis. Gavin a aruncat ultimele câteva cărți sub o pătură și l-a trântit pe Mack peste ele.

Thea a intrat, urmată repede de Liv, iar bărbații au rămas neclintiți.

Gavin și-a dres glasul.

— Bună! Salut!

Thea a aruncat o privire prin cameră

— Ăăă...

Gavin și-a amintit de costumele lor.

— Păi, ăăă, fetele au v-vrut să ne jucăm de-a costumatul.

— Înțeleg!

Thea s-a uitat din nou prin cameră.

— Și unde sunt fetele acum?

— Dorm la etaj.

— Înțeleg!

Mack s-a uitat peste spătarul canapelei, suflându-și peste unghii.

— Bună, Thea! Felicitări pentru cursuri!

Liv a intrat și ea în cameră și a remarcat imediat cutia de mâncare.

— Cine mi-a mâncat mâncarea chinezească?

Gavin a arătat spre Mack.

Care, în mod ciudat, încremenise cu ochii holbați la Liv. Cu ochii foarte holbați.

— Bună! a spus el, prostește. Sunt, sunt Braden.

Liv i-a aruncat o privire care ar fi putut stârni un incendiu de vegetație și apoi a plecat furioasă spre bucătărie. În urma ei s-a lăsat o tăcere nefirească și uimitoare, ca aceea de după ce un exhibiționist aleargă gol pe terenul de joc.

O femeie tocmai îi întorsese spatele nemernicului de Braden Mack.

— Nu m-am gândit niciodată că voi vedea asta, a spus Malcolm, cu tonul lui calm și baritonal.

— Simt că tocmai am fost martorii apariției lui Isus pe o bucată de pâine prăjită, a spus Del.

Liv a deschis frigiderul.

— O Doamne! Mi-ați mâncat și restul de pizza? a întrebat și a pornit-o spre subsol.

— Liv, poate ai vrea să aștepți...

Zgomotul ușii trântite a întrerupt avertismentul lui Gavin, dar, peste doar câteva secunde, Liv a scos un țipăt. Pașii ei s-au auzit tropăind din nou la etaj.

Ușa s-a deschis brusc. Liv s-a năpustit afară, tușind și urlând:

— Urăsc. Bărbații!

Gavin a făcut un semn spre ușa din față.

— Băieți, e timpul să plecați!

Capitolul optsprezece

GAVIN APROAPE CĂ NU A MAI EXPIRAT VREME DE DOUĂZECI de minute, timp în care băieții s-au împrăștiat și femeile s-au retras în camerele lor, iar, în cele din urmă, a avut răgazul să recupereze cărțile ascunse. Le-a pus în două pungi de cumpărături și le-a îndesat în dulapul din camera de oaspeți. Apoi s-a așezat pe saltea, acoperindu-și ochii cu podul palmelor.

Fusese cât pe ce!

Sunetele rutinei nocturne a Theei l-au atras către ușa ei. Sunetul apei din chiuvetă în timp ce își spăla fața. Sunetul periuței de dinți în timp ce o folosea. Zgomotul unui sertar în timp ce își scotea pijamalele din el.

„Deschide o venă”, spusese Del, când ieșise pe ușă, cu Jo-Jo adormită pe umărul lui.

Gavin a bătut la ușă.

— Intră! a răspuns Thea, o clipă mai târziu.

Stătea în fața șifonierului și își pregătea pijamalele. Inima lui a tresărit de dorință și de neliniște.

— Cum, ăăă, cum a fost azi? a întrebat el, zăbovind în prag.

— Vrei să spui la Vanderbilt sau la cafenea?

— Ambele!

Ea a ridicat din umeri.

— Bine!

Ea s-a îndepărtat din nou. „Asumă-ți un risc emoțional!"

— Mă gândeam să aprind șemineul afară. V-vrei să ieși cu mine?

Thea a aruncat o privire spre pat și apoi s-a întors spre el.

— Păi...

— Am putea citi acolo.

— Bine, a spus ea, în cele din urmă.

Gavin a ieșit primul să aprindă focul. Apoi a pus o pătură pe canapeaua de pe terasă, a deschis două beri și și-a așteptat soția. Ea a ieșit câteva minute mai târziu, îmbrăcată cu hanoracul lui, cu o pereche de colanți și șosete groase. Își strânsese părul în vârful capului. În mâini ținea cartea lor.

— Bună! a spus el, rămas mut de apariția ei.

Thea s-a oprit la câțiva pași distanță de el.

— Bună!

— Focul încă nu s-a încins, dar am scos o pătură.

— OK!

Privirea ei s-a îndreptat spre canapea, a rămas acolo o clipă, apoi s-a întors la ochii lui. Expresia ei a trimis o undă de șoc direct către părțile lui nerăbdătoare.

Thea l-a privit cu dorință. Arogant și inconfundabil. Pieptul îi palpita. Ochii i s-au oprit asupra buzelor lui. Corpul lui a devenit fierbinte și tare. Dureros de tare.

El și-a dres glasul și abia a reușit să scoată o vorbă.

— Thea, mă omori!

Ea a clipit, nelămurită.

— Poftim?

— Ori încetezi să mă privești așa, ori mă săruți, dar trebuie să fii tu cea care o f-face, pentru că nu mai v-vreau să o dau în bară.

Ochii i s-au mărit, apoi a mimat un hohot de râs și a clătinat din cap.

— Nu fi ridicol!

Gavin și-a ascuns dezamăgirea și a așteptat ca Thea să se așeze prima, apoi s-a strecurat lângă ea. În mod automat, de parcă ar fi făcut-o de o sută de ori înainte, s-a întors, astfel încât spatele să i se sprijine de brațul canapelei, iar ea să se poată lăsa pe spate și să se sprijine de pieptul lui. Thea și-a tras pătura peste picioare. Gavin a cuprins-o cu brațul și a tras-o la pieptul lui.

— Stai bine?

Ea a încuviințat și și-a sprijinit capul pe umărul lui. Au privit în tăcere focul preț de o clipă, adaptându-se la orice ar fi fost ce începuse între ei noaptea trecută.

— Îți aud gândurile, a spus el.

Ea a răspuns cu tăcere. Gavin și-a reținut oftatul. Nu ar fi dus la nimic bun să se contrazică cu ea. A încercat o altă tactică.

— Ar fi trebuit să facem asta mai des, a spus el, încet.

— Parcă niciodată nu am avut timp.

Deschide o venă!

— Totuși, am avut. Mi-aș fi putut face timp.

Respirația ei parcă s-a oprit.

— Am pus baseballul pe primul loc. Acum știu asta. Am pierdut totul. Primii pași ai fetelor. Primele lor cuvinte. Drumurile la camera de gardă când erau bolnave. Am motivat totul prin faptul că era mai importantă cariera mea, dar acum aș renunța la tot, dacă asta ne-ar putea salva.

Thea s-a ridicat încet și s-a întors să-l privească, probabil pentru a se convinge dacă era sincer sau nu.

Nu i-a dat niciun indiciu, dar nu era pregătit pentru ce i-a spus Thea:

— Ții minte când m-ai întrebat ce crede mama mea despre faptul că tata se recăsătorește?

— Da!

— Adevărul este că nu știu. Nu am mai vorbit cu ea de dinainte de Paști.

Nu știa unde voia ea să ajungă cu toate astea, dar simțea că e ceva important.

— De ce?

— S-ar bucura dacă ar ști că avem probleme.

El a rămas încremenit.

— S-ar bucura?

— Când am rămas însărcinată, m-a acuzat că am făcut-o intenționat. Ca să... știi tu.

Fir-ar să fie!

— Să mă obligi să mă însor cu tine?

— Da!

Era un cuvânt scurt, dar avea greutatea unui întreg dicționar.

— Doamne, Thea!

Ficțiunea și realitatea s-au ciocnit brusc.

— Mi-a spus că, fără îndoială, sunt fiica ei, a râs ea, trist. Pentru că și ea a rămas însărcinată cu mine intenționat.

— Ți-a spus ea asta?

— Am bănuit întotdeauna cel puțin că nu am fost un copil planificat. Porecla tatălui meu pentru mine a fost...

Ea s-a oprit. Gavin a strâns-o blând cu brațul până când început din nou să vorbească.

— Tata îmi spunea *Pușcă*.

Mâna lui Gavin s-a încleștat pe brațul canapelei.

— În copilărie mereu m-am gândit că era din cauză că eram ca un pistolet. Apoi am aflat că avea o semnificație specifică.

— Câți ani aveai când ți-ai dat seama de asta?

— Nouă.

Gavin a scrâșnit din dinți.

— Thea, trebuie să mă lași să-l sun pe nemernic.

Sau, chiar mai bine, să-l lase să se ducă până la tâmpit acasă și să-i tragă un pumn în față.

— Nu merită!

— Dar tu meriți.

Ea l-a privit din nou cu luare-aminte, căutând semne de minciună.

— M-ai evitat după ce ai aflat că ești însărcinată din cauza vorbelor pe care ți le-a spus mama ta? Ți-a fost teamă ca eu să nu cred că încerci să mă prinzi în laț?

— Pe de-o parte, a spus ea și a ridicat din umeri. Și pe de altă parte pentru că eram, pur și simplu, speriată. Eram tânără. Amândoi eram tineri.

Gavin și-a strecurat mâna în părul ei și i-a cuprins ceafa. Pentru prima dată nu a trebuit să se întrebe „Ce ar face lordul Benedict?" ca să știe ce să-i spună.

— Faptul că ai rămas însărcinată a fost cel mai bun lucru care mi s-a întâmplat vreodată. Și nu doar pentru că nu-mi pot imagina viața fără fete, ci pentru că nu-mi pot imagina viața fără tine.

Pe chipul ei se dădea o bătălie, iar el știa exact războiul pe care-l purta în interior. Dorința jalnică de a-l crede se înfrunta cu realitățile cinice pe care le învățase din viață. Cuvintele erau frumoase, dar ele nu îi ofereau nicio garanție că putea avea încredere. Era speriată să traverseze acest pod rupt, pentru că știa ce se afla la celălalt capăt. Incertitudine, pasiune și bucurie – toate trecătoare. Toate dureroase.

„Iubirea nu este suficientă."

— Thea, dacă unul dintre noi a prins în laț pe cineva, acela am fost eu. Eu te-am prins în capcană.

Buzele Theei s-au despărțit din nou, într-o încercare de a respira.

— Poftim?

— Te-am cerut de soție c-când erai speriată. Când erai vulnerabilă. Ar fi trebuit doar să te asigur că nu fug de responsabilități și să te las să te adaptezi la noutăți înainte de a începe căsătoria.

O sprânceană s-a ridicat deasupra ochiului ei drept.

— Aș fi putut să refuz. Nu eram neajutorată.

— Dar nu ai știut în ce te bagi. Eu știam ce înseamnă căsnicia cu un jucător de baseball din Liga Mare, dar tu, nu. Nu ai avut niciodată timp să te obișnuiești, să te adaptezi la asta.

Timpul părea să se fi oprit în loc, iar el observa fiecare mișcare a mușchilor ei. Felul în care maxilarul i se încleșta în timp ce înghițea. Felul în care ochii ei urmăreau o cale spre buzele lui. Felul în care își prinsese colțul buzei de jos între dinți.

Și, în sfârșit, Dumnezeule, *în sfârșit*, felul în care a întins o mână și a lipit-o de pieptul lui.

Thea și-a ridicat fața spre a lui, cu o expresie oarecum asemănătoare celei din seara trecută. Seara trecută fusese copleșită. În această seară îl privea cu ardoare. Cu dorință.

El s-a aplecat și și-a lipit buzele de ale ei.

Thea s-a lipit de el, cu gura deschisă și pregătită. El și-a înfășurat ambele brațe în jurul ei și a tras-o în poala lui. Valul de sânge care-i izbea în vene îneca orice sunet, în afară de cel al respirațiilor ei sacadate.

Din acest motiv ezitase să iasă acolo cu el. De aceea avusese nevoie de spațiu mai devreme. Asta îl făcea periculos. În brațele lui își pierdea voința, mai ales după lucrurile frumoase pe care tocmai i le spusese.

Oh, oare de ce încetaseră să se sărute așa? *Când* încetaseră? Și de ce nu se putea opri acum? Cu fiecare secundă care trecea, devenea din ce în ce mai greu să mențină barierele pe care le construise între ei, dar pe cine mințea? Barierele se spulberaseră în clipa în care el o dezlegase la ochi, iar ea își dăduse seama că Gavin alesese ca loc de întâlnire magazinul de arte și meșteșuguri. Abia își mai amintea de ce avea nevoie de bariere, când mici săgeți de plăcere i se răsfrângeau prin tot corpul.

— Doamne, Thea! a gemut el, sărutându-i linia maxilarului în jos până pe gât.

Ea și-a înclinat capul pentru a-i oferi acces. Mâna lui s-a ridicat în sus pe talia ei, pe sub hanorac, până când degetul mare i-a ajuns sub sân.

— Pot să te ating?

Thea s-a cutremurat, dar a încuviințat. Degetele lui au îndepărtat dantela sutienului și i-au mângâiat vârful întărit al mamelonului. Ea nu și-a putut înăbuși reacția. Și-a smuls buzele de pe ale lui și și-a lăsat capul să cadă pe spate cu un geamăt. Buzele lui au găsit un nou loc de explorat, pe pulsul sensibil al gâtului ei, în timp ce degetele îi frământau magic sânul umflat și dureros. El a ciupit, a răsucit, a tras vârful dur al mamelonului ei. În tot acest timp, limba lui se cufunda și ieșea din gura ei cu un ritm erotic.

Thea s-a ridicat și și-a scos hanoracul. Cu blândețe, dar și cu nerăbdare, Gavin a strecurat un deget pe sub fiecare bretea a sutienului și i l-a tras de pe umeri. Sânii s-au eliberat din strânsoare, iar el a desfăcut încheietoarea de la spate. Thea a simțit puțin frig, apoi s-a încins imediat ce mâinile lui i-au acoperit pielea.

A gemut și i-a acoperit mâinile cu ale ei. Gura lui a revendicat-o pe a ei, iar limba lui o poseda cu forța, în timp ce mâinile lui frământau, iar degetele lui se răsuceau și îi scuturau sfârcurile întărite.

Butter a lătrat brusc și a început să urmărească ceva în curte.

Thea a tresărit, iar întreruperea a fost ca o palmă de revenire în simțiri. S-a ridicat de pe el și și-a ascuns sânii cu brațul.

— O, Doamne! Ce facem?

Gavin și-a schimbat locul, simțindu-se inconfortabil.

— Ne sărutăm.

— Nu ne-am mai sărutat așa de mult timp.

Thea încerca să-și recapete respirația în timp ce și-a tras hanoracul la loc.

— Poate că ar trebui să o mai facem, a spus Gavin, gâfâind.

El și-a plecat capul ca să se uite spre ea, iar privirea îi era pe cât de înspăimântătoare, pe atât de încântătoare.

— Ar trebui să mă culc! a spus ea.

— Vin cu tine!

— Nu! a clătinat ea din cap și s-a ridicat. Am nevoie de timp.

Gavin s-a ridicat în picioare și i-a blocat drumul.

— Uită-te la mine!

Ea a făcut-o, dar cu reticență. Ochii lui îi cercetau pe ai ei, punând întrebări care nu puteau fi exprimate în cuvinte.

— Dacă avansăm prea repede pentru tine, putem lua lucrurile mai încet. Tu stabilești ritmul, Thea! Îți promit! Nu te voi grăbi.

În timp ce ea tăcea, el și-a coborât fruntea spre a ei.

— Vorbește cu mine, Thea. Te rog!

— Mi-e frică, Gavin!

Cuvintele i-au ieșit din gură înainte să se poată gândi la consecințele unui astfel de adevăr, dar el a răspuns cu un adevăr propriu:

— Și mie mi-e frică!

Curtând contesa

Oh, ar fi putut rătăci zile întregi aici, și-a spus Irena, în timp ce admira impunătoarele rafturi ale bibliotecii. Dacă ar fi putut. Benedict plecase de zece zile. Zece zile fără un cuvânt de la el sau de la oricine altcineva despre ce se întâmplase la Ebberfield.

Și singurul lucru mai enervant decât explicațiile lui inadecvate era propria ei consternare față de lunga lui absență.

Irena hotărâse să exploreze biblioteca noaptea pentru a nu-și pierde mințile.

— Cauți ceva?

Tresărind de uimire, Irena s-a răsucit pe călcâie în întuneric. În partea cealaltă a camerei, Benedict stătea tolănit ca o pisică leneșă pe o canapea mică. El a ridicat mâna într-un salut neprotocolar, care trăda familiaritatea dintre ei. Picioarele lui încălțate numai cu ciorapi atârnau peste brațul canapelei, iar umerii îi acopereau perna de sub el. Își scosese jacheta și cravata, lăsându-și pielea gâtului expusă privirii ei.

— Te-ai întors! a spus ea, pe cât de calmă putea fi cu o inimă așa de agitată.

— Da! a spus el, cu vocea scăzută și obosită.

— Nu te-am auzit sosind.

Și de ce mama naibii nu mi-ai spus și mie?

— Nu am vrut să te trezesc.

Irena și-a înfipt degetele de la picioare goale în covor.

— Ce faci aici?

— Pesemne că același lucru ca tine.

— Cauți cărți despre ingineria vechilor care romane?

— Din fericire, nu.

— Atunci ce faci?

— Evit tentația ușii descuiate care ne separă dormitoarele.

— Nu, atunci nu este deloc același lucru.

El și-a lăsat mâna să-i cadă fără eleganță pe piept.

— Mă rănești, draga mea!

Un zâmbet i s-a desenat pe buze, în ciuda efortului de a menține o binemeritată stare de indignare autoimpusă.

— Nici nu știam că ești acasă, Benedict.

— Și acum, că știi, ce vom face cu timpul pe care l-am furat în întuneric?

O urmă de tachinare s-a strecurat în vorbele lui, dar cuvintele aveau și o parte întunecată, de parcă ar fi fost supărat pe ea. Dar ce drept avea să fie furios? El era cel care dispăruse zile întregi.

— Sugerez să căutăm cartea mea.

Cu o mișcare grațioasă și fluidă, Benedict s-a îndreptat și s-a ridicat de pe canapea.

— Desigur! Ce altceva ar putea să facă doi soți în întuneric?

Irena a ignorat împunsătura.

Benedict a tras scara bibliotecii de-a lungul balustradei care înconjura încăperea, până când s-a oprit la o secțiune care arăta ca aceea în care cineva ar putea ascunde cărți pe care nimeni nu le dorea. Ceea ce, de obicei, însemna că sunt genul pe care Irena și-ar fi dorit cel mai mult să le citească. A urcat pe scară mai multe trepte și s-a întors cu o mână întinsă.

— Lumânarea?

Irena i-a întins-o și a așteptat cu răbdare, în timp ce el și-a înclinat capul să citească titlurile inscripționate pe cotor. După un moment, a luat o carte de pe raft. I-a dat lumânarea înapoi și apoi a coborât pe scară. Întorcându-se, i-a pus o carte subțire în mână.

— Aceasta e bună?

Ea a clipit, surprinsă de titlu.

— *Ingineria în Roma Antică.* Presupun că exact asta căutam.

— Excelent! Atunci voi aprinde focul, iar tu îmi poți citi până când cad într-un somn adânc și uit ultimele zece zile.

Spinarea ei a înțepenit.

— Să uiți ultimele zece zile? s-a răstit ea. Ai dispărut fără un cuvânt după ce mi-ai poruncit să rămân aici și crezi că acum îți voi citi până vei adormi?

Benedict și-a trecut mâinile peste chipul obosit.

— Irena, te rog!

— E târziu, milord. Ești epuizat. Poate că ar trebui să ne întoarcem în odăile noastre.

Benedict a întins mâna și a apucat-o de cot.

— Nu am nicio dorință de a mai petrece o noapte singur în odăile mele goale, Irena. Nu în seara asta. Te rog! Trebuie doar să-ți aud vocea o vreme.

Ruga lui liniștită i-a înlăturat hotărârea.

— Ce s-a întâmplat la Ebberfield, Benedict? Ce mai face Rosendale?

Benedict a înghițit adânc, dar nu a spus nimic.

Irena s-a eliberat din strânsoarea lui.

— Milord, m-ai rugat în repetate rânduri să am încredere în tine. Totuși, de nenumărate ori refuzi să ai încredere în mine. Până nu o vei face, nu poate fi un nou început pentru noi.

Strângând cartea la piept, Irena s-a întors spre ușă. Făcuse mai puțin de zece pași înainte ca el să vorbească din nou:

— S-a stins. A rezistat zile întregi, dar rănile au fost prea grave. Nu era nimic de făcut.

Irena s-a întors. În lumina slabă a lumânării, trăsăturile lui Benedict urmăreau o umbră care nu avea nimic de-a face cu flacăra pâlpâitoare.

— Oh, Benedict! Îmi pare rău!

Irena s-a dus din nou lângă el.

— Erați apropiați?

— Îl cunoșteam dintotdeauna.

Ea l-a rugat în tăcere să-i spună mai multe și, pentru o clipă, a crezut că nu avea să o facă. Dar clipa aceea a trecut.

— El m-a crescut, a spus Benedict.

— Ce vrei să spui?

Benedict s-a îndreptat spre șemineu, ațintindu-și privirea asupra flăcărilor.

— Mi-a fost tată mai mult decât tatăl meu adevărat.

— De ce?

A ridicat din umeri.

— Am fost moștenitorul tatălui meu. Asta a fost tot ce a contat. Odată au trecut doi ani întregi fără să-l văd. El nici măcar nu m-a recunoscut după tot acest timp.

Irena a tras adânc aer în piept.

— Oh, Benedict!

El s-a întors cu fața.

— Rosendale nu a avut copii. El și soția lui nu au putut. Casa lor a devenit a mea.

O umbră de zâmbet i-a apărut pe față, de parcă și-i imagina.

— M-a purtat cu el pretutindeni. Tot ce știu despre administrarea moșiei am învățat de la el. Și Elizabeth, soția sa, ne întâmpina întotdeauna la sfârșitul zilei cu prăjituri sau un castron de tocană.

— Mama ta nu se întreba unde ești în acest timp?

— Mama nu locuia acolo de cele mai multe ori. Își petrecea sezonul de iarnă la Londra, iar pe cel de vară, la moșia noastră scoțiană. O vedeam doar în vacanță.

— Benedict, e groaznic!

Irena s-a apropiat de el.

— Părinții tăi te-au abandonat, a spus ea, oprindu-se la câțiva centimetri de el. Este de neiertat!

— Mi-a fost mai bine fără ei. Viața era destul de neplăcută când erau în aceeași casă.

— De ce? Îmi dau seama că membrii nobilimii rar se căsătoresc din dragoste, dar majoritatea cel puțin se instalează într-o companie tolerabilă. Chiar și părinții mei s-au bucurat măcar de atât.

— Poate că părinții mei erau mai puțin sociabili decât majoritatea.

O spusese cu un zâmbet, dar maxilarul său încordat trăda faptul că era atât de cavaler în privința asta pe cât voia să pară.

Irena a ridicat mâna, a ezitat o secundă și apoi și-a lipit-o de obrazul lui. Barba nerasă de câteva zile îi zgâria degetele, dar pielea lui era caldă și moale. Cu un geamăt liniștit, Benedict a închis ochii și și-a apăsat fața în palma ei, ca o floare care se întoarce spre soare.

— Mi-a fost atât de dor de tine, Irena! a spus el.

— Și mie mi-a fost dor de tine! a recunoscut ea.

Cu un geamăt, și-a plecat fruntea spre a ei.

— Sunt la mila ta, Irena. Din momentul în care te-am văzut prima dată, am fost jumătate bărbat, pentru că cealaltă jumătate îți aparține. Sfârșește-mi agonia, iubirea mea! Te implor! Sărută-mă! Lasă-mă să te strâng în brațe! *Te rog!*

Nu putea să-i refuze alinarea de care avea nevoie, la fel cum nu putea să-i refuze hrana unui om înfometat. Și-a apăsat buzele pe ale lui. La început ușor, dar apoi cu mai multă presiune. El a gemut din nou și a preluat controlul. A tras cartea dintre degetele ei și i-a dat drumul. Apoi a coborât-o pe podea. Buzele lui se mișcau pe pielea ei încălzită, tachinând și urmând un traseu fierbinte de la obraz, pe gât, apoi ridicându-se și lăsându-se pe rotunjimea sânilor. Mâna lui a alunecat pe o parte, strângând și trăgând țesătura pentru a-i dezvălui picioarele, apoi mai departe, până când degetele i-au atins sânul.

Nevoia de a fi atinsă a făcut-o să se lipească de el cu o rugă arzătoare pe buze, însă nu știa ce anume implora.

— Dragostea mea! a murmurat el. Pot să te ating?

— Da! a gemut ea. Da!

Capitolul nouăsprezece

— CUM ARATĂ, THEA?

Thea și-a lăsat pensula și s-a întors, roșie la față.

— Poftim?

Trecuseră nouă zile și erau la cafeneaua lui Alexis. Thea pictase sigla restaurantului pe peretele de cărămidă din spatele blatului de panificație. Și nu gratis. Fusese plătită pentru proiect. Primul ei loc de muncă plătit cu adevărat ca artistă.

Liv a lăsat vaza imensă pe care o căra pe cea mai apropiată masă și și-a încrucișat brațele la piept.

— Bine, gata! Ce naiba e cu tine?

— Ce vrei să spui?

— Ești zăpăcită, iritată. Mă eviți de o săptămână și abia ai scos un cuvânt de când am ajuns aici. Parcă ai o mâncărime sau ceva de genul acesta.

— Sunt bine! a mințit ea.

Thea *chiar* o evitase pe Liv. Nu nega asta. Dar o făcuse exact din acest motiv. Sora ei o putea citi foarte bine, iar acum avea destule pe cap și fără sarcasmul ei. Ceva semnificativ se întâmplase între ea și Gavin în acea noapte lângă foc, iar lucrurile fuseseră altfel între ei de atunci. Se apropiaseră din ce în ce mai mult de trecerea ultimului obstacol, dar se opriseră mereu.

Însă mâine-seară era petrecerea de Crăciun a echipei. Momentul când avea să petreacă o noapte la hotel singură cu el. Și amândoi știau ce înseamnă asta.

Ce ironie! Liv fusese întotdeauna singura persoană căreia putuse să îi spună adevărul. Acum se prefăcea din nou. Pentru Liv.

Liv a râs brusc în spatele ei. Nu era un râs amuzat, ha-ha, ci un chicotit de uimire, de parcă și-ar fi dat seama dintr-odată de o glumă pe care o auzise cu câteva ore în urmă.

– La naiba! a spus ea, pufnind.

Thea s-a uitat peste umăr.

— Ce e?

— Nu-mi vine să cred! N-am remarcat semnele, dar, fir-ar să fie!

Liv a râs din nou.

— O să-mi împărtășești și mie această mică revelație?

— Da! a spus Liv, apoi a rânjit, încrucișându-și brațele la piept. Ești *excitată*!

O emoție fierbinte i s-a ridicat Theei până în gât.

— Mai taci!

Ușa bucătăriei s-a deschis și a apărut Alexis. O pisică pe nume Beef Cake[1] o urma.

— Cine este excitată?

— O, Doamne, nimeni!

Thea s-a întors la pictura murală.

— Recunoaște! Ești! Știu că te vizitează noaptea în dormitor...

Spusese ultimele cuvinte cu un accent britanic îngrozitor.

— Începe să te înmoaie. Și dacă tu *ești* atât de excitată, gândește-te în ce stare trebuie să fie el! O merită! Probabil că e aproape animalic în acest moment. Pun pariu că cearșafurile din camera de oaspeți sunt la fel de țepene ca el.

— Vai, Liv! a exclamat Thea, înecându-se.

---

[1] „Plăcintă cu carne de vită” (n. red.).

Liv a început să danseze în loc.

— Ești excitată! Ești excitată! Recunoaște, ești excitată!

Thea și-a vârât pensula în borcan pentru a amesteca.

— Bine. Da, sunt excitată! Dar de ce n-aș fi? Mi-ai văzut bărbatul? Este ca și cum ai locui lângă un calendar de perete cu pompieri. Dezbrăcați. Fiecare zi este o lună diferită: dezbrăcat cu un câine, dezbrăcat cu copiii, dezbrăcat lucrând la perete, dezbrăcat citind.

Alexis clătina din cap.

— Uau! Habar n-am ce se întâmplă.

Liv și-a încrucișat brațele la piept și a ridicat o sprânceană.

— Da, soțul tău are corp drăguț.

— Drăguț? *Drăguț?* Antrenorul lui îl pune să facă exerciții noi și știi acele V-uri pe care bărbații le au deasupra șoldurilor?

Thea i-a arătat cu un deget în sus și în jos de fiecare parte a oaselor pelviene.

— Ăăă...

— Adică, Gavin le-a avut întotdeauna, dar acum le *are* cu adevărat. Și apoi mai este și barba! Și, Dumnezeule, Liv, știi ce a făcut în seara asta când voiam să plec? S-a aplecat deasupra mea. Știi despre ce vorbesc, nu? Poziția aceea ca în filme? Și-a pus mâinile de ambele părți ale mele și s-a *aplecat* să mă sărute. Încearcă să mă omoare!

Gâfâitul lui Liv suna ca un cocoș pe moarte.

— Atunci culcă-te cu el! Folosește-l pentru corpul lui și apoi dă-l afară!

Alexis și-a dres glasul.

— Hm, despre cine vorbim, mai exact?

Liv și Thea vorbeau una peste cealaltă.

— Despre soțul meu.

— Despre soțul ei.

Alexis și-a înclinat capul.

— Ai nevoie de permisiunea surorii tale să faci sex cu soțul tău?

Fetele au vorbit din nou una peste cealaltă.

— Nu! a mârâit Thea.

— Da! a râs Liv.

Beef Cake a mieunat.

— Eu și Gavin avem... probleme, a explicat Thea, cu obrajii fierbinți.

— Aveți probleme? a râs Liv. Așa descrii situația acum?

Liv s-a uitat la Alexis.

— Acum câteva săptămâni era cât pe ce să divorțeze de el după trei ani de căsnicie, dar el a rugat-o să-l lase să se mute acasă și să-i mai dea o șansă. Încearcă să salveze căsnicia.

Asta mai lipsea! Îi lua apărarea. Lumea se întorsese cu susul în jos.

Râsul lui Liv a dispărut.

— Stai puțin! Tu chiar... tu chiar te gândești să-l primești înapoi?

Thea s-a întors spre pictura ei.

— Thea, doar nu vorbești serios!

Thea i-a răspuns puțin cam sarcastică, dar hotărâtă:

— De ce nu?

— Pentru că faci exact ceea ce vrea el să faci. Mereu a știut cum să te înmoaie. Asta face el. Este un atlet profesionist.

Thea s-a răsucit din nou.

— Ce naiba are asta de-a face cu toată situația noastră?

— Înseamnă că este un competitor înnăscut, iar tu nu ești altceva decât un joc pentru el.

— Doamne, mulțumesc!

Liv a ridicat un deget pentru a-și accentua ideea.

— *Nu* îl lăsa să câștige!

Alexis a pășit între ele ca un arbitru.

— OK, ce ziceți dacă desfac o sticlă de vin și putem vorbi despre asta ca între surori și prieteni...

— Nu am de gând să stau deoparte și să-l las să te rănească din nou, a întrerupt-o Liv.

Thea s-a simțit rece, fierbinte și furioasă în același timp.

— Liv, te iubesc, dar pare că ai o părere foarte proastă despre capacitatea mea de a decide ceea ce este mai bine pentru mine.

— Istoricul tău nu este prea grozav.

Alexis a vorbit încet:

— Liv, spun asta în calitatea mea de cel mai bun prieten al tău. Acum nu ești corectă cu sora ta. Lucrurile devin complicate în relații. Și se pot schimba când te aștepți cel mai puțin la asta. Nu poți doar să o susții?

Fața lui Liv s-a schimonosit de durere, iar trădarea a lovit-o pe Thea direct în inimă.

— Nu! Nu pot!

Liv și-a luat haina de pe scaunul pe care o aruncase mai devreme.

— Poate mama te va susține! Oficial, ești fiica ei.

Irena și Benedict făceau sex.

Gavin hotărâse să mai citească puțin după ce dusese fetele la culcare, dar, la naiba! Nu-și imaginase că urma o scenă importantă de sex. Și nu orice scenă de sex. Era groaznic de murdară. Oare oamenii chiar făceau rahaturi din astea pe vremea aia?

Bineînțeles că făceam, a răspuns Domnul Deget-Jucăuș. *Chiar crezi că civilizația occidentală a inventat cunilingusul în secolul al XX-lea?*

În fine! Tot ce știa Gavin era că, în cele din urmă, se întâmplase.

Avea o Erecție din Cărți.

S-a foit stânjenit pe canapea și a recitit scena. Benedict avea fața sub fustele ei. Irena gâfâia. Gemea. Benedict lucra cu două degete în interiorul ei. Înăuntru și afară. În ritm cu limba lui.

Doamne, Dumnezeule! La naiba, cu siguranță avea de gând să facă asta cu Thea, dacă se ivea vreodată ocazia! În clipa în care a înlocuit imaginea Irenei cu imaginea Theei, totul a devenit prea intens.

— *Ascultă-mă, iubirea mea! i-a șoptit Benedict, la ureche. Când suntem împreună așa, tu conduci. Când suntem împreună așa, mă supun numai plăcerii tale.*

Gavin a cedat și a început să își frece mâna de partea din față ce îi zvâcnea...

Ușa din față s-a deschis brusc. Gavin a tresărit ca un adolescent surprins uitându-se la filme porno pe laptop. Cartea s-a răsucit în aer, dar a reușit să o prindă și să o ascundă în spatele pernei canapelei chiar înainte ca Thea să se năpustească în încăpere.

— Bună! a spus el, pe un ton ascuțit. Uau! Ce nai...

Thea și-a scos tricoul, i s-a așezat în poală și l-a sărutat de parcă o comoară ar fi fost îngropată în gâtul lui. El a îmbrățișat-o și s-a bucurat de atac până când a fost la un pas să se sufoce.

— Iubito! a gâfâit el, îndepărtându-se de ea. Nu că a-a-aș avea ceva de obiectat, dar ce-ce-ai pățit?

Thea s-a ridicat.

— Întinde-te pe spate!

Gavin a căzut lat pe canapea, cu picioarele desfăcute atârnându-i pe podeaua. Thea s-a așezat în fața lui și și-a desfăcut sutienul. Privirea lui a urmărit-o în timp ce îl arunca prin cameră, apoi a poposit pe sânii ei. A fost însă rapid distras la vederea degetelor ei stropite cu vopsea pe nasturele pantalonilor, apoi deschizând fermoarul. A uitat să respire când ea a lăsat să-i cadă pantalonii și lenjeria intimă pe șolduri. La vederea goliciunii, a gemut, rugându-se oricărui zeu îl asculta să nu fie un vis sau vreun fel de psihoză rezultată după ce citise prin cărți. Nu era imposibil. Trebuia să-i întrebe pe băieți.

Dar nu era un vis. Thea, goală în acea clipă, aplecată în față, i-a tras de nasturele pantalonilor. El a oprit-o.

— Thea, ce-ce facem?

— Credeam că este evident.

— Am nevoie să-mi spui în c-c-cuvinte.

— Ce cuvinte?

Ea i-a încercuit cu limba zona ombilicului. Șoldurile lui ai zvâcnit instinctiv.

— Spune-mi că îți dorești asta! a reușit el cumva să articuleze. Spune-mi ești pregătită pentru asta!

Thea și-a vârât mâna în blugii lui Gavin și și-a înfășurat degetele în jurul lui.

— Sunt pregătită, Gavin!

Vocea lui aproape că s-a frânt.

— Slavă Domnului!

Nu se dezbrăcase atât de repede niciodată în viața lui. Thea l-a împins din nou în piept și i-a poruncit să rămână întins. El a ascultat-o, încercând să o atingă în același timp.

Thea l-a încălecat și a început să se miște înainte și înapoi până când el a crezut că avea să-și piardă mințile de dorință. În cele din urmă, Thea s-a ridicat, a întins mâna între ei și l-a ghidat spre intrarea ei umedă. Apoi, dureros de lent, centimetru cu centimetru, s-a lăsat în jos pe el.

Ah, la naiba! La naiba! Capul lui Gavin s-a rostogolit înapoi pe pernă. Gemetele li s-au unit și s-au contopit, în timp ce el o lărgea, o umplea. Și-a ridicat privirea către ea și a văzut-o cu capul pe spate și ochii închiși.

— Uită-te la mine! i-a spus.

Ea a deschis ochii și l-a privit.

— Tu conduci! a îndemnat-o.

Dumnezeule, nici nu-i trecuse prin minte că avea să folosească acele cuvinte atât de curând după ce le citise!

— Când suntem împreună așa, e-eu mă supun plăcerii tale.

Thea a clipit rapid.

— Poftim?

— Nu trebuie decât să îmi spui unde și cum să te ating.

Thea i-a călăuzit mâna spre trupurile lor unite.

— Am nevoie...

— Ce? Spune-mi de ce ai nevoie!

— Am nevoie să mă atingi aici când ești înăuntru.

Gavin și-a apăsat degetul mare pe clitorisul ei umflat. Putea face asta. Mai devreme învățase câteva lucruri de la Lordul Linge-Mult.

— Așa?

Thea a dat din cap, gâfâind prea tare ca să mai vorbească. L-a apucat de după umeri, cu degetele înfipte în carnea lui până la durere. Își legăna șoldurile în jurul lui. El a masat-o cu degetul mare în timp ce cu cealaltă mână o apucase bine de șold.

Ea a început să se miște mai repede. El a împins în ea. Ea a scâncit și a gemut.

La naiba! Chiar avea să se întâmple asta?

— Gavin! a gâfâit ea. Doamne, da!

— Asta e, iubito! Haide!

— O, Doamne!

— Așa, Thea! Hai, că poți!

Ea și-a dat capul pe spate și și-a apucat sânii în mâini. Fir-ar să fie! Gavin avea să strice totul dacă nu-și înfrâna propria dorință.

— Hai că poți, iubito...

Ea i-a acoperit gura cu o mână.

— Vrei să nu-mi mai faci galerie ca și cum am fi la antrenamentul de lovit cu bâta?

— Iartă-mă! a mormăit el.

Mâna ei a alunecat din nou pe umărul lui.

— Îmi pare rău, iubito! Vreau doar să te încurajez. Doamne, ești incredibil de sexy!

— Nu mai vorbi!

Thea și-a lăsat din nou capul pe spate. S-a reîntors la ritmul ei rapid și intens. Dar ceva era diferit. Și-a așezat ambele mâini pe umerii lui Gavin.

— Iubitule...

— Poate... poate că ar trebui să schimbăm poziția!

Aproape instantaneu, Gavin și-a dat seama că cel mai mare avantaj al faptului că era sportiv profesionist era forța brută, care îi permitea să își rostogolească fără probleme soția pe spate, fără să perturbe ritmul. Ea și-a agățat picioarele în jurul taliei lui. El a împins până când sudoarea i-a udat fruntea și spatele.

— Gavin! a suspinat ea și a întins mâinile în lateral.

Vocea ei părea înfrântă și resemnată cu această situație.

Nu! Nu, nu, nu! Gavin s-a aplecat deasupra ei ca să-i prindă unul dintre sfârcuri cu gura.

— Gavin, oprește-te! Nu pot... N-o să funcționeze!

Gavin s-a oprit, încă în interiorul ei.

— Iubito, ai fost atât de aproape! Spune-mi ce să fac!

— Îmi pare rău!

Tremurul din vocea ei l-a făcut să se ridice pe brațe. În ochi îi străluceau lacrimi. Gavin a încremenit de-a dreptul.

— Îmi pare rău, Gavin. Nu știu ce s-a întâmplat. Nu știu ce nu e bine.

— Nu, iubita mea! Nu-i nimic!

Gavin s-a retras. Dumnezeule, cât era de dureros!

— Am m-m-mers prea repede. Asta e tot! Ar trebui să o luăm mai ușor!

— Am luat-o ușor toată săptămâna!

Thea s-a îndepărtat de el și s-a ridicat.

Gavin și-a șters fața cu mâinile și a rostit în gând toate înjurăturile posibile la care s-ar fi putut gândi Lordul Gură-Spurcată: *Tunete și fulgere; fir-ar mama ei de viață!*

S-a silit să își păstreze vocea calmă.

— Hai să vorbim, Thea! Spune-mi ce fac greșit!

— Nu știu!

Thea și-a tras cămașa peste cap și și-a căutat blugii.

— *Hai să vorbim*, totuși!

Thea și-a îmbrăcat blugii.

— Nu știu ce să spun! Nu știu ce s-a întâmplat! Nu poți să pocnești din degete, să spui *Hai, că poți* și să se și întâmple. Doamne, ce-or fi crezând bărbații? Aveți impresia că dacă voi aveți erecție, noi, femeile, ar trebui să cădem pe spate și să începem să gemem ca niște starlete de filme porno pentru voi.

Ușurel, prietene! Nu spune ceva ce mai târziu ai putea regreta!

Bestia umilită din interiorul lui Gavin l-a pocnit pe Lordul Sculă-Magică direct în față. Gavin s-a ridicat în picioare.

— Dar ai făcut-o, Thea! De fiecare dată. Am crezut că sunt regele așternuturilor grație abilităților tale actoricești, a continuat el, trecându-și mâna prin păr. Doamne, Thea! Ți s-a întâmplat doar cu mine? Eu sunt singurul bărbat cu care nu ai reușit niciodată să ai orgasm?

— Cum îndrăznești să aduci în discuție alți bărbați?! Am avut exact doi iubiți înaintea ta și, dacă vrei să știi, nu că ar fi treaba ta, da, am avut uneori orgasm cu ei.

Mărturisirea ei părea să-i fi tăiat respirația.

— De ce *nu mi-ai spus*?

— De ce nu ți-ai dat seama?

— Pentru că nu citesc gândurile. A-Ar trebui să vorbim deschis și sincer despre aceste lucruri.

— Gavin, noi nu am mai vorbit deschis și sincer despre nimic, de mult timp.

Gavin și-a căutat hainele și s-a îmbrăcat cu repeziciune.

— Thea, te exprimi de parcă relația noastră ar fi fost îngrozitoare. Nu a fost așa!

— Ăsta este cel mai înalt standard pe care vrei să îl atingi? Nu e *îngrozitoare*? Chiar ai prefera să te întorci la felul în care eram înainte de acea noapte?

— Aș prefera situația de atunci decât pe cea de acum.

Ea a rămas cu gura căscată.

— Asta mă sperie, Gavin! Există o mulțime de modalități de a te preface, dar eu sunt singura în stare să recunoască asta.

— Ce naiba vrei să spui?

— Vreau să spun că uneori cred că ți-ai dori să nu fi aflat niciodată că mă prefăceam.

— Nu-i adevărat!

— La naiba, Gavin! Fii sincer cu mine!

Gavin și-a încleștat pumnii.

— Vrei sinceritate? Bine! Da, fir-ar să fie! Mi-aș dori să nu fi aflat niciodată că soția mea a tratat întreaga noastră căsnicie ca pe un lung futai din milă!

Oh, nemernic ce ești! Prietene, asta a fost prea de tot! Nu te mai pot salva!

— Futai din milă?

Thea s-a întors ca și cum ar fi pălmuit-o.

— Nu știu pentru cine înseamnă o jignire mai mare, Gavin, pentru tine sau pentru mine, dar corpul meu nu este pomană. Nu mi-o trag cu nimeni decât dacă vreau. Nici măcar cu soțul meu.

Regretul avea un gust amar în gura lui.

— Thea, nu asta... nu asta am vrut să spun!

Thea a clătinat din cap și a vorbit cu o tristețe care aproape că l-a spulberat.

— Gavin, mi-ai frânt inima!

Pieptul lui Gavin aproape că s-a prăbușit. A traversat camera și a apucat-o de umeri.

— Lasă-mă să îndrept lucrurile!

— Nu mă pot întoarce la ceea ce eram, Gavin. Nu mai vreau să fiu cum eram. Nu pot!

— Nici eu n-n-nu vreau asta. Vreau să trecem peste!

Ea și-a strâns brațele în jurul ei.

— Nu știu dacă pot să te cred.

Gavin s-a răsucit și s-a năpustit spre măsuța de lângă ușă. Și-a luat cheile și portofelul, iar apoi s-a încălțat.

— Unde te duci? l-a întrebat Thea, cu răsuflarea tăiată.

— Trebuie să-mi limpezesc gândurile!

— Pleci?

El a deschis ușa și a ieșit.

Capitolul douăzeci

GAVIN A MERS DIRECT PE TERENUL DE RECREERE COMUNITAR. Voia să intre în parc și să lovească niște mingi până aveau să-i sângereze mâinile, iar durerea tăieturilor să îi amorțească rana sângerândă din piept.

A parcat mașina cu fața spre zona de bătaie din partea din față a diamantului și a lăsat farurile aprinse. Din portbagaj și-a scos rucsacul cu bâta și cu o mulțime de mingi de baseball care întotdeauna zăngăneau înăuntru.

Cu o aruncare puternică, a zvârlit rucsacul pe deasupra gardului. Apoi, luându-și avânt, a escaladat gardul pentru a ajunge pe cealaltă parte. Nu îl interesa dacă avea să fie prins. Ce aveau să-i facă? Să-i dea o amendă? Să-l aresteze? Închisoarea ar fi fost o binecuvântare.

Gavin a scos prima minge și bâta. A aruncat mingea în aer și s-a rotit. Bâta a lovit cu zgomot și a trimis mingea direct în plasa de la celălalt capăt.

Imediat a urmat o alta. Și apoi a treia. Gavin și-a suflecat mânecile. „Mi-ai frânt inima, Gavin!" A patra minge s-a alăturat celorlalte.

„Nu știu dacă pot să te cred." A lovit a cincea minge atât de tare, încât a ricoșat imediat și aproape i-a zdrobit rotula. Doar ca să se răzbune pe ea, a lovit-o din nou și i-a spus să dispară din fața lui.

Asta l-a făcut să se simtă atât de bine, încât a repetat mișcarea cu a șasea minge. La a șaptea a încetat să înjure și a început să vorbească direct cu Thea.

— Și tu mi-ai frânt inima, a mormăit el în timp ce lovea mingea.

Mingea a zburat în plasă.

— Nu ești singura.

A opta minge și-a luat și ea zborul.

— M-ai dat afară din casă!

Mingea a noua a lovit plasa.

— Știi ce am simțit când ai făcut-o?

Mingea a zecea aproape că s-a rupt la cusături.

— Ce dracu' ar fi trebuit să fac?

Un accent britanic plin de sine i-a răspuns în întuneric: *Trebuia să lupți pentru ea.*

Mingea a unsprezecea aproape a perforat plasa.

— Mi-a cerut să plec!

Era un test.

— Asta e o prostie!

Mingea a douăsprezecea aproape i-a rupt bâta.

De ce te-ai mutat în camera de oaspeți?

Gavin a mers furios spre plasă și a început să arunce mingile înapoi.

Văd că eviți întrebarea.

— Nu-ți răspund, Lord Piept-Păros!

Și-a ridicat din nou bâta.

Ai vrut să o pedepsești.

— Ea m-a mințit trei ani, a mârâit Gavin, lovind o altă minge.

Dar nu pentru asta ai pedepsit-o.

Zbang! O altă minge.

Ai învinuit-o pentru că a îndepărtat vălul roz de pe căsnicia ta.

— Aiureli!

Pentru că te-a silit să te confrunți cu o situație cu care nu voiai să te confrunți.

— Taci dracului din gură!

Pentru că îți era frică de adevăr.

— DU-TE DRACULUI!

Gavin a abandonat bâta și a început să lovească mingi de la celălalt capăt al zonei până când nu a mai rămas niciuna de aruncat, nimic de lovit. Gâfâind și plin de sudoare s-a aplecat și și-a sprijinit mâinile pe genunchi.

Thea avea dreptate. Lordul Pantaloni-Mulați avea dreptate. Tot nenorocitul ăla de club de carte avea dreptate!

Se prefăcuse și el. Luni întregi înainte de acea noapte. Pretinsese că totul era în regulă între ei, când în mod clar nu era așa, deoarece îi fusese mai ușor decât să înfrunte adevărul – că se distanțaseră, că era pe cale să o piardă. Și *încă* se prefăcea, crezând că o putea recâștiga cu o carte, cu un sărut romantic și cu întâlniri, că putea repara lucrurile fără a scoate la iveală ceea ce era, de fapt, stricat, pentru că așa era mai ușor.

Pentru că asta nu presupunea niciun efort din partea lui. Nicio cercetare sufletească. Nicio analiză a propriului comportament. Nicio revelație incomodă, ca aceea care-i făcea stomacul să se strângă chiar în acel moment.

Începe din nou cursurile și nu mai are nevoie de tine. Nu dacă nu îi dai un motiv să aibă încredere...

Gavin a apucat mingile și le-a îndesat înapoi în geantă. Era acoperit de murdărie și transpirație, iar un cot al cămășii îi era rupt. Anvelopele i-au patinat în parcarea cu pietriș când a demarat. Casa era întunecată când a ajuns pe alee. Nicio lumină pe verandă. Nicio strălucire albastră de la televizor. Nicio rază galbenă caldă care să lumineze perdeaua de la dormitor. Gavin a sărit peste scările de pe verandă cu un zgomot puternic și a deschis ușa.

A urcat treptele câte două odată. Ușa ei era închisă. Dacă era și încuiată, avea să știe că totul se terminase cu adevărat. A apucat clanța. Și-a rezemat fruntea de lemnul ușii.

Te rog să nu fii încuiată!

Clanța i s-a răsucit sub degete.

Slavă Domnului!

În cameră era întuneric beznă, însă Gavin a izbutit să distingă două forme pe pat. Una avea o coadă uriașă și pufoasă și stătea mult prea comod pe partea lui de pat. Cealaltă, ascunsă sub pătura groasă, s-a răsucit rapid către intrus.

— Ăăă... m-am întors, a șoptit el.

— Bine, a răspuns ea, calm.

Gavin a pocnit din degete spre Butter, care s-a mutat la piciorul patului cu un oftat. *Da, da! Tu cel puțin poți să dormi în același pat cu ea.* Thea s-a ridicat în șezut, cu un protest pregătit pe buze.

— Vreau să-ți spun ceva, a spus el, întrerupând-o.

— Gavin, m-am săturat de asta! Nu pot să continui așa!

El a înconjurat patul până pe partea ei și s-a lăsat în genunchi.

— C-când eram la liceu, m-am îndrăgostit de o fată. Ea e-era drăguță și populară. Când în sfârșit am avut curajul să o invit în oraș, a râs de mine. Și-a bătut joc de bâlbâiala mea pe față.

— Gavin, îmi pare rău, dar...

— Apoi lucrurile s-au înrăutățit și mai mult. După aproximativ o s-s-săptămână, o listă a început să circule prin școală. Top zece băieți disperați după un...

Gavin s-a oprit să înghită în sec, pentru a-și stăpâni mânia provocată de amintirea umilinței.

— ... futai din milă. Eu eram pe primul loc. Ea era fata care făcuse lista.

Thea își freca tâmplele.

— Thea, eu nu am avut niciodată încredere în sex. Nu am fost... nu am fost un adolescent precoce. Nu mi-am pierdut virginitatea până la facultate. Și au existat întotdeauna...

Tremurând, Gavin a tras aer în piept.

— M-am temut întotdeauna că eu am fost cel mai îndrăgostit în această căsnicie.

— Gavin, a șoptit ea, cu o privire blândă.

— M-am temut întotdeauna că nu te-ai fi căsătorit cu mine, că nu aș fi fost în stare să te păstrez dacă nu ai fi rămas însărcinată.

Thea și-a încleștat pumnii pe cămașa lui.

— Cum poți să crezi asta?

— Așadar, da, există o parte din mine care își dorește să nu fi aflat că te-ai prefăcut cu mine, pentru că atunci aș fi putut continua să mă prefac că între noi totul e bine. Că nu te pierd.

O lacrimă s-a prelins pe obrazul Theei.

— Aș fi putut continua să mă prefac că mergem mai departe ca și când nimic nu s-ar fi întâmplat, dar asta nu este corect față de tine. Și nici față de mine. Cred că nu-i corect pentru niciunul dintre noi.

Thea și-a dat picioarele jos de pe pat și l-a tras mai aproape. Era o încurajare la fel de bună ca oricare alta. Oficial se îndreptau spre despărțire. Gavin și-a lăsat fruntea pe genunchii ei.

— Sunt la mila ta, Thea. Din momentul în care te-am văzut prima dată, am fost doar jumătate de bărbat, pentru că tu ai avut mereu cealaltă jumătate.

— Gavin...

Numele lui a răsunat cumva zgâriat, de parcă brusc ar fi început să respire la fel de greu ca el.

Gavin și-a ridicat privirea spre a ei.

— Curmă-mi suferința, Thea! Te implor!

Inima lui bătea de parcă încerca să prindă mingea la a doua bază în timp ce aștepta ca ea să se miște. Nehotărârea și dorul îi împresurau. Centimetru cu centimetru, dureros de lent, ea și-a coborât gura spre a lui. Respirația ei a devenit neregulată în timp ce degetele înconjurau bicepșii încordați ai lui Gavin.

Acesta s-a ridicat și a împins-o ușor pe pat. Thea s-a scufundat în perna ei, a deschis gura larg și a eliberat ceva în pieptul lui. Un val de oxigen și exaltare i-a inundat venele, un cocktail amețitor de ușurare și dorință.

Gavin nu își mai sărutase soția astfel de mult timp și nu se referea la sărutările pasionale pe care i le oferise în ultimele două săptămâni. Nu o mai sărutase așa de mai mult timp decât putea ține minte. Era leneș și înflăcărat, inundat de confortul intimității, dar cuprins de fiorul noutății. Mâinile ei erau în părul lui. Piciorul ei pe șoldul lui. Sânii ei lipiți de pieptul lui. Chiar și sărutările lor sălbatice de mai devreme din acea seară nu se apropiaseră de această intimitate simplă. El a turnat scuze și promisiuni în fiecare mișcare și cufundare a gurii și a primit în schimb un strop de acceptare.

Corpul lui ardea de nerăbdare să lepede hainele și să se îngroape adânc în interiorul ei. Dar știa că niciunul dintre ei nu era pregătit. Căsnicia lor nu era pregătită. Erau pe cale să descopere ceva nou între ei. Ceva mai bun decât înainte. Nu avea de gând să riște toate astea numai pentru a cădea pradă poftelor trupești.

Mai ales că încă nu era sigur că îi putea satisface nevoile. Și orice eșec de acum avea să îi readucă într-un loc în care el nu mai voia să se întoarcă niciodată. Nu când știa că îi așteptau momente de genul acesta în viitor.

Și în timp ce oxigenul îi ieșea din plămâni, s-a simțit cuprins de un soi de recunoștință. Da, *recunoștință*! Pentru acest moment. Pentru această a doua șansă. Pentru această femeie.

Soția lui deținea jumătate din inima lui de atât de mult timp, încât bătăile depline și frenetice ale acesteia erau o senzație la fel de străină precum deplinătatea vieții pe care o simțise doar cu ea și niciodată cu altcineva. Thea a scos un sunet, un fel de murmur liniștitor, de parcă l-ar fi înțeles, de parcă și ea ar fi simțit la fel.

Și-a trecut mâna de-a lungul maxilarului lui Gavin și și-a lipit buzele de gâtul său. S-au mișcat. S-au atins. Și-au vorbit doar prin buzele lipite de pielea fierbinte.

Cu respirația întretăiată, Gavin și-a dat seama că acesta era cel mai important moment al vieții sale.

Gavin și-a ridicat fața pentru a se uita în ochii ei. Pieptul ei a tresărit.

— Hai să vorbim! i-a șoptit el.

Ea i-a zâmbit printre lacrimi.

— Vrei să rămâi și să citim?

Capitolul douăzeci și unu

THEA S-A TREZIT DEZBRĂCATĂ.

Nu făcuseră dragoste – nici nu mai încercaseră – din nou, dar Gavin își petrecuse noaptea în patul ei și hotărâseră tacit că îmbrăcămintea era opțională.

Gavin a scos un sunet somnoros în spatele ei.

— Îți pot auzi gândurile, a spus el, cuprinzând-o cu brațul și trăgându-l mai aproape.

— Ai dormit bine?

— Mmm...

— Spune-mi la c-c-ce te gândești! a îndemnat-o Gavin, îngropându-și fața mai adânc în gâtul ei și murmurându-i la ureche.

Oh, știi și tu. La nimic important! Doar la sex.

Sex fierbinte.

Sex siropos.

Sex în timpul căruia să-mi înfig unghiile în spatele tău.

Nu-mi vine să cred că nu mă gândesc la sex cu orgasm.

Of!

El i-a tachinat lobul urechii cu buzele.

— Știi la c-ce mă gândesc eu?

— La sex? s-a repezit ea.

Râsul lui i-a zguduit sânii.

— Asta se subînțelege.

Gavin și-a strecurat mâna în sus pe corpul ei și i-a prins palma într-a lui.

— De fapt, voiam să spun bacon.

Thea și-a întors capul pentru a privi peste umăr.

— Ăsta-i un eufemism pentru sex?

— Habar n-ai!

Gavin s-a ridicat într-un cot și a privit-o în stilul lui cel sexy și cumva ostenit.

— 'Neața!

Thea s-a răsucit pe spate, astfel încât să-l poată vedea mai bine.

— Bună dimineața!

— Vrei să fac clătite?

O, da! Era sâmbătă.

— Sigur, dar nu chiar acum! E prea devreme! Fetele nici măcar nu s-au trezit.

El a ridicat o sprânceană.

— Și ce să facem cu aceste clipe furate de intimitate?

Ea a râs, iar sunetul s-a transformat în chițăit când Gavin a tras pătura peste capetele lor, ascunzându-i într-un culcuș întunecat. Au rămas nemișcați în același timp, savurând momentul. Catalogând toate locurile în care părțile lui tari se lipeau de părțile ei moi.

Thea i-a prins buza de jos între ale ei și a tras ușor.

De atât a avut nevoie! Gavin a scos un sunet înfundat din gât și și-a apăsat gura peste a ei. A lipit-o pe Thea de saltea, în timp ce buzele lui mușcau și masau, prețuiau și explorau. A sărutat-o ca și când ar fi avut tot timpul din lume, dar când ea și-a ridicat un picior în sus pe al lui, mângâindu-i gamba cu degetele, ceva s-a schimbat. *El* s-a schimbat. Și-a dus mâna liberă la maxilarul ei și și-a schimbat unghiul sărutului, adâncindu-l, asprindu-l, acaparându-i toată gura cu a lui.

Thea l-a cuprins cu brațele. Degetele ei îi cercetau mușchii trunchiului, fiecare ondulație, fiecare strat, fiecare umflătură de tendon. Explorarea ei părea să alimenteze focul lui Gavin, pentru că geamătul lui a venit din adâncul pieptului, apoi și-a schimbat poziția șoldurilor pentru a-i atinge mai bine părțile care acum pulsau de nevoie. Ar fi vrut să intre în pielea lui. Ar fi vrut să-i sărute fiecare centimetru.

Ar fi *vrut* totul.

Ar fi vrut să-i simtă greutatea transpirată deasupra ei. Ar fi vrut să-și miște șoldurile sub el. Ar fi vrut să geamă, să se zvârcolească și să gâfâie.

Ar fi vrut mâinile lui pe pielea ei, buzele lui pe sânii ei. Ar fi vrut să-l simtă tare, lung și gros înfipt adânc în ea. Ar fi vrut să găsească din nou acel loc în care trăiau căldura, scânteile și tornadele. Și apoi ar fi vrut să se încolăcească pe o parte a lui, să-și plimbe degetele pe pieptul umed și să-i dea săruturi fierbinți și moi pe abdomen.

Ar fi vrut.

L-ar fi vrut pe el.

— Gavin! a șoptit ea. Pot să te întreb ceva?

El i-a lins un loc de lângă ureche. Thea și-a înăbușit un gâfâit. Oh, îi plăcea asta! S-a străduit să respire.

— Cum ți-ai dat seama în noaptea aceea?

— De ce anume să-mi dau seama? a întrebat-o el și i-a supt lobul urechii.

— Că am avut orgasm...

— La început, datorită zgomotelor pe care le-ai făcut, a zis el și s-a concentrat asupra locului de pe gâtul Theei unde se simțea pulsul. Nu te-am auzit niciodată scoțând un astfel de sunet, ca un s-s-scâncet sau un vaier.

Thea s-a mișcat sub el. Presiunea crescândă dintre picioarele ei căuta lungimea dură dintre ale lui.

— Și ai început să te freci de mine.

Gavin și-a înclinat șoldurile deasupra ei. Thea l-a prins de umeri.

— Ai început să-mi spui numele, a continuat el, cu respirația fierbinte pe gâtul ei. De mai multe ori. Până când nu ai mai putut să-l spui.

Thea a gemut și s-a împins din nou în el.

— Ai devenit frenetică, a gâfâit el, frecându-se de despicăturile ei.

Thea a gâfâit, legănându-se înainte și înapoi pe lungimea lui.

— Și apoi tot corpul ți s-a încordat.

Degetele lui s-au afundat în șoldurile ei.

— Mi-ai strigat numele, iar în tine, Hristoase, Thea, înăuntrul tău...

Mâinile lui au alunecat și au găsit sursa spasmelor ei. Degetele lui au început să exploreze. Ea a gemut și și-a dat capul pe spate.

— Puteam să simt, Thea. Orgasmul tău...

Gavin a strecurat două degete înăuntrul ei, iar ea a țipat.

— Mușchii tăi s-au strâns în jurul meu și, Doamne...

Gavin și-a lăsat capul pe umărul ei și și-a împins degetele într-un ritm constant.

— A fost cel mai uimitor lucru pe care l-am simțit vreodată, iubito! Și când am ejaculat, mi-am dat seama că nu o mai făcusem niciodată așa până atunci.

Thea i-a acoperit gura cu a ei. S-au sărutat franțuzește, ca adolescenții, în timp ce ea se mișca pe mâna lui. Își legăna șoldurile, căutând acea senzație, acea plăcere.

El a scos un geamăt.

— Am fost în agonie din acea noapte. Îmi d-doresc să te fac să te simți din nou așa. Te doresc, Thea! Foarte mult!

Lovitura unui pumn mic în ușa dormitorului a făcut-o pe Thea să deschidă instantaneu ochii.

— Fir-ar să fie!

— Cred că glumești! a gemut Gavin.

— Mami!

Era Amelia.

— Stai un minut, scumpo!

Thea l-a împins pe Gavin de pe ea și a apucat cel mai apropiat articol vestimentar, un tricou lung, atârnat de piciorului patului. Gavin s-a rostogolit. În timp ce Thea își trăgea tricoul peste cap, Gavin și-a pus un braț peste ochi.

— Doar o secundă, draga mea! Termin imediat!

— Nu, nu mai termini, a mormăit Gavin.

Thea a aruncat pătura peste poala lui și a mers să deschidă ușa.

Amelia a intrat, târșâindu-și picioarele, cu pătura într-o mână. Era urmată de Ava, care își strângea rața la piept.

— Tati e aici? a întrebat-o Amelia, grăbind pasul.

— Da! Veniți să vă cuibăriți cu noi!

Fetele au mers pe partea de pat a lui Gavin și au așteptat ca el să le ridice. Amândouă s-au întins peste așternuturi în spațiul dintre părinți.

— Nu-l mai doare spatele pe tati? a întrebat Ava.

Acela fusese motivul pe care îl inventaseră ca el să doarmă în camera de oaspeți.

Thea a evitat răspunsul.

— V-ați trezit devreme, a șoptit ea, sărutând-o pe Amelia pe obraz. De ce nu mai dormiți puțin?

Fetele au închis ochii. Thea s-a răsucit pe o parte pentru a o îmbrățișa pe Amelia, iar Gavin a făcut același lucru cu Ava. S-au privit în ochi pe deasupra copilelor, iar ceea ce a văzut în privirea lui Gavin i-a strâns stomacul și i-a făcut inima să bată mai tare.

Lumea se întorsese din nou pe axa sa.

La ora zece, Thea curăța bucătăria când a primit un mesaj de la Liv, care nu venise acasă cu o seară în urmă.

Stătea de câteva zile acasă la Alexis și nu mai putea să supravegheze fetele în seara asta.

Cu doar câteva zile în urmă, Thea ar fi sunat-o imediat și ar fi încercat să-și împace sora. Astăzi însă, nu. Nu de data asta. Liv se comporta ca un copil răsfățat.

Gavin a îmbrățișat-o din spate, cu o ceașcă de cafea într-o mână.

— Liv? a întrebat-o el.

— Nu poate să supravegheze fetele diseară.

— O să-i treacă! Vom găsi o soluție pentru diseară!

Thea s-a răsucit în brațele lui, s-a ridicat pe vârfuri și l-a sărutat. Gavin a scos un zgomot din gât, a lăsat cafeaua din mână și a strâns-a în brațe.

— Vom găsi o soluție pentru diseară, a mârâit el. Vom merge la acel hotel, chiar dacă va trebui să cheltui douăzeci de mii de dolari ca să-mi aduc părinții aici cu avionul.

Ea a vrut să îl sărute din nou, dar el s-a împotrivit cu un zâmbet obraznic.

— Știi chestia aia pe care am făcut-o cu mâna azi-dimineață?

— Da! a gâfâit ea.

— Data viitoare voi folosi gura!

Capitolul douăzeci și doi

NU A FOST NEVOIE SĂ CHELTUIASCĂ DOUĂZECI DE MII DE dolari pentru a-i aduce pe părinții lui cu avionul.

Del și Nessa s-au oferit să țină gemenele peste noapte la ei acasă, împreună cu Jo-Jo și cu o dădacă. Din câte se părea, se hotărâseră să nu mai meargă la hotel, deoarece Nessa încă se lupta cu grețurile matinale.

— Cât timp trebuie să stăm aici? a întrebat Thea, în timp ce urcau rampa de parcare a stadionului unde avea să fie petrecerea.

Și-a tras șalul în jurul umerilor.

— Dacă vrei să mergem direct la hotel, sunt sigur că mă pot lăsa convins, a spus Gavin.

Asta făcuseră toată ziua. Printr-un acord tacit, *hotelul* fusese termenul pentru ceea ce urma să se întâmple, de fapt, acolo. Ca și cum, dacă ar fi rostit cuvintele cu voce tare, ar fi adus ghinion, exact cum era cu superstiția că nu ai voie să pronunți cuvintele *no-hitter* atunci când un jucător nu a înscris nicio lovitură pe tot parcursul jocului și e evident că nu prea mai are când să o facă.

În acea seară, Thea și Gavin aveau să facă sex din nou.

Întrebarea era: putea Thea să ajungă la orgasm? Și ce avea să se întâmple dacă nu?

— Presupun că ar trebui să facem act de prezență, a glumit Thea.

Traducere: *Sunt atât de emoționată, încât nici măcar nu voi profita de ocazie ca să evit o întâlnire cu cea mai bună prietenă a mea, Rachel.*

— Probabil că ar trebui să rămânem la decernarea premiilor, a spus Gavin.

Traducere: *Și eu sunt emoționat.*

— Așadar, plecăm după aceea?

Traducere: *Așadar, am două ore la dispoziție ca să-mi stăpânesc emoțiile?*

Gavin a oprit motorul și a privit-o în întuneric.

— De acord, a zis el.

Traducere: *Am două ore să-mi stăpânesc emoțiile.*

Gavin a apucat-o de mână când au ieșit din liftul de la ultimul etaj al aripii administrative de pe stadion, unde, în fiecare an, personalul clădirii transforma holul spațios într-o sală de bal pentru Crăciun. Gavin a condus-o printr-un labirint de mese înalte de cocktail, până unde îi așteptau Del și Nessa. Cei mai mulți dintre jucători îl salutaseră pe Gavin când trecuseră pe lângă ei, dar soțiile și iubitele lor o respinseseră vădit pe Thea. Ochii lor se îndepărtaseră de ai ei, în timp ce ofereau zâmbete false. Ceea ce nu era o situație atât de neobișnuită, dar, în acea seară, părea mai accentuată.

Thea a aflat motivul, imediat ce ea și Nessa s-au așezat, iar bărbații s-au dus să ia băuturi.

— Rachel și Jake s-au certat ca la ușa cortului, a lămurit-o Nessa, care arăta ca un model pe podium în rochia ei aurie cu mărgele și lungă până în podea. Nu știu dacă este adevărat sau nu, dar se pare că el i-a spus în seara asta că vrea să se cazeze la hotel pentru o vreme.

Thea a simțit un surprinzător fulger de empatie pentru Rachel.

— Sunt și ei aici în seara asta?

— Da, dar este destul de clar că ceva se întâmplă între ei.

— Rachel mă învinuiește pe mine, nu-i așa? a întrebat Thea. Din cauza comportamentului meu de la Ziua Recunoștinței?

Nessa i-a făcut cu ochiul.

— Ceva de genul ăsta, din câte am auzit.

Grozav!

Când bărbații s-au întors cu băuturile, Nessa și Thea au renunțat la discuție. Del și-a ridicat berea în direcția lui Gavin.

— Pentru soțiile noastre frumoase!

— Fără îndoială, o să beau în cinstea lor!

Gavin s-a întins și a dat noroc cu Del înainte de bea.

Apoi s-a aplecat ușor, pentru a ajunge la urechea Theei.

— Pentru *cea mai* frumoasă soție din sală! a șoptit el, atingându-și ușor sticla de paharul ei.

Apoi a sărutat-o înainte ca ea să bea.

— Mă simt puțin ignorat aici, a glumit Del. Ness, ce zici de asta?

Thea a ridicat privirea. Nessa avea un zâmbet sentimental pe chip, iar Del, unul obraznic. Gavin și-a apăsat buzele pe fruntea ei. Avea să fie o noapte lungă.

În următoarea jumătate de oră, mesele din preajmă s-au umplut de cupluri, dar a lor a rămas în mod vizibil goală. Chiar și Yan cu soția sa, Soledad, au mers să stea în cealaltă parte a sălii de bal, ceea ce era cam dureros. Cum puteau unii oameni să fie atât de tântălăi? Oare chiar credeau că Thea avea ceva de-a face cu posibila despărțire dintre Jake și Rachel? Thea și-a băut repede șampania și l-a lăsat pe Gavin să-i aducă alta.

Cu câteva minute înainte de cină, doi dintre antrenori și soțiile lor și-au făcut milă de ei, în cele din urmă, și au întreba dacă locurile erau ocupate. Din câte se părea, superstiția nu se extindea și la antrenori.

Până la finalul cinei și începutul ceremoniei de premiere, Thea consumase deja trei pahare de șampanie și își dăduse seama cu un zâmbet interior că nu îi mai păsa dacă avea sau nu să aibă orgasm mai târziu.

Premiile se decernau pentru o combinație de realizări serioase și tradiții prostești. Cea mai memorabilă barbă din play-off. Cel mai prost dans al victoriei. Del a refuzat în glumă să accepte premiul pentru Cel mai prost acces de furie, pe care îl câștigase pentru o încercare eșuată de a ajunge la baza a doua în mai puțin de trei secunde la începutul sezonului. Fiecare premiu decernat îi apropia însă de momentul inevitabil în care Grand Slam-ul lui Gavin avea să fie recunoscut și, cu fiecare minut, Thea se încorda mai tare.

Dacă nimeni nu avea să facă mare caz din asta, avea să fie bine. Totuși, nu aveau cum să scurteze momentul. Fusese cea mai mare partidă a anului. Probabil că aveau să arate un videoclip cu întreg momentul, ceea ce însemna că Thea avea să îl revadă pentru prima oară după noaptea în care se întâmplase. Nu își îngăduise să urmărească nicio reluare, deoarece amintirile erau prea dureroase. Noaptea celei mai mari împliniri a carierei lui fusese noaptea celei mai mari umilințe și dureri a ei. Faptul că ambele puteau exista în același timp și spațiu era o batjocură cruntă a sorții și trebuia să o retrăiască în fața tuturor acelor oameni.

Dacă Gavin îi împărtășea neliniștea nu se observa. Acesta ținea o mână pe ea sau un braț în jurul ei, aruncându-i câte o privire cu acel zâmbet amețitor sau făcându-i cu ochiul.

— Următorul premiu este pentru o nebunie, a spus în cele din urmă managerul. Cea mai lungă lovitură de minge merge la...

Încăperea a izbucnit într-o scandare aproape regizată a cuvintelor „Grand Slam, Grand Slam, Grand Slam". O fotografie, acum devenită emblematică, cu Gavin sărind în brațele coechipierilor săi a apărut pe un ecran uriaș. Încăperea a izbucnit în aplauze. Videoclipul prezenta cu încetinitorul traseul lui, când înconjurase a treia bază. La jumătatea distanței își aruncase casca de baseball în aer, o acțiune exuberantă care a doua zi dăduse naștere pe Twitter la o mie de întrebări de genul „Oare casca lui Gavin Scott a aterizat?" Coechipierii se strânseseră cu toții în jurul său, săriseră în sus și țipaseră. Îl înghesuiseră. Îl îmbrățișaseră.

Îl doborâseră la pământ și apoi îl ridicaseră. Îi smulseseră tricoul de pe el, dezvăluind o bluză de corp neagră care se mula pe fiecare striație a mușchilor de pe abdomen, piept și umeri. *Respectiva* fotografie stârnise pe Twitter o mie de comentarii de genul „Vreau să am copii cu Gavin Scott".

Gavin a urcat pe scenă pentru a accepta premiul neoficial, printre bătăi pe umăr și hohote de râs. Când s-a întors la masă, s-a aplecat și a sărutat-o zgomotos, dar nu s-a așezat. Tipul de la Marketing se pregătea să anunțe ultimul premiu, unul nou, despre care băieții înșiși considerau că se lăsase prea mult așteptat.

— Legendelor, vă rog să vă ridicați!

Toți jucătorii și antrenorii s-au ridicat în picioare. Thea i-a aruncat o privire Nessei, care a dat din umeri, de parcă ar fi fost la fel de confuză ca ea.

— Știm cu toții că adevăratele eroine ale acestei echipe sunt, de fapt, partenerele de acasă, care cumva ne-au suportat, a spus tipul la microfon.

Inima Theei s-a oprit. Ce însemna asta?

— Rămâneți alături de noi și ne ajutați să înfruntăm victorii și înfrângeri, stresul negocierilor contractuale și al termenelor comerciale. Faceți ca acest vis nebun al nostru să devină posibil, iar noi nu vă răsplătim suficient pentru a vă demonstra cât de mult apreciem toate astea.

Thea a înghițit cu greu. Inima îi zvâcnea cu putere în piept.

— Legendelor! a continuat bărbatul. Arătați-vă aprecierea!

A urmat un șir de urlete și fluierături. În jurul lor, jucătorii și antrenorii și-au ridicat soțiile și iubitele în picioare, le-au îmbrățișat și le-au surprins cu câte un sărut pasional. Un fulger de incertitudine i-a străbătut chipul lui Gavin în timp ce acesta a întins mâna. Thea și-a împletit degetele cu ale lui și s-a ridicat pe tocurile instabile.

— Acesta este motivul pentru care am vrut să vii în seara asta, a spus el încet, cu brațul alunecându-i în jurul taliei, pentru a o apropia de el.

Thea și-a înclinat fața spre a lui, iar ceea ce a urmat a fost un moment desprins parcă dintr-un film: timpul s-a oprit în loc, totul s-a estompat în jur și nu mai existau decât ochii, zâmbetul și mâinile lui Gavin. Doamne, mâinile lui! Mari și aspre după ani de muncă grea. Degetele lui pe spatele ei urmau o cărare leneșă în sus și în jos, pe pielea expusă. Thea s-a simțit străbătută de un fior, unul fierbinte.

Degetele lui s-au înfășurat cu delicatețe în jurul gâtului ei, apoi Gavin i-a înclinat capul pe spate. Buzele lui pluteau deasupra ei ca și când ar fi vrut să-i dea o șansă să se îndepărteze, pentru că limbajul corpului lui îi spunea că nu avea să fie la fel ca toate celelalte sărutări pe care i le oferise în acea seară. Acelea fuseseră încălzirea. Antrenamentul de lovituri pentru marele spectacol. Sărutul acela avea să fie cel adevărat.

A tachinat-o cu o atingere a buzei de jos, care i-a trimis fiori prin tot corpul.

— Gavin! a șoptit ea, lăsând șampania să ia toate deciziile.

Cu un zâmbet, soțul ei și-a lipit gura de a ei. În sfârșit! Complet!

O senzație de plutire, de amețeală și moleșeală, dar nu de la șampanie, a pus stăpânire pe ea. Datorită lui. Datorită mirosului său, gustului său, tăriei buzelor sale. A modului în care se retrăgea doar ca să poată pătrunde mai adânc iar și iar, și iar. Datorită entuziasmului exagerat de a fi sărutată într-o cameră plină de oameni care încetaseră să mai existe pentru ei. A felului tandru, dar posesiv în care îi prinsese capul cu degetele. Thea i-a cuprins obrajii acoperiți de o barbă fină și i-a tras buzele spre ale ei. Respirațiile lor rapide și sacadate s-au contopit într-o singură suflare, apoi într-un singur hohot de râs. Sunetele au reintrat încet în peisaj. Clinchetul paharelor. Murmurul cuplurilor ale căror îmbrățișări se încheiaseră deja. Zgomotele tocurilor înalte pe podeaua din marmură. Acordurile romantice ale unei melodii lente.

Gavin i-a ridicat chipul pentru a o privi în ochi.

— N-nu știu ce simți tu, dar eu sunt gata să plec de aici. Să înceapă jocul! Thea a încuviințat din cap.

— Mai întâi, lasă-mă să fug până la baie!

Thea a apucat poșeta de pe podea și i-a aruncat un zâmbet recunoscător când el i-a apucat cotul pentru a o ajuta să revină în picioare.

— Mă întorc imediat! a spus ea.

Baia era pe un hol lung după colț. Când a ieșit din sala de bal, sunetul formației s-a estompat până ce a început să își audă bătăile rapide ale inimii.

Dar asta nu astupa vocile de după colț.

S-a oprit și și-a înăbușit un geamăt. Rachel și acolitele ei stăteau în zona de așteptare dintre birouri și băi. Ceea ce îi lăsa Theei două opțiuni: fie să coboare un etaj și să folosească o altă baie, fie să treacă pe lângă ele și să le salute rapid din mână. La naiba! Nu voia să piardă timpul căutând baia de la un alt etaj. De ce ar fi trebuit să facă așa ceva? Chiar dacă Rachel reușise să le întoarcă pe majoritatea femeilor împotriva ei, avea dreptul să se afle acolo la fel de mult ca ele. Ea și Gavin încă erau căsătoriți.

Cu o inspirație profundă pentru a-și face curaj, Thea a făcut un pas după colț.

Următoarele cuvinte ale lui Rachel însă au oprit-o din nou.

— Nu-mi vine să cred că au avut tupeul să apară în seara asta! a spus Rachel, iar cuvintele i s-a împleticit suficient cât să reflecte cantitatea de alcool pe care o consumase.

— Este un gest atât de egoist! i-a ținut isonul Mia Lewis, logodnica jucătorului Kevin Krieg. Îmi pare rău, dar oficial ne poartă ghinion!

O crampă dureroasă a început să o chinuie pe Thea. Nu era niciun dubiu că vorbeau despre ea și Gavin.

Rachel a pufnit.

— Ai văzut cum s-au sărutat?

— Mie mi s-a părut drăguț, a spus o altă voce.

Poate Mary Phillips, soția lui Brad Phillips, prinzătorul de rezervă, care fusese întotdeauna drăguță cu ea? Oare ce căuta în preajma lor?

— A fost grețos! a râs Rachel. Adică, Doamne! Luați-vă o cameră!

— Toată lumea s-a sărutat, a contrat-o Mary.

— Da, dar e vorba despre *ei,* i-a întors-o Rachel. Pun pariu că amândoi au fost virgini când s-au cunoscut.

— Ce comentariu răutăcios! a râs Mia.

— Vă puteți imagina, cum ar fi să fii căsătorită cu el? a comentat disprețuitoare Rachel.

Thea și-a încleștat pumnii în dreptul abdomenului.

— Ați încercat vreodată să purtați o conversație cu el? Pun pariu că se bâlbâie chiar și în pat.

Furie! Clocotea de furie! Thea a mijit ochii, iar pielea i s-a înroșit pe dată. Gândul de a se năpusti asupra lui Rachel, de a o trânti la pământ și a o pocni drept în față i-a trecut prin minte. În schimb, a pășit de după colț și s-a arătat.

— Cum îndrăzniți!?

Cele trei femei și-au întors capetele și au avut decența de a arăta vinovate că fuseseră prinse, cel puțin pentru un moment.

Thea s-a apropiat de ele.

— Cine naiba vă credeți?

Mary s-a albit și a făcut un pas înainte.

— Thea, noi nu... Nu vorbeam despre voi.

Rachel și-a dat ochii peste cap.

— Nu cred că o să înghită explicația asta.

Furia s-a rostogolit prin ea ca o furtună.

— Puteți să ziceți orice naiba vreți despre mine. Dar *niciodată* să nu-l jigniți pe soțul meu! Gavin are mai multă demnitate, integritate și curaj decât toți cei din această echipă la un loc și mai mult decât voi trei ați putea visa vreodată.

Mary a înghițit cu greu.

— Îmi pare rău! Îmi... Trebuie să mă întorc la petrecere!

Mary a trecut pe lângă Thea cu obrajii aprinși.

Rachel și-a dat ochii peste cap.

— Uite, dacă speri să-mi cer scuze, o să ai mult timp de așteptat!

— Nu mă aștept la asta și sincer nici nu-mi pasă. Dar, dacă te mai aud vreodată disprețuindu-l din nou pe soțul meu...

— Ce-o să faci?

Rachel și-a îndreptat spatele, profitând de fiecare centimetru cu care era mai înaltă și mai suplă decât Thea.

— O să te superi? O să mă spui soțului tău? Scumpo, nu mai suntem la liceu!

Thea a scos un râs zgomotos. Râde ciob de oală spartă! Rachel s-a clătinat din nou pe tocuri, amețită de alcool.

— Rachel, cât ai băut?

— Nu e treaba ta!

În timp ce rostea aceste cuvinte însă, Rachel s-a clătinat din nou și aproape a căzut din picioare.

Thea a apucat-o de braț, încercând să o sprijine. Rachel și-a smuls brațul din mâna ei.

— Nu mă atinge!

Thea nu ar fi fost surprinsă dacă s-ar fi prefăcut ca să scape.

Mia a apucat-o pe Rachel de braț.

— Hai să mergem!

Rachel se îndepărta.

— Nu! De ce să nu afle și ea adevărul?

Privirea Miei s-a ațintit undeva, în spatele Theei.

— Haide, Rachel!

— Adevărul despre ce? s-a răstit Thea. Despre faptul că mă acuzi pe mine pentru problemele tale personale?

Rachel s-a năpustit asupra ei.

— Eu și Jake am fi fost bine dacă am fi reușit la Campionatele Mondiale! Și singurul motiv pentru care nu am reușit este că soțul tău s-a înecat în ultimul joc!

— Bine, ceea ce faci tu acum se numește proiecție și este trist.

— Îmi făcusem planuri! a țipat Rachel. Crezi că îmi doresc să trăiesc toată viața într-un orășel de provincie?

Soțul tău a furat inelul chiar de pe degetul lui Jake și toate ofertele care ar fi trebuit să vină cu el!

Thea bolborosea ca un motor de tractor ruginit după o lungă iarnă în garaj. Dar când a intrat în sfârșit în viteză, furia a propulsat-o înainte cu o lovitură.

— Soțul *meu*? Să vorbim despre soțul tău și acea lovitură de două alergări pe care a permis-o în a treia repriză! Sau ce zici de acea dublă care i-a făcut pe Cubs să conducă?

Rachel s-a întors, surprinsă.

— Ei bine, dacă soțul tău ar fi făcut *orice* în afară de nimic în teren în repriza a șaptea...

— Nici măcar nu ar fi existat o repriză a șaptea dacă soțul meu nu ar fi făcut ceva în repriza a șasea!

Era exact deschiderea pe care Rachel o așteptase, cu buzele strânse și o sprânceană perfect arcuită în bătaie de joc.

— Și dacă ai fi fost soție de jucător de baseball, ai fi asistat la repriza a șasea.

— Ce naiba se întâmplă?

Vocea tunătoare a soțului ei a făcut-o pe Thea să se răsucească pe călcâie. Gavin stătea la câțiva metri distanță, cu chipul plin de furie.

Rachel a pufnit în râs.

— Ei, iată-l! Marele și puternicul tău soț a venit să te salveze!

Numai că marele și puternicul soț nu era singur. Soțul lui Rachel – sau, poate, în curând urma să fie fostul soț – a apărut de după colț, însoțit de ceea ce părea să fie jumătate din echipă în spatele lui. Aceeași străfulgerare de empatie a apărut din nou, iar Thea s-a gândit, preț de o clipă, să se îndepărteze.

Dar asta făcuse până acum.

Nu voia să se mai îndepărteze de conflict.

Thea s-a apropiat de Rachel atât de mult, încât femeia a fost nevoită să facă un pas înapoi.

— Vrei să știi ce fel de soție de jucător de baseball sunt? Sunt genul de soție de jucător de baseball care a trebuit să nască singură pentru că soțul ei era plecat. Sunt genul de soție de jucător de baseball care a trebuit să petreacă douăzeci și patru de ore la camera de gardă cu gemenele *de una singură,* pentru că au făcut indigestie în timpul sezonului. Sunt genul de soție de jucător de baseball care încă nu știe diferența dintre un *no-hitter* și un joc perfect, și știi ceva? Nu contează! Pentru că nu m-am căsătorit cu jocul de baseball. M-am căsătorit cu Gavin, un bărbat cu mai multă integritate decât ai putea visa vreodată să ai tu.

Rachel părea cam înspăimântată și a bătut alt pas în retragere, lovind cu spatele peretele coridorului. Thea a pășit din nou spre ea.

— Și sunt genul de soție de jucător de baseball care și-a pus propriile visuri în așteptare timp de trei ani, ca să poată susține cariera soțului ei și să încerce să se integreze printre cele ca tine, dar asta a fost o greșeală pe care, în sfârșit, o remediez. Și singurul motiv pentru care mă urăști, de fapt, este că nu ai curajul să faci la fel. Preferi să dai vina pe alții. Dar nimeni nu a stricat relația dintre tine și Jake decât voi doi. Thea s-a răsucit pe călcâie, apoi s-a oprit și s-a întors pentru un ultim comentariu: Și, ca să știi, da, Gavin se bâlbâie în pat. Și e al dracului de frumos!

Apoi, fără să se uite nici măcar o clipă la Gavin sau la restul echipei, Thea și-a ridicat capul și s-a îndepărtat.

Capitolul douăzeci și trei

GAVIN A PRINS-O PE THEA LA LIFT. EA ÎȘI RECUPERASE ȘALUL și poșeta.

— Thea...

Ea a ridicat o mână.

— Nu! A meritat-o!

Liftul a sosit, iar el a urmat-o înăuntru. Thea încă respira greu din cauza discuțiilor, iar cuvintele ei vibrau în aerul încărcat. „Da, Gavin se bâlbâie în pat. Și este al dracului de frumos!"

Ar fi trebuit să fie umilit. Furios. Dar nu era. Era tare ca piatra.

Thea i-a întâlnit privirea și a simțit o undă de șoc până între picioare. Era la fel de aprinsă ca el. S-au îndepărtat de colțurile lor în același timp și s-au ciocnit ca o pereche de animale pregătite de chemarea primordială a naturii. Gavin s-a împiedicat și împreună s-au sprijinit de perete.

— Nu te mai prefaci în seara asta, a mârâit el, cu buzele pe buzele ei. Mă auzi? Nu te mai prefaci niciodată!

Nu condusese niciodată atât de repede prin oraș. Hotelul era la doar vreo doi kilometri depărtare, dar părea că se află în partea cealaltă a Pământului. Gavin a oprit cu scrâșnet de roți la intrare și i-a aruncat valetului cheile. Putea păstra mașina, că nu îi păsa.

Gavin a luat gențile de pe bancheta din spate. Thea îl aștepta pe trotuar, cu ochii întunecați și plini de dorință.

Soția lui avea să aibă orgasm în seara asta cu orice preț.

Înregistrarea nu a durat mai mult de cinci minute, care însă au părut că scurg precum o oră. În lift s-au ciocnit unul de celălalt din nou, cu mâinile și buzele, împiedicându-se când ușile s-au deschis la ultimul etaj. El rezervase un apartament pentru că putea, dar și pentru că seara aceea era specială.

Mâna i-a tremurat când a introdus cartela-cheie în slot.

Acesta a piuit și s-a aprins roșu.

Gavin a mârâit și a încercat din nou. În cele din urmă, lumina a devenit verde. Gavin a deschis ușa, a aruncat bagajele înăuntru și s-a întors spre soția lui.

Au lovit din nou peretele, frecându-se unul de celălalt.

— Întoarce-te! i-a poruncit el.

Degetele lui tremurau din nou în timp ce cobora fermoarul rochiei negre. Dacă nu ar fi fost atât de disperat, nu s-ar fi grăbit. Ar fi dezbrăcat-o lent și i-ar fi sărutat fiecare centimetru de piele, dar asta trebuia să aștepte.

Rochia a căzut la picioarele Theei, care a dat-o deoparte când s-a întors. Stătea în fața lui, purtând nimic altceva decât pantofi cu toc cui și tanga. Gavin a scos un sunet gâtuit când și-a trecut un braț în jurul taliei ei și a tras-o mai aproape. Thea l-a sărutat cu pasiune nedisimulată, care lipsise mult timp dintre ei. *Ea* fusese absentă mult timp! Această femeie luptătoare de care el se îndrăgostise. Și, Doamne, cât îi lipsise!

Gavin și-a strecurat mâna pe abdomenul ei, iar ea s-a arcuit cu un geamăt. Când a ajuns la părțile ei umede și le-a despărțit cu degetul, Thea a strigat și și-a ridicat șoldurile la atingerea lui. Doamne, măcar dacă ar putea să o facă să termine așa, acolo, doar cu mâna!

— Gavin! a spus ea, apucându-l de cap. Fă dragoste cu mine!

Gavin a ridicat-o în brațe. Picioarele ei i s-au încolăcit în jurul taliei, iar tocurile i-au zgâriat fesele. Avea să rămână încălțată.

El s-a împleticit spre pat și a coborât-o pe saltea. Și-a scos cămașa singur și a bâjbâit cu fermoarul pantalonilor, care erau deja pe punctul de a exploda. Thea și-a scos chiloții și a rămas goală, păstrându-și totuși pantofii.

Gavin a gemut și a căzut în genunchi la marginea patului. Era momentul de a pune în practică lecțiile din carte.

— Gavin, ce faci? a șoptit Thea. Te vreau!

— Lasă-mă să te iubesc așa mai întâi! a spus el, mulțumind Lordului Mașină-de-Sex că știuse să spună lucrurile potrivite.

Gavin și-a strecurat mâinile sub fundul ei și s-a aplecat înainte până ce buzele i-au atins despicătura dorinței.

— O, Doamne! a gâfâit Thea, încleștându-și degetele în cuvertură.

Gavin răsufla pe pielea ei încălzită și a fost răsplătit cu un alt gâfâit și o altă arcuire a spatelui. Când a despărțit-o cu limba, geamătul ei aproape că l-a făcut să explodeze pe loc.

A lins-o până când ea s-a răsucit, alternând între plesnituri bruște și blânde de limbă și suptul miezului ei umflat. Gemetele ei îl făcuseră sălbatic, dar s-a îndepărtat pentru a o lăsa să respire. Era ceva ce învățase de la Lordul Limbă-Veselă. Să o lase să se acomodeze cu senzațiile, înainte de a merge mai adânc. Să folosească și cuvintele, nu doar corpul.

El a suflat din nou cu blândețe pe pielea ei încălzită.

— Îmi place gustul tău, a spus el, lingând încet în sus și în jos.

Nu se gândise niciodată să-i spună asta înainte să citească cartea. Ea a reacționat așa cum sperase el. Și-a aruncat un picior peste umărul lui.

— Îți place? a scâncit ea.

Aș putea să te sărut și să mă hrănesc cu tine toată ziua, Thea, a șoptit el.

Șoldurile ei s-au ridicat, căutându-i din nou gura. De data asta, când el și-a coborât buzele spre clitorisul ei, a introdus și două degete în interior. A împins cu ele înainte și înapoi în același timp cu limba.

Thea s-a încordat. Șoldurile i se împingeau spre fața lui. Mâinile ei erau în părul lui.

El a mărit ritmul pentru a se potrivi cu al ei.

Coapsele ei au început să tremure.

Gemetele ei au devenit scâncete.

Senzația de plăcere a crescut până când Thea a început să se zvârcolească. Și s-a *zvârcolit*. Și era cel mai frumos lucru pe care îl văzuse vreodată. Un val de tandrețe a trecut peste el, la fel de puternic ca pofta care-i curgea prin vene. Ea era soția lui. Iubirea vieții lui. Și timp de trei ani nu o făcuse să se simtă așa. Suficient de sigură pentru a fi deschisă să se simtă așa. O dezamăgise în atâtea feluri și de atâtea ori! Nu avea să mai dea greș din nou!

— Gav...

Nu-i putea spune nici măcar numele întreg. Era atât de aproape de final!

— Da! Da! O, Doamne!

Degetele i s-au înfipt în scalpul lui, apoi și-a dat capul pe spate cu un strigăt. Corpul i se cutremura. Mușchii intimi se încleștaseră și pulsau în jurul degetelor lui. Șoldurile i s-au ridicat în fața lui pentru ultima oară.

Și apoi a rămas fără vlagă. Strigătul din gâtului ei s-a transformat într-un mormăit moale, un alt scâncet, un alt *O Doamne!*

La naiba! Reușise!

Își făcuse soția să ajungă la orgasm.

La naiba!

Ajunsese la orgasm!

Numai din mâinile și gura lui Gavin. Picioarele Theei s-au relaxat pe umerii lui în timp ce își revenea în fire.

— Gavin, a șoptit ea.

El a făcut o cărare din sărutări pe abdomenul ei.

— Hai să vorbim! a spus el, cu voce tremurândă.

— Te vreau înăuntrul meu!

El nu s-a deranjat să-și scoată restul hainelor. Și-a împins pantalonii și boxerii în jos și s-a aplecat peste ea. Apăsarea erecției pe vaginul ei încă palpitând a făcut-o pe Thea să-și ridice șoldurile de pe pat în căutarea plăcerii.

— Spune-mi ce vrei! i-a cerut el. Spune c-cuvintele! Spune exact ce-ce vrei să-ți fac!

— Te vreau în mine! a spus ea din nou.

— Zi-mi mai multe, a gâfâit el, apăsând doar vârful înăuntrul ei.

Ea și-a ridicat gura spre urechea lui.

— Vreau să mă faci să am orgasm din nou!

Gavin a pătruns. În întregime. Profund. Și-a îngropat membrul în interiorul corpului ei, făcând-o să țipe de plăcere.

Thea și-a înfășurat picioarele în jurul taliei lui.

— Gavin, vreau să mă fuți! a gemut ea, și, fir-ar să fie, era cel mai sexy lucru pe care-l spusese vreodată soția lui.

Ea s-a lipit de el.

— Te vreau tare și repede.

El s-a supus. S-a ridicat pe coate și a impus un ritm care a făcut-o să uite să vorbească după aceea. Bicepșii i s-au umflat și sau încordat de ambele părți ale capului ei. Transpirația i s-a prelins de pe trupul lui pe al ei.

Orgasmul ei a venit atât de neașteptat, încât el nu era pregătit pentru asta și nu a putut face altceva decât să stea nemișcat, în timp ce ea și-a înfipt unghiile în spatele lui, până când el nu mai reușit să se abțină și a urmat-o, împingând pentru ultima oară cu un fior, un mormăit și o șoaptă răgușită a numelui ei.

Mușchii i s-au transformat în gelatină, iar ea a devenit moale sub el, mâinile alunecându-i de pe spatele lui transpirat pe cuvertura de sub ei. Gavin a căzut greoi deasupra ei, ultima picătură de forță din corpul său fiind eliberată. De două ori. Își făcuse soția să ajungă la orgasm *de două ori.* Ar fi putut câștiga Campionatul Mondial de cinci ori la rând și nu s-ar fi simțit la fel de bine ca acum.

— Gavin! a spus ea, întorcându-se pentru a-și lipi buzele de capul lui. Ghici ce?

El a murmurat un răspuns, cu fața lipită de pat.

— Nu m-am prefăcut.

Gavin și-a ridicat fața și a sărutat-o.

— Ghici ce? a murmurat el când s-a tras.

— Mmm?

— Nici eu.

Thea a râs. Gavin s-a rostogolit pe pat și a tras-o cu el până când trupul ei gol a ajuns peste pieptul lui gol. Și-a înfășurat un braț în jurul taliei ei pentru a o ține în siguranță și apoi l-a înfășurat pe celălalt în jurul capului, ținând-o acolo, legănând-o.

Stomacul i-a ghiorțăit. Thea și-a trecut degetele peste abdomenul lui.

— Ți-e foame?

— Întotdeauna, a răspuns el.

— Vrei room service?

— Ești și tu în meniu?

Thea a râs din nou.

— O să cer meniul!

Brațele lui s-au strâns în jurul ei.

— Îl cer eu. Tu rămâi în pat, dar să nu te descalți de pantofi!

— Oh! Îți plac pantofii?

S-a rostogolit din nou dintr-o singură mișcare, până când ea a ajuns din nou sub corpul lui. S-a dezlipit de ea cu o linie de săruturi pe gât, pe piept – oprindu-se să tragă de fiecare sfârc cu buzele – și mai departe, oprindu-se la buric.

Apoi s-a ridicat cu un geamăt.

— Revin imediat!

După ce a plecat, Thea s-a ridicat și a căutat în geantă bluza lui. A îmbrăcat-o pe pielea goală și...

— Iisuse Hristoase! Vrei să mă omori?

Ea și-a mușcat buza și s-a întors.

— Îți place?

— Mai mult decât orice lenjerie de pe planetă.

Thea a tras de tivul bluzei.

— Serios?

— Vrei să vezi ce se întâmplă acum în pantalonii mei?

— Da! a răspuns ea, pe nerăsuflate, în timp ce o străbătea o senzație erotică.

De unde apăruse acest bărbat vulgar și sigur pe el?

Gavin a renunțat la meniu și s-a îndreptat spre ea.

Apucându-i mâna, el a tras-o și i-a așezat-o peste umflătura în creștere.

— Nici măcar nu ș-știam că e omenește posibil să mă întăresc din nou atât de repede.

Ea s-a lins pe buze.

— Atunci cu siguranță nu ar trebui să-l irosim!

— Cu siguranță că nu!

I-a prins un braț în jurul taliei, a tras-o înapoi spre pat și și-a eliberat membrul erect.

El s-a așezat, trăgând-o deasupra, până când ea i-a ajuns în poală. Cu o singură împingere, era din nou în interiorul ei. Ceva își pusese amprenta pe amândoi, ceva primordial, feroce, de nestăvilit. În Thea ardea un foc pe care nu-l mai simțise niciodată.

Mâinile lui au alunecat în jos pentru a-i prinde fesele, strângându-le, frământându-le și ținându-le ferm în timp ce ea își folosea genunchii pe pat ca să se ridice și să coboare într-un ritm erotic. L-a prins de umeri, și-a înfipt degetele în pielea lui și s-a balansat pe el. Degetele lui groase și aspre i-au mângâiat sânii, până când sfârcurile i s-au întărit.

Când ea a privit în jos, cu mâinile pe umerii lui, el i-a întâlnit ochii cu un foc flămând și posesiv.

— Ești al naibii de frumoasă, a murmurat Gavin.

Apoi i-a rupt bluza, iar nasturii au zburat în toate părțile. I-a luat un sfârc tare în gură. Thea a scos un strigăt și și-a dat capul pe spate, înfigându-și mâinile în părul lui pentru a-l ține acolo. El s-a purtat cu atenție cu fiecare sân, sugându-l și lingându-l, până când presiunea dintre coapsele ei a devenit insuportabilă.

Thea a coborât pe membrul lui. El și-a înfășurat brațele în jurul ei și s-au agățat unul de celălalt, mișcându-se și gemând. Thea și-a depărtat picioarele și mai tare, pentru a ajunge mai adânc și a se împinge de pereții duri ai abdomenului lui.

Sunetele profunde și guturale pe care le făcea o umpleau cu o satisfacție erotică pe care nu știuse niciodată că o posedă.

— Doamne, Thea! a gemut el, frecându-se de ea.

Și-a înfipt mâinile în fesele ei, și apoi a plesnit-o.

La naiba!

Thea a încremenit și s-a uitat în jos la el.

— Tocmai m-ai pălmuit?

— Ăăă, ți-a plăcut?

— Cred că da! Poate, poate ar trebui să o faci din nou ca să mă asigur!

Gavin a răspuns ceva nedeslușit, ceea ce era ciudat, dar trebuia să amâne chestia asta pe mai târziu, pentru că mâna lui a plesnit-o din nou.

— Oh, Doamne, da!

El a făcut-o din nou.

— Da, îmi place!

Corpul ei a explodat în culoare și senzație și, în timp ce ea simțea plăcerea, el i s-a alăturat, până a căzut din nou pe pat cu o privire surprinsă.

Ea a râs în timp ce se uita la el.

— Am ajuns la orgasm de trei ori și nici nu ți-ai scos pantalonii.

— Draga mea, a gâfâit el, abia începem! Am trei ani de recuperat.

Capitolul douăzeci și patru

EL S-A REVANȘAT.

Încă o dată în pat.

O dată pe podea, după ce comandaseră, în cele din urmă, room service.

La ora trei, când a trezit-o din somn, atingându-i sânii.

La ora șase, când l-a trezit ea, cu mâna pe surpriza lui de dimineață.

După aceea au dormit neîntorși.

Când Thea s-a trezit mai târziu, l-a găsit cercetând-o de pe perna lui, cu o privire tandră și un zâmbet cald. El s-a întins și i-a înlăturat șuvițele rebele de pe față.

— Bună dimineața! i-a șoptit el.

— Bună! i-a răspuns, căscând. Cât e ceasul?

— Puțin trecut de zece.

Ea a gemut dezamăgită.

— Trebuie să eliberăm camera în curând.

— Știu, i-a răspuns el, aranjându-i o șuviță de păr în spatele urechii. Mă gândeam că poate după ce luăm fetele, ne putem opri să cumpărăm bradul de Crăciun.

— L-am putea decora și am putea prepara ciocolată caldă.

— Am putea lăsa fetele să se uite la un film.

Ea l-a sărutat încet. Fruntea lui s-a sprijinit pe a ei.

— Mi-e frică să cobor din pat!

Thea simțea cum o căldură plăcută i se răspândea prin piept. Nici ei nu-i plăcea să plece din acest pat, dar aștepta cu nerăbdare ceea ce urma.

— Patul nostru de acasă este mai bun.

El a sărutat-o pătimaș. Puțin mai târziu, ea s-a cuibărit, caldă și sătulă, în brațele lui.

— Gavin, hai să mergem acasă!

Curtând contesa

Irena avusese dreptate. Balurile erau niște adunări groaznice și sufocante. Și nu doar din toate motivele pentru care nu-i plăceau ei, ci și pentru că, în mod bizar, regulile înaltei societăți interziceau soțului și soției să danseze unul cu celălalt de mai multe ori.

Benedict o dorea în brațele lui. Acum! Mereu!

Totul se schimbase din noaptea în care se deschisese în cele din urmă în fața ei. Atingerea ei inocentă și sărutarea ezitantă aprinseseră un foc și, cu toate că el ar fi fost dispus să aștepte mai mult, ea desăvârșise căsătoria lor. Să facă dragoste cu soția sa fusese o experiență atât de extraordinară, încât Benedict detesta până și răsăritul soarelui în fiecare dimineață.

— Latford!

O mână grea și viguroasă l-a pocnit pe spate.

Benedict și-a luat ochii de la soția sa și l-a descoperit pe prietenul lui, vicontele Melvin.

— Nu mă așteptam să te văd aici! i-a spus Melvin.

— De ce?

— Ultima ta apariție în *mulțime* a făcut ceva impresie.

Benedict nu era dispus să se gândească la asta. Își aruncase soția între lupi și, cu naivitate, crezuse că Irena nu avea nevoie decât de voință pentru a-i combate.

— Presupun că ai de gând să faci o impresie cu totul nouă în seara asta, a cugetat Melvin cu glas tare.

— De ce crezi asta?

Privirea lui s-a abătut încă o dată asupra Irenei.

— Nu a trecut neobservat faptul că pari un bărbat nebun după soția sa.

— Da, sunt!

Era o frivolitate ciudată și aparent complet lipsită de bărbăție, dar cumva eliberatoare.

— Sunt un bărbat căsătorit și fericit, prietene!

— Și mă bucur să aud asta. Fii atent, Latford! Nu toată lumea iartă! l-a avertizat Melvin, dând din cap spre grupul de femei unde stătuse soția lui.

Chiar la timp pentru a o vedea pe Irena fugind.

Benedict s-a îndreptat în direcția în care își văzuse soția dispărând. Pentru toți ceilalți ar fi părut că este în regulă, dar el o cunoștea mai bine și știa că se întâmplase ceva. O vedea în linia subțirea a buzelor ei, în felul în care își strângea mâinile pe lângă ea, în pașii repezi făcuți cu condurii pe care îi disprețuia.

A găsit-o în bibliotecă.

Bineînțeles!

Benedict a închis ușa grea în spatele lui. Clicul zăvorului era singurul sunet din încăpere, cu excepția unei respirații ușoare și neuniforme.

— Irena?

A găsit-o așezată pe un scaun cu spătar drept, cu fața spre șemineul masiv din cealaltă parte a odăii. Părea mică pe lângă impresionanta piesă de mobilier îmbrăcată în catifea. Dar nu doar în privința staturii. Părea învinsă.

— Nu te simți bine?

S-a ghemuit în fața ei și i-a acoperi mâinile cu ale lui. Erau reci ca gheața. Și privirea îi părea înghețată.

— Irena, ce s-a întâmplat?

— Ce ar putea face ca un soț și o soție să se disprețuiască atât de mult, încât să își abandoneze propriul copil doar pentru a evita să locuiască în aceeași casă?

Benedict s-a simțit cuprins de panică. S-a așezat în fața ei și a întrebat-o:

— Ce vrei să spui?

— Ai spus că părinții tăi sunt oameni deosebit de nefericiți, dar asta nu mi s-a părut niciodată o explicație suficientă.

— De ce vorbim despre asta?

Benedict simțea cum îl trec fiori reci.

— Ce ți-au spus acele femei?

— Nu da vina pe ele! Spune-mi adevărul!

Benedict s-a ridicat încet.

— Habar n-am despre ce vorbim!

Dar avea. Și fusese un prost crezând că avea să poată ascunde ceva de ea, că nu va ajunge la urechile ei, în cele din urmă.

Ochii ei l-au urmărit când s-a ridicat în picioare.

— *Lumea* nu uită niciodată un scandal. Nu ai aflat asta până acum, milord?

Folosirea titlului său i-a provocat o senzație de agitație în stomac.

— Irena, ascultă-mă...

— Spune-mi adevărul!

— Ceea ce s-a întâmplat cu mama și tatăl meu nu are nimic de-a face cu noi.

O strâmbătură urâtă s-a ițit pe buzele ei delicate.

— Are totul de-a face cu noi! Spune-o! Spune cuvintele! Spune-mi ce s-a întâmplat!

— Ea l-a prins în capcană.

Capitolul douăzeci și cinci

— URA! A VENIT MĂTUȘA LIVVIE!

Joi, după petrecerea echipei, Thea a văzut Jeep-ul surorii ei parcând pe alee chiar în clipa în care s-a înălțat și strigătul Ameliei. Liv nu mai dăduse niciun semn de viață din seara în care se certaseră.

— Te-a anunțat că vine? a întrebat-o Gavin pe Thea.

Tocmai își așezase valiza lângă ușa din față, căci trebuia să plece în curând la o ședință foto la New York. Avea să lipsească doar un weekend, dar Thea ura să îl știe plecat. Nu voia ca el să mai plece vreodată. Sezonul de baseball avea să fie un infern.

— Nu! i-a răspuns, privind-o pe sora ei prin fereastra de la bucătărie.

Gavin stătea alături, cu mâna pe spatele ei.

— Vrei să duc fetele undeva ca voi două să puteți vorbi?

Thea i-a zâmbit.

— Nu! Mulțumesc, dar nu e necesar. Probabil că nu vrea decât să-și ia niște lucruri.

În secret însă, Thea spera că Liv, pur și simplu, trecuse peste dispoziția furioasă, că obosise să doarmă pe canapeaua prietenei ei și era gata să vină acasă. Chiar era și casa ei. Până și lui Gavin îi lipsise.

Thea a deschis ușa și l-a lăsat pe Butter să iasă. Câinele s-a oprit să ridice o labă din spate în dreptul unui tufiș și apoi a fugit direct la Liv. Thea și-a întâmpinat sora pe verandă.

— Bună!

— Bună! i-a răspuns Liv. Am venit să-mi iau lucrurile!

— Liv, nu trebuie să faci asta!

Sora ei a ignorat-o și a dispărut în casă. Thea a urmat-o până la subsol. Liv a deschis șifonierul și a început să-și adune hainele.

— Mi-ar plăcea să rămâi, a spus Thea, venind în spatele ei.

Liv a vârât un teanc de tricouri într-o geantă.

— Unde este soțul tău?

— La etaj. Și el vrea să rămâi.

Liv a mototolit un pulover și l-a îndesat în bagaj.

— Să înțeleg că a ieșit din camera de oaspeți?

— Liv, te poți opri un minut?

— Trebuie să lucrez în după-amiaza asta, deci nu!

— Da, a ieșit din camera de oaspeți. Ceea ce înseamnă că ești mai mult decât binevenită să te muți înapoi acolo și să stai cât vrei.

Liv a tras fermoarul genții și s-a ridicat.

— Aveți nevoie să petreceți timp împreună fără ca eu să vă stau în cale.

— Nu ne stai în cale! Fetele te vor aici! Eu te vreau aici!

— Uite! a zis Liv și, pentru prima dată, s-a răsucit cu fața spre ea. Știu cum funcționează asta, bine? Tu și Gavin aveți din nou acea lumină, acea strălucire. Eu n-o să fac altceva decât să vă stau în cale.

— Despre asta este vorba? Ești îngrijorată că nu voi avea timp pentru tine, dacă eu și Gavin suntem din nou împreună?

Liv a pufnit, însă sunetul era mai degrabă trist decât sarcastic.

— Nu-ți face griji! N-o să te pun niciodată să alegi! Nu aș ieși învingătoare în veci.

Sora mai mare din ea a vrut să o tragă pe Liv într-o îmbrățișare și să o protejeze împotriva cruntei dureri care fusese dezvăluită în acea singură propoziție, dar nu mai erau copile.

— Nu-i același lucru! Eu nu sunt precum vreunul dintre părinții noștri și nu te voi respinge ca să-l pot lua înapoi pe Gavin.

Liv și-a dat ochii peste cap, gestul pe care îl făcea încă din copilărie când voia să evite subiectul.

— O, Doamne! După câteva zile de sex de calitate a devenit terapeută.

Thea s-a văzut silită să respire adânc de câteva ori pentru a nu reacționa. În schimb, a încercat o altă tactică.

— Așadar, unde te duci? Înapoi la fermă?

Înainte ca Liv să se mute în casa lor, locuise în apartamentul de deasupra garajului de la o fermă din afara orașului.

Liv și-a ridicat cureaua genții pe umăr.

— Încă nu știu. Deocamdată stau la Alexis.

— Încă mai am de lucru la pictura murală, așadar, sunt sigură că o să ne vedem la cafenea, a încercat Thea.

Liv și-a împins lucrurile spre scări, dar s-a oprit la capătul lor.

— Thea, nu mă bucur de ceea ce urmează să spun. Sper că știi asta.

O, Doamne! Thea și-a încrucișat brațele la piept.

— Bărbații cărora le place să câștige vor face orice este necesar pentru a obține ceea ce vor.

Thea a scos un zgomot frustrat și a clătinat din cap.

— Gavin are multe defecte, dar această imagine machiavelică pe care i-ai construit-o nu este adevărată.

— Atunci, mergi și vezi ce ascunde în dulapul din camera de oaspeți!

Thea a simțit cum intră în panică. Ce îi spusese sora ei era un lucru ciudat de specific.

— Ce vrei să zici?

Liv s-a năpustit în sus, pe scări. Thea a urmat, furia și panica alimentându-i fiecare pas.

— Liv, nu poți să spui așa ceva și să pleci!

Geanta lui Liv s-a lovit de fiecare treaptă, când fata a urcat, târând bagajul în urma ei pe scări.

— Liv! a izbucnit Thea.

Sora ei a ignorat-o.

Gavin a apărut în capul scărilor.

— E totul bine?

Liv i-a făcut semn să se dea la o parte din drum, iar el a ascultat-o.

Roțile genții lui Liv s-au auzit troncănind pe podeaua din lemn tare de la etaj, atrăgând atenția fetelor. Amelia a alergat spre ea, dar s-a oprit brusc.

— Unde pleci?

Liv și-a lăsat geanta, s-a ghemuit și a deschis brațele către ambele fete. Și-a păstrat vocea caldă și veselă, iar Thea știa că o face pentru binele lor.

— Merg într-o aventură! le-a explicat ea. Mă duc să călăresc elefanți, să caut unicorni și...

— Și rinoceri! a chicotit Amelia.

— Și arici sălbatici! a spus Liv, apoi vocea i s-a frânt.

Thea a privit-o pe Liv cum le sărută pe amândouă pe obraji și se ridică în picioare.

— De fapt, fetelor, doar voi locui în altă parte. Deoarece, acum, că tatăl vostru a luat o pauză de la baseball pentru o vreme, nu mai aveți nevoie de mine.

Ava i-a îmbrățișat picioarele.

— Nu! Avem nevoie de tine, mătușă Livvie!

Gavin s-a apropiat.

— Liv, nu trebuie să pleci!

El i-a luat geanta. Liv i-a smuls-o.

— Gavin, las-o să plece! a spus Thea, încet.

Când sora lua o hotărâre, nu se mai putea schimba nimic.

Liv și-a înșfăcat lucrurile și a ieșit pe ușă fără a-și lua rămas-bun.

Nu era ca și cum ar fi plecat cine știe unde. Lucra în Nashville, locuia în Nashville. Dar Thea simțea plecarea ei ca pe o ruptură a legăturii dintre ele.

În plus, îi auzea cuvintele ca pe un cântec care se repeta la nesfârșit în capul ei.

— Gavin? a zis ea.

El a privit în jos, iar tonul vocii ei l-a făcut să ridice o sprânceană.

— Da?

— Ce e în dulapul din camera de oaspeți?

Curtând contesa

— Spune-mi în cuvinte, Benedict! Spune-mi ce s-a întâmplat!

— L-a prins în capcană.

Buza de jos a Irenei a început să tremure înainte să și-o prindă cu dinții.

— Ei bine, asta explică multe, nu-i așa?

Benedict și-a trecut mâinile prin păr.

— Nu! Știu la ce te gândești, dar nu-i adevărat. Relația lor nu are nicio legătură cu...

El s-a oprit, dezmințindu-și imediat propria negare.

— Cu presupunerea ta imediată că eram vinovată? l-a taxat ea. Cu dorința ta fierbinte de a crede ce-i mai rău despre mine?

— Situația noastră a fost și *este* complet diferită.

— Atunci întreabă-te ceva: de ce presupui că ea l-a prins în capcană? Tatăl tău nu a participat deloc la flirtul lor?

— Ba bineînțeles că a participat, dar...

— Tu nu ai participat la flirtul nostru?

— Ba bineînțeles că am participat! Dar...

— Dar, ce? Este întotdeauna vina femeii, niciodată a bărbatului?

— Păi...

— Ți-ai petrecut întreaga viață crezând doar o versiune a adevărului, că tatăl tău a fost victima. Dar ai privit vreodată lucrurile și din punctul de vedere al mamei tale? Te-ai gândit vreodată că poate ea a fost cea prinsă în capcană în acea zi?

Mama lui, prinsă în capcană? Ceva rece i-a șerpuit pe piele și i-a ridicat părul pe brațe. Și-a imaginat-o pe mama sa de-a lungul anilor, elegantă și rece. Dar oare fusese cu adevărat atât de distantă sau pur și simplu acoperise o tristețe pe care el nu o observase niciodată?

Irena stătea dreaptă în fața lui, dar mâinile îi tremurau de o parte și de alta a corpului.

— Urăsc ce ți-a făcut mama ta, Benedict, felul în care te-a abandonat. Nu există nicio scuză pentru asta. Dar mă doare sufletul și pentru ea. A trebuit să-și petreacă întreaga viață într-o căsnicie rece și crudă, cu un bărbat fără inimă, căruia îi displăcea chiar și vederea ei, în ciuda faptului că odată o dorise suficient de tare, cât să o convingă să lase la o parte regulile impuse de societate, să-și riște reputația și să se îngrămădească în colțuri întunecate cu el.

Pe Benedict începuse să-l roadă stomacul.

— A trebuit să-i îndure disprețul, așa cum odinioară îi primise și dragostea. Care erau intențiile lui în timpul acelor escapade, dacă nu să se căsătorească cu ea?

— Nu știu, a recunoscut el, cu o voce răgușită de rușine și teamă, nu numai pentru ceea ce nu luase în considerase niciodată, ci și pentru dezvăluirile care cu siguranță ar fi urmat să vină.

— Cu toate acestea, el a urât-o pentru ce a urmat, a continuat Irena. Și ea este cea pe care o învinuiești.

Disperarea l-a împins mai departe.

— M-am înșelat în legătură cu tine și intențiile tale, am recunoscut asta. Când lordul Melvin mi-a spus adevărul despre cum am fost prinși...

— Aceasta este și ideea, Benedict! a țipat Irena, cu vocea ridicată, un lucru care nu îi stătea deloc în fire, iar asta l-a tulburat pe soțul ei. A trebuit să auzi de la altcineva ca să crezi că sunt nevinovată și că nu mi-am dorit să te înșel! Așa cum a trebuit să afli de la mine că poate mama ta nu a fost uneltitoarea pe care ai crezut-o întotdeauna.

Irena a clătinat din cap.

— Te-ai gândit vreodată că, atunci când mama mea a intrat peste noi, am fost la fel de prinsă în capcană ca mama ta?

Prinsă în capcană? Pentru că se căsătorise cu un conte? Nu, nu-i trecuse prin cap! De ce? Fusese crescut, încă de la naștere, cu credința că nu era decât la un pas distanță de a fi un zeu, că o femeie ar fi făcut orice pentru a se căsători cu el. Că, de fapt, ar fi dispusă să mintă sau să înșele pentru a-i obține mâna și titlul.

Cuvintele Irenei au avut însă efectul unui văl care tocmai îi căzuse de pe ochi, iar acum lumea arăta diferit de cum o crezuse el.

Fusese un participant activ la întâlnirile lor. El le inițiase, pentru numele lui Dumnezeu! Dar ea singură purtase crucea rușinii societății. Doar ea suferise furia *mulțimii*. Doar ea fusese numită uneltitoare.

Realitatea era cu mult diferită.

Flirturile lor nu fuseseră secretul lui.

Fuseseră secretul *ei*.

Doamne, el fusese micul ei secret! Vârtejul ei de rebeliune împotriva unei societăți pe care o disprețuia. El era conte, iar obligația de a se căsători cu el îi distrusese viața. El o forțase să se îmbrace cu rochii de bal și să danseze valsuri. O aruncase într-o văgăună plină de vipere, de bârfe și dispreț, crezând prostește că numai titlul său era suficient pentru a o salva.

Un râs ciudat, isteric, i-a izbucnit în piept, făcându-l să se chircească și să-și sprijine mâinile pe genunchi.

— Milord, uită-te la mine!

Benedict a tras o gură de aer și s-a îndreptat de spate. Expresia rece care i se citea în privire nu-i alina sentimentul dc tcamă.

— Plec! l-a anunțat ea.

Capitolul douăzeci și șase

LUI GAVIN I-A APĂRUT O BRUMĂ DE SUDOARE PE FRUNTE, ca și cum ar fi înfruntat un jucător laureat al premiului Cy Young[1].

— Thea, ascultă!

— O, Doamne! a gemut Thea. Ce este? Ce ascunzi în dulap?

— Ceva care v-va necesita niște explicații, dar dacă vrei, lasă-mă să...

Thea a încetat să mai asculte. S-a îndreptat spre scări.

Bine. Calm. Gândește! Gavin și-a scos telefonul din buzunar și le-a scris băieților pe grup: *Cod roșu. Cărți găsite. Ajutor!*

Gavin a verificat ce fac fetele, le-a spus să rămână pe canapea și s-a repezit după soția sa.

— Thea! a strigat el, sperând că panica din vocea lui nu va fi la fel de perceptibilă pe cât îi suna lui în urechi.

A intrat în camera de oaspeți exact la timp pentru a o vedea pe Thea scoțând o pungă cu cărți și așezându-se pe podea.

Ea a ridicat privirea, mirată.

— Cărți?

Gavin a dat din umeri.

— Da. Ăăă, cărți...

---

[1] Denton True „Cy" Young (1867–1955), celebru jucător american de baseball (n. red.).

— Despre asta vorbea Liv.

— Bănuiesc că da!

Thea a vârât mâna în pungă și a scos două romane de dragoste. Chipul i s-a schimonosit când a privit cu atenție copertele.

— Astea sunt romane de dragoste.

— Ăăă, da... Da!

— Sunt ale tale?

— Aha!

Lui Gavin îi era teamă să lase garda jos, dar până acum nu fusese chiar atât de rău. Văzuse doar copertele. Nu se uitase și înăuntru. Totuși, dacă Liv o avertizase în legătură cu ele, atunci probabil că se uitase în interiorul uneia dintre ele și văzuse notițele. Și pasajele subliniate. Și părțile vulgare evidențiate.

Rahat!

Thea a luat o altă carte, iar inima lui a pornit-o la galop. *Contesa satisfăcută sexual* se holba la ea.

Telefonul lui a bâzâit.

— Ție chiar...

Thea se abținea să nu râdă.

— Ție chiar îți plac astea?

— Nu este nimic g-greșit la romanele de dragoste. Ele, ăăă, oferă comentarii la relațiile, ăăă, relațiile moderne și la feminism, și... și chestii.

Thea a pufnit în râs.

— Știu, Gavin! Ador romantismul.

— Chiar așa?

— E-readerul meu este plin cu așa ceva. Doar că... de când ești tu fanul lor?

Telefonul lui a bâzâit din nou, de două ori într-o succesiune rapidă. Rahat!

— Ăăă, draga mea! Scuză-mă o secundă.

El s-a întors și a ieșit din cameră. Avea trei mesaje de la băieți.

Rămâi calm! Acesta fusese de la Del.

Întreab-o dacă vrea să jucați părțile vulgare! Mack, desigur.

Mai presus de orice, nu minți! Malcolm.

Bine! Avea de gând să-i spună despre clubul de carte. Trebuia doar să o îndepărteze de cărți înainte de a deschide una sau a găsi notițele. Pentru că ar fi fost mult prea umilitor.

— Tati? s-a auzit vocea Avei, din capul scărilor.

Gavin și-a înghițit un geamăt.

— Da, scumpa mea!

— Mi-e foame!

Gavin a dezlănțuit în sinea lui o mie de înjurături și blesteme. *Recipient de vomă cu față palidă!*

— Hm, OK, draga mea! Poți aștepta o secundă?

— Gavin!

Thea îi rostise numele. În liniște. Amenințător. El s-a întors și a intrat din nou în cameră.

Ținea în mână volumul *Curtând contesa* deschis, cu notițele și pasajele subliniate de el la vedere.

Thea a ridicat privirea.

— Care dintre noi s-a prefăcut?

Thea urmărea fața lui Gavin, căutând orice indiciu că totul era o glumă sau o greșeală sau, sau, sau un fel de farsă răutăcioasă lăsată de Liv. Orice lucru care să o convingă că nu era ceea ce pare.

Vocea i se frânsese.

— Thea, ascultă-mă!

— Toate cuvintele minunate pe care mi le-ai spus. . .

— Nu sunt cuvintele mele, dar...

Ea a rămas în picioare, tremurând din tot corpul.

— „Am fost o jumătate de bărbat! Pune capăt agoniei mele! Sunt la mila ta!"

Ultima parte i-a ieșit ca un geamăt. O sedusese cu acele cuvinte. Îi câștigase încrederea cu acele cuvinte. Oare Liv avusese dreptate? Oare toate acestea fuseseră doar un fel de joc pentru el? O recâştigase folosind orice mijloace doar pentru că putea?

Gavin a înaintat grăbit, depărtându-se de pragul uşii.

— Astea sunt sentimentele mele, Thea! Asta contează!

— M-ai sedus cu cuvintele altcuiva!

— Sunt doar câteva replici dintr-o carte, Thea! Atâta tot! Doar pentru a mă ajuta să vorbesc cu tine, c-când nu am putut.

— Nu erau doar câteva replici simple dintr-o carte. Erau frumoase şi m-au făcut să cred că lucrurile stau diferit, că noi am putea să trăim diferit.

Ea s-a retras, până când s-a lipit cu picioarele de pat.

— Ce mai contează?

Gavin şi-a trecut mâinile peste păr.

— Trebuie să citesc toate aceste cărţi pentru a afla cât din luna trecută a fost o minciună sfruntată?

— Nimic din asta nu a f-fost minciună! Ultima lună cu tine a fost cea mai importantă din viaţa mea.

— Ai inventat-o!

— Nu, nu este adevărat! Am fost d-d-disperat. Nu ştiam cu-cum să procedez ca să te fac să-mi dai o şansă, iar Del şi băieţii au spus că mă pot ajuta şi ...

O greutate puternică parcă i s-a lăsat în stomac.

— Del ştie despre asta?

Picioarele ei cedau pe măsură ce piesele de puzzle începeau să se aşeze la locul lor şi să formeze o imagine a umilinţei totale. Thea s-a prăbuşit pe saltea.

— Mack. Şi Malcolm? În noaptea în care au fost aici şi s-au jucat de-a costumatul? Asta era?

— Este un club de carte.

Gavin s-a lăsat în genunchi în faţa ei.

— N-noi citim romane de dragoste pentru a ne îmbunătăţi relaţiile.

— Te-ai prefăcut că eşti altcineva!

— Nu! Sunt eu! Și sunt o persoană mai bună decât am fost înainte. Nu datorită cărților, ci pentru că acestea m-au ajutat să văd lucrurile diferit. *Te rog*, draga mea!

Ei începuse să i se facă rău, așa că s-a ridicat.

— Trebuie să mă gândesc! Trebuie să-mi limpezesc mintea!

L-a evitat, iar el s-a ridicat de pe podea.

— Trebuie să-mi dau seama...

— De ce anume să-ți dai seama? s-a răstit el. Dacă mă iubești?

Thea s-a răsucit rapid pe călcâie. Privirea rugătoare fusese înlocuită cu una resemnată.

— Nu despre asta este vorba, a spus ea.

— Nu despre asta?

Gavin a făcut doi pași spre ea și s-a uitat în jos, la ochii ei, care priveau în altă parte.

— Te iubesc!

Un zgomot dureros s-a născut în pieptul ei și i s-a răspândit rapid prin tot corpul.

— Te iubesc, Thea! Am încercat să găsesc alte m-modalități de a-ți spune pentru că nu ai vrut să auzi exact cuvintele astea, dar poate că problema este că, pur și simplu, nu vrei să le auzi deloc.

O lipsă de aer i-a oprit deopotrivă vocea și gândirea.

— Tinzi să confunzi lucrurile, să echivalezi lucruri care nu sunt legate. Nu voi purta această discuție cu tine acum.

— Această discuție este totul! i-a răspuns Gavin, prinzând-o de umeri. Spune-mi că mă iubești!

Un suspin îi sufoca gâtul.

— Thea... de ce nu poți s-o spui? După toate prin câte am trecut împreună! Mă iubești sau nu?

— Eu... nu am încredere în tine.

Gavin a scos un sunet gâtuit și și-a apucat părul cu mâinile, îndepărtându-se de ea. După o clipă, s-a întors cu fața din nou la ea, cu umerii căzuți de resemnare.

— Ce vrei, Thea?

— Vreau sinceritate!

— Tu m-ai mințit trei ani. Nu-mi vorbi despre sinceritate!

— Nu-i cinstit!

Era un răspuns slab. Un răspuns disperat. Un răspuns care însemna, de fapt, „nu am altă apărare".

— Poate că este timpul să începi să fii sinceră cu tine însăți.

— Am fost sinceră cu mine. De aceea, în cele din urmă, te-am rugat să pleci! De aceea mă întorc la școală.

— Asta este o aiureală de suprafață, Thea, a râs el, clătinând din cap. Și nu, nu sunt cuvintele mele. Este ceea ce mi-a spus Del când am refuzat să fac ceea ce trebuia făcut. Dar acum am făcut-o. Am făcut tot ce am putut. Însă nu pot fi singurul care se străduiește.

El a ocolit-o și a ieșit. Sunetul pașilor lui s-a stins pe holul dinspre dormitorul lor.

Frica și meschinăria au crescut și au ieșit la iveală. Thea s-a repezit furioasă după el.

— Ai de gând să pleci? De ce nu mă mir?

Ea s-a oprit și și-a ținut respirația când l-a văzut aruncându-și valiza pe pat.

— Ți-ai făcut deja bagajele, a spus ea.

— Pentru New York.

— Ce faci? i-a șoptit.

— Singurul lucru care mă sperie cel mai mult, a spus el, îndreptându-se spre dulapul lui. Lucrul pe care am jurat că nu îl voi putea face niciodată, ce-ceea ce înseamnă că trebuie să-l fac neapărat.

Gavin a scos un teanc de haine din sertarul de sus și l-a așezat pe pat.

— Te părăsesc!

— Bineînțeles! a izbucnit Thea, dar veninul din vocea ei era doar o mască pentru inima frântă. Pentru că asta faci tu mereu. Pleci.

Gavin nu a mușcat momeala. Și-a închis calm valiza și a ridicat-o de pe pat.

— Nu, nu asta fac! Cel care face asta este tatăl tău. Dar eu nu sunt tatăl tău.

— Gavin...

Cea care implora acum era Thea.

El s-a oprit în pragul ușii, dar nu s-a uitat spre ea.

— Povestea din spate este totul, Thea! Răscolește-o pe a ta! Poate atunci vom avea o șansă.

Capitolul douăzeci și șapte

LA JUMĂTATE DE ORĂ DUPĂ PLECAREA LUI GAVIN, THEA S-A întors la vechile ei căi mincinoase. Le-a spus fetelor că tati trebuie să meargă la New York pentru o ședință foto și se va întoarce la timp pentru a petrece Crăciunul acasă.

Apoi și-a turnat o ceașcă de cafea pe care nu și-o dorea, împinsă de emoțiile copleșitoare pe care nu voia să le simtă, și s-a prefăcut că totul este în regulă.

Totul era de rahat când a auzit o cheie în ușă. Inima i-a luat-o la goană. Thea a sărit de pe canapea și a alergat pe hol.

— Gavin...

Liv stătea la intrare.

— Eu sunt!

Fetele, care colorau pe podea în sufragerie, au alergat spre ea, ca întotdeauna. Rana deschisă a trădării, vinovăția și vechea durere sufletească au transformat vocea Theei într-un bici ascuțit.

— Ai uitat ceva?

Liv s-a îndepărtat de fete.

— Nu!

— Așadar, ai venit să răsucești cuțitul în rană? Să-mi arunci în față vestita replică „Ți-am spus eu!"?

— Nu! Am venit pentru că Gavin mi-a trimis un mesaj și mi-a spus că s-ar putea să ai nevoie de mine.

Întregul corp al Theei se clătina. Și-a reprimat reacția și s-a întors spre bucătărie.

— Nu, nu am nevoie!

— Thea, îmi pare rău! i-a spus Liv, urmând-o.

— Pentru ce?

Thea s-a îndreptat din instinct spre cafea, doar ca să aibă ceva de făcut.

— E vina mea.

— Nu! Nu este vina ta!

— Uite, a zis Liv, înaintând, poate că m-am înșelat. A făcut un lucru decent că mi-a scris.

Thea a sfidat-o.

— Acum crezi că este decent? Ai petrecut ultimele două luni încercând să mă convingi că este un nemernic iremediabil.

— Îmi pare rău!

Vocea și expresia lui Liv erau sincere și au avut darul de a înmuia furia meschină care controla cuvintele Theei.

— O să se întoarcă?

— Nu știu!

Liv s-a grăbit spre ea.

— Thea, îmi pare rău! Mi-a fost atât de teamă să... să nu te pierd, așa cum îi pierd pe toți cei dragi! Îmi pare rău! Îmi pare nespus de rău!

Thea și-a îmbrățișat sora.

— Nu e vina ta!

Liv a aruncat un braț în jurul umerilor Theei, iar aceasta a lăsat-o.

— Vrei să mănânci înghețată și să te uiți la serialul *Golden Girls*?

Nu, nu prea voia, dar Thea a încuviințat oricum. Pentru că lucrul pe care voia să-l facă și mai puțin era să stea singură și să aștepte sunetul mașinii lui, apoi să-și dea seama că, în sfârșit, înțelesese încă una dintre zicerile bunicii.

„O căsătorie în care te simți singur este cel mai rău tip de singurătate care există."

Thea se simțea atât de singură în acel moment, așa cum nu se simțise niciodată în viața ei!

Gavin a petrecut o noapte lungă și întunecată pe una dintre canapele lui Mack de la subsol pentru că i se păruse potrivit ca totul să se termine în același loc în care începuse.

Ei bine, și pentru că nimeni altcineva nu îl primise. Del și Yan îi spuseseră că trebuie să se confrunte singur cu asta, Malcolm avea alte planuri, iar el nu avea cum să meargă la rus acasă. Cine știe ce orori digestive l-ar fi așteptat acolo?!

Mack îl lăsase să intre, îi întinsese o sticlă de whisky și o pătură și îi spuse că avea să-i taie boașele dacă vomita oriunde în afară de toaletă.

În acest moment era treaz, cu sticla de whisky nedeschisă și neatinsă pe măsuța de cafea și cu o pereche de ochi necunoscuți care se holbau la el, ca și cum ar fi un exponat într-o grădină zoologică.

— Ești bolnav?

Fetița avea codițe negre și ținea strâns la piept un iepure roz de pluș.

— Unchiul Mack spune că ești bolnav.

Gavin și-a dres glasul. Era aspru ca un șmirghel. Cum era posibil să fie mahmur fără să fi pus gura pe alcool?

— Unchiul Mack?

— Da, este unchiul meu.

— Și tu ești?

— Lucy.

— Încântat de cunoștință!

Lucy i-a pus mâna pe frunte.

— Nu ai febră, dar respirația ta miroase cam urât.

În ciuda zgomotului din cap și a peșterii goale unde ar fi trebuit să aibă inima, Gavin a reușit să zâmbească.

— Sunt sigur că ai dreptate.

— Unchiul Mack mi-a spus să îți dau asta.

Copila a scos un măr verde din buzunarul hanoracului.

Gavin a izbucnit în râs.

— Unde este unchiul Mack?

— La etaj cu mami, tati și surorile mele.

Zgomotul din capul lui Gavin a devenit un ciocan în timp ce un izvor de lumină solară a străpuns jaluzelele de la ușile franțuzești care duceau spre curtea din spate și piscină.

— Ei bine, a zis Gavin, ridicându-se în șezut. Îți mulțumesc pentru măr! Vrei să-l rogi pe unchiul Mack să coboare puțin?

— Bine!

Lucy a luat-o la fugă, lăsându-l pe Gavin cu o panică uriașă că acționase prea vehement cu o zi în urmă. Că ar fi trebuit să se întoarcă și să intre din nou în casă în clipa în care plecase. Că ar fi trebuit să implore iertare. Dar nu mai putea face asta. Nu acum!

Sunetul surd al pașilor pe scări anunța venirea lui Mack. Acesta a apărut de după colț, zâmbind.

— Ești viu?

— Nu am băut nimic.

Mack a ridicat o sprânceană.

— Uau! Te-ai schimbat.

Gavin și-a șters fața cu mâna.

— Nu știam că ai o nepoată.

— Am mai mulți nepoți. Sunt copiii fratelui meu.

— Nici nu știam că ai un frate.

— Sunt multe lucruri pe care nu le știi despre mine.

Gavin a recunoscut asta cu un semn din cap.

— Mulțumesc că m-ai lăsat să rămân!

— Când decolează avionul?

Sigur! New York! De parcă i-ar fi păsat de așa ceva acum!

— În câteva ore.

Mack s-a așezat pe un scaun de gaming și s-a aplecat înainte cu coatele pe genunchi.

— Plecarea ta a fost o mișcare îndrăzneață, Gav!

— Del nu părea să fie de acord cu asta.

— Ei bine, ai încălcat într-un fel regula numărul unu.

— Nu vorbiți despre clubul de carte?

Mack și-a ferit privirea.

— OK, regula numărul doi.

— Nu-l lăsați pe rus să se cace în baia voastră?

— Nu trebuia să reproduci cartea, inteligentule! Noi ți-am spus asta!

Gavin se uita fix la mărul din mâna lui.

— Oricare ar fi rezultatul, v-vreau să știi că apreciez tot ceea ce ați făcut tu și băieții.

Era un om diferit față de cel care fusese înainte de clubul de carte. Își recunoscuse propriile defecte și neajunsuri. Era mai încrezător în exprimarea lui. Și, da, era un iubit mai bun.

Dar tot nu era suficient. Iubirea nu este de ajuns.

— Care este următoarea ta mișcare? l-a întrebat Mack, ridicându-se în picioare.

— Trebuie să iau avionul. După aceea, habar n-am.

Mingea era în terenul Theei. Tot ce putea face era să aștepte.

Capitolul douăzeci și opt

THEA S-A TREZIT ÎN PATUL DIN CAMERA DE OASPEȚI. GÂTUL îi era rigid din pricina poziției incomode în care dormise, pentru că adormise citind. Toată noaptea se visase în Anglia secolului al XVIII-lea, dar oamenii erau reali.

Când s-a trezit însă, a reapărut și rușinea.

— Vrei cafea?

Thea a aruncat o privire peste umărul ei. Liv stătea în pragul ușii.

— Sigur!

Liv a intrat și s-a așezat pe pat.

— Ce faci aici?

Thea s-a ridicat și s-a îndreptat spre fereastră.

— Știi ce am făcut toată noaptea?

– Ai lovit peretele?

Thea a reușit să râdă.

— Nu! M-am gândit la mama.

„Ți-ai petrecut întreaga viață crezând doar o versiune a adevărului... Ai privit vreodată lucrurile și din punctul de vedere al mamei tale?"

Liv s-a întors.

— De ce?

„Pentru că povestea din spate este totul."

— Încercă doar să gândești lucrurile din perspectiva ei.

— Da, nu sunt sigură că merită asta.

— Poate că nu, dar să o urăsc orbește pentru deciziile pe care le-a luat nu prea a funcționat pentru mine. Și nici pentru tine. Așa-i?

Liv s-a ridicat.

— Nu te apuca să răstorni buturugi, dacă nu ești pregătită să vezi ce se ascunde sub ele.

Thea a izbucnit în râs.

— Bunica!

Liv și Thea auziseră acea frază poate mai mult decât pe oricare alta. O filosofie de viață pe care Thea o înțelesese complet greșit. Scopul nu era să te temi de lucrurile urâte. Ideea era să fii suficient de puternic pentru a le înfrunta.

— Sunt o lașă, Liv!

Sora ei i-a oferit obișnuitul zâmbet superior care parcă spunea: „Ce prostii tot îndrugi acolo?"

— Tu? O lașă? Ești cea mai puternică persoană pe care o cunosc.

— Nu! Nu sunt! Gavin a avut dreptate în privința mea. Sunt o lașă.

— Thea, nu face asta!

— Ba da! Știi ce a cauzat despărțirea noastră?

Liv a clipit precaut.

— M-am prefăcut în pat. El a aflat și s-a simțit rănit. A reacționat urât, dar și eu. Nu am fost corectă cu el...

— Ai fost mai mult decât corectă.

— Oare chiar am fost? Am mimat totul cu el și nu am făcut-o din cauza lui. Ci pentru că sunt distrusă, Liv! Mi-e frică să mă deschid în fața lui, să mă deschid cu adevărat către el. Și acum a plecat. Din nou.

El avusese dreptate. Povestea din spate era totul. Orgasmele mimate. Refuzul de a-i spune că îl iubește. Reacția ei la găsirea cărților, faptul că crezuse ce-i mai rău despre el. Toate făceau parte din același cerc vicios de probleme de care nu se ocupase niciodată. Părinții ei o lăsaseră incapabilă să aibă încredere. Și acum prețul era bărbatul pe care îl iubea.

Îl iubea! Foarte mult!

El nu o părăsise.

Ea îl respinsese.

Thea s-a întors și și-a îmbrățișat sora.

— Mulțumesc că exiști!

Liv a strâns-o în brațe.

— Da, da! Noi două, întotdeauna!

Thea s-a tras înapoi și și-a netezit părul de pe frunte.

— Liv, știu că m-am bazat mult pe tine, dar crezi că ai putea rămâne aici cu fetele weekendul ăsta?

Liv a rânjit.

— Te duci la New York să-l vezi pe Gavin?

— Nu! Mă duc la nunta lui tata.

Gavin abia a ajuns la timp să prindă zborul. Del, Yan și ceilalți jucători care făceau parte din ședința foto erau deja pe locurile lor de la clasa întâi când el abia își târa geanta și fundul la bord. În timp ce își introducea bagajele și haina în compartimentul de sus, Del i-a aruncat una dintre privirile lui care fierbeau mocnit, atât de intimidante pe teren.

Gavin i-a întors privirea și s-a prăbușit pe scaunul liber de lângă el. Apoi a închis ochii, și-a lăsat capul pe spate și a sperat că Del primise mesajul că nu avea chef de o altă rundă de discuții care începeau cu replica „Ești un dobitoc".

— Ești un dobitoc!

— Am f-f-făcut ceea ce trebuia, Del!

— Cum ai putut să crezi că e o idee bună să o părăsești?

Gavin a deschis ochii și i-a aruncat o privire fioroasă.

— Nu mi s-a părut o idee bună. E al naibii de proastă. Îmi vine să mor aici. Îmi sângerează pieptul...

Telefonul lui Gavin a bâzâit, iar el s-a grăbit să-l scoată din buzunarul blugilor. Se ruga să fie Thea.

Era Liv. *Fir-ar să fie!*

— Răspunde-i, idiotule! a spus Del.

El a glisat ecranul. Liv nu s-a deranjat să salute.

— Tocmai m-am gândit că ar trebui să știi că o să aibă nevoie de tine.

Gavin s-a îndreptat în scaun, cu inima bătându-i puternic, în timp ce își imagina cel mai grav scenariu.

— Ce s-a întâmplat? A pățit ceva vreuna dintre fete?

— Este în drum spre Atlanta.

Gavin căuta în ceața minții semnificația cuvintelor ei. Apoi...

— Se duce la nuntă?

— Nu știu ce naiba se întâmplă, dar a plecat de parcă ar fi fost cel mai important lucru din lume pentru ea.

— Povestea din trecut.

— Poftim?

— O face. Scormonește.

— Ar trebui să știu ce înseamnă asta?

— Mulțumesc că mi-ai spus, Liv! Habar n-ai cât de important este!

Ea a făcut o pauză și și-a înmuiat vocea.

— Asigură-te că nu pățește nimic!

Liv a închis. Gavin a rămas nemișcat și nehotărât o fracțiune de secundă, înainte de a sări în picioare. S-a lovit cu capul de compartimentul de deasupra și a înjurat cu voce tare.

— Drăcia dracului!

Frecându-și capul, s-a ridicat din rând. O însoțitoare de zbor i-a spus că trebuie să se așeze, deoarece ușa exterioară era pe punctul de a se închide.

Del s-a aplecat.

— Omule, ce faci?

— Trebuie să cobor din avion!

Gavin a deschis compartimentul bagajului de mână și și-a luat lucrurile.

Însoțitoarea de zbor s-a apropiat, cu mâinile ridicate.

— Domnule, chiar trebuie să vă așezați!

— Nu pot! Trebuie să-mi dați drumul. Trebuie să... Am o urgență!

— Trebuie să cobor și eu, a zis Del și s-a ridicat brusc în picioare.

Urmat de Yan.

— *Yo también.*

— Domnilor, vă rog...

— Ascultă, avem o urgență aici! a zbierat Del.

— Este cineva bolnav?

Oamenii se holbau. O altă stewardesă se îndrepta spre ei pe culoar. Del a apucat brațul lui Gavin, rânjind.

— E timpul pentru gesturi mărețe?

— O, da!

Gavin s-a întors către însoțitoarea de zbor și și-a luat cea mai crâncenă expresie, cea de pe teren.

— Lasă-mă să cobor din acest avion! Trebuie să mă căsătoresc cu soția mea.

Capitolul douăzeci și nouă

O FLOTĂ DE MAȘINI DE EPOCĂ ROLLS-ROYCE PARCATĂ ÎN fața semeței catedrale de piatră era cel mai bun indiciu că Thea se afla în locul potrivit. Tatăl ei nu făcea niciodată nimic pe jumătate. Ei bine, cu excepția căsătoriei. Tatăl ei avusese doar căsnicii pe jumătate. Dar nunțile? Nu se zgârcise niciodată în privința acestora!

Thea condusese toate cele patru ore până în Atlanta în acea dimineață. Voise să îl sune pe Gavin și apoi se oprise de cel puțin douăzeci de ori pe drum. Nici măcar nu știa dacă el avea să răspundă și, chiar dacă ar fi făcut-o, nu era, de fapt, pregătită să vorbească cu el.

Printr-un miracol, a ajuns destul de devreme, încât a parcat pe un loc bun, pe partea opusă a bisericii, care să-i permită să plece rapid dacă era necesar. Vestea proastă era că acum trebuia să stea acolo cu gândurile ei prea mult timp.

Thea a închis ochii și și-a sprijinit capul de tetieră. Dumnezeule! Ce căuta ea acolo? Dintre toate lucrurile stupide și impulsive pe care le făcuse vreodată! Ce avea să rezolve cu asta? Nu era corect să-l înfrunte pe tatăl ei în ziua nunții lui și nu-și dorea să distrugă ziua cea mare a logodnicei lui. Biata femeie oricum urma să sufere destul!

Totuși, venise până acolo și trebuia să treacă peste asta. Pentru că Gavin avusese dreptate. Fugise și se ascunsese de propria poveste prea mult timp, iar tatăl ei jucase un rol principal în ea.

Thea a tresărit la auzul unui ciocănit la fereastră. A deschis ochii și a văzut... La naiba! Tatăl ei se uita fix la ea. În smochingul gri cărbune și cu părul cărunt, arăta mai mult a tatăl miresei decât a mire.

Thea a coborât geamul, ceea ce părea să îl amuze.

— Ai de gând să intri sau vrei să urmărești întreaga nuntă de aici?

— De unde ai știut că sunt aici?

A arătat spre un nivel superior al bisericii.

— De la fereastră.

— M-ai recunoscut tocmai de acolo?

— Da, îmi recunosc fiica!

Cuvântul *fiică* a înțepat-o ca un ac ascuțit. Știa atât de puține despre acel bărbat, încât chiar și simplul fapt de a-l numi tată o făcea să se chircească. Dar el putea să o numească atât de degajat „fiica mea"?

— Nu credeam că vei veni, a zis el.

— Nu-ți face griji, nu voi mânca nimic!

— Thea, nu fi încăpățânată! Organizatorul nunții se ocupă deja să te așeze alături de părinții Jessicăi.

— Cu părinții ei? a spus Thea, tresărind din nou speriată. O, nu! Asta nu, te rog, nu! Asta înseamnă că voi sta mult prea în față.

Tatăl ei s-a îndreptat de spate și a indicat cu bărbia scaunul pasagerului.

— Pot să intru?

— Nu ai lucruri de mire de făcut?

— Am făcut asta de câteva ori. Știu care-i treaba mea.

— Probabil ți se pare amuzant, dar, de fapt, este de-a dreptul grosolan.

El a făcut din nou semn spre scaun.

— Îmi dai voie?

Thea a apăsat butonul de deblocare și l-a privit cum ocolește prin fața mașinii. Cineva l-a strigat pe nume, pentru că el a ridicat mâna în semn de salut înainte de a se îndrepta spre portiera din dreapta.

O liniște asurzitoare l-a întâmpinat când s-a strecurat înăuntru. Să stai într-o mașină cu cineva era una dintre acele acțiuni cotidiene familiare care puteau fi ori extrem de banale, ori incredibil de incomode. Era ciudat. Confortul pe care majoritatea oamenilor îl simt în preajma tatălui lor nu existase niciodată la Thea. Bărbatul de lângă ea nu o luase în brațe niciodată noaptea, nu sărutase niciodată zgârieturi și bubițe, nu o așezase niciodată în pat și nu se ghemuise lângă ea în timp ce dormea. Ea nu se cățărase niciodată în poala lui să caute alinare, nu făcuse niciodată clătite cu el. Era un străin. Ca un unchi îndepărtat pe care îl vedeai la fiecare cinci ani la reuniunile de familie și al cărui singur subiect de conversație era să spună iar și iar cât de mult te-ai înălțat.

Cu toate acestea, cumva, comportamentul acestui străin lăsase suficiente cicatrice emoționale, încât Thea avea să-l piardă pe bărbatul pe care îl iubea. Un bărbat care o iubea suficient, încât citise, subliniase și citase din romane de dragoste pentru a o recâștiga.

Cicatricele străinului din mașina ei o făcuseră atât de neîncrezătoare, încât nu văzuse eforturile lui Gavin drept ceea ce erau: o declarație frumoasă, din inimă, sinceră a sentimentelor sale.

— Gavin și fetele nu sunt cu tine? a întrebat Dan, în cele din urmă.

— Nu! Doar eu!

— Liv?

— Îmi pare rău!

— Ei bine, mă bucur că ai venit! Ce te-a făcut să-ți schimbi decizia?

— Răstorn niște buturugi.

Colțurile gurii lui s-au ridicat ușor.

— Și ești pregătită pentru ceea ce urmează să vezi dedesubt?

Thea se uita înainte, prin parbriz.

— De fapt, nu știu de ce am venit aici. Sunt aproape sigură că am făcut o greșeală.

— Numai dacă pleci fără să o spui.

— Ce să spun?

Thea și-a încleștat mâinile pe volan.

— Orice crezi că trebuie să spui pentru a răsturna acele buturugi.

— Nu am nimic de spus. Cred că am vrut doar să văd.

El și-a înclinat capul.

— Să vezi?

Thea s-a uitat direct în ochii tatălui ei pentru prima dată în ultimii ani.

— Cum mă vezi tu pe mine.

Trăsăturile feței lui s-au înmuiat pentru o fracțiune de secundă și parcă o mică crăpătură s-a deschis în pieptul ei. Ca o fisură aburindă în pământ, care amenință că va elibera gazul nociv al poveștilor din trecut suprimate de ani la rând. Și, Dumnezeule, era bine să elibereze o parte din presiune!

— Am vrut să văd dacă mă privești așa cum le privește Gavin pe fiicele lui. M-ai privit vreodată așa?

El a scos un oftat impresionat.

— Și tu, care credeai că nu ai nimic de spus!

Thea a clătinat din cap și a apăsat butonul pentru a porni mașina.

— Ar trebui să intri. Vei întârzia la propria nuntă și cu siguranță ar fi păcat. Oricum n-o să-mi spui nimic care să conteze.

El a scos un alt surâs impresionat.

— Știu că nu am fost un tată bun și știu că sunt ca un clișeu trist, deoarece sper că nu este prea târziu să mă revanșez pentru asta.

— Ba este! a spus ea, eliberând și mai mult abur. Este prea târziu!

— Atunci, ar trebui să te bucure faptul că sufăr din cauza asta. Trebuie să stau deoparte și să văd femeia care ai devenit, femeia care a devenit sora ta, și să știu că nu pot face parte din asta. Îți văd fiicele superbe și știu că nu pot să le fiu bunic.

Thea și-a lăsat mâinile să-i cadă în poală și a rămas cu gura căscată.

— Nu, nu mă bucură să știu asta! Chiar deloc! Mă întristează foarte mult, pentru că nu ar fi trebuit să fie așa. Ai ales să privești de pe margine viața noastră și ne-ai înlocuit mereu cu altcineva.

— Thea, nu am încercat niciodată să vă înlocuiesc!

Fisura a șuierat cu abur proaspăt.

— Ai lăsat-o pe a doua soție să ne vândă casa. Ai lăsat-o să spună că nu putem locui cu tine. Tu ai ales-o pe ea și pe oricare altă femeie în locul fiicelor tale. De ce?

— Pentru că ție și lui Liv vă era mai bine fără mine!

Fisura devenea o erupție vulcanică.

— Chiar asta vrei tu să crezi?

— Este ceea ce mi-am spus atunci. Nu aveam să fiu niciodată genul acela de om care să vă ducă la antrenamente sportive sau...

— Să faci clătitele de sâmbătă dimineață?

— Am făcut bani. Asta am făcut și am făcut-o bine, și așa puteam fi tată pentru tine.

— Ei bine, în timp ce îți spuneai asta, Liv și cu mine am crescut crezând că ceva nu e în regulă cu noi. Ceva care îi făcea pe oameni să ne părăsească și o să-i facă întotdeauna pe oameni să ne părăsească. Și acum sunt pe punctul de a-mi pierde soțul pentru că l-am îndepărtat de frică.

Dan i-a aruncat o privire aspră.

— Ce se întâmplă cu tine și Gavin?

Ea a fluturat din mâini pentru a evita întrebarea.

— Nu sunt aici pentru sfaturi părintești, așa că nu te agita cu nimic. Spune-mi doar un lucru!

O, Doamne! Era pe cale să o facă! Urma să pună întrebarea care o bântuise toată viața.

— Regreți..., a început ea, răsuflând cu putere. Că mă ai?

— În niciun caz, i-a răspuns Dan, cu vocea aspră și sigură. Nu am regretat niciodată. Nici măcar o singură dată.

Thea a închis ochii.

— Uită-te la mine! i-a cerut tatăl ei.

Și, pentru a doua oară, ea l-a privit în ochi.

— Când mama ta a rămas însărcinată a fost cel mai bun lucru care mi s-a întâmplat vreodată. Pur și simplu, am fost prea prost și egoist să știu cum să fiu tatăl pe care-l meriți.

Ușa bisericii s-a deschis, iar în pragul ei a apărut o femeie cu aspect furios, într-un costum roșu, care arunca în jur priviri disperate.

Dan a oftat adânc.

— Aceasta este organizatoarea nunții?

— Da!

— Probabil se teme că mirele și-a pierdut curajul. Mai bine intri!

El a dat din cap, căzând pe gânduri pentru o clipă, apoi a deschis portiera.

— Sper să rămâi! a zis el. Dar voi înțelege dacă nu vrei.

Thea l-a privit alergând peste stradă. Organizatoarea l-a văzut și și-a aruncat mâinile în aer.

Dan a calmat-o, pentru că s-au întors și au urcat treptele bisericii. Când au ajuns la uși, tatăl s-a uitat înapoi.

Apoi a intrat.

Thea și-a pus mâinile peste obraji. Grozav! Acum machiajul ei avea să fie vărgat. Ceea ce, de fapt, era o scuză la fel de bună ca oricare alta să plece.

S-a uitat la poșeta de pe podea, în care o împinsese irațional și impulsiv pe *Contesa enervantă* când plecase în acea dimineață.

Thea a scos cartea din poșetă și a deschis-o unde rămăsese cu o seară înainte.

Benedict a clipit. A tușit. Și-a tras de haină.

— V... voi porunci să ni se aducă trăsura.

— Te înșeli în privința mea, milord! Mă duc la țară.

Nu, Doamne, nu!

— Irena, te rog!

— Nu pot vindeca o rană supărătoare pe care refuzi să o recunoști, Benedict, și nici nu îmi voi permite să fiu învinuită pentru aceasta.

— Dar nu ți-am cerut să faci asta.

— Poți să mă vizitezi când simți că ești gata pentru un moștenitor și putem negocia condițiile..., a zis ea, cu voce tremurândă. Procreării. Dar nu pot face asta.

— Irena, te rog! Te iubesc!

— Am crezut că ai învățat măcar atât, milord. Iubirea nu este de ajuns.

Ce rahat! Ce tâmpenie tâmpită!

Iubirea este de ajuns!

Întotdeauna este de ajuns.

Thea a coborât din mașină și a alergat pe tocuri peste stradă.

A intrat cu doar cinci minute înainte de începerea evenimentului. O femeie în taior roz i-a aruncat o privire urâtă și un program când Thea a pășit rapid pe culoar. Un cvartet de coarde cânta ceva duios și romantic. Cavalerii de onoare se aliniaseră deja de-a lungul altarului în smochinguri gri-închis. Nu a recunoscut niciun bărbat, cu excepția tatălui ei, care stătea lângă pastor, cu mâinile împreunate în față, legănându-se înainte și înapoi agitat, de parcă ar fi fost mire pentru prima dată.

Thea s-a strecurat pe un scaun din penultima strană, căpătând o privire supărată de la un alt cuplu, când cvartetul de coarde a început să cânte „Canon în re major"[1]. Domnișoarele de onoare în rochii verde smarald mergeau încet pe culoar, ținând în mâini trandafiri roșii. Apoi adunarea s-a ridicat și s-a întors pentru momentul cel mare: mireasa. Noua ei mamă vitregă.

Thea nu-i putea vedea bine fața din spatele voalului, dar părea că nu e mai în vârstă decât ea. Zâmbetul miresei strălucea prin dantela care, altfel, îi ascundea fața. Tânăra se uita fix la Dan, care nu o scăpa din ochi în timp ce se apropia la brațul tatălui ei. Și când mireasa a ajuns la capătul culoarului, Dan a luat-o de mână cu o privire de... O, la naiba, era îndrăgostit până peste cap!

De data asta era real pentru el.

Și pentru Jessica.

Și Thea știa asta, deoarece cunoștea acel sentiment. Îl trăise pe pielea ei.

O, Doamne! Ce fusese în capul ei? Ar fi trebuit să plece după Gavin, bărbatul care o iubise în ciuda numeroaselor moduri în care îl ținuse la distanță. Nu să conducă până în Atlanta pentru un bărbat care nu știa cum să o iubească. Thea se uita la ceas pe telefon din trei în trei minute, câștigând priviri enervate de la cuplul care stătea lângă ea. Da, da! Venise târziu și abia aștepta să iasă de acolo. Și ce dacă? Nu știau că este o urgență? Nu știau că trebuie să meargă să-și salveze căsnicia?

Și avea de gând să o facă. De îndată ce mireasa îl săruta pe mire, avea să plece la New York pentru a face ceea ce crezuse că nu avea să facă niciodată.

Avea să-l implore pe soțul ei să o primească înapoi.

---

[1] Compoziție muzicală aparținând lui Johann Pachelbel, interpretată de regulă la nunți (n. red.).

Capitolul treizeci

— DE CE ALERGĂM? A STRIGAT MACK.

Toți alergau.

Mack. Del. Yan. Rusul. Gavin. Alergau pe un trotuar din Atlanta spre biserica uriașă din depărtare.

— Pentru că acesta este un gest măreț, a zis, gâfâind, rusul. Alergi mereu pentru un gest măreț.

— Și pentru că ai parcat la șapte străzi distanță! a strigat Gavin.

Mack a bombănit ceva în legătură cu indicațiile greșite ale GPS-ului de pe telefonul lui, dar lui Gavin nu-i păsa. Vedea biserica și nimic nu avea să îl împiedice să ajungă la soția lui. Așa că a fugit mai repede. Alergase de când coborâse din avion. Alergase prin aeroport. Alergase la mașina lui. Pe drum îi luase pe Mack și pe rus și condusese cât de repede posibil.

Dar acum era trecut de ora trei și întârziau.

Așa că au alergat și mai repede. Pentru că, dacă ratau jurămintele, își rata și propria șansă.

În cele din urmă, după ce trecuse cam o oră, mirii s-au așezat față în față pentru jurăminte.

Thea își tot sălta genunchiul în sus și în jos, câștigând încă o privire urâtă.

Tatăl ei a început primul. A recitat fiecare cuvânt când apărea pe ecran, deși probabil că memorase deja textul. A jurat să o iubească. Să o prețuiască. Să-i fie cel mai bun prieten la boală și sănătate, și toate celelalte.

Thea a verificat ora.

Mireasa a început să recite rar aceleași lucruri ca și tatăl ei. Dragoste. Respect. Prețuire. Boală. Sănătate. Da. Da.

Iisuse, sărutați-vă odată!

Mulțimea a bătut din palme când tatăl ei și-a înclinat capul să-și sărute mireasa, dar o bufnitură undeva, în fundul bisericii, i-a făcut pe miri să se întrerupă la jumătatea gestului. Toate capetele s-au întors, doamnele gâfâiau surprinse, iar bărbații etalau o colecție creativă de cuvinte urâte.

Apoi o voce s-a ridicat deasupra tuturor. Un bâlbâit răsunător spus într-un suflet:

— D-d-da!

Capitolul treizeci și unu

OK, TOTUȘI, POATE CĂ AR FI TREBUIT SĂ SE GÂNDEASCĂ mai bine.

Două sute de chipuri uluite îl priveau pe Gavin în prag. Mâna miresei i-a zburat până la gură, iar mirele – ăăă, da... tatăl Theei arăta ca o furtună.

Un invitat din partea miresei a sărit în picioare.

— Ce naiba înseamnă asta? a strigat omul. Asta e nunta fiicei mele!

Sunetul puternic al pașilor care alergau și alunecau a făcut invitații să se întoarcă, astfel încât să poată privi din spatele lui Gavin.

Mack s-a oprit lângă el.

— Rahat!

Del se aplecase, gâfâind, cu mâinile pe genunchi.

— Am ratat jurămintele?

Yan și rusul s-au rezemat de perete.

— Ce se întâmplă? a cerut din nou să știe omul din față. Cine sunteți voi?

Mack a ridicat mâna.

— Braden Mack.

Gavin s-a tras de haina costumului.

— Îmi pare rău! Sunt, ăăă... O caut pe Thea.

— Cine naiba este Thea? a bombănit omul.

— Fiica mea, a spus Dan, arătând spre o strană în spate.

Gavin ar fi putut jura că Dan zâmbea.

Toate capetele au urmat indicația lui Dan, iar atunci a văzut-o și el în cele din urmă. Stând la nu mai mult de douăzeci de metri distanță, cu gura căscată, pieptul ridicându-se și lăsându-se cu o respirație obosită. S-a ridicat încet. O mie de emoții dansau pe fața ei: surpriză, jenă, amuzament. *Iubire.*

— Bună! a șoptit ea.

Gavin și-a șters sudoarea de pe frunte.

— Bună! P-p-putem...

El a făcut semn spre ușa din spatele lui. Thea s-a ridicat, lovindu-se la genunchi, murmurând „scuze", „scuză-mă", „îmi pare rău", până când a reușit să iasă. Și-a ridicat privirea spre tatăl ei.

— Mă duc, ăăă... O să plec acum.

— Rămâi la petrecere, nu? a întrebat-o mireasa.

— Încă nu știu sigur? a bâiguit Thea.

— Sper să rămâi, pentru că nici măcar nu ne-am cunoscut.

Capetele din congregație s-au rotit înainte și înapoi în timpul conversației.

— Bine! a murmurat Thea. Încântată de cunoștință! Îmi pare rău! Mă duc doar...

Thea a pășit iute spre ușă. Gavin a făcut semn din mână în timp ce o ajuta.

— Îmi pare rău pentru întrerupere! a zis el, apoi a închis ușa în timp ce a ieșit, s-a întors și...

— La naiba, Gavin! a spus Thea. *Eu* aveam de gând să fac gestul măreț.

Apoi l-a apucat de rever, l-a tras mai aproape și l-a sărutat. Vai, cum l-a sărutat! L-a sărutat cu mâinile în părul lui, punându-și inima pe tavă.

L-a sărutat în timp ce vorbea.

— Aveam de gând vin la New York.

Sărut.

— Aveam de gând să te găsesc.

Sărut mai lung.

— Voiam să intru și să-ți spun...

Sărut mai adânc.

— Că te iubesc.

Gavin i-a cuprins fața și a tras-o spre el.

— Spune-o din nou!

— Te iubesc, Gavin! Te iubesc! Și îmi pare rău! Ai avut dreptate! Am fost proastă și speriată.

— La fel și eu!

— Probabil vom fi din nou speriați și proști la un moment dat.

— Dar vom trece peste asta! a jurat el.

Mack și-a dres glasul.

— Grăbiți-vă! Jurămintele sunt aproape gata.

Desigur! El nu terminase. Gestul lui măreț nu se terminase. Gavin s-a lăsat într-un genunchi și a luat mâna Theei.

— Ce faci? a râs ea.

— Nu am avut ocazia să o fac cum trebuie înainte, așa că o fac acum! Thea Scott, vrei să fii soția mea?

— Acum?

— Da! Acum! Suntem într-o biserică.

Thea a râs și Gavin s-a ridicat.

— Rusule! a strigat el. Vino aici!

— Îl cheamă Rusul?

— Nu, mă cheamă Vlad. Îmi cer scuze pentru incidentul cu baia.

— Așadar, băieți, voi sunteți în Clubul de Carte Secret al Domnilor? a întrebat Thea.

Mack a încuviințat încet, apoi repede.

— Îmi place asta! Clubul de Carte Secret al Domnilor...

— Fă-o odată! a bombănit Gavin, care a luat mâinile Theei, privind-o.

— Repetă după mine, a zis Vlad, desfăcând hârtia pe care i-o dăduse Gavin.

— Eu, Gavin Scott...

— Eu, Gavin Scott.

Din interiorul bisericii s-au auzit aplauze.

— Îți promit ție, Thea Scott.

— Îți promit ție, Thea Scott.

Muzica a răsunat din interior. Rahat! Gavin a smuls hârtia din mâinile lui Vlad și a repetat din memorie:

— Îți promit ție, Thea Scott, să-ți spun mereu ce simt! Să îți citesc în fiecare seară! Să-ți prețuiesc trupul...

Mack și Del își acoperiseră urechile.

— Nu în fața copiilor!

Gavin a tras-o mai aproape și i-a șoptit restul la ureche.

— Și să nu uit niciodată acea iubire...

— Este suficient, a răsuflat Thea.

Gavin a sărutat-o din nou, chiar în momentul în care ușile s-au deschis, iar mirii – ceilalți miri – au ieșit cu pași mari, însoțiți de aplauze furtunoase și acorduri din „Canon în re major".

— Ei bine, a zis Dan, pe un ton serios. Văd că lucrurile funcționează.

Gavin s-a uitat la socrul său, un bărbat pe care l-ar fi pocnit drept în față mai mult decât orice altceva.

— Îmi pare rău că nu putem rămâne, Dan! Trebuie să ne trăim propriul nostru final fericit.

Gavin a luat-o pe Thea în brațe.

— Ești gata, iubirea mea?

Thea i-a mângâiat obrazul.

— Sunt la mila ta, milord!

Epilog

Ajunul Crăciunului

THEA S-A ROSTOGOLIT PE PARTEA LUI GAVIN ȘI ȘI-A TRECUT degetele leneșe în sus și în jos pe abdomenul lui. Luminile pomului de Crăciun le proiectau trupurile într-o strălucire galbenă, delicată. La etaj, fetele dormeau, visând la bomboane colorate și la noile jocuri Nintendo.

La parter, mami și tati își împrospătau jurămintele iar și iar.

Vocea lui Gavin era obosită în timp ce îi citea. Citeau în fiecare seară de atunci, din Atlanta. Doar că o altă carte.

— Irena, așteaptă!

Benedict a alergat după soția sa. Gâfâitul și privirile șocate ale membrilor adunării, atât de dornici să o stigmatizeze, nu reușeau să îi facă să își ia ochii de la drama care se desfășura în fața lor.

Benedict a traversat sala de bal.

Irena s-a răsucit brusc.

— Milord, nu face asta!

— Ce anume să nu fac? Să nu recunosc în fața întregii lumi că te iubesc?

Mai multe gâfâieli i-au întâmpinat cuvintele.

Benedict s-a îndreptat spre ea, înfășurându-i un braț în jurul taliei și...

Gavin s-a oprit.

— Ar trebui să o sărute sau să-i ceară permisiunea?

Thea s-a gândit.

— În acest moment, cred că un sărut fulger merge cel mai bine. Acesta este gestul lui măreț și asta este partea cea mai bună.

Gavin a sărutat-o pe nas.

— De acord!

înfășurându-i un braț în jurul taliei.

— Sunt aici să o cer în căsătorie pe soția mea.

Și apoi a sărutat-o. În fața tuturor. Bârfele au amuțit. Femeile mai tinere au leșinat. Irena s-a legănat spre el.

— Te iubesc, i-a șoptit el pe buze. M-am căsătorit cu tine pentru că te iubesc. Tu m-ai schimbat ca om. Tu m-ai făcut un om mai bun.

Gavin s-a uitat în jos, la Thea.

— Asta sună asemănător.

Thea și-a ridicat buzele și l-a sărutat. Buzele ei au zăbovit și l-au tachinat în timp ce mâinile îi coborau pe corpul lui.

Gavin a zâmbit.

— Am t-terminat de citit?

— Aha!

Gavin a lăsat cartea să cadă și s-a rostogolit cu tot cu ea. Thea și-a ridicat picioarele în jurul taliei lui și l-a sărutat cu cea mai mare emoție pe care o putea transmite. Deveniseră mai buni la comunicare verbală.

Gavin și-a înclinat capul pentru a o săruta, iar lucrurile au trecut de la zero la aproape de orgasm. Nevoia ei i se cățăra parcă pe sub piele – nevoia și dorința, și sentimentele de fetișcană care o făcuseră să tremure în brațele lui.

— Nu mă pot sătura de tine, i-a șoptit Gavin, cu degetele pe nasturii hanoracului său, cu care Thea era îmbrăcată.

Cel nou. Cel vechi fusese sfâșiat. El a desfăcut hanoracul pentru a-i dezveli sânii și și-a coborât gura pe un sfârc, apoi pe celălalt.

Thea a vârât mâna între ei și i-a eliberat membrul din pantalonii scurți, apoi, o, Doamne!, acesta a ajuns în interiorul ei.

— Nici eu nu mă pot sătura!

Gavin a murmurat o înjurătură.

Apoi a abuzat-o. A umplut-o. A iubit-o.

— Hai să vorbim! i-a șoptit Thea. Spune-mi ce vrei!

Gavin a rostogolit-o din nou până ce ea a ajuns deasupra.

— Vreau să conduci tu, a gemut el.

Ea s-a ridicat în sus și în jos. Balansând șoldurile pentru a-l duce mai adânc de fiecare dată. Se inspirau reciproc, gură peste gură, cu șoldurile înclinate și împingând la unison.

— Vreau să-ți revendici plăcerea, a spus el, răgușit.

Thea s-a aplecat până când sfârcurile au ajuns să atingă pieptul lui Gavin.

— Vreau să mă iubești până la adânci bătrâneți, Thea!

Orgasmul ei a lovit brusc. Așa cum se întâmpla atât de des în ultimul timp. Ca și cum ar fi existat în interiorul ei o adâncă fântână de încredere pe care numai Gavin o putea atinge.

— Te iubesc! a zis el, îmbrățișând-o, în timp ce ieșea din valurile plăcerii.

— Te iubesc, a răspuns ea, mișcându-se din nou, ridicându-se și coborând până când el a tresărit cu o împingere profundă și cu numele ei ca o rugăciune pe buze.

Thea s-a prăbușit pe pieptul lui, cu fața îngropată în curbura gâtului său.

Gavin a ținut-o acolo, cu degetele împletite în părul ei.

— Cum c-crezi că se va termina? a întrebat-o el.

— Cred că Benedict și Irena și-au câștigat fericirea până la adânci bătrâneți, a șoptit ea.

— Și eu, a zis Gavin, sărutându-i părul. Cred că și noi la fel.

Thea a simțit cum i se îngroașă vocea. Aproape că pierduseră asta. Aproape se pierduseră unul pe celălalt.

Ea s-a ridicat într-un cot pentru a-l privi.

— Știi ce cred?

— Spune-mi!

— Finalul nostru fericit îmi place cel mai mult.

Și a trecut mult timp până când au adormit.

Mulțumiri

SCRIEREA ȘI PUBLICAREA UNUI ROMAN REPREZINTĂ UN efort de echipă. Nu aș trăi acest vis fără ajutorul și sprijinul multor oameni care merită mulțumiri.

În primul rând, mulțumesc familiei mele, care m-a încurajat și m-a sprijinit în fiecare zi! Mamei, care nu m-a lăsat niciodată să uit care sunt visurile mele sau să iau în calcul posibilitatea că acestea s-ar putea să nu se împlinească. Soțului meu, care a avut încredere și m-a susținut când am hotărât să scriu cu normă întreagă. Ați fost acolo, la fiecare pas, să vă asigurați că îmi voi putea îndeplini acest vis nebun. Și tatălui meu, salvatorul în caz de urgență: îți mulțumesc că ai fost întotdeauna căpitanul calm de la cârma navei!

Recunoștință nesfârșită agentului meu, Tara Gelsomino! M-ai smuls de pe Twitter și ai făcut ca toate acestea să se întâmple. Mulțumesc pentru îndrumare, simțul umorului și încrederea pe care ai avut-o în băieții din frăția mea! Și, desigur, aduc mulțumiri editorului meu înțelept, entuziast și amuzant, Kristine E. Swartz, care a luptat din greu pentru a aduce *Clubul de carte secret al domnilor* în mâinile cititorilor.

Pentru tribul meu de scriitori, care mi-a menținut sănătatea mintală (sau, mai bine zis, o oarecare parte din ea): Meika Usher, Christina Mitchell, Alyssa Alexander, Victoria

Solomon, Tamara Lush și toate femeile din Binderhaus. Vă iubesc pe toate! Mențiune specială pentru Anna Bradley, pentru că m-a încurajat, transformând mica mea idee într-un roman complet!

Pentru că am avut cafea la discreție în timp ce am scris și am editat, trebuie să le mulțumesc celor mai buni baristas din lume: Joey, Walls, Brandon, Allie și Alexa, de la Okemos Biggby. Nimeni nu prepară cafeaua mai bine ca voi!

În cele din urmă, mulțumesc fiicei mele! Tu ești motivul pentru care fac totul. Mulțumesc pentru îmbrățișările calde, pentru mesajele de susținere pe care mi le-ai scris pe tablă și pentru zilele în care ai mâncat numai cereale, pentru ca eu să reușesc să predau cartea la termen. Nu uita niciodată că ești eroina propriei povești. Scrie și tu una bună!

Pentru comenzi şi informaţii, contactaţi:
GRUPUL EDITORIAL CORINT
Departamentul de Vânzări
Str. Mihai Eminescu nr. 54A, sector 1, Bucureşti, cod poştal 010517
Tel./Fax: 021.319.47.97; 021.319.48.20
Depozit
Str. Gării nr. 11, Mogoşoaia, jud. Ilfov
Tel.: 0758.053.416
E-mail: vanzari@edituracorint.ro
Magazin virtual: www.edituracorint.ro

ISBN: 978-606-088-021-9

9 786060 880219

Format: 16/54x84;
Coli tipo: 21

Tiparul executat la:

EuroBusiness Tipar
PRINTING SOLUTIONS

office@tipografiaeurobusiness.ro
www.tipografiaeurobusiness.ro